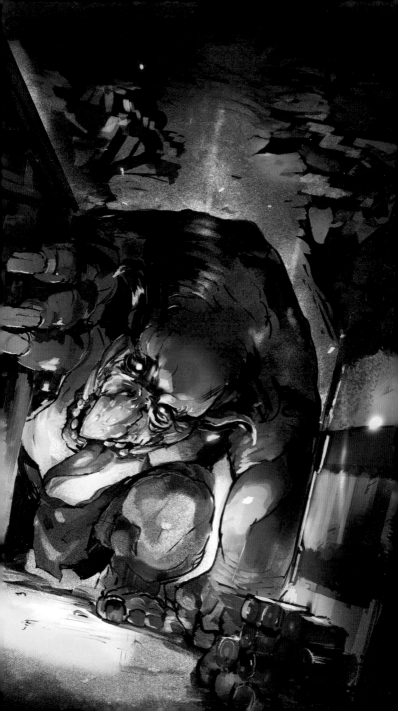

오버로드
Πλειάδες

Kugane Maruyama | illustration by so-bin

마루야마 쿠가네 지음 김완 옮김

OVERLORD 「8」 The two leaders

두 명의 지도자

8

오버로드

Contents 목차

1장 엔리의 격동적이며 화급한 나날

Story 1 | Henri's upheaval and hectic days

1

엔리 에모트의 아침은 해도 뜨기 전부터 시작된다. 식사 준비를 위해서다. 돌아가신 어머니만큼 익숙하지 않아 애를 먹는 데다 워낙에 많은 양을 만들어야 하기 때문이다.

엔리, 넴, 그리고 엔리에게 충성을 바치는 고블린 열아홉 명을 합치면 이미 21인분. 여기에 두 명이 추가되어 합계 23인분의 식사를 준비하려면 이는 바쁘다는 수준을 넘어 전쟁이나 마찬가지다. 식재료의 무더기를 놓고 보면 이만한 양을 한 번에 먹을 수 있나 싶어 입이 딱 벌어질 정도였다.

"예전의 여섯 배 가까이 되니 말이지."

엔리는 크게 심호흡을 한 번 한 다음, 기합을 넣고 팔뚝을 걷어붙였다.

묵묵히 야채를 썰고, 부엌칼을 바꾸어 고기도 썬다. 어떤 순서로 처리해나가야 할지 흐름은 이미 머릿속에 다 잡혀 있다. 요리 실력이 별로 뛰어나지 않던 엔리도 단기간 내에 이만큼 솜씨가 향상된 것을 보면, 인간은 필요에 따라 엄청난 힘을 발휘하는 모양이다.

엔리가 식사 준비를 하는 소리에 반응해 여동생도 졸린 눈을 비비며 일어났다.

"언니, 안녕—. 나도 거들게."

"잘 잤어, 넴? 여긴 괜찮으니까 어제 부탁해뒀던 일 좀 해 줘."

"……알았어~."

여동생은 잠깐 볼멘 표정을 짓기는 했지만 불평하지 않고 약간 기운 없이 대답하며 언니의 말에 따랐다.

가슴에 아픔을 느낀 엔리의 손이 멈추었다.

열 살인 넴은 명랑하고 떼를 잘 쓰는 아이였다. 하지만 그 사건 이후 천진난만했던 여동생은 언니가 하는 말을 고분고분 따르고, 어리광을 부리지 않았으며, 소란을 피우거나 말썽을 부리는 일도 사라졌다. 슬플 정도로 '착한 아이'가 되고 만 것이다.

부모님의 따뜻한 웃음이 머릿속에 스쳐 지나갔다. 몇 달이 지나도 가슴에 새겨진 상처는 완전히 아물지 않았다.

만약 병 같은 것에 걸려 미리 각오를 했다면, 혹은 갑작스러운 사고나 천재지변처럼 아무도 원망할 수 없는 일이었다면 이렇게까지 묵은 감정이 남지는 않았을지도 모른다. 그러나 부모님의 죽음은 달랐다. 얼마든지 남을 원망할 수 있는 사건이었다.

눈을 질끈 감았다. 누군가가 옆에 있었다면 약한 모습을 보일 수는 없으니 힘을 냈겠지만, 아무도 없으면 쓸쓸함이 마음의 상처를 다시 끄집어내곤 했다.

"──그렇지?"

눈꺼풀 안쪽에 떠오르는 다정한 부모님의 모습. 눈을 떠도 두 분의 그림자는 사라지질 않는다. 따뜻한 기억이 차례차례 떠오르고 만다.

마음속에 소용돌이치는 시커먼 감정 ── 부모님을 죽인 상대에 대한 증오 ── 을 그대로 실어 커다란 부엌칼을 내리쳤다. 고기용 부엌칼은 힘차게 떨어져 보기 좋게 고기를 갈랐다. 지나치게 힘을 주는 바람에 약간이지만 도마에도 흠집을 내버려 엔리는 눈살을 찡그렸다.

'칼날이 빠지거나 하면 수리하기 힘든데…… 미안해요, 엄마.'

뜻하지 않게 어머니로부터 물려받은 부엌칼을 거칠게 다루었다는 데에 죄책감을 느끼며, 구멍이 뚫려버린 마음에 억지로 뚜껑을 덮었다.

부엌칼이 이가 빠지지는 않았는지 날을 손가락으로 훑으면서 확인하고 있으려니 엔리의 옆쪽, 현관이 열렸다.

그리고 들어온 것은 인간과는 다른, 더 조그만—— 고블린으로 알려진 아인종이었다.

"안녕히 주무셨습니까요, 누님? 오늘은 제가 당번으로 왔습…… 무슨 일 있었습니까요?"

예의 바른 태도로 고개를 숙이던 고블린은 근심스러운 표정으로 엔리의 손을 바라보았다.

평범한 시골 아가씨인 엔리에게 고블린은 항상 상급자를 대하는 태도를 보인다. 그 이유는 그녀가 고블린의 소환주이기 때문이다.

사건이 있은 후, 보초 같은 것을 서야 하지 않겠느냐고 마을 사람들이 의논하던 때 엔리가 문득 생각이 나 사용한 아이템에서 이 고블린들이 소환되었다. 갑자기 나타난 몬스터들을 보고 마을 사람들은 경악했으며 겁을 먹었지만, 엔리가 이 사람들은 마을의 구세주인 아인즈 울 고운 님께 받은 아이템으로 불러낸 거라고 설명해주자 조금 마음을 놓았다. 말할 것도 없이 그들은 아인즈 울 고운에게 감사의 마음과 신뢰를 품고 있기 때문이다. 또한 그 후 고블린들이 보인 활약은 주민들에게서 의구심을 완전히 불식시키기에 충분했다.

"안녕히 주무셨어요, 카이쟈리 씨. 다른 건 아니고 부엌칼을 좀 거칠게 쓰는 바람에……."

소환된 고블린 중 하나인 카이쟈리는 이마에 주름을 지으며 걱정스러운 표정 ── 암만 봐도 겨울잠을 방해받은 식인곰의 얼굴 ── 으로 엔리를 보았다.

"그건 안 됩지요. 주의하십쇼. 이 마을에는 대장장이가 없으니깐요. 우리 장비도 수리를 못하고 있습죠."

"그랬군요……."

"뭐, 조만간 어떻게든 해 보겠습니다요."

카이쟈리는 애써 밝은 목소리로 대답하더니 식사 준비를 거들기 시작했다. 들고 온 단지에서 이글거리는 불씨를 꺼내더니 익숙한 손놀림으로 가마에 불을 지폈다. 조그만 불씨를 금세 커다란 불꽃으로 만들어내는 모습에서는 장인의 기술이 떠올랐다.

'하지만 요리는 전혀 못하잖아……? 왜 그럴까?'

카이쟈리를 비롯한 고블린들은 간단한 요리조차 하지 못한다. 날고기나 생야채도 스스럼없이 먹을 수 있으니 그런가 싶었지만, 조리된 음식이 더 좋다고 한다. ──날것이어도 잘 먹지만.

'소환된 사람들은 요리를 못하는 걸까?'

단순한 시골 아가씨인 자신이 알 리 만무하다. 그렇게 결론을 내리고 엔리는 자신의 일에 전념했다. 다행히 부엌칼은 날이 빠지거나 하진 않았다.

이윽고 조리가 끝났다.

어머니가 계셨을 때보다도 식탁은 훨씬 풍성하다.

우선 고기가 있다. 물론 옛날에도 레인저가 이따금 고기를 나누어주곤 했다. 그러나 지금만큼 많진 않았다. 이렇게 양이 늘어난 이유는 마을의 활동범위가 넓어졌기 때문이다.

마을 인근에 펼쳐진 토브 대삼림은 카르네 마을 주민들에게 숲의 은총——— 장작, 식량이 될 과일이나 야채, 동물의 고기와 가죽, 그리고 온갖 약초를 주는 장소이기도 하다.

보물의 산이라 해도 과언이 아니지만, 이곳에는 몬스터가 존재하며 경우에 따라서는 마을로 내려올 위험성도 있으므로 이제까지는 그리 쉽게 손을 댈 수 없었다. 사냥꾼처럼 실력과 경험이 있는 전문 직업인들이 '숲의 현왕'이라 불리던 마수의 영역으로부터 멀리 떨어진 곳에서 이런 보물들을 몰래 훔쳐오는 것이 고작이었다. 하지만 지금은 숲의 현왕이 사라지고 고블린들이 등장하면서 상황이 크게 바뀌었다. 당당히 숲에 들어가 보물을 얻을 수 있게 된 것이다.

강자인 고블린들의 활약은 눈부셨다. 우선 이제까지는 입수하기 힘들었던 고기를 얻을 수 있게 되었다. 식탁에는 신선한 과일과 야채가 올라왔다. 식량사정은 극적으로 향상되었다.

특히 고블린들은 엔리의 부하가 되어 그녀를 따랐으므로, 그들이 가져온 사냥감은 엔리네 집에 제일 먼저 돌아왔다.

또한 새로이 마을의 일원이 된 레인저의 존재도 식량사정 개선에 기여했다.

에 란텔에서 모험자를 하던 여성이 이 마을로 이사를 와, 원래 마을에 있던 레인저 밑에서 사냥꾼 수련을 하는 중이다. 이 여모험자는 원래 전사로 활약했으므로 궁술 실력이 뛰어나 큰 사냥감도 잡을 수 있었다. 이렇게 되어 고기의 공급 빈도가 더 높아졌다.

좋은 식생활에 따른 변화는 당연히 육체에도 나타났다.

엔리는 팔을 구부려 알통을 만들어보았다. 융기가 제법 훌륭하다.

'우웅, 어쩐지 점점 더 커지는 것 같아…….'

고블린들은 틈만 나면 "누님, 근육이 많이 붙으셨네요." "더 불려보죠." "멋집니다요, 멋져." "목표는 식스팩!" "나이스 컷!" 등등의 칭찬을 —— 아마도 칭찬이겠지 —— 해주었지만, 그래도 여자인 만큼 조금, 아니, 상당히 복잡한 기분이었다.

'아무리 그래도 고블린 분들이 기대하는 것만큼 붙지는 않겠지만…… 그건 싫다아…….'

고블린들의 이상형이리라 상상해본 완성형 엔리의 이미지를 머리에서 떨쳐내고 테이블 위에 음식을 놓기 시작했다.

이것도 한 일거리가 된다. 딱히 양이 좀 다르다고 해서 소란을 떨거나 하지는 않지만, 수프 속에 고기가 있느냐 없느냐는 큰 문제가 되었다. 모두의 그릇에 건더기가 똑같이 들어갔는지를 확인한 다음에야 다음 작업으로 들어갔다.

이윽고 이마에서 땀이 뚝뚝 떨어지기 시작했을 무렵, 아침 식사 준비가 모두 끝났다.

"이제 고블린 분들하고 운피를 불러와야겠네요."

"그러네요."

"그럼 내가 다녀올게!"

뒤를 보니 동생── 넴이 반짝반짝 눈을 빛내며 서 있었다.

"부탁했던 일은 끝났니?"

동생이 고개를 끄덕이는 것을 확인하고 엔리도 끄덕여주었다.

"그렇구나. 그럼 운피를……."

"──아냐! 난 고블린들 불러올게!"

말을 가로막듯 갑자기 큰 목소리로 대답한 여동생의 제안에 딱히 이의는 없었다. 카이쟈리가 넴에게 슬쩍 고개를 숙이는 모습이 보였지만 아마 수고에 대한 감사 표현이리라.

"그럼 부탁할게. 운피는 내가 부르러 가야겠다."

"그게 좋겠습니다요! 저도 함께 갑죠, 누님."

그렇게 되면 집에는 아무도 남지 않지만 딱히 문제는 없다. 마을에서 도둑이 들었다는 말은 들어보지 못했으니까.

엔리는 카이쟈리를 데리고, 먼저 집을 떠난 동생의 뒤를 따라 밖으로 나갔다.

초원의 내음을 머금은 바람이 아침 햇살 속에서 엔리에게 불어왔다. 신선한 공기를 가슴 가득 들이마시자 카이쟈리도 마찬가지로 심호흡을 하고 있었다. 엔리가 자신도 모르게 웃자 그것을 알아차린 카이쟈리도 얼굴을 일그러뜨리며 흉악한 표정을 지었다. 옛날 엔리 같으면 무섭다고 생각했을 지도 모르는 표정이지만 공동생활에 익숙해진 지금은 그가 웃음을 짓는다는 사실을 확실히 알 수 있었다.

기분 좋은 날씨를 만끽하며 엔리는 옆집으로 걸어갔다.

최근의 비극 때문에 비어버린 집 중 한 곳을 빌려, 에 란텔의 약사였던 발레아레 가족이 살고 있었다.

이곳에 사는 사람은 둘. 숙련된 약사인 리이지 발레아레 노파, 그리고 그녀의 손자이며 엔리의 친구인 운필레아 발레아레였다. 두 사람은 이곳에서 칩거하며 약초를 달이거나 약을 만든다.

다른 주민들과 공동으로 무언가를 하지 않는다는 것은 소외당하기 딱 좋은, 운이 나쁘면 쫓겨날 수도 있는 좋지 못한 성향이지만 그들의 경우에는 다르다. 왜냐하면 작은 마을에서 병이나 부상에 대비해 약을 만드는 약사는 반드시 필요하기 때문이다. 아무 일도 하지 않아도 되니 약만 만들어달라고 마을 사람들이 애원했을 정도였다.

특히 카르네 마을처럼 치유마법을 쓸 수 있는 신관이 없는 곳에서는 더더욱 약사가 절실하다.

참고로 조금 큰 마을이라면 신관이 약사 일도 겸하는 경우가 많다. 치유마법을 써줄 때 신관은 그에 합당한 보수를 요구한다. 아니, 요구해야만 한다. 이때 마을 사람들에게 그만한 지불능력이 없을 때는 노동을 대가로 삼는 경우가 많다. 하지만 그나마도 지불할 수 없는 사람들도 있다. 이런 이들을 위해 신관은 약초 같은 것으로 약을 만들기도 한다. 약초로 만든 약은 마법 치료보다는 값이 싸기 때문이다.

카르네 마을의 고블린들 중에는 사제도 있으므로 소소한 부상이라면 순식간에 치유하겠지만, 어지간한 큰 부상이 아니고서는 유사시를 대비해 최대한 아껴놓아야 한다는 것이 마을 사람들의 공통된 의견이었다. 게다가 고블린 사제가 쓸 수 있는 주문의 종류는 손으로 꼽을 정도였으며, 그나마 병이나 독을 치료할 수 있는 주문은 없었다.

그러므로 발레아레 가문 두 사람이 칩거해 약을 만드는 데 몰두하면 주민들 모두에게 이익이 되는 셈이다.

이처럼 중요한 일을 하는 사람들이지만, 주민들 중 그들에게 다가가려는 사람은 없었다.

이유는 집에 가까이 가면 알 수 있다.

엔리는 콧등에 주름을 잡았다. 카이쟈리도 같은 표정을 —— 더 흉악했지만 —— 지었다.

그 이유는 집 주위에 코를 자극하는 기이한 냄새가 풍기기 때문이다. 이 기묘하고도 자극적인 냄새는 공연히 몸에 좋지 않을 것 같은 불길한 예감을 준다. 약초 같은 것도 짓이기면 코를 찌르는 냄새를 풍기곤 하는데, 그래도 그것은 그냥 풋내일 뿐 이렇게 위험한 냄새는 아니다.

입으로 숨을 쉬며 엔리는 출입구를 두드렸다.

몇 번 노크를 되풀이해도 반응이 없어 혹시 집을 비웠나 생각했을 때쯤 문 너머에서 인기척이 났다. 잠시 후 자물쇠를 따는 소리가 들리고, 문이 열렸다.

'──욱?!'

입 밖으로도 표정으로도 드러내지 않을 생각이었지만 도저히 견딜 수 없는 공기가 집 안에서 흘러나왔다.

아팠다. 눈에 입에 코에 강렬한 자극을 수반한 냄새가 꽂혔다. 집 주위에서 맴돌던 것은 그냥 잔향이었구나 싶어지는 악취였다.

"안녕, 엔리!"

길게 자란 앞머리 틈으로 언뜻 보이는 운필레아의 두 눈은 크게 뜨이기는 했지만 그야말로 새빨갛다. 어제도 밤새 연금술 일을 했으리라.

자극적인 냄새 속에서 입을 벌리기는 싫었지만 인사에 대답하지 않으면 예의에 어긋난다.

"아, 안녕, 운피."

그 한순간 사이에 목이 말라붙는 것만 같았다.

"좋은 아침입니다요, 형님."

"어…… 카이, 카이쟈리 씨도 안녕하세요. ……벌써 아침이구나. 집중하는 바람에 몰랐는데, 이렇게 해를 보면 시간이 정말 빨리 갔구나 싶어. ……계속 실험을 했더니 어쩐지 졸린걸."

후아암 하품을 하는 운필레아.

"일에 열중했나 봐——."

식사가 됐으니 할머님과 같이 먹으러 오라고, 그렇게 말하기 직전 운필레아가 말을 끊었다. 아니, 말을 끊으려는 의도는 없었을 것이다. 다만 그 이상의 흥분이 밀려들었을 뿐.

"진짜 굉장했어, 엔리."

운필레아가 불쑥 다가섰다. 그가 입은 작업복에도 자극적인 냄새가 풍겨 거리를 벌리고 싶었지만 친구로서 그 마음을 꾹 참았다.

"뭐, 뭐가 말야, 운피?"

"들어봐! 드디어 새 공정으로 포션을 생성하는 데 성공했어. 이건 획기적인 거야! 전에 받은 용액과 약초를 혼합하기만 했는데도, 이걸로 만든 포션은 보라색을 띠지 뭐야."

무어라 대답해야 좋을지 알 수 없었다. 뭐가 굉장한지 전혀 감이 오질 않았다. 보라색 포션이란 건 보라색 양배추를 넣은 물 같은 색깔인 걸까.

"게다가 상처 치유 능력도 제대로 있어! 치유속도는 연금술 아이템만으로 제작한 것에 필적할 정도야!"

운필레아가 팔뚝을 걷어붙여 상처 하나 없는 가녀린 팔을 보였다. 내 것보다 가늘지 않을까 엔리가 생각하는 동안에도 운필레아의 말은 멈추질 않았다.

"그리고 있지!"

"네, 네, 그쯤 해두십쇼."

카이쟈리가 불쑥 앞으로 나왔다.

"형님은 아무래도 잠이 모자라 흥분하신 것 같네요. 쉽게 말해 맛이 갔습죠. 누님, 형님은 저한테 맡기시고 먼저 가십쇼."

"그래도 될까요?"

"되고말굽쇼. 얼굴에 물이라도 끼얹어서 진정시킨 다음에 데려가겠습니다요. 늦어지면 다들 걱정할 테니까요. 그런데 할머니는 어떻게 할깝쇼?"

"할머니는 아직 연구에 열중하고 계시니까…… 아침은 안 드실 것 같네. 힘들여 만들어줬는데 미안해."

"아, 괜찮아. 리이지 님이라면 그럴 수도 있지 않을까 생각했으니까."

이런 일은 이제까지 몇 번이나 있었으므로 딱히 놀랄 일은 아니다.

"그럼 누님은 먼저 가십쇼."

이렇게까지 말하면 엔리도 따를 수밖에 없다.

"응. 그럼 부탁해."

떠나가는 엔리의 뒷모습을 지켜본 카이쟈리는 운필레아에게 싸늘한 시선을 돌렸다.

"뭐 하시는 겁니까요, 다 아실만한 분이. 여자가 남자의 취미 얘기를 진지하게 듣는 건 상대에게 관심이 있을 때뿐이라고 그랬죠? 반하지도 않은 사람의 취미 얘기는 여자들 기분만 냉담하게 만들어버린다니깐요?"

"……미안해, 좀 굉장한 일이라서. ……진짜 굉장하다니깐? 획기적이라니깐?"

혼이 덜 났는지 또 시작하려는 운필레아의 말을 카이쟈리가 손을 저어 가로막았다.

"하아. 이래가지고 정말 괜찮으시겠습니까요, 형님? 누님한테 반한 거 맞죠?"

"윽."

운필레아는 입을 다물더니 딱 한 번, 그러나 또렷이 고개를 끄덕였다.

"그럼 누님을 제일 중요시하셔야죠. 약보다도."

"……알았어. 될 수 있는 한 노력할게."

"될 수 있는 한이 아니고요. 무조건 하셔야 한다니까 그러네요. 누님을 반하게 만들어야죠. 우리도 최대한 백업해 줄 테니까요. 우리만이 아니라 넴 씨도 도와주신다고 약속했습죠. 형님도 마음 단단히 먹고 진지하게 해주세요."

"응⋯⋯."

"상대가 좋아한다고 말할 때까지 기다려봤자, 어지간해선 남에게 빼앗기고 끝나는 겁니다요. 말할 용기란 게 중요합죠."

운필레아는 가슴에 날카로운 칼이 푹 박히는 것 같은 충격을 받았다.

"뭐, 이러쿵저러쿵 잔소리는 했지만 운피 형님도 제법 노력하시는 거 압니다요. 옛날엔 누님 앞에선 한 마디도 못했잖습니까요. 그래도 지금은 평범하게 말을 나눌 수 있게는 됐으니깐요."

"그 무렵엔 엔리랑 만날 기회가 별로 없었으니까. 이 마을에 약초를 캐러 올 때가 아니고선⋯⋯. 그 전하고 이 마을에 온 후로 만난 시간을 비교하면 지금이 훨씬 길 정도인걸."

"바로 그런 자세입니다요, 그런 자세. 남은 건 팍팍 밀어붙이는 것뿐입죠. 우선 힘을 어필합시다요. 마을 사람한테 들었는데, 역시 여자는 힘 있는 남자에게 반한다고 그러더라고요. 49세 아줌마의 의견이었지만."

"완력에는 자신이 없는데. 밭일을 좀 더 거드는 게 좋을까?"

"아뇨, 운피 형님에겐 이게 있잖습니까요."

카이쟈리가 자신의 머리를 톡톡 두드렸다.

"이걸로 승부하는 겁니다요. 그리고 마법. 제 말 명심하십쇼. 어필 포인트다 싶으면 저나 다른 고블린들이 이렇게 포즈를 잡을 겁니다요. 그때 누님이 뿅갈 모습을 보이거나 대사를 날려주십쇼."

카이쟈리가 상완이두근을 어필하는 포즈를 잡자 불끈 근육이 불거졌다.

"이겁니다. 이거. 밀어붙일 때는 이때다 싶으면, 이 포즈입니다요."

다음에 카이쟈리가 가슴을 어필하는 포즈를 취했다. 작은 몸집임에도 불구하고 전사에 어울리는 두터운 몸이었다.

왜 포징일까 하는 의문이 샘솟았지만 그들이 호의를 보인다는 것만은 분명했으므로 뭐라고 할 수는 없었다. 다만, 그래도 한 가지는 물어봐야만 했다.

"저기, 여러분은 왜 이렇게 날 도와주는 거야? 엔리의 부하여서 충성을 다하는 거야 이해하지만, 날 도와주는 의도는 잘 모르겠는데……."

"뻔한 걸 묻고 그러십니까요."

카이쟈리는 어이가 없다는 투로 대답하더니, 어린아이를 타이르듯 천천히 또박또박 말을 이었다.

"우린 누님이 행복해지길 바라는 겁니다요. 그 관점에서 보자면 형님은 합격선입죠. 그러니 서둘러 결혼을 해주셔야 합죠."

"그렇게 서둘 건 없잖아?! 일단은 서서히 거리를 좁히고……."

"……그래선 늦는단 말입니다요. 인간은 임신해서 애를 낳을 때까지 시간이 걸리지 않습니까요."

이야기가 임신이라는, 어떤 의미에서는 남녀관계의 최종 형태까지 이르자 운필레아는 눈을 껌뻑거린 다음 살짝 얼굴을 붉혔다.

"그야 그렇지. 아홉 달 정도던가?"

"그래서는 열 마리……가 아니라 열 사람 낳을 때까지 한 세월이잖습니까요."

"열?! 그건 너무 많지 않아?!"

아이는 다섯 정도가 농촌의 평균이다. 성인이 될 때까지 성장하지 못할 정도로 환경이 나쁠 때는 조금 더 많아지고, 병에 걸렸을 때 치료할 수 있는 신관이나 약사가 있고 피임약 같은 것이 나도는 도시라면 조금 줄어든다. 열 명이면 여성 한 사람이 낳기에는 조금 정도가 아니라 상당히 많다.

"무슨 말씀을 하십니까요. 고블린이면 이 정도는 보통입죠."

"우린 고블린이 아니거든?!"

"뭐 종족의 차이야 있겠지만, 요컨대 많이 낳으셔서 누님이 행복해지셨으면 한다 이겁니다요."

"……아이가 많은 게 행복하지 않다고는 못하겠지만…… 뭔가 아닌 것 같은데……."

"그렇습니까요?"

고개를 갸웃하는 카이쟈리에게 운필레아는 뭐라 따질 마

음은 없었다. 어쨌거나 운필레아에게는 그들의 행동이 고마웠으니까.

"그럼 형님, 그만 가시죠. 일단은 조만간 냅다 한 걸음 파고들어 주셨으면 합니다요. 너무 가족적인 위치를 확보해버리면 다음 전개가 어려워진단 말입니다요. ……하기야 분위기를 봐서 상황에 맡겨버리는 마지막 작전에는 써먹을 수 있겠죠."

"……여러분의 그 지식은 대체 어디서 오는 건지."

고개를 가로저어 생각을 털어낸 운필레아는 집 안으로 고개를 돌리고 소리를 질렀다.

"저기, 할머니. 엔리네 집에 밥 먹으러 갈 건데 어떻게 할 거야?"

그러자 거절하는 목소리가 들렸다. 아마 계속 실험을 되풀이할 생각일 것이다. 식사를 할 시간조차 아까운 것이다.

운필레아는 그 마음을 깊이 이해했다. 지금 집 안에 놓인 온갖 연금술 아이템과 기구는 매우 고도의 기술로 만들어진 것이라 대부분 사용법조차 제대로 파악하지 못했다. 이런 물건들은 모두 아인즈 울 고운이라는 대 매직 캐스터를 섬기는 메이드들이 가져다주었다. 이것으로 새로운 포션이나 연금술 아이템을 만들라면서. 게다가 만병에 듣는다는 전설의 약초 같은 것까지 함께.

용액 같은 재료며 미지의 기구를 어떻게 사용하는지 물어봐도 스스로 생각해보라는 냉담한 대답밖에는 돌아오지 않았다.

그렇기에 두 사람은 휴식다운 휴식도 없이 온갖 실험을 되풀이해, 느릿느릿해도 한 걸음씩 앞으로 나아간다는 확신을 얻고 있었다. 때로는 온 힘을 다해 후퇴한 적도 있었지만——.

운필레아는 당연히 그렇다 쳐도, 리이지의 인생에서 지난 두 달은 가장 밀도가 높은 시기였을 것이다.

그런 노력의 결과가 테이블 위에 놓인 보라색 포션——리이지가 마주 보고 있으며, 운필레아가 흥분해 이성을 잃었던 물건이기도 했다.

"그럼 식사는 이리 가져올게."

그 말만을 남기고 운필레아는 문을 닫은 다음 카이쟈리를 보았다.

"가볼까?"

*

모두가 모인 다음 식사를 하려 해도, 엔리네 집은 20명 이상이 한꺼번에 들어갈 만큼 넓지 않다. 그래서 날씨가 좋을 때는 밖에서 식사를 하는 것이 보통이었다.

야외이다 보니 어느 정도 시끄러운 것도 참을 수 있다. 만약 집 안이었으면 이미 옛날에 인내심의 한계에 이르렀을 것이다. 그래도 이번에는 지나치게 소란스러웠다.

"다시 말해 엔리 누님은 내 색시다! 이런 말이지!"

"야, 이 자식아! 엔리 누님한테 수작 걸지 말자는 협정은 잊어버렸냐!"

"맞아! 너한테 새치기 당할 거면 나도 막 나간다!"

"뭐야? 내가 먼저거든?"

몇몇 고블린이 의자를 박차고 일어나고, 몇몇은 질세라 테이블 위로 뛰어올랐다.

화를 꾹 억누르고 엔리는 부드럽게 말을 걸었다.

"여러분, 진정하세요."

하지만 고블린들의 눈동자에 맺힌 불꽃은 수그러들질 않았다.

"다 부질없는 발버둥이야, 형제들. 이미 승패는 결판이 났다고. 봐, 여기 이 찬연히 빛나는 고기를!"

고블린 중 하나, 쿠우네루가 들어올린 스푼 안에는 언뜻 봐도 콩이 아닌가 싶을 정도로 조그만 닭고기 파편이 얹혀 있었다. 균등하게 나누어주었을 엔리가 양을 잘못 가늠했거나 혹은 깜빡 놓쳤다 해도 수긍이 가는 크기다.

"나는 아까 고기를 다 먹었어. 하지만 수프 밑바닥에는 아직도 고기가 있었지. 너희 접시에는 있었냐? 없었지! 다시 말해 이게 바로 사랑!"

"웃기고 있네! 그거야 누님이 야채 부스러기 같은 걸로 착각하고 넣으셨겠지!"

"혹시 망상한 거 아녜요? 아까 먹었다는 고기란 게 사실은 감자였고, 실제로 누님이 주신 고기는 그 쬐끄만 게 다였겠죠. 얼른 깨달으세요. 아, 누님이 날 징그럽게 여기고 있구나, 하고. 애초에 저의 신은 이렇게 말씀하고 계십니다. '그대가 엔리를 행복하게 할지니라', 라고."

"코나아 네놈 신은 악신이잖아!"

고블린들은 절반이 일어나고, 나머지는 의자에 앉은 채 싸움을 부추겼다. 심지어 넴은 부추기는 편이었다. 예외적으로 몇 사람만이 여기에 끼어들지 않고 식탁에 앉아 있었으며, 운필레아도 그 중 하나였다.

"……홍옥 분말…… 마력의 깃털…… 토네리코 절굿공이…… 유발…… 유…… 유?"

입에 수프를 가져가며 무언가를 공허하게 중얼거리는 바람에 수프는 입에 들어가자마자 접시로 돌아간다. 눈은 머리카락에 가려 보이지 않지만 시선은 아마 현세와 몽환의 경계를 오가고 있을 것이다.

"운피, 괜찮아?"

고블린들은 여전히 소란스러워서 내버려뒀다간 열기가 언제까지 달아오를지 감도 잡히지 않았지만, 운필레아의 상태가 심상치 않아 이쪽도 그냥 둘 수 없었다. 상당히 오랫동안 잠을 안 잔 것 같았다. 의자에 앉은 후로는 비탈길을 굴러 내려가듯 집중력이 산만해졌으며, 식사가 시작되자 거의 언데드처럼 생기와 지성을 잃어버렸다.

"응…… 찮……아. 엔리…… 수프…….'"

"저기, 운피? 정신 좀 차려."

"애초에 네놈은 요전까지만 해도 '넴 씨 일편단심!' 이라고 그랬잖아."

"그때하고는 사정이 달라졌지. 난 알았다고. 넴 씨는 열 살이고 키도 우리하고 별로 다를 바 없어서 묘령의 레이디라고 생각했거든. 하지만 인간은…… 열다섯 정도가 돼야 성인이라고 하더라고!"

"뭐! 야, 그게 사실이야……? 엔리 누님 같은 사람이 홉인간이라든가 그런 종족 아니고?"

시끌벅적해진 고블린들의 화제는 눈부시게 바뀌어갔다. 홉인간이 대체 뭐냐고 물어보기도 전에, 싸움을 부추기는 데에 싫증이 난 자들은 이미 다른 다툼을 벌이고 있었다.

"아! 너 내 빵 훔쳐갔지!"

"내 늑대가 배를 곯고 있단 말이다! 쪼잔하게 굴지 마!"

"여러분!"

엔리는 큰 소리를 냈지만 소란에 묻혀버리고 말았다. 스푼이며 접시가 허공을 날고 노성과 욕설이 터졌다. 오가는 것은 이미 빈 식기였으므로 음식을 소홀히 하지는 않았지만 용서하기 힘든 행위였다.

"늑대는 고기를 먹잖아, 짜샤! 레벨은 네가 더 높겠지만 진짜 맞장 떴을 때도 네가 이길 줄 알아?"

"거 재미난 소릴 하는구만! 네놈이 엊저녁에 뭘 먹었는지 확인시켜주지!"

엔리는 드디어 각오를 다지고 버들잎처럼 모양 좋은 눈썹을 곤두세우며 숨을 들이마셨다.

그리고 그녀가 힘차게 일어난 순간 고블린들은 한 줄기 바람처럼 잽싸게 원래 자리에 앉아 예의 바르게 식사를 시작했다.

"그만 좀 조용히 하세요——!"

지극히 고요한 식탁 위로 엔리의 고함만이 울려 퍼졌다.

"아⋯⋯."

엔리는 멍청한 표정으로 주위를 둘러보았다. 모두 '얌전히 밥 먹고 있는데 왜 그러시나요?' '갑자기 시끄럽게 소리는 왜 지르세요?' 하는 표정으로 일제히 엔리를 바라본다. 잠시 정적이 흐른 후, 엔리는 얼굴을 붉히며 얌전히 의자에 앉았다.

"픕, 하하하!"

처음으로 침묵을 깬 것은 넴이었다. 이어서 엔리도 배를 잡고 웃었으며 고블린들도 일제히 웃음을 터뜨렸다.

이 멋들어진 타이밍과 호흡을 보면 분명 주도면밀한 사전 조율과 연습이 있었을 것이다. 그렇게 진지한 노력을 이런 바보 같은 짓에 허비하다니, 우스워서 참을 수가 없었다.

"아~ 웃겨라. 다들 처음부터 노렸죠?"

너무 웃어 눈가에 떠오른 눈물을 닦아내며 엔리는 짐짓 화난 척 물었다.

"물론입죠, 누님. 우린 이런 일로 싸우고 그러지 않습니다요."

"그러믄입죠, 누님."

"그럼그럼."

주눅 드는 기색도 없이 시치미를 딱 뗀 고블린들은 여느 때와 같이 장난스러운 표정으로 엔리의 추궁을 흘려넘겼다. 하지만 엔리는 카이쟈리 한 사람에게 타깃을 좁혀 가만히 바라보았다. 그러자 카이쟈리는 조금 멋쩍은 듯 시선을 돌리더니, 변명하는 것처럼 우물쭈물 중얼거렸다.

"그게, 뭐냐…… 엔리 누님이, 오늘 아침에 좀 풀이 죽은 것 같아서 말입죠."

주위의 고블린들도 어딘가 겸연쩍은 투로 눈길을 떨구거나 애먼 방향을 보았다.

"여러분……."

"뭐, 우린 엔리 누님 친위대니 말입죠."

"그럼요."

"그럼요, 친위대입죠!"

"친위대 등장 포즈도 다 생각해 놨습죠."

"맞아요, 맞아요. 누님이랑 넴 씨를 가운데 놓고."

"엑? 나도?"

"물론입죠. 두 분은 이렇게 두 팔을 위풍당당하게 들고……이겁니다요!"

그 자세는 최대한 호의적으로 해석해도 뒤집어진 개구리로밖에 보이지 않았다.

"아니, 전 사양하고 싶은데요. 애초에 친위대란 게 뭔지도 잘…… 그치, 운피?"

엔리가 도움을 청하고자 옆에 앉은 소꿉친구를 돌아보자, 그곳에는 아무도 없었다.

모종의 예감과 함께 천천히 시선을 떨구니, 테이블에 고개를 숙인 운필레아가 수프에 얼굴을 처박고 있었다.

"운피—!"

축 늘어진 운필레아를 안아 일으킨 엔리는 창백해진 얼굴로 외쳤다. 즉시 달려온 코나아가 운필레아의 눈꺼풀을 손가락으로 틀어올렸다.

"……그냥 자는 거예요. 낮까지 재워놓으면 문제는 없겠죠."

"운피……. 정말 못 말리겠네."

엔리는 운필레아의 몸을 업고는 일단 자기 집 침실에 재워놓기 위해 걸어나갔다.

"어라? 보통 반대 아냐?" "넴 씨, 그런 말씀은 하면 안 됩니다요." "운필레아 형님……." 그런 대화를 등 너머로 들으면서.

밀 수확이 끝나면 징세관이 마을에 찾아온다. 그때 엔리는 고블린들의 존재를 무어라 설명하면 좋을지를 생각했다.

단순한 소환 몬스터라고 해야 할까, 자신의 부하라고 해야 할까. 아니면……

엔리는 생각했다. 그들은 항상 엔리를 생각해준다.

목숨을 지키는 것만이 아니라 마음까지 헤아려준다. 그런 고블린들을 위해 자신은 무엇을 할 수 있을지를.

소란스럽고도 든든한, 새로운 가족을 위해 과연 무엇을 할 수 있을지를——.

*

목덜미에 흘러내리는 땀을 지저분하지 않은 쪽 손등으로 닦은 엔리는 뽑아낸 잡초를 그러모았다. 무성한 잡초 무더기에서는 짓이겨진 풀 특유의 풋내가 풍겼다.

오랜 시간 밭일을 해 지친 몸에 땀을 먹어 젖은 옷이 달라붙어 찝찝했다.

엔리는 기분전환을 하려고 등을 쭉 폈다.

시야에 들어오는 것은 온통 밭.

이삭은 통통하게 여물고 있다. 수확 시기가 다가오면 밀은 점차 금색으로 물든다. 밭 전체가 황금색으로 물든 광경은 참으로 훌륭하지만 그 전에 잡초를 뽑는 귀찮은 일이 필요하다. 이를 소홀히 하면 황금색이 추레한 색으로 바뀌고 만다.

지금 이 일은 수확을 위한 고생인 셈이다.

등을 쭉 펴자 굳었던 부분이 풀리고 뻣뻣했던 몸이 부드러워진다. 밭일로 달아오른 몸에 바람이 기분 좋게 느껴졌다.

흐르는 바람은 엔리에게 다른 것도 전해주었다. 마을에서 들려오는 시끌벅적한 소리였다.

무언가를 두드리는 소리며 힘을 맞추려는 구령 소리 등, 이제까지는 들어본 적이 없었던 소리뿐이다.

현재 마을에서는 힘을 기울여 여러 가지 계획을 추진하는 중이었다.

그 중에서도 가장 중시되는 것이 마을 주위를 에워싸는 담장, 그리고 감시탑을 건축하는 일이었다. 말할 것도 없이 마을을 한층 강건한 요새로 만들기 위해서였다.

카르네 마을은 토브 대삼림 근처에 있다. 숲은 몬스터의 터전이며 마경(魔境). 그런 곳 근처에서 안심하고 살아가려면 튼튼한 담장이 있어야 한다.

하지만 평지에 널찍한 간격을 두고 집을 세웠으며 중앙에는 광장이 있는 이 마을에는 담장다운 담장이란 없고, 누구나 쉽게 드나들 수 있다. 이제까지는 그래도 상관없었다. 숲이 가깝다고는 하지만 몬스터가 마을 근처까지 접근하는 일은 없었기 때문이다. 숲의 현왕이라 불리는 강대한 마수의 영역이 펼쳐져 있어 그곳을 지나는 몬스터가 존재하지 않았으므로, 마치 철벽이 보호해주는 것처럼 안전했다.

그런 생각이 인간 때문에 뒤집어졌다.

제국 기사들에게 마을이 습격당해 친하던 이들이 살해당했는데도 이를 괜찮다고 생각하는 이들은 없었다.

따라서 고블린 지휘관 쥬게무가 제안한 마을 요새화 계획은, 마을이 다시 습격을 당하면 고블린들만으로는 대처할 수 없으리라는 발언도 있고 해서 즉시 만장일치로 가결되었다.

아직까지도 주민들을 괴롭히는 악몽을 잊지 않도록.

우선은 아무도 살지 않는 가옥을 허물어 자재를 담장 만드는 데 썼다. 물론 그것만으로는 부족했으므로 대삼림에서 나무를 베어 오는 작업이 필요했다. 숲 안쪽으로 나아가면 숲의 현왕이 지배하는 영역에 걸릴 위험성이 있었으므로 숲 가장자리를 따라 멀리까지 다녀오곤 했다. 이를 경호하는 역할은 당연히 고블린들이 맡았다.

이러한 작업을 통해 주민들은 고블린에 대한 경계심을 거의 완전히 없앴다고 할 수 있다. 같은 인간인 기사가 주민들을 학살했던 것도 이유 중 하나였다. 같은 종족끼리도 서로 목숨을 빼앗는다. 반면 고블린들은 종족이 다른데도 엔리의 부하로서 마을을 위해 일한다. 신용할 수 있을지 어떨지는 동족이냐 이종족이냐로 판단해서는 안 된다는 생각이 자리 잡게 된 것이다.

그리고 무엇보다도 힘이 있었다. 고블린들이 전사로서 경계임무를 맡아주고, 상처를 입어도 고블린 사제인 코나아가 치유해주었다.

그런 고블린들을 싫어하기란 힘든 노릇이다.

이리하여 겨우 며칠 사이에 고블린들은 마을에 뿌리를 내렸고, 마을에 없어서는 안 될 존재가 되었다. 이는 고블린들의 주거만 보아도 알 수 있을 것이다. 다른 종족인데도, 이제는 마을 안에 새로 지은 —— 엔리의 집 근처에 —— 커다란 집을 본거지 삼아 살고 있는 것이다.

마을과 고블린은 하나가 되어 마을의 방위계획에 힘썼지만, 아무리 그래도 인원이 너무 부족했다. 이 때문에 처음에는 소소한 방책 정도밖에 만들 수 없었다.

마침 그 무렵, 마을의 방파제 역할을 맡아주었던 숲의 현왕이 검은 갑주를 입은 뛰어난 전사에게 패배해 그를 따라가면서 영역을 포기하게 되는 사건이 발생했다. 기껏 고생해 완성시켰던 것이기는 하지만 더 이상 이런 방책 정도로는 안심할 수 없다고 마을 주민들은 비탄에 잠겼다.

하지만—— 이제는 훌륭한 담장이 마을을 지켜주고 있다.

사태가 호전되었던 계기는, 마을의 구세주 아인즈 울 고운의 메이드라고 자신을 소개한 절세미녀가 데려온 여러 마리의 스톤 골렘이었다.

골렘은 피로와는 무관한 존재이며 명령에 따라 묵묵히 일한다. 그것도 인간은 도저히 내지 못하는 힘으로. 다소 둔한 면이 있어 섬세한 작업을 맡기기는 어렵지만, 그래도 그들이 참가해준 덕에 믿을 수 없을 정도로 시간을 단축할 수 있었다. 자지도 쉬지도 않고 일하는 골렘 덕에 담장 건축은 엄청난 속도로 진행되었다.

마을 사람들이나 고블린들만으로는 무리였던 많은 양의 나무를 베어오고, 토대 부분을 단단히 묻기 위한 커다란 구멍을 파는 등 막대한 작업량을 압도적인 속도로 마쳤다. 연 단위의 시간이 필요하리라 예상되었던 담장은 겨우 며칠 사이에 완성되었다. 그것도 예정보다 넓고 높으면서도 튼튼한 것이.

담장만이 아니라 감시대 건축도 쉽게 진행되었다. 이에 따라 마을 동쪽과 서쪽에서는 감시대가 완성되기 직전이었다.

"엔리 누님, 이쪽도 끝났습니다요."

함께 잡초를 뽑아주던 고블린—— 파이포가 말을 걸어 엔리의 사색은 중단되었다.

"아, 고맙습니다."

"뭘요. 인사는 필요 없습니다요."

파이포는 멋쩍은 듯 흙과 풀즙에 지저분해진 손을 파닥파닥 흔들지만 엔리는 아무리 감사해도 부족할 만큼 은혜를 느끼고 있었다.

엔리는 부모님을 잃는 바람에 밭을 유지하는 것조차 힘들었다. 원래 같으면 마을 사람들의 도움이 필요하겠지만 일손이 줄어든 지금은 어느 집이나 자기 밭 하나 간수하는 것이 고작이었다. 하지만 고블린 덕에 이 문제도 해결했던 것이다. 심지어 엔리 한 사람만을 도와주는 것도 아니었다.

자신을 부르는 목소리에 엔리가 고개를 돌리자 투실투실한 여성이 보였다. 그녀의 옆에는 고블린도 한 명 있었다.

"엔리, 정말 고마워. 고블린 분들이 도와준 덕에 밭일이 다 끝났단다."

"다행이네요. 하지만 모두 자발적으로 도와주시는 거니까 고맙다는 말씀은 그분들께 해주세요."

"응, 그야 이미 했지. 하지만 자기들은 부하니까 누님한테 얘기하라고 그러던걸."

누님이라는 단어는 온몸이 꼬일 만큼 부끄러웠지만 엔리는 쓴웃음으로 흘려넘겼다.

고블린들은 습격 때문에 일손을 잃은 집들을 자발적으로 찾아가 도와주겠다고 자청했던 것이다. 눈앞의 부인도 그 중 하나였다.

이렇게까지 해주는 고블린들을 어떻게 기피할 수 있겠는가. 카르네 마을에서는 인간보다도 고블린이 더 좋은 이웃 아닐까. 그런 사실이 당연하다는 것처럼 화제에 오를 만큼 고블린들의 평가는 좋았다.

"그런데 다른 고블린 분들은 어디 있니? 조만간 보답으로 식사라도 대접해주고 싶은데."

"다른 분들은 경비를 나갔거나 이사 오신 분들을 도와주러 갔어요. 아주머니가 그렇게 말씀하셨다고 제가 전해드릴게요."

"그래? 그럼 부탁할게. 그때는 실력을 발휘해볼 테니까. 아저씨는 지금 같이 드실라우?"

"아, 그럼 사양 않겠습니다요. 누님, 죄송하지만 모르가씨네 집에서 먹고 갑죠."

엔리가 고개를 끄덕이자 부인은 곁에 있던 고블린과 함께 마을 쪽으로 걸어갔다.

"이사 오신 분들도, 다들 나쁜 사람이 아니란 걸 이해해주면 좋을 텐데."

"처음 얼굴을 마주했을 때는 아주 분위기 험악했지 말입죠. 그분들의 머릿속에선 우리의 위치가 적으로 잡혀 있는지."

"우리 마을이 아닌 개척촌에선 아인종은 적이라는 사고방식이 일반적인가 봐요……."

"그래서 꽤 많은 인원을 할애해 협조하는 것입죠. 근데 이게 영 쉽지가 않네요."

"그, 그래도 전보다 많이 마음을 열어줬어요. 전에는 평범하게 인사하는 분도 봤고요."

"뭐, 그분들도 이 마을 분들하고 마찬가지로 습격을 당해 가족을 잃은 기억이 있으니까요. 아니, 그분들이 더 괴로울지도요."

카르네 마을을 습격한 운명도 가혹했지만, 그래도 마을 주민 절반 정도가 살아남았다. 하지만 기사들에게 대부분의 주민을 잃은 마을도 있었던 것이다. 카르네 마을이 이주자를 모집했을 때 찾아온 것은 그런 마을의 생존자들이었다.

엔리와 파이포 사이에 침묵이 흘렀다.

다시 허리를 쭉 편 엔리는 하늘을 올려다보았다. 정오 종소리는 아직 울리지 않았지만 시간도 괜찮고, 밭일도 잠깐 마무리하기에 적당한 수준이었다.

"그럼 그만 점심 먹으러 갈까요?"

파이포는 짓이겨진 듯한 얼굴에 누가 봐도 알아볼 수 있을 만큼 명랑한 웃음을 지었다.

"그거 듣던 중 반가운 소립니다요. 엔리 누님 음식은 맛있으니까요."

"그렇지도 않아요."

엔리는 멋쩍게 웃었다.

"아뇨아뇨, 진짭니다요. 엔리 누님의 밭일 돕기 담당은 우리 사이에서 제일 경쟁률이 높은 일이거든요. 맛있는 밥을 먹을 수 있어서."

"아하하. 그럼 다른 분들 것도 같이 만들까요? 아침하고 똑같이."

3인분 만드나 20인분 만드나 마찬가지……라고는 할 수
없다. 재료를 다듬는 것만 해도 큰일이다. 게다가 솥도 한두
개로는 도저히 부족하다. 엄청난 수고가 필요하다. 하지만
그 정도는 고블린들에게 받은 은혜를 생각해보면 문제가 되
지 않는다.

"아뇨아뇨, 당치 않습니다요. 누님의 점심을 먹는 건 경
쟁에서 승리한 자의 특권이니까요."

씨익 웃는 조그만 아인종에게 엔리는 난감한 웃음을 지을
수밖에 없었다. 고블린들이 가위바위보로 엔리를 도와줄 사
람을 결정한다는 사실은 알았지만 그렇게 좋은 평가를 받을
만한 요리를 만들고 있다는 자신은 없었다.

"그럼 돌아가서 식사해요."

"그거 좋……."

그렇게 말하려던 파이포가 갑자기 입을 다물더니 날카로
운 눈으로 먼 곳을 바라보았다. 너스레를 떨던 조그만 아인
종에서 역전의 전사로 돌변한 파이포를 보며 숨을 흠칫 멈
춘 엔리도 그의 시선을 따라가보았다.

그곳에서는 새까만 늑대를 탄 고블린이 있었다. 마을을
향해 미끄러지는 듯한 속도로 초원을 가로질러 달려온다.

"큐메이 씨네요."

엔리가 소환한 고블린 군단은 레벨 8 고블린이 12명, 레

벨 10 고블린 궁수가 2명, 레벨 10 고블린 마법사가 1명, 레벨 10 고블린 사제가 1명, 레벨 10 고블린 늑대기병이 2명, 레벨 12 고블린 지휘관이 1명인 합계 19명으로 이루어졌다.

오늘 아침에 온 카이쟈리나 지금 밭일을 도와주는 파이포가 레벨 8 고블린이며, 이쪽으로 달려오는 새까만 늑대를 탄 모피 가죽갑옷과 창으로 무장한 큐메이가 레벨 10 고블린 늑대기병이다.

고블린 늑대기병은 초원을 돌아다니며 조기경계를 맡는다. 정시보고를 위해 마을에 돌아오는 모습은 눈에 익은 광경이다.

"……그렇구만요."

다만 파이포의 어조는 무거웠다. 무언가 석연찮은 느낌이라는 뉘앙스였다.

"왜 그러세요?"

"……좀 이르지 않나 해서 말입죠. 저 친구 오늘은 대삼림 방면으로 경계를 나갔을 텐데……. 무슨 일 있었나?"

파이포의 설명을 듣고 엔리의 마음속에 불안이 치밀었다. 무언가 또 피비린내 나는 일이 일어나는 것은 아닐까 하는 불안이었다.

두 사람이 침묵한 동안 큐메이를 태운 커다란 늑대는 엔리 일행의 곁까지 달려왔다. 늑대의 거친 호흡이 얼마나 서

둘러 돌아왔는지를 말해주었다.

"무슨 일이야?"

파이포가 묻자, 늑대에서 내리지도 않고 엔리에게 슬쩍 인사를 한 큐메이가 대답했다.

"대삼림 방면에서 무슨 일이 생긴 것 같아."

"……무슨 일이라니?"

"잘은 모르겠지만. 예전처럼 누군가가 떼로 북상했던 건 아닌 것 같고."

"그거 혹시 기사인가요?"

두 사람의 이야기에 엔리가 자신도 모르게 끼어들었다. 자신은 아무런 도움도 되지 않는다는 사실을 알지만 묻지 않을 수는 없었다. 마을을 습격했던 그 공포를 잊어버리지는 않았으므로.

그들이 이야기한, '떼로 북상했던 누군가' 란 수천이 넘는 무언가가 북쪽으로 이동한 듯한 발자국을 발견한 사건을 가리키는 것이다. 사이즈는 인간의 것이어도 발자국이 맨발이었으므로 인간이 아니리라는 결론이 나왔다.

"……확증은 없습니다만 그건 아닐 겁니다요. 굳이 말하자면 숲 안에서 무슨 일이 있었던 느낌입죠."

"그렇군요."

그 대답을 듣고 안도의 한숨을 쉬었다.

"……그럼 일단은 리더한테 보고하고 오겠습니다요."

"그려, 수고했어."

"수고하셨습니다."

두 사람에게 한 차례 손을 흔들고 큐메이는 늑대를 몰았다. 뒷모습을 눈으로 따라가니 천천히 열리는 마을 문 안으로 쑥 들어가버렸다.

"그럼 그만 돌아가죠."

"알겠습니다요."

                              *

우물에서 손을 씻고 집으로 돌아온 엔리와 파이포에게 소녀의 목소리가 들려왔다.

"어서 와, 언니."

인사와 함께 돌과 돌을 마주 비벼대는 드득드득 소리가 들렸다. 그쪽을 쳐다보니 집 옆에서 맷돌을 돌리는 넴이 있었다.

맷돌에서는 코를 찌르는 듯한 강렬한 냄새가 풍겼다. 조금 전 엔리의 손에서 났던 냄새와 비슷한데 그것을 몇 배로 증폭시킨 듯한, 조금 떨어진 곳에서도 느낄 수 있을 만큼 강한 냄새였다.

넴은 이미 냄새에 익숙해졌으므로 문제없겠지만 엔리는 강렬한 냄새를 받아 눈가에 눈물을 머금었다. 뒤에 있던 파이포의 얼굴에는 특별한 표정은 전혀 나타나지 않았다. 종족의 차이인지, 아니면 섬기는 주인의 동생 앞에서 그런 표정을 지으면 실례라고 생각해 그러는지는 알 수 없었지만.

"다녀왔어. 어때, 잘 갔았니?"

"응, 문제없어. 봐봐."

씨익 웃으며 넴이 시선으로 가리켰다. 엔리가 나가기 전에는 수북하게 쌓여 있던 약초가 이제는 아주 조금밖에 남지 않았다.

"나 잘했지? 이제 거의 다 끝났어."

넴은 엔리에게 부탁을 받아 약초를 갈아 단지에 담아두는 작업을 했던 것이다. 말려서 보존하는 약초도 있고, 갈아서 보존하는 약초도 있다.

"와아! 열심히 했구나, 넴!"

엔리가 한껏 칭찬하자 동생은 자랑스러운 빛을 띠면서도 멋쩍어했다. 어느샌가 운필레아에게 배우기라도 했는지, 아니면 조금이라도 언니를 돕고 싶다는 마음이 그렇게 만든 것인지 넴의 작업은 꼼꼼하면서도 빨랐다.

약초는 카르네 마을의 중요한 수입원이다. 노동력이 많지 않은 개척촌의 유일한 특산품이라 할 수 있다. 귀중한 화폐를 얻기 위한 수단이며, 그렇기 때문에 마을 사람들은 온갖 약초가 군생하는 곳을 많이 알고 있다.

엔리는 곰곰 생각해보았다. 이 약초는 마을에서 채집하는 약초 중에서도 손꼽을 만한 수익률을 자랑한다. 그러나 꽃이 피기 직전의 지극히 짧은 기간에만 약효성분을 비축하기 때문에 어디까지나 임시 수입 정도밖에 되지 않았다. 현재 알려진 군생지에서는 채집이 전부 끝났지만 숲을 조금만 더 헤치고 들어가보면 아직 손을 대지 않은 곳이 숨어 있을지도 모른다.

그곳은 몬스터가 당연하다는 듯이 활보하는 대삼림이다. 엔리가 피크닉 기분으로 갈 수 있는 곳이 아니다. 그러나 지금은 고블린들도, 약초 채집 경험이 풍부한 운필레아도 있다. 그들의 도움을 받으면 목돈을 버는 것도 가능하다.

조금 망설인 후, 엔리는 파이포에게 말을 꺼냈다.

"새로운 장소로 약초를 캐러 가보고 싶은데요, 함께 가주실 수 있을까요?"

평범하게 생각해보면 엔리 자신이 나갈 것 없이 위험한 대삼림에는 실력이 뛰어난 고블린들을 보내면 그만이다.

하지만 엔리가 소환한 고블린들에게는 기묘한 약점이 있었다. 그것은 약초를 찾거나 사냥감을 해체하는 작업이 서툴다는 점이었다.

요리에서도 비슷한 면이 있었는데, 고블린들은 약초를 보여주어도 눈앞에 있는 똑같은 약초를 발견하지 못했던 것이다. 까닭은 알 수 없지만 그런 능력이 결핍되었으며, 심지어 습득도 불가능한 것 같았다. 마치 누군가가 그런 부분을 송

두리째 잘라낸 것처럼.

그렇기 때문에 약초를 찾으려 한다면 고블린 이외의 누군가가 함께 나가야만 했다.

"그야 상관없지만…… 엔리 누님이 함께 가시는 건 좀 어려울지도 모르겠습니다요."

"네? 그건 왜요?"

"아까 큐메이 말입니다요. 숲 안쪽에서 무슨 일이 있었다는 얘기를 하지 않았습니까요? 그렇게 되면 아주 어지러워집죠. 숲이."

의아한 표정을 짓는 엔리에게 파이포가 자세히 설명해주었다.

"경계심이 강한 놈들은 자기 영역을 옮기고 할 때가 있습니다요. 그렇게 되면 그 주변 영역도 죄다 엉망진창이 돼서 엄청난 혼란이 발생합죠. 까놓고 말해 몬스터하고 마주칠 확률이 올라가고, 위험도가 높아간단 겁니다요. 게다가 잘못하면 대삼림 밖으로까지 나오는 놈도 있을지 모르고요. 암만 엔리 누님이 대담한 분이라고 해도 일부러 위험에 뛰어들 건 없지 않겠습니까요."

"그렇군요……."

대담하다는 말에는 의문이 들었지만 평소와 같은 빈말일 것이라고 생각해 엔리는 흘려넘겼다.

"전에도 대이동이 있었던 것 같은데, 뭔가 사건이라도 생졌을까요?"

"그건 모르죠. 정말로. 대삼림에서 뭔가가 있었는지 자세히 조사할 사람을 보내고 싶지만…… 저희가 가면 이 마을의 수비가 약해지고……. 맞아! 모험자를 고용하면 어떻겠습니까요?"

"그건 어려울 거예요."

엔리는 얼굴을 찡그렸다.

"모험자 분들께 의뢰하려면 비용이 굉장히 많이 든다고 운피가 가르쳐줬거든요. 에 란텔 영주님이 비용을 일부 부담해주신다지만, 우리 마을 같은 곳에선 그 나머지 비용을 부담하기가 힘들어요."

"그렇구만요……."

"약초를 많이 캐서 팔 수 있다면 가능할지도 모르지만……. 아니면 고운 님께 받은 아이템을 팔아야……."

아인즈 울 고운에게 받은 뿔피리는 두 개였다. 하나는 써서 사라졌지만 나머지 하나는 남았으며, 지금은 엔리네 집에 보관해두고 있다.

"그건 관두시는 게 좋겠습니다요, 누님. 파느니 차라리 불어버리시는 게 낫죠."

"물론 팔거나 하진 않아요."

남이 호의로 준 아이템을 팔아치우는 그런 저질스러운 사람이 되기는 싫었다. 팔아야만 할 정도로 힘든 상황이 되더라도 그런 짓을 하고 싶지는 않았다. 무엇보다 지금도 마을을 염려해 골렘과 함께 메이드를 보내주는데, 그런 신세를 지면서 염치없는 짓을 하기는 싫었다.

"하지만 난감하네요. 이 시기에만 캘 수 있는 약초거든요. 그러니 다소 위험할지는 모르지만, 가능하다면……."

걱정스러운 표정을 짓는 넴에게 웃음을 지어주었다. 마지막 남은 가족을 슬프게 만들고 싶지는 않았다. 하지만 중요한 현금을 얻을 기회 또한 놓치고 싶지 않다. 분명 우선순위를 생각하면 이 선택은 잘못되었는지도 모른다. 하지만 마을을 위해 목숨을 걸고 있는── 자신을 주인으로 섬기는 그들에게도 은혜를 갚아야만 한다.

'돈을 많이 벌어서 고블린 분들의 장비를 살 수는 없을지 알아봐야 해. 전신 갑옷이었던가? 그건 엄청나게 방어력이 높아 보였지. 그 까만 갑옷 입은 분…… 그러고 보니 성함이 뭐였더라?'

무기나 방어구의 금액 같은 것은 전혀 모르지만 나름 비쌀 것이다. 그렇기에 기회를 놓치고 싶지 않다고 굳게 결심하는 엔리에게, 파이포가 잠깐 기다려보라며 손을 내밀었다.

"……으음. 뭐, 지금 말은 제 개인적인 의견이니 일단 리더하고 의논해보겠습니다요. 엔리 누님도 너무 성급하게 결정하지 마시고요. 되는 대로 말했다가 혼나는 것도 싫으니까. 게다가 운필레아 형님도 이래저래 약초가 필요하시겠죠."

엔리가 어떻게 할까 고민하기 시작했을 때 꼬르르 귀여운 소리가 들렸다. 쳐다보니 넴의 불만스러운 시선이 엔리를 보고 있었다.

"언니, 나 배고파. 밥 먹자."

"그래그래, 미안해. 그럼 정리하면 손 씻고 오렴. 준비해 놓을 테니까."

"응~."

씩씩하게 대답한 넴은 맷돌을 둘로 분리하더니 사이에 낀 녹색의 끈적끈적한 것들을 능숙하게 주걱으로 긁어 조그만 단지에 담았다. 엔리는 점심으로 무얼 만들까 생각하면서 집 입구로 걸어갔다.

2

엔리는 토브 대삼림 앞에 서 있었다. 물론 혼자는 아니다. 주위에는 엔리에게 충성을 다하는 고블린 군단 전원이 모였다.

고블린들은 체인 셔츠에 라운드 실드를 장비했으며 벨트에는 두툼한 마체테를 찼다. 체인 셔츠 밑에는 갈색 반바지를 입고, 질긴 모피로 만든 신발을 신었다. 옆구리에는 자질구레한 것들을 넣기 위한 것으로 보이는 포셰트를 걸쳤다.

무장으로는 무엇 하나 빠지는 데가 없다.

완전무장한 고블린들은 마지막으로 휴대용품을 체크했다. 물주머니는 채웠는지, 두꺼운 마체테는 잘 갈아놓았는지를 확인한다.

모두 무장은 확실한 반면 등에 짊어진 짐은 적다. 단시간 동안 일을 마칠 계획이며 대삼림을 장기간 탐색할 생각은 없기 때문이다.

여기 있는 모두가 엔리를 경호하며 대삼림 내부를 탐색하는 것은 아니다. 그들의 주요 목적은 늑대기병이 가져온 정보에 대해 자세히 조사하고 대삼림 내의 이상을 발견하는 것이다. 하지만 마을만 지키면 되므로 마을 주변을 얕고 넓게 탐색하기로 했다.

엔리를 따라 약초 채집에 가는 고블린은 셋뿐이었다.

그리고 여기에 또 한 사람, 운필레아가 더해졌다. 그도 든든히 준비를 갖추어 숲에서 약초를 캐는 데 어울리는 복장이었다. 운필레아가 있으면 약초 채집은 분명 순조로울 것이다.

엔리의 시선을 느꼈는지 그가 왜 그러냐는 듯 고개를 갸웃했다. 엔리는 아무것도 아니라며 손을 내저었지만, 그는 그래도 무언가 마음에 걸렸는지 곁에 있던 몸집 큰 고블린과 함께 엔리의 곁으로 다가왔다.

고블린이라고는 생각할 수 없을 정도로 근골 우락부락한

거구. 실용제일주의를 표방하듯 우툴두툴한 브레스트 플레이트(breast plate)를 착용했으며 등에는 오랫동안 써 길이 든 그레이트 소드를 짊어졌다.

그가 바로 쥬게무. 엔리가 옛날이야기에 나오는 고블린 용사 '쥬게무 쥬게무'에서 따와 이름을 지어준, 고블린들의 대장이다. 참고로 이 이야기에서 고블린 용사와 함께 싸웠던 기사들은 모두 특별한 이름을 얻었는데, 나머지 고블린들의 이름은 여기서 따왔다.

"걱정……하는 것 같지는 않은데, 무슨 일 있어?"

"아냐, 정말 괜찮아! 어쩌다 쳐다본 것뿐이야."

"그럼 다행이지만, 숲에 들어가면 사소한 일 때문에 목숨이 왔다 갔다 할 수도 있으니까 조금이라도 이상한 일이 있으면 말해줘."

"지당한 말씀입니다요, 엔리 누님. 아까도 말씀드렸듯 우린 숲 주변을 살피며 돌아다녀야 해서 무슨 일이 생겼을 때 당장은 달려올 수 없습죠. ……정말 괜찮으신 겁니까요?"

쥬게무는 우툴두툴한 얼굴을 걱정스레 일그러뜨리고 엔리를 들여다보았다. 엔리가 웃었다.

"괜찮아요. 그렇게까지 깊이 들어가진 않고, 다른 분들이 지켜주실 테니까요."

"그럼 다행이지만요……."

쥬게무는 엔리가 쳐다보는 고블린 셋을 순서대로 노려보

더니 고함을 질렀다.

"야, 이놈들아! 명심해! 누님에게 상처 하나 났다간 가만 안 둔다!"

"네입!"

세 고블린—— 고코우, 카이쟈리, 운라이가 동시에 힘차게 대답했다.

"그리고 운피 형님도 엔리 누님을 잘 부탁합니다요."

엔리는 문득 카이쟈리가 *프론트 더블 바이셉스를 하고 있다는 것을 알아차렸다.

"여기서 하라고……? 어흠! 물론이지! 엔리는 내가 지키겠어!"

엔리에게는 자신만만하게 웃는 운필레아의 이가 마치 반짝 빛나는 것처럼 보였다. 평소의 그와는 전혀 다른 모습이라 어쩐지 조금 징그러웠다. 하지만 숲에 가게 되어 들뜬 것일지도 모른다. 꼭 애들 같다는 생각에 흐뭇해져 엔리는 마치 누나가 된 기분이었다.

"고마워, 운피. 잘 부탁해."

그리고 그때 문득.

'어라? 이번에는 **사이드 체스트를 하네……. 대체 뭐람?'

"엑, 또……? 음, 내가 만든 연금술 아이템도 다양하게 준

---

*프론트 더블 바이셉스: 보디빌딩의 자세. 두 팔을 수평으로 들고 힘껏 굽혀 상완이두근을 강조한다.
**사이드 체스트 : 보디빌딩의 자세. 한쪽 옆으로 서서 팔을 젖혀 가슴을 드러내고 가슴 근육과 이두박근을 강조한다.

비해왔으니까! 나한테만 맡겨!"

두 번째 '반짝'을 보니 흐뭇하던 기분도 절반 정도 날아
가버렸다.

"으, 응…… 부탁할게."

"아~ 그럼 잘 해주십쇼. ……근데 말이죠, 솔직히 이렇
게 위험한 일은 하지 않으셔도……."

쥬게무는 엔리를 돌아보며 다시 떨떠름한 표정을 지었다.
마을에서도 몇 번이나 되풀이했던 이야기를 또 끄집어내려
나 싶어 엔리는 조금 진저리가 났지만 자신을 걱정해주기에
하는 말인 이상 무시할 수는 없었다.

"그렇지만 역시 약초를 캐야 돈을 벌 수 있는걸요……."

"짐승 가죽 같은 건 안 됩니까요? 그거라면 저희도 어떻
게든 할 수 있는데."

"나쁘지야 않지만, 그래도 역시 약초가 가장 수입이 좋으
니까요."

짐승 가죽과 약초는 가격의 자릿수가 완전히 다르다. 그
야말로 하늘과 땅 차이라 해도 과언이 아니다. 물론 매우 희
귀한 동물의 가죽이라면 값도 비싸지겠지만, 그런 일은 거
의 없다.

"운피 형님더러 캐오라고 하시면……."

"운피네 집과 우리 집의 가계는 따로 생각해야죠. 힘을
합치고, 이익은 절반씩. 기대기만 할 수는 없어요."

어려울 때는 서로 돕는 것이 마을 생활이다. 따라서 따돌림이라도 당하면 아무것도 못한다. 그렇다고 의지만 한다는 것은 독립하지 못했다는 증거이며, 용납도 되지 않는다. 자급자족이란 원래 어려운 법이다.

쥬게무와 엔리는 뒤에서 "카이쟈리 씨, 포징은 그만두세요. 눈치 좀 살피시라고요……."라느니 뭐라느니 말하는 운필레아로부터 시선을 돌렸다.

"그야 물론…… 그렇지만……. 형님하고 합치시면 지갑도 하나가 될 텐데……. 아니, 아무튼 뭐…… 그만두실 생각은 없단 말이죠……."

쥬게무의 말에서는 서서히 힘이 빠져나갔다. 그도 대삼림으로 가려는 엔리를 말릴 수 없다는 사실을 깨달았으리라.

엔리도 자신을 진심으로 걱정해주는 쥬게무를 난처하게 만들고 싶지는 않았지만, 결의는 흔들리지 않았다.

위험하다는 사실을 알면서도 숲에 들어온 것은 '장비를 수리할 수 없다'는 카이쟈리의 말을 들었기 때문이었다.

부엌칼을 가는 정도라면 몰라도, 금속 무구를 수선하려면 전업 대장장이에게 맡겨야만 한다. 다시 말해 고블린들은 잠재적인 위기를 끌어안고 있는 셈이다. 장비의 내구도가 떨어지면 그만큼 죽음이 다가온다. 예비 무기는 반드시 준비해야만 했다.

그들은 자신을 주인으로 떠받들며 목숨을 걸고 지켜준다.

그렇다면 자신은 보호를 받는 사람으로서 무엇을 할 수 있을까. 그저 안전한 곳에서 그들의 헌신을 받아들이기만 할 것이 아니라, 그들이 언제든지 전력으로 싸울 수 있도록, 할 수 있는 일을 해야 하지 않을까. 그것이 엔리가 내린 결론이었다.

고블린들은 엔리의 경호원인 동시에 카르네 마을의 수호자이기도 하다. 그런 논리를 들이댄다면 무기 구입에 필요한 돈을 마을 주민들에게서 걷을 수도 있으리라. 하지만 엔리는 마음속에 생겨난 그 생각을 기각해버렸다.

엔리는 어디까지나 개인적으로 고블린에게 은혜를 갚고 싶었다. 이번 약초 채집은 말하자면 그녀의 성의와 자긍심에서 비롯된 것이었다.

"사실은 안전을 확인한 다음에 들어가시는 게 제일 좋을 텐데……."

그렇게 말하며 뒤에서 끼어든 것은 고블린 마법사 다이노였다.

인간형 생물의 해골을 뒤집어쓴 매직 캐스터 고블린이다. 손에는 남루하지만 자신의 키보다도 큰 구불구불한 나무 지팡이를 들고 있다. 무슨 원시부족 같은 기묘한 장식품으로 온몸을 치장했으며 가슴 언저리가 살짝 불룩하다. 얼굴을 자세히 보면 남자들보다도 부드러운 것 같다. 눈에 익은 엔리조차 그 정도 차이밖에 알아볼 수 없으니 보통 사람은 아예 분간이 안 될 것이다.

"하지만 안전해졌는지 어떤지 확인할 수는 없죠, 다이노 씨?"

"응. 유감이지만 아무도 몰라. 기껏해야 숲이 잠잠해졌는지 어떤지 알아보는 정도고, 그것만 해도 오래 걸려. 게다가 새로 바뀐 영역 같은 걸 확인하려면 시간이 더 필요할걸."

그래서는 원하는 약초를 채집할 시기를 놓쳐버리고 만다. 다이노의 말을 듣고 엔리는 눈에 강한 의지를 보이며 단언했다.

"괜찮아요. 그렇게 깊이 들어가지는 않을 테니까요."

몇 번이나 되풀이된 문답으로, 역시 엔리의 마음을 바꿀 수는 없음을 이해한 쥬게무는 체념하고 엔리의 호위로 동행하게 된 고블린 셋에게 시선을 보냈다. 그리고 입에 담은 말은 역시 똑같은 내용이었다.

"우린 지켜드릴 수 없으니, 네놈들이 대표로 엔리 누님의 목숨을 지키는 거다. 그리고 운피 형님도 겸사겸사. 알았냐?"

"넵!"

"사실은 다 같이 행동하는 게 제일 안전할 텐데. 전력분산은 너무 어리석은 짓이야."

투덜거리는 다이노.

"그랬다간 만약의 사태에 대처가 늦어질 수도 있잖아요?"

"맞아. 이 마을로 다가오는 몬스터나, 영역을 새로 만들려는 놈이 있으면 쫓아내야 하니까. 안 그러면 귀찮아지거든. 둥지를 튼 다음에는 떠나려 하지도 않고, 잠깐 떠났어도 돌아오는 경우가 많아."

세력도 변화에 따라 대삼림—— 특히 마을 부근은 반드시 수색을 해야 했다.

이번이 그 첫 번째 수색이다. 언제나 처음이 가장 위험도가 높은 법이다. 그렇기에 엔리의 경호로 고블린을 세 마리밖에 보낼 수 없었던 것이다.

"좋아. 그럼 가자! 냉큼 수색 마치고 누님이랑 합류해야지!"

쥬게무가 고함을 지르고, 고블린 병사들이 대답하는 목소리가 쩌렁쩌렁 울려 퍼졌다.

*

대삼림 내부.

150미터쯤 나아가자 기온이 서늘해졌다. 이것은 단순히 햇볕이 들지 않기 때문이다. 그렇다고는 해도 완전히 어두워진 것도 아니므로 엔리도 별문제 없이 주위를 살필 수 있었다. 서늘한 공기를 헤치듯 엔리 일행 다섯은 숲속을 나아갔다.

아직까지는 정적이 대삼림을 지배하고 있었다. 나뭇가지끼리 쓸리는 미미한 소리, 이따금 메아리치는 새나 짐승의 울음소리 말고는 거의 무음. 그 안에서 엔리 일행의 발소리가 울려 퍼진다. 쥬게무를 중심으로 한 별동대는 어디까지 전진했는지, 소리는 전혀 들려오지 않았다.

일행은 삼각형 대열로 숲속을 나아갔다. 삼각형 한복판에 엔리와 운필레아를 둔 형태였다.

숲속에서는 넓은 대열을 유지하기가 어려우므로 보통 일직선으로 가지만, 두 사람을 지키기 위해 억지로 이 대열을 유지하는 것이다. 그만큼 속도는 더뎌진다. 그래도 어쩔 수 없다는 판단이었다.

대삼림 안쪽을 향해 더욱 북상했을 때 운필레아가 주위를 두리번거리기 시작했다.

밀림 속에 잠든 보물── 약초를 찾고 있다.

엔리도 약초에 대해선 문외한이 아니다. 단순히 먹거나 환부에 바르는 것, 혹은 일반적인 포션의 재료가 되는 것에 이르기까지 또래 여자아이들과 비교하면 상당한 지식을 가졌다. 하지만 운필레아에게는 전혀 미치지 못한다. 그는 의료에 쓰이는 것만이 아니라 연금술의 재료가 되는 것에 이르기까지 깊은 조예가 있다.

"뭔가 진귀한 약초라도 찾았어?"

엔리가 질문하자 기다렸다는 양 주위의 고블린들이 일제

히 포징을 시작했다.

'또 더블 바이셉스……. 요즘 유행하나?'

고개를 갸웃거린 엔리는 운필레아가 약간 진저리를 치는 표정을 지었다는 사실은 알아차리지 못했다.

"왜 그 신호는 관두라고 말하지 않았을까……. 용기가 없다는 전 정말 싫어. ……어흠. 저, 저기 보면 갈색 이끼가 있지?"

운필레아가 가리키는 곳에는 분명 이끼가 있었다.

"저건 베베야모크 이끼야. 저걸 치유 포션에 살짝 섞으면 조금이지만 효과가 강해져."

"와~ 그렇구나. 나 같으면 그냥 이끼라고 생각해서 지나쳤을 텐데. 가르쳐줬어도 아마 못 알아봤을걸. 역시 운피야."

"이야~ 과연 운피 형님은 대단하시네요. 저거 비싼 놈입니까요?"

"나름 값이 나가긴 하지만── 아, 잠깐만. 캐러 갈 필요는 없어. 나랑 엔리가 찾는 약초가 더 비싸니까. 원하는 양을 확보하지 못하면 돌아오는 길에 뜯어가도 된다는 소리야."

"그렇구만요. 알겠습니다요. 그래도 운피 형님이 있으면 이 숲은 보물산이네요. 금방 한몫 챙기겠는데요. 이야~ 운피 형님하고 같이 살면 앞날이 편하겠지 말입니다요."

"딱히 그렇지는……."

주위 고블린들의 포징이 바뀌었다.

"어…… 응, 그럴지도. 나랑 같이 살 사람은 고생시키지 않을 자신이 있지."

"응응. 운피는 분명 그럴 수 있을 거야."

조용한 숲속에 민망한 정적이 흘렀다.

"저기, 누님? 그게 끝입니까요?"

"응? 카이쟈리 씨, 무슨 소리예요?"

"어, 아뇨, 딱히 별건 아니었습니다만……. 아…… 그러고 보니 중요한 걸 안 물어봤네요. 우린 무슨 약초를 찾으러 온 겁니까요?"

"카이쟈리 씨에게는 말 안 했나요? 엔카이시라고 하는 약초인데요, 넴이 갈던 거예요."

"아항, 아항. 알겠습니다요. 하기야 우린 구분을 못하지만요. 그럼 앞장서겠습니다요."

한 걸음, 한 걸음 나아갈 때마다 짙은 숲 내음이 코를 간질였다. 인기척이라고는 전혀 없는, 인간의 나약함과 왜소함을 느끼게 하는 세계로 들어서는 기분이었다.

운필레아가 입을 열었다.

"이 근처에서 잠깐 찾아보자. 나뭇가지가 무성하고 공기가 눅눅해지기 시작한 걸 보면…… 근처에 물가라도 있나 봐. 그 약초는 이런 곳에 자생하거든. 몬스터가 헤집어놓은 흔적도 전혀 없으니 노려볼 만할 거야."

"알겠습니다요, 운피 형님."

약사이며 이런 경험이 풍부한 운필레아의 말이라면 틀림없을 것이다. 고블린들도 엔리도 동의했다.

일행은 등에 짊어졌던 이런저런 짐을 내려놓았다.

"아, 누님은 형님을 도와주십쇼."

"그렇겠네요. 운피는 짐이 많아 혼자선 힘들 테니까요."

짐을 내린 운필레아의 곁으로 향해 척척 일을 거든다.

"고마워, 엔리."

"괜찮아, 운피. 그런데 전문가는 역시 짐이 많구나. 이렇게 다양한 물건이 필요하다니."

좋다고 고개를 끄덕이는 고블린들이 시야 한구석에 들어왔다. 어째서 그들이 만족스러워하는지는 모르겠지만 엔리는 일단 패스하기로 했다.

"그럼 수색을 시작하죠!"

"와~."

조심스러운 환호성으로 대답하고, 고블린들이 주위를 경계하는 가운데 엔리와 운필레아는 약초를 찾기 시작했다.

엔리는 쉬운 일이 아닐 거라고 각오했는데, 운 좋게도 어이없을 정도로 쉽게 엔카이시를 발견했다. 나무 사이에 빼곡하게 돋아난 약초가 눈에 들어온 것이다.

"저기 있구나. 단번에 군생지를 발견하다니, 역시 운피랑 같이 오길 잘했어."

"아냐, 그렇지도 않아. 운이 좋아서 몬스터가 헤집어놓은 흔적이 없는 곳을 발견할 수 있었던 것뿐인걸. 몬스터가 지나간 다음이면 끔찍하거든."

대량으로 돋아난 약초는 보물이라고까지는 할 수 없어도 금화 무더기 정도는 될 것 같았다. 엔리는 마음속에 욕망이 타오를 것 같았지만 필사적으로 억눌렀다. 지금 있는 장소는 위험한 곳이니 욕심 부리지 말고 재빨리 일을 마쳐야 한다.

하지만 쪼그려 앉은 엔리는 약초를 뿌리께부터 주의 깊게 따기 시작했다.

엔카이시는 뿌리 가까운 부분에 약효성분이 모인다. 하지만 뿌리째 뽑아선 안 된다. 이 풀은 생명력이 강해 뿌리만 있으면 또 돋아나기 때문이다. 조금 수고를 아끼려고 기껏 발견한 새 군생지를 송두리째 없애버리는 것은 너무 아깝다.

풀을 딸 때마다 풍기는 코를 찌르는 냄새도 익숙해지면 작업에 방해가 되지 않는다. 운필레아의 집에서 나는 냄새에 비하면 천국이다.

한 포기 한 포기 조심스레 따서, 짓이겨지지 않도록 옆구리에 매단 백에 조심조심 넣는다. 고블린들도 도와주면 더 빨리 끝나겠지만 그들은 주위를 빈틈없이 경계하는 중이다. 그런 그들에게 약초를 캐달라고 할 만큼 엔리는 어리석지 않았다.

곁에서 약초를 따는 운필레아의 손놀림은 화려했다. 손놀림이 빠르면서도, 약효를 떨어뜨리거나 뿌리를 손상시키는 일 없이 완벽하게 채집한다. 전문직만이 보일 수 있는 멋진 솜씨였다.

약초에 진지한 눈빛을 보내는 그의 옆얼굴을 엔리는 잠자코 바라보았다. 눈에 익은 얼굴이 마치 다른 사람처럼 비쳤다.

'…………어른이 됐구나.'

"……응? 왜 그래?"

손이 멈춘 데 위화감을 느꼈는지 운필레아가 고개를 들었다. 까닭 없이 멋쩍어진 엔리는 고개를 숙였다.

"아냐. 운피는 대단하다 싶어서."

"……그런가? 별로 그렇진 않은 것 같은데. 이래봬도 난 약사 나부랭이니까, 이 정도는 보통 아닐까."

"…………그런가."

"그럴 거야."

대화는 거기서 끝나고, 천천히 시간이 흘러가는 가운데 가방 안의 약초는 서서히 늘어났다. 이윽고 절반 이상 찼을 때 갑자기 고블린들이 몸을 낮추더니 두 사람 주위에 쪼그려 앉았다.

놀라는 엔리에게 카이쟈리가 조용히 하라는 제스처를 보냈다. 무언가 비상사태가 발생했다. 그 사실을 알아차린 엔리는 비로소 손을 멈추고 귀를 기울였다. 제법 먼 곳에서 풀을 헤치며 다가오는 소리가 들렸다.

"이건……."

"뭔가가 이쪽으로 접근하네요. 우리에게……라기보다는 우연히 진행방향이 이쪽일 가능성이 높을 테니, 우선은 이 자리에서 좀 떨어지죠."

"……그럼 양동을 위해 큰 소리를 내는 아이템은 필요가 없을까?"

"글쎄요, 형님. 그건 관두는 게 좋을 거 같네요. 안 좋은 결과만 나올 것 같으니. 자, 가죠."

다섯 사람은 소리가 들려오는 방향에서 떨어져 근처의 나무 뒤로 이동했다. 멀리 가려 하지 않았던 이유는 자신들이 풀을 밟거나 해서 소리를 내면 안 되기 때문이다. 상대가 우연히 이쪽으로 다가오는 것이라면 발견될 위험을 무릅쓸 필요가 없다.

거목은 아니었으므로 온몸을 완전히 숨길 수는 없었지만 하다못해 뿌리께에 엎드려 최대한 눈에 뜨이지 않도록 했다.

다섯 사람은 그 자세로 숨을 죽인 채, 소리를 낸 무언가가 다른 방향으로 가도록 기도하는 심정으로 기다렸다. 하지만 유감스럽게도 그렇게 되지는 않았다. 소리를 내던 존재가 일행의 시야에 들어왔다.

"……어?"

엔리의 입에서 놀란 목소리가 살짝 새나왔다.

심한 부상을 입은 조그만 고블린이었다.

온몸에 자잘한 상처가 있었으며 그곳에서 피가 흘러나왔다. 숨을 크게 헐떡인다. 온몸에선 땀이 솟아나 피가 그곳으로 퍼져나간다.

고블린은 원래 보통 인간보다 몸집이 작지만, 이 고블린은 그 점을 감안하더라도 더 작았다. 고블린들과의 생활에 익숙해진 엔리의 통찰력이 '아이' 라는 대답을 내놓았다.

고블린 아이는 뒤쪽── 자신이 달려왔던 방향을 겁먹은 표정으로 돌아보았다. 귀를 기울일 것도 없이 그의 뒤에서는 풀을 헤치고 다가오는 소리가 들렸다. 상황으로 보건대 쫓는 자와 쫓기는 자의 관계인 것 같았다.

고블린 아이는 경련하는 다리를 열심히 움직여 엔리 일행과는 다른 나무 뒤로 숨었다.

"아──."

"──조용히 하십쇼."

엔리의 말을 가로막은 고코우의 시선은 조금도 움직이지 않았다. 빈틈없는 눈은 일직선으로 고블린 아이가 나타났던 방향으로 향했다.

몇십 초가 지나, 추적자가 불쑥 모습을 나타냈다.

거대한 검은색 늑대 같은 마수였다. 늑대가 아니라 마수라고 단언할 수 있었던 이유는 몸에 감긴 사슬 때문이었다. 몸을 조여대는 뱀을 연상케 하는 사슬은 짐승의 움직임을 전혀 방해하지 않아 마치 환영처럼 보이기까지 했다. 게다가 머리에는 앞을 향해 튀어나온 뿔이 두 개 있었다.

운필레아가 마수의 이름을 중얼거렸다.

"악령견Barguest……."

대답을 한 것은 아니겠지만 악령견이 그야말로 개처럼 코를 킁킁거렸다. 그리고—— 얼굴을 일그러뜨린다. 결코 짐승은 흉내 낼 수 없는 사악한 웃음을 지은 것이다. 천천히 움직인 시선의 방향은, 조금 전 고블린 아이가 숨은 나무였다.

악령견이 외견대로—— 짐승과도 같은 후각을 가졌다면 그 많은 피에서 풍기는 냄새를 분간하지 못할 리가 없다.

상황으로 보건대 고블린이 이곳까지 간신히 도망쳤던 것은 악령견에 대항할 만한 힘이 있었기 때문이 아니었다. 악령견이 타고난 가학성을 만족시키려 했거나, 혹은 수렵유희 중이었을 것이다.

문득 악령견의 움직임이 멈추더니, 의아한 듯 얼굴을 찡그리고는 약초가 밀집한 장소를 노려보았다.

'아——.'

엔리의 얼굴이 굳었다. 다른 사람들의 얼굴에서도 표정이 사라졌다.

나무 뒤에서 엔리는 자신의 손을 펼쳤다. 피부에는 녹색 반점이 묻어 있다. 옆에서는 운필레아도 똑같이 손을 보고 있었다.

'약초를 캐면서 묻은 즙…….'

그렇다. 넴이 맷돌에 갈 때 강렬한 냄새를 풍기던 그것이다. 코가 마비된 당사자들은 알아차리지 못했지만 그 강렬한 냄새가 풍겼을 것이다. 높아지는 심장 소리가 귀에 거슬렸다.

"움직이는군요⋯⋯. 이쪽에서는 멀어지려 하는 것 같은뎁쇼? 다행히 못 알아차린 모양입니다요."

나무에 귀를 붙이고 상황을 살피던 운라이가 머리 위에 물음표를 띄우고 있었다.

"⋯⋯혹시 냄새를 분간하지 못했던 건 아닐까?"

"그게 무슨 뜻입니까요, 형님? 마수라면 코가 상당히 좋을 텐데⋯⋯."

"그러니까⋯⋯."

운필레아는 조그만 목소리로 자신의 생각을 들려주었다.

요컨대, 예민한 후각을 가졌기에 이 일대에서 풍기는 자극적인 냄새가 어디서 나는지를 분간하지 못했던 것이다. 엔리 일행의 손이나 가방에서 풍기는 냄새가 채집한 장소에서 나는 냄새에 섞여버렸다는 뜻이다. 더욱 다행이었던 것은 원래 같으면 일행의 몸에서 풍겼을 체취도 여기에 섞여버렸을 것이다.

풀을 짓이긴 것도 고블린 아이의 고육지책이라 생각했을지 모른다.

강렬한 냄새에 감사해야겠지만, 만약 황급히 도망쳤더라

면 오히려 멀리 떨어진 곳에서 풍기는 냄새 때문에 악령견이 관심을 보였으리라고 상상하기는 어렵지 않았다.

"그럼 저 꼬맹이가 제물이 되어주면 문제 해결이군요. 마수가 얼마나 강할지 모르는 이상 함부로 나서면 위험하겠습니다요."

냉정한 말에 엔리는 자신도 모르게 고코우의 얼굴을 쳐다보았다.

그러나 그것은 지극히 타당한 발언이었다. 그들은 엔리의 안전을 최우선시한다. 그렇다면 당연히 저 마수와의 전투는 피해야 한다. 설령 동족이 희생된다 해도.

그의 발언 내용은 그의 신념에서 보자면 무엇 하나 문제가 되지 않는다.

하지만 엔리는 싫었다. 설령 다른 종족이라 해도 구해줄 수 있는 상대를 구해주지 않는 것은 인간으로서 잘못된 행동이 아닐까.

이것은 고블린에게 습격을 당한 적이 없는, 위기의식이 부족한 어리석은 시골 아가씨의 생각인지도 모른다.

엔리는 일행을 쳐다보았다. 고블린들은 엔리의 마음을 이해했는지 입을 다문 채 말이 없었다. 다음으로 운필레아를 보았다.

"운피……."

"하아……. 구해주자. 정보를 제공할지도 모르잖아. 저 고블린이 왜 여기까지 도망쳤는지, 그걸 확인하지 않으면 장래에 마을에 위험이 미칠 수도 있어."

고블린들이 낯을 찡그렸다.

"이기지 못할 가능성도 있습니다요."

"그건 그래. 하지만 악령견도 천차만별이야. 악령견 우두머리Barguest Leader 정도 되면 상당히 강하다고 들었어. 하지만 저놈은 몸에 감긴 사슬이나 뿔의 크기로 보건대 별로 강한 타입은 아닐 것 같아. 그냥 악령견이라면 분명 이길 수 있어.

"잠깐 기다리십쇼. 엔리 누님이 있는뎁쇼? 위험은 피해야 하지 않겠습니까요."

엔리는 침을 꼴깍 삼켰다. 지금 머릿속에 떠오른 것은 자기만족에서 비롯된 말이었다. 자신만이 아니라 다른 사람들의 목숨까지도 위험에 드러내야 하는 어리석은 말이다. 하지만 그래도 입에 담지 않을 수 없었다.

"……구할 수 있을지도 모르는 사람을 내버려두는 건, 가해자를 도와주는 거나 마찬가지라고 생각해요. 난 약한 사람을 괴롭히는 그놈들처럼 되고 싶진 않아요. 부탁이에요!"

"하아……."

엔리의 진지한 표정에 카이쟈리는 체념한 듯 한숨을 쉬었다.

그때 짐승의 기괴한 울음소리가 울려 퍼졌다. 그것은 누가 들어도 비웃음임을 확실히 알 수 있는 울음소리였다. 이어서 고블린 아이의 비명이 들렸다.

이제는 망설일 시간도, 의논할 시간도 없다.

"할 수 없구만. 갑니다요!"

고블린들이 먼저 뛰어나갔다. 뒤늦게 운필레아도.

자신의 바람을 들어주기 위해 싸우기로 한 전사들의 뒷모습을 보며 엔리는 가슴을 저미는 듯한 아픔을 느꼈다.

자신은 뒤에서 보고만 있어야 한다.

그러니 하다못해, 모두를 지켜보기 위해 눈 하나 깜빡하지 않는 진지함으로 전장을 응시했다.

뛰어나간 네 사람은 금세 고블린 아이를 짓누르고 있는 악령견을 발견했다. 새로운 상처를 입었으면서도 고블린 아이가 죽지 않았던 것은 사냥감을 가지고 놀려는 악령견의 사악한 성질 덕이었을 것이다.

악령견이 움직임을 멈추더니 일행과 고블린 아이를 번갈아 쳐다보았다. 아마 자신이 함정에 빠졌고, 유인당한 것이 아닌가 생각했을 것이다.

"이봐, 멍멍아."

운라이가 엄지만 세운 주먹을 내밀어 자신을 가리켰다.

"놀고 싶으냐? 상대해줄까? 덤벼봐."

크르르르르. 악령견이 명백한 적의에 가득 찬 소리를 냈다.

스윽, 자연스러운 움직임으로 선두의 카이쟈리가 허리에 찼던 마체테를 뽑았다. 뒤를 이어 다른 고블린들도 발검했다.

"사양하지 말라고. 재주도 가르쳐줄게. '엎드려' 하나뿐이지만."

"아윽!"

고블린이 도발한 다음 순간 악령견에게 깔린 고블린 아이가 비명을 질렀다. 악령견은 말을 하지는 않았지만 행동으로 웅변하고 있었다. 움직이면 이 아이를 죽이겠다고. 하지만——.

"좋았어, 죽여버려!"

세 고블린은 악령견의 협박을 무시하고 노성을 지르며 돌진했다.

생각지도 못한 행동에 악령견의 눈이 곤혹스레 흔들렸다.

악령견은 당연히 모르겠지만 원래 고블린들은 진심으로 아이를 구하기 위해 나타났던 것이 아니었다. 엔리의 부탁을 들었기 때문이었으며, '구할 수 있으면 다행이고' 하는 정도 생각밖에는 없었다.

이렇게 정면으로 대치한 이상 악령견을 죽이지 않으면 가장 소중한 엔리에게까지 피해가 미칠 가능성이 있다. 그렇기에 확실하게 악령견을 물리쳐야 한다. 상대가 고블린 아이를 괴롭히려 하면 그만큼 대응이 한 수 뒤처질 것이며, 그런 의미에서 보면 그들에게는 고마운 일이다.

뽑혀나와 검광을 번뜩이는 세 자루의 마체테를 보고 인질은 의미가 없음을 깨달은 악령견은 다시 행동을 멈추었다. 자신이 밟고 있는 고블린 아이의 숨통을 끊을지 어떨지 망설이기 시작한 것이다.

목숨을 빼앗기란 매우 쉽다. 한번 깨물면 그만이다. 하지만 그렇게 하면 적의 무기가 자신을 갈라놓을 것이 분명하다.

생명의 위험이 악령견에게 선택을 강요했다. 결국 악령견은 고블린 아이를 무시하고 맞서 싸우기 위해 달려들었다.

체중은 악령견이 더 무겁다. 짓눌러 쓰러뜨리고 목을 물어뜯어 해치울 심산이었다.

하지만 그 생각은 금세 빗나갔다.

노렸던 고블린이 가벼운 몸놀림으로 회피하고, 이와 동시에 좌우에 있던 고블린들이 마체테로 악령견을 공격했다.

하나는 사슬에 맞고 튕겨났지만 나머지 하나는 악령견의 몸을 갈라 피가 솟아났다. 동시에 악령견의 코앞으로 날아드는, 마개가 열린 조그만 병.

"깨애앵!!"

눈과 코를 찌르는 극심한 냄새에 악령견은 큰 소리로 비명을 질렀다.

주춤주춤 멈춰 선 순간 세 번 아픔이 내달렸다. 피가 흐르는 감촉에 이대로는 위험하다는 것을 깨닫고, 눈물 때문에 시야가 흐려졌음에도 열심히 돌진했다. 목표는 병을 던진 상대—— 인간.

그러나 악령견이 달려나간 거리는 겨우 몇 걸음이었다. 발바닥이 지면에 달라붙어 움직일 수가 없었다.

내려다보니 지면에 이상한 색의 액체가 슬라임처럼 펼쳐져 있었다. 대지에 스며들지 않는 이상한 액체였다.

"이런 장소에선 마수의 근력을 붙잡아놓을 만한 접착력을 내지 못해! 단숨에 해치우자!"

인간의 목소리에 맞춰 고블린이 환성을 지르며 달려들었다. 게다가 인간에게서는 강력한 마법까지 날아왔다.

"크아아어어엉!!"

악령견은 온몸의 힘을 쥐어짜내 땅바닥에서 발을 떼었다. 발바닥에 접착제와 함께 흙덩어리가 달라붙었지만 그래도 전투는 계속할 수 있다.

다시 자신을 포위하려는 듯 움직이는 고블린들을 보고, 악령견은 짐승보다는 뛰어난 사고력으로 인정했다. 이 고블린은 강적이라고.

평범한 고블린과는 결정적으로 다른 고블린—— 자신을 죽일 수 있는 적이라고 강하게 인식한 것이다.

이 악령견의 기본 공격방법은 세 가지다. 돌격해 뿔로 찌르는 것. 무는 것. 밀어 넘어뜨려 앞발로 할퀴는 것. 그뿐이다. 강한 악령견과는 달리 아직 특수한 능력을 익히지는 못했다. 하지만 사실은 비밀병기라 불릴 수 있는 공격수단이 하나 더 있었다.

이것은 방어를 포기하는 기술이므로 확실하게 맞추지 못하면 위험하지만 아껴둘 상황은 아니었다. 다만 유효하게 사용할 타이밍을 잴 뿐이었다.

악령견은 무턱대고 포효를 질러, 주위를 에워싸려는 고블린들을 견제했다.

"〈갑주강화Reinforce Armor〉."

뒤에서 인간이 날린 마법에 고블린의 갑옷이 빛났다. 무언가 강화마법을 걸었으리라 예측한 악령견은 조바심을 냈지만 앞에 선 고블린들에게는 여유가 느껴졌다.

강화된 갑옷을 믿고 고블린들은 무모하다고도 할 수 있는 돌진을 감행했다. 이것은 어리석은 책략이라기보다는 장기전으로 들어가 쓸데없는 부상을 입지 않으려는 용감한 한 걸음이라 할 수 있으리라.

그렇다── 악령견이 이 순간을 고대하지 않았다면.

만일 악령견이 인간처럼 표정을 크게 움직일 수 있었다면 회심의 웃음을 지었을 것이다.

촤라라락, 사슬이 뱀처럼 소리를 냈다. 악령견의 몸에 감겼던 사슬이 갑자기 의지를 가진 것처럼 움직인 것이다.

굵은 쇠사슬이 무시무시한 기세로 날아들려 했다. 특수능

력인 〈사슴 대선풍〉은 고블린에게 치명상까지는 아니더라도 큰 손상을 입힐 수 있을 것이다.

악령견도 필사적이었다. 이것은 하루에 한 번밖에 쓸 수 없는 특수 기술이다. 게다가 사슬을 되감을 때까지 약 10초 동안은 몸을 방어할 수 없으므로 위험성이 큰 기술이기도 하다.

생각지도 못했던 공격에 고블린들의 회피가 한순간 늦어졌다. 그것은 너무나도 치명적인 실수. 그러나——.

"엎드려!"

——기백 있는 명령이 사슬보다도 먼저 공기를 갈랐다.

이 일격에 모든 것을 걸었던 악령견은 또 다른 인간의 고함소리에 눈을 크게 떴다.

완전히 회피가 늦어졌어야 할 고블린들은 갑자기 활력을 얻은 것처럼 준민한 움직임으로 몸을 낮추었다.

악령견은 아직도 약간 뿌연 시야 속에서 눈을 부라렸다. 매직 캐스터의 뒤에 있던 지휘관을.

두 앞발과 뒷다리 하나에 마체테가 파고들었다. 그 아픔에 악령견은 크게 비명을 질렀다. 하다못해 방어라도 해야 한다고 사슬을 되감으며 이를 드러내고 위협했지만 고블린들은 움츠러들 기색이 없었다.

"형님, 이제 마법 지원은 괜찮습니다. 혹시 모르니 주변만 경계해주십쇼."

승패가 갈라졌음을 깨달은 악령견은 필사적으로 몸을 돌리려 했다.

　평소 같았으면 준민할 자신의 몸이 이상하게 무거웠다. 당연하다. 네 개 중 세 개의 다리를 못 쓰게 되었으니. 그래도 필사적으로 도망치려 했지만 고블린들은 허락해주지 않았다.

　끈적끈적한 피가 풀밭을 넓게 물들여 쇠 냄새가 풋내를 완전히 뒤덮어버렸다.

　김이 풍길 것처럼 체온이 남은 내장을 늘어뜨린 채 죽은 악령견에게서 눈을 돌려, 피가 뚝뚝 떨어지는 마체테를 든 고블린들은 아이 쪽을 보았다.

　고블린 아이는 심한 부상 때문에 도망칠 기력도 없었지만 꿋꿋하게 상반신을 일으켜 나무에 등을 기대고 있었다.

　"너, 너희는 뭐야? 어느 부족이야?"

　경계심과 두려움이 반씩 섞인 고블린 아이의 질문에 고블린들이 시선을 나누었다.

　어떤 태도를 보여야 가장 이익이 클지, 정보는 어느 정도까지 공개하면 좋을지 그러한 수위를 결정하기 위한 눈짓이었지만, 엔리에게는 그보다도 먼저 해야 할 일이 있을 것 같았다.

"그런 것보다도 우선 네 상처를 봐야지. 어떡할까, 운피."

고블린 아이는 큰 부상을 입었는지 아직도 계속 피를 흘렸다. 이대로 두면 분명히 죽을 것이다. 엔리는 이 아이를 구해줄 방법이 없었지만 소꿉친구라면 무언가 할 수 있을지도 모른다. 그 생각은 금방 이루어졌다.

"보통 약초는 피를 멎게 해주는 게 고작이고, 잃어버린 피는 돌아오지 않으니 위험한 상태인 건 마찬가지지만⋯⋯."

운필레아는 가방을 뒤지기 시작했다.

"새로운 생성방법으로 만든 치유 포션이 있어. 원래는 고운 님께 드려야 할 텐데⋯⋯. 다친 데 좀 보여줄래?"

운필레아는 불쑥 앞으로 나와 가방에서 포션을 꺼냈다.

"뭐, 뭐야, 그 액체는. 색깔이 위험해 보여. 독 아냐?"

운필레아가 꺼낸 보라색 포션을 본 고블린 아이가 겁을 먹으면서도 적의를 드러냈다. 엔리가 보기에는 —— 어쩌면 운필레아가 보기에도 —— 당연하다고 할 수 있는 반응이었다. 너무나도 독살스러운 색이니 경계해도 어쩔 수 없다. 하지만 고블린들에게는 불쾌하기 그지없는 반응이었는지 불쑥 얼굴을 들이밀었다.

"——야, 꼬맹이. 널 구해주자고 결정한 건 엔리 누님이시고 운피 형님이셨어. 생명의 은인에게 말을 좀 곱게 쓰도록 주의를 기울이는 게⋯⋯ 너를 위해 좋을걸?"

고블린 아이의 눈이 어른들의 손에 들린 마체테로 향했

다. 아이라 해도 눈앞의 고블린들이 언짢아한다는 정도는 안다. 눈에 띄게 위축되었다.

엔리는 아이에게 겁을 줄 필요는 없지 않느냐는 생각도 들긴 했지만, 고블린들에게는 고블린들의 규칙이 있다는 정도는 잘 안다. 인간의 상식으로 끼어들면 여러 가지 의미에서 좋지 못하다.

"자, 잘못했어요."

"어, 아니, 괜찮아. 응. 신경 쓰지 마."

대답하면서 운필레아는 포션을 아이의 몸에 끼얹었다. 상처가 순식간에 아물었다.

"우와! 뭐야, 이거! 색깔은 징그러운데 굉장해!"

그렇게 소리쳤다가 주위 고블린들의 시선을 의식했는지 몸을 떨고는.

"어, 아니. 고, 고맙, 습니다."

"그래. 감사는 소중한 거란다, 꼬맹아."

"좋아. 이제 고운 님께 실험은 문제없이 성공했다고 말씀드릴 수 있겠다. 그치?"

짐짓 동의를 구하는 운필레아에게, 그 말에 담긴 의미를 알아차린 엔리도 고블린들도 고개를 끄덕여주었다.

운필레아가 만든 포션은 아인즈 울 고운, 역사상 전무후무한 매직 캐스터이자 마을의 구세주가 재료를 제공해 연구를 시켰던 것이었다. 연구비를 지불하진 않았다지만 재료와

기재 일체를 제공받았다. 여기서 완성한 물건의 소유권이 누구에게 있을지는 말할 것도 없다.

'나중에 이유를 설명하면 고운 님도 용서해주실 거라 생각하지만……. 약사들의 규칙 같은 게 있는지도 몰라.'

운필레아가 자기 마음대로 이를 사용해버리면 큰 문제가 되겠지만, 임상실험에 사용했다는 명목이 있다면 변명은 가능하다.

"나, 날 실험에 썼던 거야?!"

뜬금없다고도 할 수 있는 고블린 아이의 경악 어린 비명에 엔리와 운필레아는 쓴웃음을 지었다. 그야 속사정을 모르는 상대라면 그렇게 생각해도 어쩔 수 없는 이야기였다.

두 사람에게는 쓴웃음으로 넘어갈 정도였지만 참을 수 없는 사람들도 있었다. 고블린들은 상당히 화가 났는지 혀를 찼다. "망할 놈의 꼬맹이."라고 욕설까지 들려왔을 정도였다.

엔리는 참으라는 제스처를 보냈다. 사정을 모르는 사람에게는 당연한 반응이고 상대는 어린아이니 거기까지 머리가 돌아가지 않아도 어쩔 수 없다.

"누님이 그렇게 말씀하신다면……. 그럼 일단은 이동합죠. 피 냄새를 맡고 다른 놈들이 나타날지도 모르니까요."

"이번엔 이겼지만…… 엔리 누님, 다음부터는 이러지 않았으면 좋겠습니다요. 누님을 지키는 게 우리의 사명이니까요."

"누가 아니래. 하지만 엔리가 갑자기 소리를 질렀을 때는 깜짝 놀랐어."

"……그거 덕에 살아난 것 같으니 아무 소리 못하——야, 꼬맹이. 어딜 도망가. 너한테 묻고 싶은 게 잔뜩 있다고. 다리 잘리고 싶지 않으면 얌전히 따라와."

"운라이 씨……."

"——누님, 마을을 위해서입니다요. ……꼬맹이, 이리와."

고블린 아이가 느릿느릿 걸어나왔다. 다친 곳은 완전히 나았으니 움직이는 데에는 지장이 없을 테지만 반항심 때문에 꾸물거리는 것이다. 그 모습에 피에 젖은 마체테를 든 고코우가 지면에 침을 뱉었다.

엔리는 도움을 청하듯 운필레아를 보았다. 하지만 그는 잠자코 고개를 가로저었다. 다음으로는 카이쟈리와 고코우에게 시선을 돌렸지만 이쪽으로 향한 눈동자에는 강철 같은 빛이 깃들어 말없이 동료의 행동을 지지해주고 있었다.

"……누님, 걱정하지 않으셔도 죽이거나 그런 일은 없습니다요. 그냥 무슨 일이 있었는지, 그런 얘기를 들으려는 거죠. 애초에 여기 혼자 남겨둔다고 살아남을 수 있겠습니까요?"

그 물음은 엔리에게라기보다는 고블린 아이에게 한 것 같았다. 아이도 이해했는지 눈에서 반항심이 사라졌다.

"알았어……. 도망치고 그러지 않을게……."

"좋아. 그럼 냉큼 이동합죠. 악령견인지 하는 놈이 혼자라는 보장은 있냐, 꼬맹이?"

"……없어. 그거 말고도 분명 오우거가 몇 마리 있었어. 날 따라왔는지 어떤지는 모르겠지만. 그리고 꼬맹이 아니야. 기그 부족 족장 아아의 넷째 아들 아그라고 해."

"이름이 아그구나."

"그냥 꼬맹이면 되지 않습니까요……."

"얘기는 나중에 하자. 그리고 꼭 싸워야 할 필요는 없잖아? 아그라고 불러달라고 하면 그렇게 해주는 편이 신뢰관계를 얻기에 좋겠지."

"운피 형님은 어른이구만요……. 그럼 짐 회수해서 이동합죠."

카이쟈리의 말에 따라 일행은 주위를 경계하며 묵묵히 걸어갔다. 주위에 깔린 무거운 분위기가 눈에 보일 정도였다.

엔리는 대화를 나눠 분위기를 바꿔보고 싶기도 했지만, 숲은 인간의 세계가 아니다. 게다가 추적자가 있을지도 모르는 상황에서는 그처럼 경솔한 행동은 할 수 없었다.

*

곳곳에 어둠이 도사린 숲을 빠져나와 온몸에 햇빛을 받자 몸을 지배하던 긴장감이 녹듯이 떨어져나가 여유가 돌아왔다. 이곳이 인간의 세계임을 절절히 느끼는 순간이었다.

곁에서 걷던 운필레아도 마찬가지였는지 흐아아 한숨인지 하품인지 모를 숨을 내쉬고 있었다.

고블린들에게서도 날카로운 긴장감은 사라졌다. 하지만 아그만은 아직까지 표정이 딱딱했다. 햇살과 넓은 공간에 당황한 것처럼 긴장을 드러냈다. 아마도 숲속처럼 숨을 곳이 많은 장소에서 살아왔기 때문일 것이다.

"음, 마을은 저기야."

엔리가 가리킨 방향을 응시한 아그가 얼굴을 찡그렸다.

"뭐야, 저 담장은? 어째 꼭…… 멸망의 건물 같네."

"멸망의 건물?"

"그래. 대삼림에 새로 지어진 무서운 곳이야. 다가가면 살아서 못 돌아와. 소문으로는 언데드 같은 것도 있대."

"살아서 못 돌아온다는 것치곤 이것저것 많이 아는구만, 꼬맹이."

"……멸망의 건물이 작았을 때 우리 부족의 용감한 사람이 다녀왔으니까. 뼈 괴물들이 집을 짓는 걸 봤단 말야."

그 말에 운필레아가 고블린들을 보았다.

"여러분은 몰랐나요?"

"아뇨, 형님. 죄송하지만 저흰 모릅니다요. 대삼림을 넘어가면 우리 리더도 못 이기는 놈들하고 맞닥뜨릴 수도 있거든요. 너무 깊이는 안 갔습죠."

"……야, 너희 셋은 대체 무슨 부족이야? 너희는 내가 아는 고블린들보다도 훨씬 강한데 왜……."

아그는 엔리를 흘끔 보았다. 그러고는 "아마 인간이라는 종족인 것 같은데……."라고 아주 작은 목소리로 중얼거리고, 덧붙였다.

"왜 인간 밑에 있어?"

"이상할 거 있냐? 강한 사람 밑에서 일하는 건 당연하잖아?"

"가, 강하다고?! 아니, 그야 인간이라는 종족은 강한 놈부터 약한 놈까지 다 있다고 들었지만…… 넌 여자, 맞지? 그리고 저기 머리로 얼굴 가린 놈이, 남자?"

엔리는 눈을 깜빡거렸다. 여자 말고 그럼 뭘로 보인다는 걸까. 아니, 운필레아가 남자인지 확신하지 못하는 모습을 보면 인간을 잘 구별하지 못하는 것 아닐까.

곁에 선 운필레아가 속삭이는 목소리로 수긍할 만한 대답을 들려주었다.

"엔리, 아마 얘는 인간을 본 적이 없을 거야. 기껏해야 동료 고블린에게 들은 지식이 고작이겠지. 게다가…… 고블린이 우리 인간을 분간하기는 어렵지 않을까?"

"옷도…… 다른데……."

"그러니까 그런 지식이 없는 거야. 고블린은 여자도 남자도 같은 복장을 하지 않을까……? 문명을 이루고 왕국을 세우는 고블린들도 있다던데, 그들은 그러지 않겠지."

수긍한 엔리는 아그의 질문에 대답하지 않았다는 사실을 떠올렸다.

"맞아, 난 여자야."

"그럼 매직 캐스터야?"

"아니지만, 그건 왜?"

아그는 매우 난감한 표정을 지었다. 운필레아가 끼어들었다.

"매직 캐스터는 나야. 마력계 매직 캐스터지."

"……너희는 부부야? 그래서 그래?"

"뭐?"

두 사람은 동시에 음정이 엇나간 소리를 냈다.

"아니, 남편의 권위를 부인이 쓸 수 있는 종족도 있다고 들은 것 같아서. ……아니야?"

"아, 아니야. 아니야!"

엔리의 강한 부정에 주위에서 걷던 고블린들이 무언가 말하고 싶은 표정을 짓다가 아무 말 없이 어깨를 으쓱하는 것이 시야 한구석에 들어왔다.

"그럼…… 왜? 여자가 왜 제일 높아?"

"그걸 모르니 넌 꼬맹이인 거다. 누님의 강함은 눈에는 보이지 않는 데 있어."

엔리는 부정하려 했지만 눈을 사발처럼 크게 뜨며 진지하게 바라보는 아그의 기세에 눌려 무어라 설명할 말이 떠오르지 않았다. 엔리가 난처해하는 동안 카이쟈리가 반대로 질문을 건넸다.

"그럼 이번엔 내가 질문한다. 넌 왜 그런 놈에게 쫓겼어? 무슨 일이 있었던 거야?"

"그건——."

"——저기, 그런 이야기는 마을에서 안전하게 하는 게 어떨까?"

엔리의 당연한 제안에 대답한 것은——.

"그렇지 말임다. 그 편이 좋을 것 같지 말임다."

——이제까지 이 자리에는 분명히 없었던 여자였다.

모두가 경악해 비명을 터뜨리며 목소리가 들린 쪽을 쳐다보았다.

그곳에는 눈이 못 박힐 것 같은 절세미녀가 있었다. 긴 머리를 양쪽으로 땋아내린 갈색 피부의 여성이었다. 옷차림은, 그녀의 말에 따르면 메이드복. 등에는 기괴한 무기 비슷한 것을 짊어졌다.

매우 수상쩍었지만, 동시에 눈에 익은 사람이기도 했다.

루푸스레기나 베타.

마을의 구세주 아인즈 울 고운의 메이드이며, 발레아레가에 연금술 아이템을 가져다주기도 했고, 스톤 골렘을 데려와 명령을 내리기도 했던 사람이다. 밝은 분위기와 어조 때문에 마을 주민들도 친근하게 대한다.

다만 조금 전처럼 갑자기 나타나기도 하는 등 종잡을 수 없는 면이 있다. 마을에서는 위대한 매직 캐스터의 메이드니 그녀도 무언가 마법을 쓰는 거라고 생각했으며, 엔리도 그렇게 이해했다. 그래도 이렇게 툭 튀어나오면 입에서 심장이 튀어나올 만큼 놀란다.

"루푸 씨, 대, 대체 언제부터……?"

"우리 엔리, 너무하지 말임다~. 아까부터 계~속 뒤에 있었지 말임다. 어라라? 혹시 몰랐던? 존재감 희박하다고 무시당하는 줄 알았지 말임다~."

"네? 네?"

하는 말이야 농담조지만 태도는 진지함 그 자체다. 난처해진 엔리는 도움을 청하듯 일행을 둘러보았다.

"저기, 루푸 누님. 농담은 관두시는 게 어떻습니까요."

"우와~ 농담이라고 생각하지 말임다. 잘 좀 생각해 보셨으면 하지 말임다…… 생각할 것도 없이 거짓말이죠~ 농담이지 말임다."

정적이 흐르는 가운데, 누군가가 지친 한숨을 내쉬었다.

"뭐, 그건 상관없지 말임다. 그래서 이 고블린 어린이는 누군지 궁금하지 말임다. ──서, 설마!"

엔리는 루푸스레기나의 시선이 자신과 고블린 사이를 오가는 것을 느끼고 불길한 예감을 느꼈다.

"푸흡—! 우리 운피! 뺏겼지 말임다! 픕픕픕!"

모두가 눈을 껌뻑거리는 동안에도 루푸스레기나의 웃음 소리는 멈추질 않았다.

"이럴 수가. 순진한 소년의 마음은 짓밟혔지 말임다! 대폭소지 말임다! 푸갹—! …………농담이지 말임다. 대체 어떻게 된 검까요, 이거."

아그는 놀라 몸을 떨고 있었다. 마치 무언가 이질적인 존재를 본 것처럼.

그 심정은 엔리도 이해한다. 루푸스레기나라는 인물의 밝은 표정은 획획 바뀌지만 그것이 너무 갑작스럽다 보니 조증 걸린 사람처럼 보이는 것이다. 웃는 얼굴이 홱 뒤집혀 진지한 표정으로 바뀌는 격차가 형언할 수 없는 공포로 이어진다.

"잡아먹는 거 아님다. 괜찮지 말임다. 이 누나한테만 은근슬쩍 가르쳐줘 보시지 말임다."

"루푸 누님, 그런 얘기는 안전한 데서 하자는 데 찬성하지 않았습니까요?"

"아차. 그러고 보니 생각 없이 그런 대답을 했던 기억이 있지 말임다."

"…………."

"……아! 베타 씨가 고운 님께 가져가주셨으면 하는 포션이 있어요. 새로 개발한 물건인데, 효과도 이미 실험을 마쳤죠."

"오? 우리 운피가 마침내 개발한 검까?"

"맞아요. 유감스럽게도 아직 완전히 빨간색은 아니지만, 그 전 단계까지는 온 것 같아요."

"──그거 훌륭하군요. 아인즈 님도 분명 기뻐하실 겁니다."

말과 함께 분위기가 다른 사람처럼 바뀌었다. 조금 전까지의 경박하고 활달한 여성이 아니다. 하지만 그 표정도 한 순간. 다음에는 평소의 그녀로 돌아왔다.

"기대되지 말임다~. 야~ 오늘 오길 잘했슴다, 진짜. 그리고 베타 말고 루푸스레기나라고 불러도 되지 말임다. 완전 특별하게."

신이 난 루푸스레기나와 함께 일행은 마을 문을 지났다.

낯선 고블린 아이를 보고도 마을 사람들은 별말을 하지 않았다. 긴장감이 없다고도 할 수 있겠지만 그만큼 엔리 일행을 신뢰한다는 뜻이기도 하다. 어쩌면 평소에도 마을을 지켜주는 고블린들의 친척이라고 생각했는지도 모른다.

마을을 가로지르고, 엔리의 집도 지나쳤다. 목적지는 고블린들의 주거지였다.

"난 잠깐 다녀올게. 이 아이의 이야기를 들어주었으면 하는 사람이 있거든. 브리타 씨 말야."

"아, 그러네요. 형님 말이 옳습니다요. 그 사람도 수습 레인저로 숲에 들어가니까 정보는 공유해두는 게 좋을 것 같은데. ……어떻게 할깝쇼, 누님."

"응? 나?"

여기서 자신에게 이야기가 돌아올 줄은 몰랐던 엔리는 황급히 생각하고, 딱히 반대할 이유는 없었으므로 고개를 끄덕였다.

"응, 상관없을 것 같아. 아니, 그분도 이야기를 들었으면 좋겠어. 부탁해, 운피."

운필레아는 알았다고 대답하고 달려갔다.

"여기서 기다려도 괜찮겠지만…… 먼저 가서 음료수라도 준비할깝쇼?"

"그게 좋겠지 말임다. 저도 목마르지 말임다."

"……루푸 누님은 메이드입죠? 뭐 맛있는 음료수 만드는 법 모릅니까요?"

"저는 아인즈 님을, 그리고 지고의 존재들을 섬기는 메이드. 그 외의 분들을 위해서는—— 움직이고 싶지 않지 말임다~. 계속 농땡이 피우고 싶지 말임다. 일은 사양하고 싶지 말임다."

"그렇습니까요……. 그거 유감이네요."

운라이와 루푸스레기나의 대화는 평범했으며 딱히 무언가 이상하지도 않았지만, 엔리는 어쩐지 등줄기가 서늘해지는 것을 느꼈다.

무언가 한마디 거들까 했을 때 고블린들의 집에 도착했다.

늑대를 풀어 키울 수 있는 널찍한 마당, 스무 명 가까운 인원이 살 수 있는 면적, 그리고 훈련이 가능한 장소며 무기를 준비할 수 있는 공간이 갖추어진 커다란 가옥이었다.

현관을 열어준 고블린들의 안내를 받아 엔리, 아그, 루푸스레기나가 안으로 들어갔다.

"후에~ 이렇게 생겼던 검까~."

"어라? 루푸 씨는 여기 와보신 적 없었나요?"

"그렇지 말임다~. 암만 그래도 초대도 받지 않았는데 멋대로 들어올 수는 없지 말임다. 아, 예의 문제지 진짜 못 들어가는 건 아니지 말임다? 애초에 그런 기괴한 전설을 가진 건 남자가슴 님뿐이고."

"남자가슴 님요?"

"그렇지 말임다, 엔리. 얼굴은 예쁜데 불쌍한 미소녀의 이름이지 말임다. 뭐, 그분도 진짜로 못 들어가는 건 아니지 말임다. 신화, 전승, 포크로어. ──자, 이 이야기는 여기서 끝. 그쪽 고블린 아저씨가 뭐라고 말하고 싶은 표정이지 말임다."

"아, 네. 어, 음료수…… 어─. 약초수랑 과실수 중 어떤 게 좋겠습니까요? 약초수는 까망풀차고, 과실수는 휘에리를 넣은 물이지만요."

운라이의 질문에 물음표를 띄우는 아그와 루푸스레기나에게 엔리가 설명해주었다.

"휘에리는 감귤계 과일인데, 그걸 물에 썰어넣으면 산뜻한 맛이 나요. 까망풀차는 쌉쌀한 차고요."

"그럼 휘에리 마실래."

"저도 그게 좋겠지 말임다."

"알겠습니다요. 그럼 누님은?"

"그럼 나도 휘에리 주세요. 그리고…… 손 씻고 와도 될까요? 코는 적응했지만, 그게……."

"아, 상관없습니다요. 꼬맹—— 아그, 너도 와라. 지저분한 걸 좀 씻어내야지. 그리고 형제, 미안하지만 무기는 좀 정리해주지 않겠어?"

"괜찮을까?"

"괜찮겠지. 저쪽은 손쓸 방법이 없지만 이쪽은 간단하잖아."

"그렇다면야…… 알았어."

카이쟈리가 세 사람의 무기를 챙겨 방을 나갔다.

"안 따라오냐, 아그?"

"왜 씻어야 해? 깨끗하잖아."

엔리가 본 아그의 손은 매우 지저분했다. 결코 청결하다고는 할 수 없었다.

"네 판단은 필요 없어. 집 주인이 이리 와서 씻으라고 하잖아. 그럼 뭔데. 주인 말에 반대할 수 있을 만큼 네가 대단하냐?"

아그가 부루퉁한 표정으로 터덜터덜 걸어가고, 엔리도 그 옆에서 따라갔다.

엔리는 독에서 물을 떠 통에 부었다. 4인분을 준비해, 제법 시원한 물에 손을 넣어 북북 문질렀다. 손톱 틈새의 녹색 즙도 씻어내야 한다. 충분히 떨어져나갔다는 확신과 함께 물속에서 손을 들고 코앞에 가져가보았다. 냄새는—— 나지 않는다.

만족스럽게 옆을 보니 운라이도 고코우도 마찬가지로 손을 씻어 물이 악령견의 피로 시뻘겋게 물들었다.

다음으로는 아그를 쳐다본 엔리는 다소 황망해졌다.

어린아이라도 이러지 않겠다 싶을 정도로 대충 닦고 있었다. 물에 손을 넣어, 찰박찰박 움직이고 끝. 손을 문지르거나 마주 비벼대는 동작은 전혀 없었다.

자신의 손에서 냄새가 사라지고 나서야 알아차렸지만 아그에게서는 아직도 짓이겨진 풀 냄새가 났다. 예민한 후각을 가진 마수가 서식하는 숲속에서 지내는 고블린에게는 이 냄새를 풍기는 것이 몸을 지키는 방법일 것이다. 그러니 목욕을 하는 습관도 없을지 모른다.

그렇다고는 해도——.

"이렇게 씻는 거야."

엔리가 가르쳐주자 아그는 떨떠름한 표정을 지었다. 하지만 자신의 처지를, 그리고 조금 전에 고블린이 했던 말을 떠올렸는지 마지못한 듯 흉내를 내 씻었다.

"잘했어."

"야, 다 했으면 이걸로 몸을 닦아. 피 같은 게 묻었으니까."

아그는 불만스러운 눈치였지만 고블린에게 건네받은 젖은 타월로 몸을 닦았다.

"더러워진 물은 밖에 뿌리면 되나요?"

"아, 그렇긴 한데 누님은 먼저 가서 앉아계십쇼. 나머지는 저희가 할 테니까요."

그 말에 따르기로 하고 엔리는 테이블로 향했다. 많은 고블린들이 사는 곳인 만큼 의자 수도 많다. 적당한 자리를 골라 앉았을 때, 엔리는 자신이 굉장히 지쳤다는 사실을 처음으로 깨달았다. 팔다리는 뻣뻣했으며 머리는 매우 무거웠다.

약초 채집도 그랬지만, 특히 악령견과의 전투 때문에 단숨에 피곤해진 것 같았다.

'보고 있기만 했는데도 이렇다니……. 운피나 고블린 분들은 전투까지 했으면서 아무렇지도 않게 돌아다녔구나……. 난 전사 같은 건 절대 못 될 거야……. 그리고 운피도 은근히 강했어…….'

전부터 소꿉친구가 마법을 쓸 수 있다는 사실은 알았지만 그렇게 강하리라고는 생각도 못했다.

'대단하네…….'

다른 사람처럼 느껴지는 소꿉친구에게 무어라 형언할 수

없는 감정이 솟아났다. 놀라움과도 비슷한, 하지만 그것과는 전혀 다른 무언가 이상한 감정이.

탁 소리에 정신을 차린 엔리의 앞에 도자기 컵이 놓여 있었다. 찰랑찰랑 담긴 투명한 액체에서는 감귤계 과일의 향이 났다. 손에 들고 한 모금 마셨다.

산뜻한 단맛과 신맛이 온몸에 스며들어 생명력이 넘쳐나는 듯한 기분에 사로잡혔다. 옆에서는 어느새 앉아있었는지 아그가 휘에리를 꼴깍꼴깍 단숨에 들이켠 후 한 잔 더 달라고 말했다. 루푸스레기나는 입을 대려고도 하지 않는다.

'그러고 보니 루푸스레기나 씨는 먹거나 마시거나 하는 모습을 못 봤던 것 같아.'

"──응? 왜 그러심까, 빤히 쳐다보고? 혹시 반한 검까? 아잉─ 나 어떡하징─. 근데 우리 엔리가 레즈였다니 놀랐지 말임다. 이건 사람들에게 알려야 하지 말임다."

"엑! 아니에요! 그런 거 아니에요!"

"우하하하하. 농담이지 말임다. 우리 엔리는 남자 좋아하지 말임다."

뭐라 받아쳐야 좋을지 몰라 엔리는 입을 한일자로 꾹 다물었다.

"그보다도 늦는데…… 음─ 이제 온 것 같지 말임다."

자신도 모르게 문 쪽을 보았지만 밖에는 인기척이 없었다.

"진짜야? 전혀 소리가 안 나는데?"

아그가 귀 뒤에 손바닥을 대고 있었다.

"야, 인간은 귀가 좋은 종족이야?"

"어, 음, 난 안 들렸는데? 하지만 루푸스레기나 씨는 그런 거짓말은…… 가끔 하는 사람이구나……. 농담을 한다는 의미에서."

거짓말이었냐고 루푸스레기나에게 의심의 눈초리를 보내던 아그. 그러나 이내 눈을 크게 떴다.

"어, 아니다. 들렸어. 정말 왔어. 너 대단하다."

"응? 아~ 그렇지도 않지 말임다―. 그쪽의 엔리 누님에 비하면 나 같은 건 하나도 안 대단하지 말임다."

진심으로 받아들인 아그가 경악한 표정으로 엔리를 본다. 아니, 그렇지 않다니깐. 루푸스레기나 씨가 히죽히죽 웃고 있잖아. 아그의 착각을 뭐라고 정정해줄까 생각하고 있으려니 문 두드리는 소리가 났다.

그리고 들어온 것은 운필레아와, 가죽갑옷을 입은 여성이었다.

브리타라는 이 모험자 출신 여성은 운필레아 다음으로 마을에 온 사람이었다. 원래는 에 란텔의 모험자였는데 이런저런 사정이 있어 은퇴했다고 한다. 하지만 그래서는 먹고 살 길이 없었으므로 이 마을의 주민 모집 소식을 듣고 이사를 왔던 것이다.

마을에서는 레인저로 훈련을 받는 중인데 장래가 유망하다고 들었다. 쥬게무보다 약하기는 해도 이 마을에서는 최고 수준에 속하는 힘을 가졌으며 지금은 자경단 —— 이라고 부를 만큼 대단하진 않지만 —— 의 리더를 맡고 있다.

그녀가 이 자리에 불려온 것은 자경단의 리더이자 수습 레인저로서 숲에 들어가는 사람이기 때문이었다.

"아~ 진짜 새 고블린이 있네……. 아니, 음, 아무래도 모험자의 관점이 되다 보니……. 적으로 여기면 안 되겠지."

브리타가 쓴웃음을 지었다. 물론 그녀의 마음도 이해는 간다. 듣자니 보통 고블린은 인간의 적이라고 한다. 발견하는 즉시 죽여도 문제가 없다. 하지만 이 마을은 다르다. 굳이 비교하자면 인간이 더 큰 적이라는 분위기마저 있다.

"그럼 모두 모였으니 이야기를 들어보도록 하겠습니다요. 야, 아그. 어쩌다 그렇게 다쳐서 도망쳤는지 얘기 좀 해봐."

"간단히 얘기하면 습격당해서 도망쳤어."

"너무 간단하잖아……. 어떤 몬스터한테 습격을 당했는데?"

"동쪽 거인의 부하야."

"동쪽 거인? 그게 뭔데."

"……너희는 그놈을 뭐라고 부르는데?"

이 중에서 가장 박식한 운필레아도 고개를 갸웃했다.

"아니, 호칭 문제가 아니라 아예 들어본 적이 없어

서……. 브리타 씨, 혹시 아시는 것 있나요?"

숲에 관한 지식이라면 브리타가 나을 것이다. 하지만 그녀도 고개를 가로저을 뿐이었다.

"미안해. 나도 그 동쪽 거인이라는 존재에 대해선 들어본 적이 없어. 아마 라티몬 스승님도 모르실 거야. 그렇게까지 숲속 깊은 곳까지 들어가서 행동하진 않으니까 숲에 사는 사람들만큼 잘 알진 못해."

"그렇구만요. 야, 아그. 그럼 기본적인 데부터 설명해봐."

"기본이라니, 뭐가 기본인데……."

아그가 곤혹스러워하는 이유는 엔리도 이해가 갔다. 이럴 때는 구체적으로 차근차근 물어보는 편이 질문을 받는 쪽도 대답하기 편할 것이다.

"그럼 숲에 사는 강한 몬스터부터 얘기해 주겠니?"

"나한테는 악령견이나 오우거도 강한데……. 동쪽 거인하고 맞먹을 만큼 강하다는 의미에서 보자면, 숲에는 원래 3대라고 불리는 엄청 강한 놈들이 있어. 우선 이 근처에 있던 남쪽 대마수. 영역에 들어오는 놈들은 모두 죽인다고 하는 엄청난 놈이야. 하지만 요즘은 모습이 보이질 않고, 누가 영역에 들어가도 나타날 기미가 없다고 해. 이유는 모르겠어. 다음이 동쪽 거인. 고목숲 건너편이 세력권이야. 그리고 마지막 서쪽에는 마의 뱀이 있어. 마법을 쓰는 기분 나쁜 뱀이라고 해."

"응? 북쪽은?"

"북쪽에는 호수가 있다는데, 다양한 종족이 살아서 누군가가 다스리고 그런다는 말은…… 난 못 들어봤어. 그래도 늪지에 쌍둥이 마녀인지 하는 게 있대. 그리고 남쪽 대마수가 안 보이게 된 시기하고 비슷하게 숲이 이상해졌어. 뭔진 모르겠는데 엄청나게 무서운 놈이 나타나서 세력분포가 바뀌었다나, 쫓겨났다나……."

"그게 멸망의 건물이야?"

"맞아. 그리고 멸망의 건물 주인은 언데드를 부리고, '어둠에 도사린 작은 그림자'라고 불려. 살아남은 사람의 증언이지만."

모두 —— 루푸스레기나는 아니었지만 —— 불안에 얼굴을 마주 보았다.

우선 남쪽 대마수. 이 근처에 영역이 있었다는 얘기로 보건대 운필레아와 함께 왔던 모험자들—— 그중에서도 칠흑의 갑옷을 입은 인물이 사로잡은 마수의 이야기일 것이다. 강대한 힘을 가졌다는 확신이 드는 그 외견은 그야말로 대마수라는 호칭이 딱 어울린다. 그 이외에 달리 형용할 만한 단어가 떠오르질 않는다.

"대마수…… 숲의 현왕, 햄스케 씨 말인가 보네요."

운필레아의 말에 햄스케를 본 적이 없었을 브리타가 놀라는 목소리를 냈다.

"아, 그거! 하기야, 그건 그야말로 대마수지……."

그녀의 말로는 에 란텔에 있을 때 멀리서 본 적이 있었다는 것이다.

그 마수에 필적할 만한 존재가 앞으로 두 마리나 더 있다. 그 사실에 놀라고 두려워하지 않는 자는 없었다.

"근데 넌 왜 도망치게 된 거냐?"

"이제까지는 그 셋이 삼자견제 관계였어. 남쪽 대마수는 자기 영역에서 밖으로는 나가지 않아. 하지만 정말 그런지는 아무도 보장할 수가 없어. 동쪽하고 서쪽이 부딪쳐서 어느 한쪽이 이겼을 때 옆에서 튀어나올 수도 있으니까, 세력끼리 부딪치는 일은 없었어."

"그건 이해가 가는구만. 하지만 동쪽하고 서쪽이 힘을 합쳐서 남쪽하고…… 아니, 남쪽은 밖으로는 안 나온댔지. 그럼 일부러 손을 잡고 해치우려는 생각은 안 했던 건가? 공연히 집적거릴 의미가 없으니……."

"그 녀석들도 그렇게 생각했는지는 모르겠어. 하지만 이제까지는 각자 따로 영역을 가지고 왕국을 세웠거든. 하지만 멸망의 왕 때문에 세력도가 완전히 엉망이 됐어. 그래서 동쪽하고 서쪽 왕은 멸망의 왕하고 싸우기로 결심했어. 그리고 소모품으로 쓸 병사들을 모으기 시작한 거야."

아그가 내뱉듯 말했다.

"놈들은 자기네 편이 돼서 싸우라고 협박하러 우리 마

을에 왔어. 편이 된다고 해봤자, 그놈들은 고블린 목숨 따위 아무렇지도 않게 생각해. 소모품처럼 쓰고 버릴 거야. 운이 나쁘면 비상식량이고. 그래서 도망치기로 했어. 하지만……."

"무리였다, 그 소리구만."

"맞아. 악령견이랑 오우거가 쳐들어왔어. 어쩔 수 없이 다들 뿔뿔이 흩어졌어. 난 몇 사람하고 같이 여기까지 도망쳤지. 남쪽 대마수의 영역으로 들어가면 그놈들도 함부로 못 들어오지 않을까 하고."

몇 사람이라고는 했지만 아그 외에 누군가가 도망쳐온 기미는 없었다.

엔리가 침통한 표정을 짓자 고코우가 입을 열었다.

"……별동대가 숲으로 조사를 하러 갔으니까, 만약 생존자가 있고 저항만 하지 않는다면 데리고 돌아오겠지."

"그렇겠지. 늑대가 냄새를 맡을 테니까. 그래서…… 문제는 그 악령견 말고는 어떤 놈들이 있는가, 그 외에도 이쪽으로 올 놈이 있는가 하는 건데. 잘못하면 추적자가 이 마을까지 올지도 모르잖아. 야, 아그. 그 외에는 어떤 몬스터가 있었냐?"

"악령견, 오우거, 보거트, 버그베어 같은 것들. 그리고 늑대하고……."

"일반적으로 잘 알려진 몬스터들이구나. 난 그보다도 거인하고 마의 뱀에 대해 자세한 외견이나 능력 같은 걸 알고 싶은데, 뭔가 아는 거 없어?"

운필레아의 질문에 아그는 설레설레 고개를 가로저었다.

"자세히는 몰라. 동쪽 거인은 커다란 검을 가졌고, 마의 뱀은 머리가 너희처럼 생겼는데 마법을 쓸 수 있다는 정도밖에는."

모두의 시선을 받은 운필레아는 고개를 가로저었다. 아무리 그래도 정보가 너무 부족했다.

"문제는 앞으로 어떻게 하느냐겠지. 그 대마수에 필적하는 괴물이 나타난다면, 솔직히 말해 손쓸 방법이 없는걸. 우리 자경단이 할 수 있는 일이라고는 여자하고 애들을 데리고 도망치는 것 정도?"

"그러게요. 수비를 다져두면 문제가 없을 거라고 생각해야 할지, 아니면 다른 수단을 생각해야 할지……. 숲에서만 일어난 소동으로 그치면 다행이지만요."

모두가 생각에 잠겼다.

숲 밖에서 생활하는 사람들에게는 숲 안에서만 문제가 해결된다면 그보다 좋은 일이 없다. 그러나 그 때문에 완전히 숲에 들어가지 못하게 되어선 곤란해진다. 최악의 경우에는 행동에 나서야 할 것이다.

"……하지만 숲에서 사는 부족을 간단히 휩쓸어버릴 수 있을 정도니, 상대는 상당히 강한 전력을 모은 모양이네요."

"아니야! ……원래는 우리 부족도 더 강했어. 그치만 오래 전에 새로 살 곳을 찾자는 얘기가 나왔을 때, 우리 부족은 오우거에게 어른 고블린들 부대를 보냈어. 그것만 없었으면 좀 더 저항할 수 있었다고!"

"그 어른 고블린들은 돌아오지 못했단 소리군."

브리타의 말에 운필레아는 고개를 갸웃한 채 무언가 생각에 잠겼다가 아그에게 질문했다.

"저기 말야, 이건 다른 이야기인데 마침 생각이 나서 물어보고 싶거든. 네 말투는 고블린들의 일반적인 말투니?"

"그게 무슨 소리야?"

"아, 좀 알아듣기 힘들었으려나. 옛날에 고블린들을 만난 적이 있는데, 그때 그들은 나쁘게 말하자면 말을 좀 바보처럼 했거든. 그래도 이 마을에 와보니 쥬게무 씨나 다른 고블린들은 평범하게 얘기하고, 너도 평범—— 유창해. 그러니까 우연히 본 고블린들이 그런 야만적인 고블린이었던 건가 싶어서."

"아냐, 난 원래 머리가 좋아. 보통 고블린들은 단어 위주로 얘기해. ……부족 내에서는 가끔 이야기가 안 통해서 곤란했는걸. 난 다른 부족에서 데려온 놈이 아닐까 진지하게 고민한 적도 있을 정도야. 저기, 혹시나 싶어서 물어보는 건데 난 원래 이 근처 부족 출신 아닐까? 나에 대해 들어본 적 없어?"

"아니, 그건 모르겠다만…… 넌…… 혹시…… 누님, 형님. 잠깐 저 좀 봅시다요."

카이쟈리에게 이끌려 운필레아와 엔리는 실내 구석으로 향했다.

"저 아그란 꼬맹이 말입니다요, 저거 혹시 고블린이 아니라 홉고블린 아닐까요?"

홉고블린은 고블린의 아종 같은 존재이며 고블린보다도 여러 가지 면에서 뛰어나다. 고블린은 어른이라 해도 인간 어린이 사이즈지만 홉고블린은 인간 어른과 비슷한 크기까지 성장한다.

육체만이 아니라 지성 또한 인간 수준이다. 고블린과 교배가 가능하기 때문에 고블린 부족과 함께 사는 경우가 많다. 하지만 고블린만큼 숫자가 많이 불어나진 않기 때문에 부족 내에서는 친위대나 대장 같은 위치에 머무는 경우가 많다.

"하지만 운피, 엄마나 아빠가 홉고블린이었으면 쟤도 자기가 그렇다는 사실을 알지 않을까?"

"부모님이 고블린이고 아그만 홉고블린일 수도 있어."

"뭐어? 그거 설마 이야기 같은 데 나오는 막장 전개?!"

"……엔리가 그런 표정 짓는 거 처음 봤어……. 유감이지만 그건 아닐 거야. 인간들도 아이를 맞바꾸는 경우가 있듯 고블린들도 그렇지 않을까."

"그럴 가능성이 있겠네요. 뭐, 그렇다고 어떻게 되는 건 아니지만요."

세 사람이 다시 테이블로 돌아오자, 이제까지 잠자코 있던 루푸스레기나가 입을 열었다.

"그래서 결론은 나왔슴까? 뭣하면 아인즈 님께 부탁드려 볼 수도 있지 말임다. 문제를 해결해 달라고."

그건 바라던 바다.

이 마을을 구해준 영웅이라면 대마수와 동격이라는 몬스터를 상대해도 이길 수 있지 않을까. 하지만——

"너무 의존하면 안 돼요."

엔리가 불쑥 말하자 고블린들이 동의하는 모습을 보였다. 아인즈와 면식이 없는 브리타나 아그만 머리 위에 물음표를 띄우고 있었다. 운필레아의 표정은 어째서인지 약간 복잡했다.

"이 마을은 우리 마을이에요. 우리가 할 수 있는 일을 해야죠. 싸울 힘도 없고 솔선해서 피를 흘려본 적도 없는 여자애가 잘난 척 떠든다는 건 잘 알지만, 그래도……."

"아뇨, 누님 의견에 찬성입니다요. 이 마을은 누님 것—— 응?"

그렇게 말하던 카이쟈리가 고개를 갸웃하며 말을 고쳤다.

"누님이랑 우리 것……도 아니고."

"이 마을에서 사는 모두의 것이라는 말이지?"

"그렇습니다요, 운피 형님. 역시 뭘 좀 아신다니깐! 암튼 그런고로 매직 캐스터 나리의 힘을 빌리는 건 최후의 최후 수단으로 해야 하지 않겠습니까요."

"하지만 그 결과 다들 죽어버릴지도 모르지 말임다~. 베이면 아프지 말임다~."

"헹! 루푸스레기나 언니, 우리가 그렇게 놔두지 않을 겁니다요. 방패가 돼서, 다들 도망칠 만한 시간은 벌고 말 겁니다요."

루푸스레기나는 머쓱해했다.

"그렇습까. 그럼 힘내시지 말임다."

운필레아가 말을 이었다.

"그리고 마을을 대표해 누군가는 에 란텔의 모험자 조합에 연락—— 혹은 보고라고 해야 하나? 그런 걸 해두는 게 좋겠어요. 조합은 의뢰를 받으면 처음에 조사할 멤버를 파견해주고, 비상사태가 된 후에 의뢰하면 이것저것 성가시니까요."

운필레아의 제안에 모험자 출신이었던 브리타가 고개를 끄덕였다.

"그러게. 예측하지 못했던 몬스터와 맞닥뜨려 모험자가 목숨을 잃지 않도록 배려하는 의미에서 조사를 하지. 워커처럼 머리가 이상한 놈들은 그게 다 어리광이라느니 하면서 깔보지만, 그건 욕심이 부풀 대로 부푼 놈들의 쓸데없는 트집이야. 자기네 조합원을 지키려는 건 조직으로서 당연한 생각이잖아."

"하지만 브리타 씨. 모험자들을 폄하하려는 건 아닌데, 비상사태에 의뢰를 하면 의뢰비가 훌쩍 뛰어오르거나 거절당할 때도 있잖아요. 그건 왜 그런가요?"

"모험자도 죽고 싶진 않으니까. 그리고 조합도 자기네 모험자를 죽게 하고 싶진 않으니까. 그러니 시급한 의뢰는, 설령 결과적으로 봤을 때는 그만한 모험자가 필요하지 않았다 해도 보수를 올리거나 해 상위 모험자들에게 적합한 업무로 처리하는 것뿐이야."

원래 모험자였던 브리타의 말은 모험자도 뭣도 아닌 시골 여자아이인 엔리도 순순히 이해할 수 있었다. 물론 궁지에 몰려 도움을 청하는 입장에서 보자면 감정적으로는 승복하기 어려울 것이다. 하지만 반대로 모험자의 관점에서 보자면 고개를 끄덕일 만했다.

"뭐, 조합이 조사한다고 해도 불행한 사고 때문에 죽어버리는 일은 많지만……."

브리타는 입술을 깨물었다.

"그 흡혈귀한테 습격당했을 때를 생각하면 지금도 몸이 떨려……. 한때는 약을 안 먹으면 잠도 못 잘 정도였으니까……."

"흡혈귀? 뭔 소리야?"

아그의 생각 없는 질문에 브리타는 쓴웃음을 지었다.

"비밀. 괜히 생각나게 만들지 마. 오줌 쌀 것 같으니까."

"난 다 말했는데⋯⋯."

"아니, 네 경우엔 목숨을 구해준 대가잖냐⋯⋯."

"당장의 행동방침은 조합에 보고하고, 경우에 따라서는 의뢰를 할 수도 있다는 정도겠지? 의뢰비가 엄청나게 비싸 겠지만 견적은 내봐야지. 그리고 이 이야기를 쥬게무 씨랑 촌장님에게도 들려주고. 그렇게 하면 되겠지, 엔리?"

"자경단 쪽에는 내가 전해둘게. 아마 여기서 내린 결정이 그대로 방침이 될 것 같아."

운필레아와 브리타의 말에 엔리가 고개를 끄덕였다.

루푸스레기나가 말했다.

"그럼 난 마을이나 좀 어슬렁거리다 돌아가겠슴다. 진짜 로 아인즈 님께 도움 청하지 않아도 되겠슴까?"

"네. 될 수 있는 한 저희끼리 노력해보려고요. 괜찮으시 다면 고운 님께도 그렇게 전해주세요."

"알겠심다~."

일어나서 일제히 행동을 개시하는 엔리나 운필레아를 지 켜보면서도 아그는 이해할 수가 없었다.

"왜 저 여자가 높아?"

"앙?"

아그는 어른 고블린이 험악한 목소리를 내는 바람에 몸을 떨었다.

이 어른 고블린은 자신들의 부족에 있던 누구보다도 강한 것 같았다. 그런 상대가 적의를 드러내면 온몸에 소름이 돋았다.

그래도 아이 특유의 호기심은 억누를 수가 없었다.

"이 카르네 부족은 여자가 더 높아?"

엔리라는 여자는 아그가 보기에는 전혀 강할 것 같지 않았다. 팔도 다리도, 근육이 조금 있기는 했지만 너무 모자라다. 오우거 정도까지는 안 바라겠지만 남의 위에 서는 사람이라면 근육이 더 많아야 하지 않겠는가.

매직 캐스터라면 이해가 간다. 고블린의 부족에서도 족장이 되는 여자들은 그렇게 뭔지 알 수 없는 이상한 힘을 쓴다. 하지만 그 여자는 매직 캐스터도 아니라고 한다.

솔직히 왜 엔리가 그들보다 높은지 이해할 수가 없었다.

"그런 게 아냐."

"……나중에 온 사냥꾼 여자가 더 강하잖아?"

"뭐, 그렇지. 브리타 씨는 나름 실력이 있지. 우리가 더 강하지만."

아그는 자기 앞에 있는 어른 고블린을 한층 높이 평가했다. 신장 차이가 있는데도 그만한 말을 할 수 있는 자신감── 근거가 있을 거라고 느꼈다.

"그리고 갑자기 뒤에서 나타난 여자도 그렇게 강하진 않지? 깜짝 놀라긴 했지만."

어른 고블린이 갑자기 말이 없어지더니 아그를 빤히 바라보았다.

거기서 형언할 수 없는 것을 느끼고 아그는 쭈뼛쭈뼛 물었다.

"왜, 왜 그래. 그 여자한테 뭔가 있어?"

"갑자기 나타난 여자는…… 여자분은, 루푸스레기나 씨라고 하는데, 그 사람은…… 위험해. 넌 한동안 마을에 있게 될 텐데, 절대 다가가거나 말 붙이거나 하지 마라. 이건 너를 위해서 하는 소리야."

"으, 응. 알았어."

"그리고 이것도 미리 말해두겠는데, 당연한 말이지만 이 마을 사람들에게 무슨 짓을 했다간…… 까놓고 말하자. 꾸지람 정도로 끝나지 않을 거다. 목숨 정도는 각오해라."

"나, 나도 알아. 패배한 부족 사람처럼 행동하라는 거잖아? 약속할게. 카르네 부족 사람들에게 해를 끼치지 않을게."

"그럼 됐다만…… 절대 루푸스레기나 근처에는 다가가지 마."

아그는 이런 어른 고블린들이 공포 섞인 경계심을 품는다는 사실을 알고 충고를 마음에 새겨두었다. 그리고 처음 질문에 대답을 듣지 못했다는 사실을 떠올리며 다시 물었다.

"왜 엔리 씨가 높아?"

아그도 학습 정도는 한다. 아니, 부족에서 가장 똑똑하고 다른 사람들과 말이 통하지 않는 경우가 많았던 아그라면 쉬운 일이다.

"그게 말야. ……엔리 누님은…… 사실은 엄청나게 강해."

"뭐어?!"

"네가 약하니까 모르는 것뿐이야. 엔리 누님이 마음만 먹었으면 악령견 같은 건 한 손으로 비틀어서 피를 쥐어짜내 컵에 담아 마셔버렸을걸. 그 정도는 아무것도 아니야."

"진짜야?!"

"진짜지, 진짜. 그럼. 진짜고말고."

아그는 엔리의 모습을 떠올렸다. 냉정하게 생각해보니 아랫배가 울릴 정도로 기백 있는 명령을 터뜨리지 않았던가. 그것이 진짜 모습의 편린이었단 말인가.

"누님은 약한 척하는 것뿐이야. 이상한 소릴 했다간 이성을 잃고 널 한 손으로 쥐어짜버릴걸. 그러면 청소가 힘들어. 주위가 피바다가 되니까."

"그, 그렇구나……. 어, 어째서 약한 척을 할까. 강하면 귀찮은 일이 없어지잖아?"

"강하면 바보들에게 힘겨루기 같은 걸로 도전받는 일이 생겨. 의외로 귀찮은 일이 많다고?"

강하면 뭐든 할 수 있다고 생각했는데, 그렇지 않은 일도 있는 걸까?

아그는 생각의 미로에 사로잡혔다. 눈앞에 있는 어른 고블린의 '농담이었지롱' 하는 표정은 알아차리지 못할 정도로.

*

엔리는 문득 한밤중에 눈을 떴다. 주위에 별 이상은 없는지 눈만 움직여 기척을 살폈다. 주위에 펼쳐진 것은 거의 새까만 세계였다. 창을 가린 덧문 틈새로 스며드는 달빛만이 유일한 광원이었다. 그런 힘없는 빛에 드러난 시야 속에서 이상은 전혀 찾아볼 수 없었다.

귀를 기울인다.

말 울음소리, 갑주를 입은 기사들이 뛰어다니는 소리, 사람들의 비명. 그러한 것들은 무엇 하나 들리지 않는다. 평소와 같은 밤이다.

살짝 숨을 토해내고 눈을 감는다. 조금 전까지 푹 잤기 때문인지 금방은 잠이 오지 않았다.

오늘은 정말 많은 일이 있었다. 그 후로 촌장에게 이야기를 들려주고, 돌아온 쥬게무에게도 설명을 했다.

'무사할까…….'

쥬게무 일행은 새로운 정보를 얻기 위해 다시 숲을 수색하겠다고 밤에 출발했다. 한밤중에 숲속에 들어간다는 것은 지나치게 위험한 행위다. 고블린들은 인간과 달리 밤에도 조금만 빛이 있으면 문제없이 행동할 수 있다지만, 마수 같은 몬스터 중에는 야행성인 것이 많아 해가 진 후에 활발하게 활동한다. 위험도는 낮보다도 훨씬 높다.

아그의 뒤를 따라온 다른 몬스터가 없는지를 비롯해, 조속히 조사해야 할 안건만 아니었다면 아무리 쥬게무 일행이라 해도 그렇게 서둘러 출발하지는 않았을 것이다.

고블린들은 분명 강하지만 그것은 엔리 같은 사람과 비교해서 그렇다는 것뿐, 그 대마수가 그러했듯 숲속에는 그들보다도 강한 몬스터가 있다.

상실의 공포에 자신도 모르게 몸부림을 쳐서 그런지 여동생이 우웅 소리를 내며 바짝 달라붙었다.

눈을 가늘게 뜨고 여동생을 보았다.

깨운 것은 아닌 모양이었다. 새근새근 희미한 숨소리가 들렸다.

'후후…….'

웃음기가 새나왔을 때, 똑똑 문을 두드리는 소리가 들렸다. 바람의 장난이나 환청은 절대 아니었다.

엔리는 눈살을 찡그렸다. 이렇게 늦은 시각에 무슨 용건일까. 하지만 이 시간이기에 분명 중요한 이야기일 것이다.

엔리와 넴 두 사람의 몸에 덮여 있던 얇은 천을 조심스레 젖히고 천천히 침대에서 일어났다. 동생을 깨우지 않기 위해 신중하게 움직였다. 삐걱삐걱 바닥이 울리는 소리에 넴이 당장에라도 깨어나는 것은 아닐까 싶어 조금 심장 고동이 빨라졌다.

넴은 그 사건이 있은 후로는 꼭 엔리와 함께 잔다. 그 사건에 입은 마음의 상처가 너무 컸기 때문이다. 엔리도 이를 나무랄 마음은 없었다. 왜냐하면 엔리도 동생과 함께 자 안심할 수 있었으니까.

다만 둘이 함께 자도 동생이 악몽에 시달리다 벌떡 일어나는 일이 있다는 것을 언니는 잘 안다. 그렇기에 푹 잠들었을 때는 그대로 재워두고 싶었다.

조용히, 그렇기에 느릿느릿 걸어 현관으로 가는 동안 노크 소리는 멎을 기미가 없었다.

들창으로 조심스레 밖을 살피자, 달빛에 비친 쥬게무의 모습이 보였다. 엔리는 안도의 한숨을 쉬었다.

엔리는 여동생을 깨우지 않도록 작은 목소리로 말했다.

"쥬게무 씨, 무사했군요."

"네, 엔리 누님. 어떻게든 됐습니다. 깨워서 죄송한데, 얼른 말씀드리는 게 좋을 것 같아서요."

엔리는 살짝 문을 열고 틈새로 몸을 빼 밖으로 나왔다. 실내에 달빛이 스며들어 동생이 눈을 뜰까 걱정되었기 때문이다. 그 움직임을 보고 눈치를 챘는지 쥬게무도 목소리를 낮춰 말했다.

"지금 좀 가주셨으면 하는 곳이 있습니다."

"지금요?"

엔리는 생긋 웃었다.

"물론 괜찮아요."

"정말 죄송합니다."

엔리는 사과할 필요 없다고 말한 후 쥬게무의 뒤를 따라 걸어갔다. 동생을 깨워야 할지 생각하지 않은 것은 아니지만 재워두는 편이 나으리라고 판단했다.

"걸으면서 간단하게 설명드리겠습니다."

평소에는 조금 더 친근하게 말하지만, '일' 이라 판단하면 쥬게무는 어조가 딱딱해진다. 단순한 시골 여자아이를 상대하는 거니 좀 더 싹싹하게 대해줘도 좋으련만. 그런 생각은 하지만 이제까지도 변함이 없었으니 어쩔 수 없다고 체념했다.

"우선, 아그네 부족 사람들을 몇 명 발견했습니다."

"정말요? 다행이다!"

"……다만 정신적으로 쇠약해져서, 며칠은 휴식이 필요할 것 같습니다. 이건 운피 형님의 힘을 빌리기로 했습니다."

엔리가 의아한 표정을 지은 것을 알아차렸는지 추가설명이 이어졌다.

"우리가 아그네 부족의 생존자를 발견했을 때, 그들은 동쪽 거인의 부하 오우거들에게 붙들려 잡아먹히던 도중이었습니다. 육체의 부상은 코나아가 치유마법으로 고쳤지만 정신적인 상처가 남아버렸다고나 할까요. 그래서 운피 형님의 약 중에 진정효과가 있는 것을 써서 치유하기로 했지요. 그리고 이제부터가 문제입니다만, 한 가지 성가신 일이 생겼습니다."

쥬게무는 엔리의 낯빛을 살피듯 말을 이었다.

"생존자들을 구출하면서 오우거 다섯 마리를 생포했습니다. 이건 새로운 정보를 알아내기 위해서였는데……. 오우거는 종족 습성상 고블린 같은 부족과 함께 생활하는…… 외적과 싸워주는 대신 고블린들에게 식사를 얻는 공존 관계를 맺습니다. 그래서 우리 부족을 위해 싸워줄 수도 있다고 그러는군요. 아그에게 물어보니 이런 일은 드물지 않다고 하는데…… 이걸 어떻게 할까 싶어서요."

"어, 믿을 수 있는 건가요?"

"아그 말로는 믿을 수 있을 거라는군요. 오우거는 자기네 외에는 고블린 부족하고만 손을 잡는 기묘한 습성을 가졌는데, 동쪽 거인을 배신한 이유도 고블린이 아니기 때문이라고 합니다."

"으음. 오우거는 사람을 잡아먹어서 좀 무서운데요……."

"이 마을 사람도 부족의 일원이라고 수긍했으니, 끼니만 제때 챙겨주면 문제는 없을 거랍니다. 식사도 문제없이 제공할 수 있고요. 잡식이라 다행이지요."

솔직히 단순한 시골 소녀가 판단하기에는 어려운 결정이었다.

"죽일까요?"

평탄한 목소리였다.

"솔직히 말해 뒤탈이 없다는 의미에서는 죽여도 괜찮다고 생각합니다. 골칫거리를 끌어안고 싶지는 않고요. 이렇게 태연하게 배신하는 놈들이니, 우리가 열세에 빠진 순간 또 뒤통수를 칠지 모릅니다. 아그는 그렇진 않을 거라고 했지만, 애들 말을 곧이곧대로 받아들이기는 좀……."

"쥬게무 씨의 의견은 어떤가요?"

"전투력은 확보해두고 볼 일입니다. 앞으로 숲에서 어떤 몬스터가 쫓겨올지 모르는 노릇이고요. 방패는 많아서 곤란할 거 없지요."

"한 가지만 더 여쭤도 될까요? 사람을 잡아먹진 않나요?"

"……엔리 누님. 오우거는 식인귀라고 불리지만 결국은 단순히 고기를 먹는 몬스터일 뿐입니다. 야생짐승을 잡는 것보다는 인간을 잡는 편이 쉬우니 인간을 습격하는 것뿐이지요."

오우거에게는 토끼를 쫓느니 인간을 잡는 것이 훨씬 편할 것이다. 식량을 얻기 위해 쉽게 잡을 수 있는 생물을 사냥감으로 선택하는 것은 말하자면 자연의 섭리다.

"뭐, 그러니 끼니만 제때 챙겨주면 놈들도 마을 사람들을 습격하거나 하진 않습니다. 놈들이 인간을 공격하는 건 먹기 위해서니까요. 오우거보다는 우리가 동물을 더 잘 잡으니, 놈들이 배를 곯을 일은 거의 없을 거라 약속할 수 있지요. 물론 한동안은 감시를 붙여놓고 어떻게 하는지 지켜볼 겁니다. 이 마을 사람들을 덮쳐서 다치게 하는 일은 우리가 무조건 막겠습니다.”

“……그렇다면 믿고 부하로 삼는 편이 좋겠네요. 앞날을 위해서라도.”

“이해해주셔서 다행입니다. 아까 드린 말씀하고는 모순되는 것 같지만, 다음 안건이 실패하면 놈들은 처분해버릴 겁니다. 사실은 오우거들에게 누님이야말로 우두머리라는 사실을 이해시키려고 하거든요.”

“네에?!”

엔리는 자신도 모르게 갈라진 목소리를 내고 말았다. 그녀의 입장에서는 이야기가 너무 비약하는 것만 같았다. 왜 단순한 시골 계집아이인 자신이 오우거들을 포함한 무리의 주인이 되어야만 한단 말인가. 쥬게무가 보스가 되면 그만 아닌가.

“이건 장래를 내다봤기 때문입니다. 오우거들이 누님을 보통 인간이라고 인식하면 곤란하다고 생각했거든요. 우린 누님의 명령에 따르지만 오우거들은 우리 고블린을 경유해야만 말을 듣는다면, 경우에 따라서는 매우 위험합니다. 전선지휘관인 제게 무슨 일이 일어날지 알 수 없으니까요. 안전한 후방에도 오우거들에게 명령을 내릴 수 있는 사람이 필요하다고 생각한 겁니다."

엔리는 시골 소녀다운 생각을 열심히 굴렸다.

"그러니까 명령을 할 수 있는 사람이 두 명 있어야 한다는 거죠?"

쥬게무가 고개를 끄덕였다.

"그럼 운피도 있잖아요."

"운피 형님도 경우에 따라서는 전선에서 뛰실 가능성이 있으니까요."

"그렇구나……."

엔리는 수긍했다. 그리고 동의했다. 안전한 곳에 있는 자신도 그들에게 도움이 되어야 한다. 그것은 바라던 일이기도 하다. 다만──.

"제가 오우거를 지배할 수 있을까요?"

"그걸 지금부터 할 겁니다. 누님, 연기 좀 해주실 수 있겠습니까?"

안내를 받아 도착한 곳은 마을 외부로 이어지는 길인 정문과 뒷문 중 뒷문이었다. 활짝 열린 문 너머에 오우거 다섯 마리가 무릎을 꿇고 엎드려 있었다. 바람을 타고 밀려드는 강렬한 악취의 발생지이기도 했다.

주위에는 고블린 군단의 모습이 보였으며, 결원이나 부상자는 없는 것 같았다.

문 옆의 망루에는 원래 마을 사람이나 고블린 중 누군가가 있어야 하지만 오늘은 아무도 없다. 고블린들이 잠시 내보낸 모양이었다.

그리고 운필레아와, 조금 떨어진 곳에 아그의 모습도 있었다.

"왔구나, 엔리. 좋은 밤이라고 해도 되려나?"

"응, 운피. 달이 참 예쁘네."

"그러게. 크게 보여."

"말씀 나누시는데 실례합니다. 다짜고짜 죄송하지만 시작해주십시오."

엔리에게 속삭인 쥬게무는 오우거들을 향해 외쳤다.

"야, 너희들! 우리 누님이 오셨다! 네놈들의 목숨은 누님 말씀에 달렸으니 알아서들 해!"

그 말에 반응해 커다란 오우거가, 그것도 다섯 마리나 나란히 고개를 들어 엔리에게 시선을 보낸다. 보이지 않는 압력에 짓눌릴 것 같았지만 엔리는 뒷걸음질치고 싶은 심정을 꾹 참았다. 한 걸음이라도 물러났다간 계획은 실패하고, 고블린들은 즉시 화근을 제거하기 위해 그들을 섬멸하기로 되어 있다.

실제로 주위를 에워싼 고블린 군단이 무기를 든 손에 힘을 주는 것이 보였다. 운필레아도 슬며시 약병을 꺼냈다.

긴장된 시간이 흘렀다.

오우거의 시선을 정면으로 받아내고, 바라보았다. 눈이 흔들려서도, 시선을 돌려서도 안 된다.

엔리는 오우거들에게 그때의 기사를 겹쳐 보고 있었다.

질끈 주먹을 쥐었다. 투구를 쓴 얼굴을 후려쳤던 그때의 마음을 떠올리며.

'우습게보지 말라고. 다들 마을을 지키고 있어. 나도 우리 마을을 지킬 거야!'

긴장된 시간—— 한순간이었는지도 모르지만 엔리에게는 매우 긴 시간이 지나고, 오우거들의 눈이 흔들렸다.

서로 낯빛을 살피더니 쥬게무의 얼굴을 본다.

"말했지? 우리 보스, 누님은 최강이라고."

"고개를 숙여라!"

쥬게무의 말에 맞춰 엔리는 뱃속에서 우러나오는 목소리로 외쳤다.

스스로도 놀랄 만한 기백으로 가득 찬 고함에 시야 한구석에 있던 아그가 부르르 떨었지만 지금은 상관이 없었다. 엔리에게는 오우거가 모두 고개를 숙였다는 사실이 더 중요했다.

오우거는 일단 엔리를 자신보다 위라고 인정한 것 같았다.

"이봐, 우리 고블린을 포함해 카르네 마을의 족장인 누님께 하고 싶은 말이 있으면 냉큼 말해봐."

고개를 숙인 채 오우거들은 입을 모아 걸걸한 목소리로 말을 이었다.

"무섭다. 조그만 주인. 우리 사과한다."

"너네 부족 사람, 공격했다. 용서해라."

오우거가 말한 '너네 부족'이란 아그의 부족을 말하는 것이다. 실제로는 다르지만 이야기를 간단히 하기 위해 아그의 부족은 카르네 부족의 일원인 것으로 했다. 안 그러면 그들의 머리로는 감당하지 못할 것이다.

"우리, 너네 위해 일한다."

"좋아! 우리 부족을 위해 일해라!"

마지막 남은 기합과 함께 명령했다. 두세 마디 했을 뿐인데도 매우 지쳐버렸다. 숲속을 산책했을 때에 필적하는 피로였다.

이 이상은 보스의 태도를 유지할 수 없으리라 생각한 마침 그 타이밍에 쥬게무가 거들어주었다.

"잘됐구나! 엔리 누님이 너희의 목숨을 살려주신다고 한다!"

오우거들의 몸에서 눈에 뜨이게 힘이 빠져나갔다. 죽을 가능성도 있었던 것이다. 자연스러운 반응이리라.

오우거 한 마리가 엔리 쪽을 똑바로 쳐다보며 입을 열었다.

"족장. 우리, 뭐 하냐?"

생각할 것도 없었다. 모르는 것은 남에게 맡기면 그만이다.

"쥬게무 씨. 저들을 봐주세요. 마음대로 부리셔도 좋아요."

"알겠습니다, 누님."

지휘관은 고개를 한 번 숙이더니 오우거들 쪽을 돌아보았다.

"좋아. 일단 마을 밖에 텐트를 만들어주마. 거기서 지내고 있어라. 야, 너희들. 텐트 만드는 것 거들어."

고블린들에게 명령을 내리자 오우거와 고블린들은 함께 걸어나갔다.

"마을 밖에 텐트를 쳐놓으면 이래저래 성가신 일이 생길 수 있으니, 앞으로 가능하다면 마을 안에 저놈들 자리를 만들어줬으면 좋겠습니다. 그렇다고는 해도 마을 사람들을 공격하지 않도록 교육이 끝난 다음이 되겠지만요."

"마을 사람들에게도 받아들여주도록 부탁하고 돌아다녀야 할 테고요."

"으음— 엔리가 말하면 문제는 없을 것 같지만. 그리고 내일 예정 말인데……."

내일은 엔리와 운필레아가 고블린 몇 명을 호위로 데리고 에 란텔을 향해 출발할 예정이었다. 하지만——.

"미안해. 아그네 부족의 생존자들을 치료하게 돼서, 나는 못 갈 것 같아."

따지고 보면 자신들을 먹었던 오우거와 같은 마을에서 살아가야 한다. 상처의 치유와 함께 마음을 다스려줄 필요도 있겠지만, 리이지의 성격으로는 상대를 위축시키기만 할 뿐이라 오히려 역효과가 될 것이 뻔했다. 결국 운필레아 말고는 적임자가 없는 것이다.

"그래……? 좀 불안한데……."

엔리는 에 란텔 같은 대도시에 가본 경험이 없어, 해야 할 일을 생각하면 조금 짐이 무겁게 여겨졌다.

"촌장님께 같이 가달라고 부탁해볼까?"

"어려울걸……."

촌장도 마을의 체제나 정비, 또한 새로 받아들인 사람들을 돌보는 등 여러 가지 일에 주의를 기울여야 하므로 멀리 나갈 수는 없을 것이다.

"……촌장님 부인은?"

"……으음. 솔직히 지금 마을은 손이 부족해. 옛날부터 그랬지만 지금은 특히."

카르네 마을은 상당히 아슬아슬하게 생활을 꾸려왔다. 게다가 지금은 인구가 줄어든 것도 있고 해서 마을의 기능이 현저히 저하되었다. 그렇기에 반대의견을 억누르고 이주자를 모집했던 것이다.

"에 란텔에 도착하면 신전에 가서, 마을에 이사를 와줄 사람이 있는지 확인도 해봐야 할 텐데……. 아우, 이건 나

같은 시골 여자애가 할 수 있는 일을 넘어섰어······."

"힘내십쇼, 족장님."

쥬게무의 말에 엔리는 뺨을 부루퉁 부풀렸다. 마음 같아서는 당신이 할 소리냐고 쏘아붙여주고 싶었다. 엔리가 이리저리 뛰어다니게 된 이유 중 하나는 고블린들이 그녀를 섬기기 때문이기도 했으니까.

"사실은 나도 함께 가고 싶지만······."

운필레아는 매우 유감스럽다는 듯 중얼거리다가, 어두운 기분을 날려버리려는지 짐짓 밝게 말을 이었다.

"그래, 괜찮아. 넴은 내가 돌봐줄게. 걱정하지 말고 마음껏 일하고 와."

"······이런 사람은 세상에 나밖에 없을 거야. 갑자기 다들 날 떠받들어서 높은 사람인 척해야 하고, 가본 적도 없는 곳에 가야 하고, 해본 적도 없는 일을 수없이 해야만 하다니."

"너무 비관하지 마, 엔리. 온 세상을 뒤져보면 하나쯤은 더 있을 거야."

힘이 빠져 어깨를 늘어뜨리는 엔리를 보며 운필레아와 쥬게무가 가벼운 웃음소리를 냈다. 그리고 마지막으로, 혼자 떨어진 곳에서 가만히 지켜보던 아그가 아무에게도 들리지 않을 만큼 조그맣게 불쑥 중얼거렸다.

"저 고블린들을 힘으로 지배한다는 게 사실이었구나······.

카르네 마을 족장, 엔리 누님……."

3

성새도시 에 란텔은 이름에 어울리는 3중 성벽으로 에워
싸여 있다. 이 성벽에 달린 문은 제일 바깥쪽에 있는 것이
가장 튼튼하면서도 거대해, 마치 몸에 올라타 짓누르는 듯
무뚝뚝한 중압감으로 넘쳐났다.

제국이 쳐들어와도 물리칠 수 있다고까지 일컬어지는 문
에서 뿜어져 나오는 위압감에 여행자들이 입을 딱 벌리는
모습은 시내를 돌아다니는 사람들이라면 한번은 꼭 보았을
만한 광경이다. 그리고 그 인물 자신도 한때는 같은 표정을
지었을 것이다.

그런 문 옆의 검문소 안에서는 병사 몇 명이 햇살을 피해
느긋하게 쉬고 있었다.

때로는 최전선이 될 수도 있는 도시의 병사치고는 해이한
태도인 것 같지만, 검문소에 있는 그들의 역할은 여행자를
체크하는 것이다. 위법물품을 운반하는 사람이나 타국의 첩
자를 색출하는 것이 업무이므로 도시에 들어오는 사람이 없
으면 당연히 일도 없다.

그런고로 지금은 일이 전혀 없는 그들 일반 병사는, 아무

리 그래도 카드 게임을 즐기며 시간을 때우는 자는 없지만, 입에서 나오는 하품을 감추려고는 하지 않았다.

물론 지금은 한가해도 바쁠 때는 매우 바쁘다. 특히 이른 아침, 문이 막 열린 시간의 번잡함은 필설로 형언하기 힘들 정도다.

태양이 하늘 가장 높은 곳에 올랐을 무렵, 가도에 드문드문 여행자들의 모습이 보이기 시작했다. 어느 정도 인원이 모여 여행을 하는 모습은 몬스터가 나오는 이 세계에서는 당연했다.

"올 때는 경단처럼 뭉쳐서 오는구만. 이거 바빠지겠는데."

그렇게 중얼거리며 멀거니 발을 쳐놓은 창문으로 밖을 바라보던 병사는 그 무리와는 달리 가도를 따라 다가오는 짐마차에 눈길을 주었다.

마부석에는 한 여성의 모습이 보였다. 포장이 없어 그대로 드러난 짐칸에는 사람이 보이지 않았다. 혼자 여행하는 모양이었다.

여성은 무장을 한 것 같지는 않았다. 그 점에서 추측할 수 있는 해답은——

어디 시골 마을에서 온 여자인가?

——병사는 그렇게 생각했다가, 자신의 가설에 고개를 갸웃했다.

근처 마을 사람이 이곳에 오는 일은 그리 드물지 않다. 하지만 여자 혼자라면 이야기가 달라진다. 에 란텔 근교라고 해도 도적이나 몬스터가 절대 없다고는 단언하지 못한다. 물론 전설적인 모험자 '칠흑'의 활약으로 위험한 몬스터와 도적은 거의 자취를 감추었다. 그래도 아주 없지는 않다. 늑대 같은 보통 짐승도 출몰한다.

이것은 에 란텔 근교만의 상식이 아니라 다른 도시에서도 당연한 일이다. 그럼에도 여자 혼자 여행을 떠나게 할까?

도적에게 습격을 당해 목숨만 붙여 도망쳐왔을 가능성도 없지는 않지만, 그렇다 해도 긴장감이 전혀 없었다. 마치 안전하다는 사실을 알고 여행을 하는 그런 여유마저 느껴졌다.

저 여자애는 대체 뭐야?

병사는 그런 의문을 품은 채 시선을 움직여 말을 보았다. 그리고 그곳에서 다시 혼란에 빠졌다.

매우 훌륭한 말이라 시골 계집아이 따위가 소유할 만한 것이 아니었다. 체구며 털결은 군마를 연상케 했다.

군마는 매우 비싸다. 그리고 설령 그런 돈을 마련할 수 있었다 해도 단순한 일반인이 손에 넣기는 매우 힘들다. 와이번이나 그리폰으로 대표되는 몬스터 계열 탑승동물을 제외하면 탈것으로서는 최고봉에 속하는 존재다.

그런 군마를 일반인이 얻으려면 분명히 모종의 연줄이 있어야 할 텐데, 시골 소녀에게 그런 뒷배가 있을 리가 없다.

소유자에게서 빼앗았을 수도 있겠지만, 군마처럼 값이 나가는 물건을 빼앗았을 때는 거의 반드시 보복의 대상이 된다. 도적들도 군마 비슷한 말을 탄 사람에게는 함부로 손을 대지 않을 정도다.

다시 말해, 결론적으로, 단순한 시골 계집아이일 가능성은 낮다고 할 수 있으리라. 그렇다면 시골 계집아이 차림을 한 저 인물은 대체 누구인가.

여기서 힌트는 혼자 여행을 해 여기까지 왔다는 점이다. 다시 말해 실력에 자신이 있고, 시골 계집아이 차림—— 장비에 좌우되는 존재가 아니라는 뜻이다. 다시 말해 매직 캐스터로 대표되는, 장비와 전투력에 큰 연관성이 없는 사람이다.

이건 수긍이 갈 만한 해답이다. 왜냐하면 매직 캐스터들 중 상당수는 모험자이며, 그렇다면 재산이나 연줄도 있을 테니 군마를 입수하기도 일반인에 비해 훨씬 쉬울 것이다.

"저거, 매직 캐스터나 뭐 그런 사람이려나?"

옆에 있던 동료가 같은 추리를 입에 담았다.

눈썹을 살짝 찡그리며 병사가 대답했다.

"그럴지도 모르겠네."

매직 캐스터는 검문대상으로 매우 성가신 상대다.

우선 무기가 내면적인 '마법'이라 눈에 보이지 않는다. 다시 말해 무기를 얼마나 소지했는지 확인할 수가 없다.

둘째, 마법으로 모종의 위험한 물건을 반입할 가능성이 있다. 이를 발견하기란 매우 어렵다. 마지막으로 전문적인 짐이 많아 매우 귀찮은 수속이 필요하다는 점도 꼽을 수 있다.

솔직히 말하자면, 가장 싫은 상대였다. 그렇기에 마술사 조합에서 인원을 빌려와 —— 당연히 그에 상응하는 금액을 지불했을 것이다 —— 협조를 청하는 건데……

"그 인간을 불러야 해? 싫은데."

"어쩔 수 없잖아? 들여보냈다가 나중에 문제가 생기면 성가셔."

"매직 캐스터들도 좀 한눈에 알아볼 만한 차림을 하고 오면 좋을 텐데."

"수상쩍은 지팡이를 들고, 수상쩍은 로브를 입고?"

"그렇지. 그러면 척 봐도 매직 캐스터잖아. 그리고 다들 마술사 조합에 강제로 가입시켜서, 모험자처럼 조합원 인장을 가지고 다녀야 하는 의무가 있으면 더 좋고."

얼굴을 마주 보며 웃자 이제까지 앉아있던 병사가 일어났다. 지금 접근하는, 매직 캐스터임 직한 소녀를 맞이하기 위해서였다.

병사들이 지켜보는 가운데 마차는 문 앞까지 접근해 멈추었다.

마부석에서 소녀가 내려왔다. 이마에 살짝 땀이 솟아난 것이, 햇볕 아래에서 여행을 했음은 일목요연했다. 햇살을 피하기 위해서인지 긴팔 긴바지를 입었다. 언뜻 봐도 별로 좋은 옷은 아니었다. 지극히 평범한 시골 아가씨다.

하지만 옷을 입은 당사자는 평범하지 않을지도 모르고, 무언가를 감추었을 수도 있다. 외견과 내용물이 전혀 다른 경우가 있다는 것은 이 직업을 가진 후 잘 알게 되었다.

병사는 방심하지 않고 소녀에게 다가갔다.

"이것저것 물어보고 싶은 게 있으니 검문소까지 좀 와줄 수 있을까?"

부드러운 표정으로, 약간 친근함을 담은 목소리로 말했다. 당신을 경계하는 건 아니니 부디 방심해 주세요, 하는 마음으로.

"네, 그럴게요."

병사는 소녀를 데리고 검문소로 향했다.

〈매료Charm〉로 대표되는 정신조작계 마법을 경계해 몇 미터 떨어진 곳에서 다른 병사가 두 사람을 따라갔다. 다른 병사들도 소녀가 수상쩍은 행동을 보이지는 않는지 은근슬쩍 곁눈질로 살폈다.

긴장감이 감도는 것을 느꼈는지 소녀가 고개를 몇 번 갸웃거렸다.

"……왜 그러지?"

"네? 어, 아무것도 아니에요."

미미한 분위기의 변화를 감지했다면 역시 보통 사람은 아니로군. 그런 생각을 하면서 병사는 소녀를 데리고 검문소로 들어갔다.

"그럼 거기 앉겠어?"

"네."

방에 놓인 의자 중 하나에 소녀가 털썩 앉았다.

"우선 이름과 출발 장소를 묻고 싶은데."

"네. 엔리 에모트예요. 토브 대삼림 근교에 있는 카르네 마을에서 왔어요."

병사들이 눈짓을 나누고 한 사람이 방 밖으로 걸어갔다. 주민대장에 기재된 이름인지를 확인하러 간 것이다.

왕국에서는 주민을 관리하기 위해 주민대장을 작성한다. 그렇다고는 해도 매우 대충 만든 것이라 생사에 관한 정보 갱신이 늦어지거나 빠진 부분이 있을 때가 많다. 오류는 수만 건에 이른다는 추측도 있을 정도였다. 그렇기 때문에 지나치게 신뢰하면 위험하지만 어느 정도는 도움이 된다.

그런 불확실한 주민대장인 주제에 양은 엄청나게 많다. 그 결과, 조사가 다 끝날 때까지는 나름 시간이 걸린다. 이를 충분히 알고 있는 병사는 다른 건부터 먼저 마치기로 하고 입을 열었다.

"그럼 통행세를 대신할 허가서를 보여줄 수 있을까?"

보통 여행을 떠나려면 통행세 —— 족세(足稅)라고 불리기도 한다 —— 를 지불해야 한다. 하지만 영내의 백성들에게까지 통행세를 걷으면 물류가 지체되기 때문에, 통행허가서를 마을마다 배포하고 그것을 지참하면 통행세를 무료로

해준다. 물론 영지마다, 그곳을 다스리는 귀족들마다 제도는 다 다르지만.

"음, 여기 있는데……."

가방을 뒤지는 엔리를 병사가 저지했다.

"아냐, 우리가 찾아볼 테니까 그대로 넘겨주겠어?"

고분고분 내민 가방을 받아들고, 병사는 신중하게 내용물을 확인해 양피지를 찾아냈다.

테이블 위에 펼쳐놓고 대충 위에서 아래로 확인했다. 왕국의 식자율은 낮지만 검문소 병사들은 당연히 읽고 쓰기가 가능하다. 아니, 읽고 쓰기가 가능하기에 배치되었다고 하는 편이 옳을 것이다.

"그렇군, 틀림없네. 이건 카르네 마을에 배포됐던 통행허가서야. 확인했어."

병사는 양피지를 말아서 가방 안에 다시 넣고 돌려주었다.

"그럼 다음으로 에 란텔에 온 이유를 들려줄 수 있을까?"

"네. 우선 가장 큰 용건은 제가 캔 약초를 팔기 위해서예요."

병사가 창밖—— 짐마차에 눈을 돌려보니 단지를 한참 확인하는 중이었다.

"그 약초의 이름과 단지 수를 가르쳐주겠어?"

"네. 뉴크리 네 단지, 아지나 네 단지, 그리고 엔카이시가 여섯 단지예요."

"엔카이시가 여섯?"

"네, 맞아요."

엔리의 얼굴에 자랑스러운 웃음이 피어났다. 그것도 당연하다고 병사는 수긍했다.

검문소에서 일하는 이상 약초에 관한 지식은 어느 정도 있다. 엔카이시는 요즘 이 시기에 매우 짧은 기간에만 채취할 수 있는 약초인데, 치유 포션을 만드는 데 많이 쓰인다. 수요가 많으며, 그렇기에 값이 비싸다. 그런 엔카이시를 여섯 단지나 가져왔다면, 양에 따라서도 다르겠지만 놀랄 만한 가격이 될 것이다.

"그럼 어디로 가져갈 생각이야?"

"예전에는 발레아레 씨네 가져갔지만요."

"발레아레? 약사 리이지 발레아레 말이야?"

지금은 이사를 갔다지만 최근까지 에 란텔 약사업계의 일인자였으므로 상당한 유명인이다. 그런 집안에 납품을 한다면 어지간히 신뢰할 수 있는 인물일 것이다.

그렇다면 여기에 관해서는 이 이상 추궁할 필요는 없겠다고 병사는 판단했다.

사실 그들의 업무는 위험한 물건이나 사람이 도시 안에 들어가지 못하게 막는 것이며, 도시에 들어간 사람이 어디로 갈지를 추적하는 것은 관할 밖이다.

병사는 흠흠 고개를 끄덕이고 엔리의 표정에서 눈을 돌렸다.

지금까지 나눈 이야기에 수상한 점은 찾지 못했다. 엔리의 표정에도 거짓말을 하는 분위기는 없었다. 짐 체크만 끝나면 그가 할 일은 끝날 것이다.

때마침 돌아온 병사가 고개를 딱 한 번 끄덕였다. 그것은 엔리라는 여성의 등록이 있다는 뜻이었다.

다만 이것은 카르네 마을에 엔리라는 여성이 태어났다는 기록일 뿐이다. 눈앞에 있는 여성을 엔리라는 인물이라고 보장해주는 것도, 엔리라는 여성이 어떤 인생을 살아왔는지를 보장해주는 것도 아니다. 여행을 떠나 강대한 마법의 힘을 손에 넣어 고향에 돌아온 인물일지도 모르고, 여행 도중에 죽은 엔리의 이름을 사칭한 범죄자일지도 모르는 것이다.

그렇기에 마지막으로 한 가지 더 확인할 필요가 있었다.

"알았어. 그럼 그분을 불러와줘."

병사는 고개를 끄덕이고 다시 방을 나갔다.

"이제부터 신체검사를 하고 싶은데 괜찮을까?"

"네?"

엔리는 의아한 표정을 지었다. 병사는 황급히 자신의 말을 보충했다.

"아, 딱히 문제가 있어서 그러는 건 아니야. 미안하지만 이것도 규칙이거든. 뭐, 해를 끼치거나 그러진 않으니까 안심해."

"……그렇다면야, 알겠어요."

엔리가 수긍한 것을 보고 병사는 내심 안도의 한숨을 쉬었다. 매직 캐스터일지 모르는 사람의 분노를 사고 싶지는 않으니까.

방을 나간 병사가 돌아왔을 때, 그 뒤에는 또 다른 남자가 있었다.

그의 모습은 전형적인 매직 캐스터였다.

코는 툭 튀어나온 매부리코다. 얼굴에는 핏기가 없었으며 뺨은 홀쭉했다. 후덥지근한 검은색 로브를 뒤집어쓰기도 해서 땀을 뻘뻘 흘린다. 닭뼈를 연상케 하는 손에는 이리저리 뒤틀린 지팡이를 쥐고 있었다.

병사는 그렇게 더우면 옷을 벗으면 될 것 아니냐 싶었지만, 그 스타일에 집착이라도 있는지 매직 캐스터는 한사코 이 차림을 포기하려 들지 않았다. 그 탓에 매직 캐스터가 들어온 직후부터 방의 온도가 몇 도 올라간 것 같았다.

"이 아가씨인가?"

매직 캐스터의 조용한 목소리에, 늘 있는 일이지만 병사는 기묘한 기분을 느꼈다. 외견은 20대 후반으로 보이는데 목소리는 칼칼해 좀처럼 나이를 추측할 수가 없었다. 외견이 젊어 보이는 것인지, 아니면 목소리가 삭아버린 것인지.

"어……."

엔리는 막 들어온 매직 캐스터와 병사를 놀란 눈으로 번갈아 보았다. 병사는 놀라는 것도 무리가 아닐 거라고 내심 고개를 끄덕였다. 그도 매직 캐스터의 목소리를 처음 들었을 때는 놀랐으니까.

"이분은 마술사 조합에서 와주신 매직 캐스터인데, 간단히 조사를 할 테니 잠깐만 기다려줘."

병사는 엔리에게 앉은 채로 있어도 좋다고 말하고는, 이번에는 매직 캐스터에게 슬쩍 고개를 숙였다.

"그럼 부탁드려도 될까요?"

"당연."

매직 캐스터는 한 걸음 앞으로 나오더니 엔리를 정면으로 보았다. 그리고 마법을 외웠다.

"〈마법탐지Detect Magic〉."

그리고 매직 캐스터의 눈이 가늘어졌다. 마치 사냥감을 노리는 짐승의 눈 같았다. 눈에 익은 병사들조차 긴장하고 싶어지는 시선에 엔리는 평소와 다를 바가 없었다.

그 모습을 본 병사의 마음에 역시나 하는 마음이 들었다. 이만큼 강렬한 시선을 받고도 태연히 있을 수 있는 사람이 평범한 시골 아가씨일 리가 없다. 적어도 몬스터처럼 자신의 목숨을 빼앗으려 하는 자와 대치한 경험이 없고서는 이 시선을 받아내고 당당하지 못할 것이다. 그 점에서 자신의 상상이 제법 맞아떨어졌을 거라고 병사는 확신을 품었다.

"나의 눈은 속일 수 없지. 그대는 마법의 도구를 감추고 있군. 허리 언저리에."

엔리가 처음으로 놀라 허리 언저리를 보았다.

병사는 살짝 긴장했다. 검 같은 무기라면 이해할 수 있지만 매직 아이템이라면 병사의 지식이 미치는 범위가 아닌 것이다.

"이거 말인가요?"

엔리가 옷 안에서 꺼낸 것은 두 손으로 감출 수 있을 정도로 조그맣고 낡아빠진 뿔피리였다. 병사라면 흘끔 보고 흘려넘길 만한 물건이었다.

"……저게 매직 아이템이오?"

"그렇다. 외견에 속아서는 안 된다. 강대한 마력을 지녔군."

병사가 눈을 껌뻑거렸다. 이 매직 캐스터가 강대하다고 할 정도면 얼마나 큰 힘을 가진 아이템이란 말인가. 이 소녀가 일부러 남루한 차림을 한 것이 아닐까 생각이 들기 시작한 병사는 목에 칼날을 들이댄 듯한 한기를 느꼈다.

"아, 그건요——."

"됐다. 나의 마법으로 모든 것을 꿰뚫어 볼 터이니."

무언가 말하려던 엔리를 제지하고 매직 캐스터는 다시 마법을 발동시켰다.

"〈도구감정Appraisal Magic Item〉—— 으으으으음!!"

몇 초 사이에 매직 캐스터의 표정은 이리저리 변했다. 처음에는 경악, 다음으로는 두려움, 공포, 그리고—— 혼란.

"뭐, 뭐냐, 이것은? 강대하다는 말로는 형언할 수 없을 정도로 보통이 아닌 힘…… 말도 안 돼! 이것은 대체 무엇이냐아아?!"

게거품을 물며 뺨을 붉게 물들인다.

"넌 대체 누구냐! 나는 그러한 차림에 속지 않는다!"

매직 캐스터의 급변에 병사들은 놀랐다. 엔리도 경악했는지 눈을 크게 떴다.

"아, 아뇨, 평범한, 일반인인데요. 그냥 시골에서 온 애예요. 진짜예요!"

"그냥 시골 애라고? 네 이놈, 왜 거짓말을 하나! 그렇다면 어떻게 이 아이템을 손에 넣었나! 네가 단순한 시골 계집이라면 수긍이 가질 않는다!"

"네? 저기, 마을을 구해주신 아인즈 울 고운 님께서 제게 주신 것인데──."

"──또 거짓말을 하는구나! 법국의 신관이 주었단 소리냐!"

"네? 법국 분인가요?"

"병사! 집합! 이 계집은 너무나도 이상하다!"

뭐가 어떻게 해 이렇게 되었는지 병사는 알지 못한다. 하지만 이 매직 캐스터가 이렇게까지 기묘한 반응을 보인 적은 없었다. 그렇다면 긴급사태이니 자신의 생각은 제쳐놓고 행동해야 할 것이다.

"집합! 집합!"

병사의 외침에 반응해 짐 체크를 마친 동료들이 긴박감을 띠며 달려왔다.

"그만한 아이템을 거저 주었다니 누가 믿을 수 있겠나! 어떻게 손에 넣었지? 네가 단순한 시골 계집일 리가 없다!"

"아뇨, 정말 고운 님께서 주신 거예요! 믿어주세요!"

병사는 두 사람을 번갈아 쳐다보았다. 분명 동료로서 일하는 이상, 그리고 의뢰를 받아 일을 하러 와준 사람인 이상 매직 캐스터를 믿고 싶다. 하지만 엔리라는 소녀는 너무나 갑작스럽게 변한 상황에 놀라 갈팡질팡하는 시골 아가씨로밖에 보이지 않았다.

"대체 왜 그러십니까? 이 아가씨가 수상하다고 생각하는 이유를 들려주십시오!"

"흥! 우선 이 뿔피리는 고블린 무리를 소환하는—— 얼마나 많은 수를 소환하는지까지는 알 수 없다만, 그러한 힘을 가진 아이템으로 보인다."

병사는 낯을 찡그렸다. 시내에서 사용한다면 매우 성가실 것이다. 그러나 겨우 그 정도 문제일까? 모험자를 비롯한 존재들은 다양한 매직 아이템을 가지고 있다. 그중에 있어도 별로 이상할 것은 없으리라.

"게다가 자기는 평범한 시골 계집이라고 우기는 점이 수상해. ……적어도 금화 수천 닢에는 해당하는 매직 아이템을 그대 같으면 평범한 시골 계집애에게 선뜻 넘겨줄 수 있겠나?"

"수천?!"

"수천?!"

너무나 말도 안 되는 금액에 병사도, 그리고 엔리까지도 놀랐다.

금화 수천 닢이라면 일반인은 평생 인연이 없을 만한 액수다. 이 낡아빠진 뿔피리에 그만한 가치가 있다니.

"그렇고말고. 그런 것을 아무 이유도 없이 넘겨줄 리가 있겠나. 그것도 시골 계집에게! 물론 이 아가씨가 일류 모험자나 일류 매직 캐스터라면 수긍이 가겠지. 하지만 이 아가씨는 자신이 평범한 시골 계집이라 하지 않나! 이상하지 않나!"

그것은 병사도 수긍할 만한 설명이었다. 뛰어난 힘을 가진 아이템은 뛰어난 능력을 가진 사람에게 이끌린다. 과거의 숱한 —— 선악을 불문하고 —— 초인적인 능력을 가진 자들은 예외 없이 강대한 아이템을 손에 넣었다. 그것은 운명이기도 하고, 또한 필연이기도 하다.

"아뇨, 정말, 전 평범한 시골 계집아이고……."

"애초에 아인즈 울 고운이라는 자도 들어본 적이 없다. 적어도 이 도시의 매직 캐스터 중에는 절대 없지. 그리고 모험자 중에도 없을 것이다."

"고운 님에 대해서는 전사장님이 알고 계세요!"

"왕국전사장 가제프 스트로노프 님 말이냐? ……이야기가 지리멸렬이로군. 어떻게 단순한 시골 계집이 그런 사실을 알고 있나."

"그건 우리 마을에 계셨기 때문이에요! 사실이에요! 제 말을 들어보시면 이해하실 거예요!"

왕도에 있는 왕국전사장과 연락을 하기란 무리다. 애초에 정말로 단순한 시골 아가씨라면 전사장의 기억에 남아있을 가능성이 적으니 신원을 보증하기도 어려울 것이다.

"어떻게 할까요?"

"일단 체포해 자세히 조사해봐야겠지. ……뿔피리 정도야 어떻게든 교묘하게 숨기면 됐을 것을 당당하게 가지고 들어온 점부터 스파이나 테러리스트는 아닐 것도 같지만, 그렇다는 확증도 없으니."

엔리는 당황했는지 주위를 둘러본다.

그 모습은 정말로 지극히 평범한 시골 아가씨 같았다. 이것이 연기라면 그거야말로 수상하다.

그때 갑자기 주위에서 상황을 살피던 병사들이 일제히 놀라 소리를 지르고, 때를 함께 해 처음 들어보는 목소리가 들렸다.

"우리는 어서 도시로 들어가고 싶소만…… 무슨 일인지?"

그 목소리에 돌아보니, 그곳에는 칠흑의 갑주가 서 있었다.

"으허억!"

병사도 매직 캐스터도 경악해 소리를 질러버렸다. 칠흑의 갑주를 걸친 이 사내를 모르는 자는 이곳 에 란텔에는 없을 것이다. 가슴에서 흔들리는 아다만타이트 플레이트가 그 인식이 틀리지 않았음을 증명해주었다. 살아있는 전설, 불가능을 모르는 사나이, 최강의 전사.

'칠흑' 모몬이었다.

"아, 아니! 모몬 님! 이거 실례했습니다!"

"대체 뭘 하시는…… 음? 그 아가씨는…….."

"예! 수상쩍은 계집이 있어 조금 조사하느라 시간을 잡아먹었습니다. 모몬 님께는 정말 폐를——."

"——엔리. 그래, 엔리 에모트였지?"

그 자리의 공기가 얼어붙었다. 전설의 모험자가 어떻게 시골 계집의 이름을 알고 있단 말인가.

"어, 저기, 누구신지…… 아, 맞아. 그때 운피랑 같이 마을에 오셨던 분이군요. 이야기를 나눈 기억은 없는데…… 제 이름은 운피에게 들으셨나요?"

모몬은 입가에 손을 대고 무언가 생각에 잠긴 기색을 보였다. 그리고 매직 캐스터에게 손짓하더니 방을 나갔다. 병사도 함께 나가보고 싶었지만 그녀를 혼자 놔둘 수는 없었다.

이윽고 돌아온 것은 냉정함을 되찾은 매직 캐스터 혼자였다.

"그녀를 보내주게. 칠흑의 모몬, 아다만타이트 클래스 모험자께서 신원을 보증해주신다고 하네. 그녀를 이 이상 구속해봤자 아무 이득도 없을 것 같네만, 어떤가?"

"그야 당연한 판단이겠지만…… 정말 문제는 없는 겁니까?"

"그분의 말을 의심하겠나?"

"의심은요! 알겠습니다. 즉시 허가를 내겠습니다. 그럼 카르네 마을의 엔리 에모트, 에 란텔에 들어갈 것을 허가한다. 가봐도 좋아."

"아, 네. 고맙습니다."

꾸벅 고개를 숙인 엔리가 방을 나갔다. 그 뒷모습을 바라보며 병사는 매직 캐스터에게 물었다.

"모몬 님은?"

"먼저 가셨네."

"그럼 그 대영웅과 그 아가씨는 무슨 관계랍니까?"

"모르지. 내가 모몬 님께 들은 건, 아까도 말했듯 그녀의 신원은 자신이 보증할 테니 풀어주라는 말씀뿐이었네."

"그럼 다른 질문을 좀 하죠. 그 에모트라는 아가씨는 정말 단순한 시골 아가씨라고 생각합니까?"

"전혀 그렇게 생각하지 않네. 단순한 시골 아가씨인데 영웅이 간섭했겠나? 그만한 매직 아이템을 가진 것도 우연이 아니고…… 법국과 무언가 관계가 있을까?"

"아인즈 어쩌고 어쩌고라고 했죠. 법국 관계자와 아는 사이라면, 일단 상부에 알리는 편이 좋지 않겠습니까?"

"솔직히 잘 모르겠네. 다른 사람도 아닌 모몬 님이 신원을 보증해준 인물을 위험하다고 상부에 보고하는 건…… 자네들의 직업윤리에서 보자면 옳다고 생각하네만, 모몬 님을 불쾌하게 만들지 않겠나?"

병사는 얼굴을 찡그렸다.

모몬이라는 대영웅이 에 란텔 묘지에서 이룬 위업은 병사들이 모이면 반드시 화제가 된다. 수천 혹은 수만에 이르는 언데드의 무리를 돌파했다는 영웅담에 가슴이 뜨거워지지 않는 이는 없다. 게다가 먼발치에서도 알 수 있을 정도로 압도적인 자태와 영웅적인 행동, 강대한 힘을 가졌을 대마수를 무릎 꿇리고 그 위에 올라탄 늠름한 모습은 병사들을 열광케 했다.

강한 사내에게 반하는 여자처럼 모몬이라는 대영웅에 반한 남자도 많다. 마찬가지로 무기를 휘두르는 병사들의 대부분은 모몬의 팬이라 해도 과언이 아니다.

이 병사도 그중 하나였다.

모몬의 팬이었으며, 그가 어깨라도 두드려주면 감동에 휩싸여 이 사람 저 사람에게 다 떠들고 다닐 정도였다. 그렇기에 존경하는 인물을 불쾌하게 만들고 싶지는 않았다.

"그렇겠군요. 모몬 님이 보증해주셨다면야 문제는 없겠죠."

"나도 그러는 게 좋을 거라 생각하네. 모몬 님의 개인적인 지인에게 불이익을 주어서는 안 되겠지. 힘 있는 자에게는 따르는 법이 좋은 법. 귀찮은 일은 사양하고 싶거든. ……그러면 나는 가서 대기하겠네."

"네. 저도 그만 일을 하러 가보겠습니다."

＊

엔리는 에 란텔의 문을 뒤로하고 마차를 몰면서 대체 무슨 일이었을까 고개를 갸웃했다. 아마도 그 칠흑의 갑옷을 입은 모험자—— 엔리의 기억이 확실하다면 운필레아와 함께 약초를 캐러 왔던 인물이 도와주었던 것이리라.

원래 같으면 당장에라도 만나 인사를 해야겠지만, 유감스럽게도 문을 나와 주위를 둘러보았을 때는 그의 모습이 아무 데서도 보이지 않았다.

'다음번에 만났을 때 인사를 드려야겠다……. 그래도 이해해 주시려나?'

조금 시간을 들여 당장 이 주변을 찾아볼까 하는 생각도 해봤지만 포기할 수밖에 없는 이유가 있었다. 그것은 엔리의 마음을 차지한 걱정거리. 옷 너머 한 손으로 쥐고 존재를 직접 확인하지 않으면 안도할 수 없는 물건.

——고블린 어쩌고의 뿔피리.

'이게…… 금화…… 수천 닢?! 거짓말이겠지? 거짓말이라고 해줘…….'

식은땀이 솟아났다. 매우 선선히 건네주었기 때문에 그렇게 귀중한 물건인 줄은 생각도 못 했다. 아니, 운필레아가 값비싼 아이템이라고 말하기는 했다. 하지만 이 금액은 상상을 아득히 초월했다.

'어? 난 그런 아이템을 써버린 거야? 그래도 돼?'

만에 하나, 돌려달라고 한다면 엔리는 어떻게 해야 좋을까.

'약초가 몇천 단지나 필요할까……. 평생 약초 채집을 하는 수밖에 없으려나…….'

게다가 자신은 또 한 가지, 금화 수천 닢의 가치가 있는 아이템을 소지한 것이다.

'고운 님은 이렇게 엄청난 물건을 선뜻 넘겨줄 수 있을 만한 위인이셨어?! 아니면 가치를 모르고…… 아냐, 그분이 모르셨을 리가 없어……. 그래도, 혹시 모르셨다면…….'

위장이 시큰거렸다.

엔리는 주위를 두리번거렸다. 사람은 드문드문 보였지만 그래도 카르네 마을의 몇 배는 될 것 같았다. 누군가가 이 뿔피리를 노리는 것은 아닐까, 그런 불길한 상상이 들었다.

'가지고 오지 말걸 그랬어. 이런 데서는 범죄가 많다잖아? 어떡하지, 뿔피리를 도둑맞기라도 하면……. 어라? 혹시 도둑이 뿔피리를 불어서 나타난 고블린이 행패라도 부린

다면, 범인은 내가 되는 게…….'

식은땀의 양이 단숨에 몇 배로 늘었을 때, 엔리가 앉은 마부석 옆에 사뿐히 내려앉는 인물이 있었다. 전혀 중력이 느껴지지 않는 움직임이었으며, 분명 마법의 힘이었다.

'누구——!'

놀라며 쳐다보니 한층 더한 놀라움이 기다리고 있었다.

칠흑의 머리카락을 가진 절세미녀. 조금 전 칠흑의 갑옷을 입은 모험자와 함께 마을에 왔던 사람이었다. 싸늘한 흑요석을 연상케 하는 눈동자가 엔리를 향했다.

"등에 같은 하등생물. 모몬 씨가 당신에게 묻고 싶은 것이 있다고——."

"예쁘다……."

"그런 빈말은 집——"

"루푸스레기나 씨랑 비슷할 정도로……."

곤혹스러운 듯 흔들리는 눈동자가 자신을 쳐다본다는 사실을 깨닫고 엔리는 이내 어리석은 말을 했던 것을 후회했다. 루푸스레기나라고 말해도 그녀가 알 리 없지 않은가. 하지만 달리 눈앞의 모험자만큼 아름다운 인물이 떠오르질 않았다.

'어쩜 좋아. 이 사람 난처해하네……. 당연하겠지. 어떻게든 내가…….'

"저, 저기요. 루푸스레기나 씨는 우리 마을에 와주시는 아주 예쁜 분인데——."

"——고맙습니다."

"네?!"

눈빛은 여전히 딱딱하고 목소리에도 부드러움이라곤 없었다. 미간에는 주름까지 있다. 하지만 감사의 말은 분명했다.

"……하아. 너에게 모몬 니……씨가 묻고 싶은 것이 있다고 해서 왔습니다. 대답하십시오. 당신은 뭘 하러 이곳에 온 겁니까?"

엔리에게 대답할 의무가 있는 것은 아니다. 하지만 이 사람은 조금 전 자신을 구해준 사람의 파트너다. 그런 인물이 알고 싶다는 것이 있다면 대답해야 할 것이다.

"어, 그 전에 한 가지 부탁드려도 될까요? 아까 모몬 씨에게 도움을 받았는데, 고맙다는 말씀을 전해주셨으면 해요."

"전하겠습니다. 그래서요?"

"아, 네. 제가 여기 온 건, 어, 음, 이것저것 처리해야 할 일이 있는데요, 그게, 우선 약초를 팔러 왔어요."

여성은 턱짓으로 다음 말을 하도록 지시했다.

"그리고 신전에 가서, 저희 마을로 이주하고 싶은 사람이 없는지 확인해야 해요. 그리고 모험자 조합에 드릴 말씀이 있어서 그곳에도 갈 생각이었어요. 그 외에는 마을에서는 얻을 수 없는 것들을 이것저것 사가기도 해야 해서, 어, 특히 무기 같은 거요. 그 정도예요……."

"그렇군요. 당신 이야기는 알겠습니다. 모몬 씨에게 전하도록 하겠습니다."

여성은 중력의 구속을 받지 않는 듯 가벼운 몸놀림으로 마차에서 뛰어내렸다. 그리고 엔리에게는 곁눈질조차 하지 않고 걸어가버렸다.

살을 에는 듯한 냉기로 가득 찬 폭풍. 그것이 엔리가 그녀에게 품은 인상이었다.

"굉장한 분이네…… 브리타 씨를 몇십 배나 강렬하게 만든 것 같아……"

마을에서는 결코 보지 못하는 타입의 여성이었다. 저런 성격이라 모험자를 하는 걸까, 모험자가 되면 저런 성격으로 바뀌는 걸까. 모험자 조합에 가는 것이 어쩐지 거북해졌다.

"아, 이런!"

없어진 후에야 겨우 알아차렸지만 그녀도 강한 모험자라는 사실은 틀림이 없다. 숲의 현왕을 복종시킬 만한 인물의 파트너니까. 그렇다면 숲에 대해 무언가 알고 있을지도 모른다.

"거인이랑 마의 뱀이랑, 그리고 멸망의 건물에 대해 아는지 물어볼 걸 그랬어. 아~ 난 바보야. 왜 생각이 안 난 걸까."

거기까지 머리가 돌아가지 않은 자신의 어리석음을 책망하며, 엔리는 마차를 몰아 거리를 나아가 다음 대문을 지나쳤다.

에 란텔은 크게 세 개의 구역으로 나뉜다. 한복판의 중앙 구역은 도시에 사는 다양한 사람들을 위한 구역이다. 일반적인 시내라 할 수 있다.

모험자 조합도 이 구역에 있다.

원래 약초는 약사 조합 같은 곳에 도매로 파는 것이 안전하다. 하지만 이런저런 귀찮은 수속이 필요하니 교섭을 대행해주는 모험자 조합에 가보기로 했던 것이다. 처음에는 리이지의 인맥을 의지할 수 없을까 생각했지만, 친하다고는 해도 친구의 할머니 이름을 빌리는 것은 뻔뻔하다고 생각해 마음을 바꾸었다.

그런 엔리의 뜻을 존중해 모험자 조합에 의뢰한다는 아이디어를 내준 것은 운필레아였다.

그가 따라왔다면 모험자 조합을 의지할 필요 없이 약초 매매가 간단히 이루어졌겠지만, 단순한 시골 아가씨인 엔리 혼자 산전수전 다 겪은 약사 조합을 상대하기란 불안했다. 그렇기에 모험자 조합에 다소 마진을 떼어주더라도 중개를 부탁하는 것이다.

브리타와 운필레아에게 들은 길을 따라 거리를 나아갔다.

에 란텔 근교까지는 고블린들이 함께 왔지만 지금 그들은 시외에서 엔리가 용무를 마치기를 기다린다. 마을에서 나와 처음 혼자가 되었다는 사실을 강하게 의식하며, 고삐를 잡은 손에 한껏 힘을 주었다.

긴장감에 어깨가 뻣뻣해졌다. 자신도 모르게 목을 이리저리 돌리려 했을 때, 운필레아에게 들었던 것과 같은 건물이 전방에 나타났다.

"찾았다!"

살짝 환호성을 질러버렸다. 여기까지 오면 이제는 길을 잃을 염려도 없다.

조합의 문지기에게 마차를 맡기고 문으로 들어섰다.

그곳에는 판금 갑옷을 걸친 전사, 활을 짊어진 사냥꾼, 신관이며 마술사── 매직 캐스터로 보이는 차림을 한 사람들이 수없이 오갔다. 그들은 담소를 나누며 인근의 몬스터 정보를 교환하거나, 혹은 진지한 표정으로 보드에 붙은 양피지를 바라보거나, 새로 구입한 아이템의 가치를 익숙한 모습으로 확인하거나 했다.

들뜬 듯한 열기와 소란, 빈틈없는 눈빛으로 가득 찬 세계. 모험자들의 세계다.

마을에서는 결코 볼 일이 없는 광경에 엔리는 입을 딱 벌리고, 그다음 당황해 다물었다. 자신이 촌뜨기인 것은 사실이고 도시의 분위기에 놀라는 것은 부끄러운 일도 아니다. 하지만 다 큰 처녀가 입을 크게 벌리고 멍하니 서 있는 모습은 창피하다.

손발이 동시에 앞으로 나가지 않도록, 비웃음을 사지 않도록 주의하며 엔리는 똑바로 걸어갔다. 아무리 봐도 이곳의 분위기에 어울리지 않는 시골 아가씨가 용맹한 모험자들이 늘어선 곳 사이로 당당히 걸어가도 되는 걸까 조금 불안해지기도 했다.

카운터에 도착하자 호의적인 미소가 맞아주었다.

"어서 오십시오."

"네, 왔습니다."

엔리는 접수대 아가씨와 눈을 마주했다. 그리고 둘이 동시에 쓴웃음을 지었다. 엔리는 어깨에서 힘이 빠져나갔다. 어쩌면 에 란텔에 온 후로 처음 웃은 것인지도 모른다.

"모험자 조합에는 무슨 일로 오셨나요?"

"네. 어, 우선 약초 판매 중개를 부탁드리고 싶어요."

"알겠습니다. 약초는 어디 있나요?"

엔리가 밖에 놓아둔 마차에 쌓아두었다고 대답하자, 안내원은 곁에 있던 동료 여성에게 전달하고 다시 엔리에게 말을 말했다.

"감정할 분이 오실 테니 잠시 조합 내에서 기다려 주시겠어요?"

"네. 그리고 또 한 가지 드릴 말씀이 있는데…… 지금 당장 드리는 의뢰는 아니고요, 나중에 의뢰드릴지도 모르는 이야기거든요."

안내원에게 사정을 설명했다. 웃음이 서서히 진지한 표정으로 바뀌어갔다.

"그렇군요……. 저는 안내원이고 의뢰의 난이도를 결정하는 사람은 아니지만, 남쪽 대마수가 숲의 현왕이라면 그 사건은 아다만타이트 클래스 모험자인 모몬 님 말고는 맡을 수 없는 안건일 것 같네요. 그렇다면 매우 많은 비용이 들 텐데요."

안내원이 풍기는 분위기가 아주 살짝 바뀐 것 같았다. 의욕이 없어졌달까, '설명해봤자 어차피 의뢰를 하지도 못할 텐데 귀찮다'고 생각하기 시작한 것 같달까.

엔리는 고블린과 생활하면서 상대의 감정을 읽는 것이 매우 능숙해졌다. 이것은 고블린 —— 인간이 보기에는 매우 추하고 표정을 읽기 힘든 생물 —— 의 감정을 읽어내고자 노력하면서 이룬 성장이라 할 수 있다.

'시골 마을이라 돈이 별로 없다고 생각하는 거겠지……. 우웅, 처음에 내 옷을 봤던 것 같았으니 그런 부분에서 추측했을지도……. 그야 이 사람은 좋은 옷을 입었는걸.'

엔리는 안내원의 옷과 자신의 옷을 머릿속으로 비교해보고 압도적으로 꿀린다는 사실을 인정했다.

'그래도 그런 옷으론 마을 일을 하기엔 거추장스러운걸. 아깝기도 하고.'

이번 승부는 무승부라고 '여자' 엔리는 판정했다.

"어, 도시에서 돈이, 보조금이 나온다고 들었는데요……."

"나오지요. 하지만 보조금은 어디까지나 일부고 나머지

는 부담하셔야 해요. 아다만타이트 클래스 모험자의 요금은 매우 고액이기 때문에 보조금을 빼고도 상당한 액수를 지불하시게 될 거예요. 물론 싼 가격에 의뢰를 낼 수도 있지만, 조합에서는 선뜻 허용할 수는 없어요. 규정 금액 이하라면 우선순위가 떨어지니, 맡아줄 사람을 찾지 못할 가능성도 고려하셔야 해요."

막힘없이 좔좔 설명한다. 암기한 규칙을 늘어놓기에 가능한 말투일 것이다. 이미 안내원은 엔리를 구경이나 하려고 온 사람처럼 대하는 것 같았다.

'당연하겠지. 돈을 내지 못하는 손님은 손님이 아니니.'

안내원의 말은 운필레아에게 들었던 이야기와 같았다. 그렇기에 별로 서운하지는 않았다. 약한 사람에게 구원의 손길을 내밀어주는 경우란 현실에서는 좀처럼 찾아보기 힘들다.

'그러니까 아인즈 울 고운 님이 마을의 구세주인 거야. 게다가 이런 가치 있는 보물을 나 같은 시골 계집애에게 선선히 넘겨주시다니.'

만약 이 뿔피리를 대신 지불하겠다고 한다면 안내원이 어떤 태도를 보일까, 얼마나 속이 후련할까 생각하면서도 엔리는 그런 짓은 하지 않았다. 이 아이템은 위대한 매직 캐스터가 스스로 몸을 지키라고 호의로 준 것이다. 마을을 위해서라고는 하지만 팔아치워도 되는 물건이 아니다. 은혜를 저버리는 짓은 할 수 없다.

그래서 엔리는 고개를 끄덕였다.

"알았어요. 일단 나중에 금액을 가르쳐 주세요. 마을에 돌아가서 의논해볼게요."

"예, 그럼 그렇게 해 주세요. 중개 담당자가 감정을 마친 후에 와주시면 의뢰비를 계산해 드리겠습니다."

엔리는 안내원에게 부탁한다고 말하고 카운터를 떠나, 로비 한쪽의 소파에 앉아 중개 가격이 나올 때까지 천장을 바라보며 무료하게 시간을 때우기로 했다.

'피곤해……'

에 란텔 문을 들어선 후로 이제까지 경험한 적 없는 일만이 이어졌다. 아니, 생각해 보면 부모님을 잃은 사건 이후로는 늘 정신이 없었다.

'아무것도 바뀌지 않고, 평범한 마을 생활이 계속 이어질 거라 생각했는데……'

잃어버린 사람들을 떠올리고 엔리는 살짝 한숨을 쉬었다.

그 후 늘어난 사람── 고블린이며 소꿉친구를 떠올리고 설레설레 고개를 가로젓는다.

'얼른 좀 와주지 않으려나……'

몸을 움직이면 우울한 생각을 할 틈도 없다. 머리를 텅 비우고 열심히 일할 수 있다.

"에모트 씨, 가격 책정이 끝났습니다."

매매 담당자로 보이는 사람이 이름을 불렀다. 엔리는 자리에서 일어나 그쪽으로 향했다.

"아, 고맙습니다!"

"음, 금액은——."

그때 빠른 걸음, 아니, 전속력으로 뛰어오는 발소리가 들렸다. 고개를 돌려보니 안내원이 눈앞에 있었다.

"헥헥헥, 카르네 마을에서 오신 엔리 에모트 씨, 아니, 에모트 님! 조금 전에 해주신 말씀 때문에 그러는데요, 조금만 더 자세히 들려주실 수 있으신지요?!"

분명 조금 전의 안내원이었다. 하지만 분위기가 달랐다. 눈에 핏발이 섰다. 중개 담당자가 난처한 표정으로 끼어들었다.

"어, 아뇨, 죄송하지만 지금 중개 결과를……."

"제가 말하고 있거든요?! 당신은 됐으니까 잠깐 조용히 해요!"

안내원의 기백에 중개 담당자가 고개를 움츠렸다.

"혹시 괜찮으시면 응접실에서 음료라도 드시면서 이야기를 해주실 수 있으신지요?"

웃고는 있지만 눈 안쪽에는 전혀 웃음이 없었다. 이상할 정도로 필사적이었다.

망설이는 엔리에게서 무언가를 느꼈는지 안내원은 눈물을 글썽이며 기도하듯 손을 맞잡았다.

"제발요! 이야기를 들려주세요! 들려주시지 않으면 제가 큰일나요!"

필사적인 애원. 무슨 말인지 전혀 파악할 수가 없었지만 거절하는 것도 가엾다는 생각이 들었다. 슬쩍 중개 담당자를 쳐다보자 엔리의 생각을 파악했는지 가볍게 고개를 끄덕인다.

"아, 알았어요. 그럼 안내해주시겠어요?"

그 순간 안내원의 몸에서 눈에 보일 정도로 힘이 쭈욱 빠져나갔다.

"고맙습니다! 정말 고맙습니다! 자자, 안내해드릴 테니 저를 따라오세요."

주위에서 날아드는 호기심 어린 시선을 받으며 엔리는 걸어갔다. 오른손은 앞장서는 안내원에게 꽉 붙들렸다. 절대 놓치지 않겠다는 의사표명인가 보다.

'내가 잘못 생각했나.'

조금 불안해졌지만 응접실로 들어갔다.

엔리는 말없이 실내를 둘러보았다. 아무도 없는 그 방의 내장은 매우 세련되어 소파에 앉는 것도 저어될 정도로 훌륭한 세간이 갖추어져 있었다.

"자자, 앉으세요! 앉으세요!"

앉으면 체포되는 것 아닐까 하는 생각이 언뜻 스쳤다. 하지만 엔리가 소파에 앉아도 별일은 없었다. 매우 푹신한 소파가 몸을 받아줄 뿐이었다.

"음료는 뭘로 하시겠어요? 고급 주류는 어떠신가요? 식사는? 아직 이른가요? 그렇군요! 그럼 과일…… 아니, 과자는 어떠신가요?"

"아, 그렇게까지 하실 필요는 없어요."

엔리는 돌변한 안내원이 조금 무서웠다. 처음에 상담을 했을 때의 태도를 싸늘하다고 느끼지는 않았다. 그것이 지극히 당연한 대응이라고 여겼을 뿐, 좋지 못한 감정을 들이댄다는 생각은 없었다. 적어도 지금에 비하면 평범했다.

대체 이 변모의 배경에는 무엇이 있는 걸까. 혹시 또 뿔피리 탓일까.

"아뇨아뇨, 그런 말씀 마시고요. 뭐든 좋아요. 고급 주류에 어울리는 안주도 있어요."

"아뇨, 정말로…… 저기, 시간도 없으니 이야기를 시작하면 안 될까요?"

"그렇군요! 그 말씀이 맞네요! 이야기를 하죠!"

안내원은 하얗고 얇은 종이를 꺼냈다. 엔리가 늘 보는 종이는 두껍고 색이 들어간 것뿐이었다. 지금 그녀가 꺼낸 종이는 고급품일 것이다. 저런 걸 써도 문제가 없을까.

엔리는 이야기를 시작했다. 조금 전에는 간단히 끝냈지만 이번에는 진저리가 날 정도로 자세하게.

이윽고 엔리의 목이 마르기 시작했을 무렵, 이야기는 모두 끝났다.

"수고하셨습니다! 무언가 마실 것을 가져올 테니 드시고 가세요. 잔은 그대로 가져가셔도 괜찮고요. 오늘은 정말 고맙습니다!"

안내원은 벌떡 일어나더니 조바심을 내는 듯 방을 나가버렸다.

"정말…… 대체 무슨 일이람."

엔리의 중얼거림에 대답해주는 이는 물론 없었다.

*

결국 엔리는 에 란텔에서 묵지 않고 카르네 마을로 떠났다.

초원에서 하룻밤을 지내게 되겠지만 불안하지 않았다. 아니, 오히려 푹 잠들었을 정도였다. 갈 때와는 달리 짐칸에 타고 있는 사람들 덕이다.

"아~ 드디어 보이기 시작하네요."

진행방향에 카르네 마을의 담장이 보이기 시작했다. 튼튼한 통나무가 늘어선 모습은 장관이었지만 엔리가 보고 온 에 란텔 성벽에 비하면 훨씬 떨어져 보이는 것은 어쩔 수 없었다.

"그러네요. 얼른 촌장님에게 이것저것 보고해야겠어요."

엔리는 짐칸에 탄 고블린에게 대답했다. 엔리를 호위해 에 란텔까지 동행해주었던 고블린 군단 몇 명—— 고블린 병사 다섯 명, 그리고 고블린 사제 코나아였다. 또 한 사람, 고블린 늑대기병인 쵸스케도 있었지만 그는 마차에서 조금 떨어진 곳에서 경계를 맡았다.

"목적의 절반은 무탈하게 끝났는데…… 촌장에게 부탁받은 안건은 잘 안 됐다죠, 누님?"

"그렇다니깐요. 사제님에게 물어봤는데, 카르네 마을로 이주하겠다는 사람은 없었다고 해요."

"그거 이상하네요. 실제로 온 사람도 있지 않습니까요. 왜 늘질 않을까요? 그 사제가 거짓말을 한 건 아닙니까요?"

"그런 게 아니에요."

엔리가 쓴웃음을 지으며 설명했다.

"변경 마을은 위험하니까 경원시되는 거예요. 삼남 정도 돼서 땅을 얻지 못해 집을 나와 도시로 왔다거나 그런 분을 기대했는데…… 역시 명령도 아닌데 오고 싶어하는 분들은 별로 없을 거예요. 그리고 이제까지 마을에 와주신 분들은, 우리랑 마찬가지로 다른 변경 개척촌에 있던 분들이거든요. 사정이 좀 달라요."

"그런 거구만요."

"그런 거예요. 그래도 개인적으로는 좀 안심했어요."

고블린과 우호관계를 맺고 마을에서 함께 생활한다니, 보통 사람에게는 받아들이기 힘든 일일 것이다. 도시에서 이주해온 사람은 분명 좋은 표정을 하지 않을 것이다. 화근은 피하고 싶었다.

솔직히 엔리는 도시에서 온 이주민과 고블린들 중 어느 쪽을 받아들이겠느냐고 하면 망설임 없이 고블린들을 택할 것이다.

그때 마차가 덜컹 흔들리며 뒤쪽 짐칸에서 덜그럭덜그럭 금속끼리 부딪치는 소리가 들렸다.

"아, 죄송해요. 괜찮아요?"

엔리는 어깨 너머로 뒤를 보았다.

짐칸에는 고블린들이 타고 있지만 그 한쪽에는 자루가 놓여 있어 마차가 흔들릴 때마다 금속끼리 부딪치는 소리를 냈다.

"괜찮습니다요, 누님. 걱정 마십쇼. 그건 그렇고 화살촉이 이렇게 많으면 사냥에서 팍팍 쓸 수 있겠네요."

자루를 쳐다보는 고블린의 표정은 싱글벙글해, 그것을 본 엔리는 대답도 잊고 그저 싱긋 웃었다.

밀밭을 지나, 한쪽만 열린 문으로 지나갔다.

마을 사람들에게 인사하며 엔리는 제일 먼저 집회소로 향했다. 짐을 내리기 위해서였다.

집회소 앞에 마차를 옆으로 대자 그 소리를 들었는지 안에서 고블린이 나타났다.

"오오, 누님 어서 오십쇼. 무사해서 다행입니다요."

엔리는 고블린과 웃음을 나누었다. 그들이 마중해주니 마을에 돌아왔다는 사실이 실감났다. 그만큼 이미 고블린들은 가족이나 마찬가지였다.

"다녀왔어요!"

"그래서 이게 짐입니까요? 안으로 옮길 겁니까요?"

"맞아, 형제. 미안하지만 좀 도와줘."

"알았어!"

고블린들은 일제히 움직여서 짐을 척척 내리기 시작했다. 이건 이쪽, 저건 저쪽 하고 엔리가 말할 필요도 없이 완벽하게 정리하는 모습은 고블린들 또한 이 마을의 생활에 녹아들었다는 증거일 것이다.

"아, 누님. 나머진 저희가 알아서 할 테니 넴 씨나 운피 형님 만나고 오십쇼. 운피 형님은 어쩌면 아그네 고블린을 치료하느라 바쁠지도 모르지만요."

"고마워요. 하지만 그 전에 촌장님에게 보고를 드려야 하니까요."

"그런가요? 어이, 형제들. 미안하지만 혹시 모르니 나도 따라갔다 올게. 그 왜, 오우거 얘기도 해야 하고 말이야."

집소에서 나온 고코우가 마부석의 엔리 옆에 앉았다. 에란텔까지 오면서 경호해주었던 고블린들이 시샘 어린 눈빛을 보냈지만 반대의견은 없었다. 그것은 그가 말하는 편이 옳다고 인정했기 때문일 것이다.

"자자, 누님. 출발합시다요!"

엔리는 쓴웃음을 짓고는 남은 고블린들에게 외쳤다.

"잘 부탁해요! 그리고 여행길 고마웠어요!"

마차를 몰며 엔리는 고코우에게 물었다.

"마을에선 무슨 일 없었어요?"

"딱히 별일은요. 일단 마을 안에 오우거들을 살게 하려고
건물을 짓고 있습니다요. 스톤 골렘에게 나무를 옮기게 해
서, 간소하기는 하지만 괜찮은 오두막을 완성했습죠. 근데
그놈들 냄새는 어떻게 좀 안 될까 모르겠네요. 이불을 줬더
니 금방 냄새가 배어버렸지 뭡니까요."

"그렇군요……. 하지만 정말 빠른걸요!"

"스톤 골렘에게 감사해야죠. 그리고 그 위대한 매직 캐스
터 님에게도."

"그리고 루푸스레기나 씨에게도요."

"……루푸스레기나란 사람은 어째 그, 감사라든가는, 하
고 싶지 않달까 뭐랄까. 싫네요, 그 사람."

엔리는 귀를 의심했다. 고코우가 남을 험담하는 말은 어
쩌면 처음 들었는지도 모른다.

"뭐랄까…… 그게, 무섭지 말입니다요. 마수가, 언제든
덮치려고 조용히 관찰하는 것 같아서……. 엔리 누님은 그
런 거 못 느끼시는 것 같지만요……."

"그 사람은 이 마을을 구해준 아인즈 울 고운 님의 메이
드라고 하고, 별로 나쁜 사람인 것 같진 않은데요."

"……난감하지 말임다."

엔리와 고코우는 흠칫 어깨를 떨었다. 바로 지금 화제로 삼았던 바로 그 여성의 목소리였다.

황급히 돌아보니 어제와 똑같이, 자연스러운 자세로 짐칸에 앉은 메이드가 있었다.

"정말 난감하지 말임다, 우리 엔리는."

"어, 뭐가요?"

"그, 그 전에 슬슬 좀 가르쳐줬으면 하는데 말야. 댁은 어떻게 그렇게 갑자기 나타나?"

"응? 간단하지 말임다. 그냥 하늘에서 내려왔지 말임다."

"도저히 모르겠단 말야. 위에서 왔다고 해도 모를 리가 없는데."

"불가시화라든가 이것저것 수단이 있지 말임다. ……될 수 있는 한 눈에 뜨이지 않게 행동할 뿐이지 말임다. 나 진짜 상냥한 것 같아~."

고블린은 고개를 앞으로 되돌리더니 한껏 낯을 찡그렸다.

"그, 그래도 그 뭐냐, 루푸스레기나 씨가 이틀 연속으로 계시다니 신기하네요. 무슨 일 있었나요?"

루푸스레기나가 눈을 흘기며 엔리를 바라보았다. 이런 미인이 하면 이런 표정도 귀엽다는 생각이 들었다.

"뭐, 상관없지 말임다. 아무튼 그냥, 어떻게 됐으려나 생각했을 뿐이지 말임다. 그러고 보니 꼬마 고블린은 어떻게 됐습까?"

"……잘 있수다. 지금 이 시간이면 아마 촌장 집에 있을
걸."

"왜 촌장님 댁에 있어요?"

"아, 그 녀석네 부족의 고블린 몇 마리를 구해주지 않았
습니까요. 그래서 마을에 살 곳을 만들어야 하니, 이야기를
하러 갔을 겁니다요."

"아~ 그러고 보니 족장 아들이라고 그랬지 말임다. 살아
남은 고블린들의 안전을 어쩌고저쩌고 할 책임이란 검까?
야~ 꼬만데 대단하지 말임다~."

루푸스레기나는 헤실헤실 경박하게 웃었지만 미모의 소
유자가 이러면 매력이 넘쳐나는 웃음이 된다. 엔리는 같은
여자인데도 동경을 느끼며 바라보았다.

"어이쿠, 앞 보는 게 좋을 것 같지 말임다?"

"그, 그러네요!"

귀를 발갛게 물들이며 엔리는 몸을 돌렸다.

촌장의 집 앞에 멈춰 엔리와 고코우는 마차에서 내렸다.

"그럼 말은 제가 마구간에 넣어두겠슴다. 방해하는 것도
뭣하지 말임다. 그러니 나중에 내용 들려주시면 좋겠슴다."

"알았어요. 그럼 죄송하지만 부탁드릴게요."

엔리가 루푸스레기나에게 고개를 숙이자 그녀는 헤실헤
실 웃으며 마차를 몰아 달려갔다.

문을 두드리고, 안에서 들려온 목소리에 이름을 댄 다음 문을 열었다.

들어가자마자 보인 테이블에는 촌장과 아그가 마주 앉아 있었다.

"오오, 어서 오렴. 일단 앉거라. 도시는 어떻더냐?"

촌장의 말대로 엔리는 아그의 옆에 앉았다. 한순간 아그가 몸을 굳힌 것 같았지만 기분 탓이겠지.

"아, 그럼, 저는 이만. 그럼 족장님. 앞으로 잘 부탁드립니다."

처음에는 누구에게 말한 것인지 이해하지 못했다. 이 자리에는 엔리, 고코우, 그리고 촌장이 있다. 그렇다면 촌장에게 한 인사일 것이다.

하지만 아그는 엔리를 똑바로 보고 있었다. 엔리는 열심히 그의 눈을 관찰했지만 아그의 진지한 눈빛 속에서는 결국 농담의 빛을 찾을 수가 없었다.

"뭐? ……뭐어?!"

왜 자신이란 말인가.

엔리가 곤혹스러워하는 동안에도 아그는 꾸벅 고개를 숙이고는 촌장의 집을 나갔다.

"어?! 저기……!"

"그래서 엔리, 이야기를 들려주지 않겠느냐?"

"네? 아뇨, 저기…… 그게…… 어, 네. 알겠습니다."

마음에 걸렸지만 자신의 의문은 나중에 해결하면 된다. 그보다도 보고가 중요하다.

엔리는 그렇게 판단하고 도시에서 있었던 일을 촌장에게 간결하게 설명했다. 가장 중요한 점은 이주희망자는 없다는 소식일 것이다. 다만 그것은 촌장도 예측했는지 얼굴에 유감스러워하는 빛은 없었다.

"그렇구나. 뭐, 그렇겠지. 변경 개척촌, 몬스터가 출현할 확률이 높은 곳에 이사를 올 사람은 별로 없을걸."

촌장은 엔리도 생각했던 말을 했다. 아마 마을에 사는 모두의 공통된 인식일 것이다.

"수고 많았다."

촌장이 고개를 숙이고 엔리는 그렇지 않다며 대답했다. 이것저것 일이 많아 혼란스럽기도 했지만 그건 그거대로 좋은 경험이었다.

"그래서 말인데――."

촌장의 시선이 고블린을 잠깐 보았다.

"엔리 에모트에게 부탁하고 싶은 것이 있단다."

"아, 네. 뭔가요? 촌장님이 이렇게 새삼스레…….."

"……네가 내 일을 물려받았으면 좋겠구나."

엔리는 얼굴 기예라 불려도 할 말이 없을 정도로 현저한 표정의 변화를 보였다.

"네에에에에?! 무슨 말씀이세요, 그게! 에? 혹시 아까 아그가 한 말이…… 에엑?!"

"혼란스러워하는 것도……"

"혼라스러운 정도가 아니에요! 촌장님 혹시 노망 드셨어요?! 왜 그런 말씀을!"

"노망이라니, 거 너무하는구먼. 역시 좀 혼란스러운 모양이로구나. 그것도 이해는 한다만, 냉정하게 들어다오."

"냉정이라니, 이게 냉정해질 수 있는 일이에요?! 왜 저 같은 계집애에게 그런 막중한 일을! 그보다 족장이란 게 대체 뭐냐고요?!"

"진정하지 못하겠느냐!"

딴에는 박력 있는 목소리를 내려 했겠지만 엔리에게는 그냥 큰 목소리일 뿐이었다. 그래도 조금은 냉정함이 돌아왔다. 아니, 촌장의 이야기를 듣지 않으면 이해하지 못할 거라고 머릿속의 일부가 속삭였기 때문인지도 모른다.

"네가 혼란스러워하는 것도 이해한다. 하지만 냉정하게 생각해다오. 지금 이 마을의 중심 존재가 과연 누구겠느냐?"

"그거야 촌장님 아니겠어요!"

"그게 아니란다. 나는 말이다, 지금 이 마을은 네가 중심이 되고 있다고 생각한다. 고블린들, 그리고 새로 들어온 오우거는 너를 리더라고 인정했지 않느냐?"

"그렇습니다요. 우린 누님을 중심으로 생각하고 있습죠."

"다음으로는 네가 구해준 고블린, 아그에게서도 들었다

만 그 아이도 너를 보스라 보고 있더구나."

엔리는 입을 부루퉁 내밀었다. 그야 고블린들은 그럴지도 모른다. 하지만 그 이외의, 옛날부터 있었던 사람들은 어떻게 되는 것인가. 수긍할 리가 없다.

"네가 무슨 생각을 하는지는 대충 안다. 마을 사람들은 반대할 거라 생각하겠지? 그 점은 내가 주민들에게 확인해 봤다. 어젯밤에 주민들끼리만 집회를 열어 의견을 물었거든. 그 결과 모두 너를 새 촌장으로 삼는 걸 인정했지."

"그럴 수가! 왜요!"

"……그 습격으로 마을 사람들이 받은 충격은 그 정도인 게야, 엔리. 모두 강한 리더를 원하고 있어."

"제가 어디가 강하다는 말씀이세요?! 그냥 시골 계집애인걸요!"

팔에 근육이 좀 붙은 것 같긴 하지만 그래도 무기를 다루는 법조차 서툰 촌뜨기일 뿐이다. 강하다는 면에서는 브리타 같은 자경단원들이 훨씬 적합하지 않겠는가.

"강하다는 건 딱히 그 사람의 개인적인 무용 같은 뜻이 아니란다. 고블린들에게 명령을 내릴 수 있는 것도 힘이 아니겠느냐. 발레아레 가문 분들도 네가 촌장에 적합하다고 발언했다."

"운피이―!"

엔리는 목 졸린 닭 같은 목소리로 외쳤다.

"게다가 나도 나이가 나이잖느냐. 슬슬 누가 대신해주더라도 이상하지 않겠구먼."

"않겠구먼은 무슨 않겠구먼이에요! 촌장님이 그럴 나이예요?! 아까부터 가끔 노인네 말투를 쓴다 싶었더니 그런 거였어요?!"

40대 중반이라는 나이는 노경에 접어들었다고 하기에는 이르다. 아직 한창 일할 때라 해도 과언이 아니다.

"노인네 말투 얘기는 접어두고, 마을 주위 상황은 계속 변화하고 있단다. 숲의 현왕이 사라지면서 앞으로 몬스터가 숲에서 나올 확률도 높아졌지. 그럴 때는 안전했을 때의 경험을 가지고 판단을 내리는 나는 적합하지 않아."

"촌장님, 실례를 무릅쓰고 여쭐게요. 도피하시는 건 아니겠죠?"

"……솔직히 말하자. 네 말을 부정은 못하겠다."

엔리에게 향한 것은 자신의 마음을 솔직하게 토로하는 자의 눈이었다.

"그날 일은 지금도 생각이 나지. 가족이나 마찬가지였던 주민들이 죽어나가던 그 무서운 날이. ──너희 부모님도 잘 안다. 만약 안온하게 지낼 게 아니라 지금 이 마을처럼 튼튼한 담장을 만들었더라면, 더욱 경계를 했더라면 그렇게 끔찍한 일은 당하지 않았을 텐데. ……고운 님께서 도와주시러 올 때까지 시간을 벌 수 있었을 텐데."

엔리는 그렇다 해도 어렵지 않았을까 생각했다. 이 마을에는 그놈들에게 섬멸당한 다른 마을의 생존자들이 이주해왔다. 그들의 마을에는 나름 튼튼한 담장 —— 지금의 카르네 마을만큼은 아니지만 —— 이 있었다고 한다. 그럼에도 습격을 당해 많은 사람이 죽었다. 다만 아주 조금이라도 시간을 벌었다면 더 많은 목숨을 구했을지도 모른다는 생각에는 동의할 수 있었다.

"이제까지의 낡은 사고방식으로는 안 되는 게야. 새로운 조직을 만들고 마을의 안전을 우리 손으로 지켜야지. 그걸 할 수 있는 사람은…… 유연성이 풍부한 젊은이들뿐이다. 그리고 그중에서도 힘이 있는 인물뿐이야."

해야 할 말은 다 했다. 조용한 표정으로 촌장이 엔리를 바라보았다.

엔리는 촌장의 말을 듣고 진지하게 생각했다. 자신이 처음에 거절한 이유는 책임의 무게 때문이었을 것이다. 그때와 마찬가지로 습격을 당했을 때 마을 사람들의 목숨에 책임을 질 수 없을 거라는 무게. 그러나 그것은 조금 전 촌장에게 말했듯, 도피일 뿐 아닐까.

"모르겠어요. 제가 그런 막중한 역할을 맡을 수 있을지."

"당연히 그럴 게다. 마을의 실무는 내가, 경비는 고블린 여러분이 도와줄 게야. 그렇다고는 해도 마지막 결정을 내리기란 언제나 두려운 법이지."

"주민 전원의 합의제는 어때요?"

"그건 나도 생각해봤다. 하지만 큰일이 닥칠수록 의견만 분분한 상태로 끝나는 경우가 많지. 역시 누군가 한 사람이 선두에 서지 않고선 통솔될 것도 통솔되지 못해."

"평화로울 때와 위급할 때, 두 가지를 따로 나누면요?"

"안 돼. 리더가 성장하지 않는다. 평화로울 때에도 리더십을 발휘해나가야 비로소 위급할 때도 모두가 인정하고 사람들을 잘 움직일 수 있는 거다."

촌장의 의지는 확고했으며 의견은 논리정연했다. 엔리는 씁쓸한 표정을 지은 채 마지막으로 남은 질문을 했다.

"……대답은 언제까지 드리면 될까요?"

"지금 당장이라고는 하지 않으마. 천천히 생각해다오."

"알겠어요."

엔리는 그렇게만 말하고 일어났다.

*

촌장의 집을 나온 엔리는 뒤에서 따라나온 고코우를 돌아보았다.

"저기, 나 생각 좀 하고 싶으니까 혼자 있고 싶어요."

"알겠습니다요, 누님. 천천히 생각하십쇼. 그리고 저희는 누님 편입니다요. 무슨 일 있으면 언제든 말씀해주십쇼."

"네. 그때는 잘 부탁해요."

그 자리를 떠나가는 고코우를 지켜보고, 엔리는 자신의 집으로 걸어갔다.

'내가 촌장 일을 해낼 수 있을까?'

스스로는 무리일 거라고 생각한다.

어쩌면 상상도 할 수 없을 만한 명령── 대를 위해 소를 희생하자는 그런 말을 해야 하는 상황이 올지도 모른다.

'그런 건 못해…….'

마을 사람들의 과대평가라는 생각이 들었다. 애초에 모두가 평가하는 요소 중 하나인 고블린들도, 딱히 엔리가 교섭을 통해 동료로 맞이했던 것은 아니었다. 어디까지나 위대한 매직 캐스터── 아인즈 울 고운이 준 뿔피리에서 튀어나왔을 뿐이다.

이 아이템도 처음에 도움을 받았던 행운 덕에──

'어라? 내가 처음에 도움을 받았던가? 분명 가면을 쓴 고운 님이…… 응? 가면을 쓰고 계셨던가?'

문득 무언가 전후관계가 애매한 기분이 들었지만, 그런 극한상황이었으니 기억도 혼란스러울 만하다. 엔리는 고개를 가로저어 자신의 의문을 떨쳐냈다.

'아무튼──.'

뿔피리를 누군가 다른 사람이 받았다면 다음 촌장 이야기도 자신이 아니라 그 사람에게 갔을 것이다. 다시 말해 엔리

개인의 자질 문제가 아니라 우연이 겹친 결과 차례가 돌아왔을 뿐이다.

'남들하고 의논해보고 싶어…….'

엔리의 머리에 가장 먼저 떠오른 인물은 운필레아였다. 대도시에서 생활했던 그라면 많은 사람들을 만났으니 엔리가 촌장에 적합한지 어떤지도 잘 판단할 것 같았다. 게다가 많은 지식을 가진 만큼 적확한 대답을 들려줄 수 있으리라.

하지만 운필레아와 그의 할머니는 찬성했다는 이야기를 촌장에게 들었다. 그렇다면 운필레아와 의논해봤자 촌장이 되어야 한다는 대답이 나올 가능성이 높다.

'안 되겠어……. 마을 사람들은 안 돼. 그럼 아그나 오우거들밖에 없는데, 아그는 나를 족장이라고 했으니 안 될 테고, 오우거들은 별로 머리가 좋아 보이지 않았으니…….'

그때 미간에 주름을 잡은 엔리에게 밝은 목소리로 누군가가 말을 걸었다.

"네입~ 이야기 끝났나 보지 말임다…… 어라랑? 그 이상한 표정은 뭐임까. 성가신 일이라도 생겼심까?"

그 목소리에 엔리는 번개가 떨어진 기분이 들었다. 그렇다. 이 마을 밖에서 온 사람. 냉정하게 매사를 판단해줄 중립적 제3자가 있었다.

엔리는 루푸스레기나에게 온 힘을 다해 달려갔다.

"루푸스레기나 씨!"

놀라는 그녀의 어깨를 엔리는 덥썩 움켜쥐었다.

"뭐임까, 뭐임까?! 왜 그러심까?! 두근두근하지 말임다. 그래도 고백은 안 되지 말임다. 전 동성애자 아니고 이성애자이지 말임다! 아앙~ 안 돼~ 이 사람이 나 덮치지 말임다~."

"저기요! 잠깐 기다려 보세요!"

엔리는 그녀의 입을 막으려 했다. 이를 재주 좋게 회피하고 루푸스레기나는 활짝 웃었다.

"야~ 미안하지 말임다. 우리 엔리가 너무 흥분한 것 같아서 냉정하게 만들려고 말임다. 네? 장난스러운 농담이지 말임다~."

"심한 농담이었거든요⋯⋯."

엔리는 어깨를 늘어뜨렸다. 그러나 이내 마음을 다잡았다. 루푸스레기나는 훌쩍 나타났다가 훌쩍 사라지는 사람이다. 있을 때 의논하지 않으면 또 사라지고 만다.

"좀 들어보세요. 어떻게 해야 좋을지 아이디어를 주셨으면 해요!"

"뭔진 모르겠지만 일단 걸으면서 들려주시면 좋겠지 말임다. 마을 사람들이 이상한 눈으로 쳐다보면 안 되지 말임다."

엔리는 얼굴을 붉혔다. 루푸스레기나의 지적은 지당했다. 하지만——.

"그럴 거면 덮치네 뭐네 소리 지르지 마세요⋯⋯."

"에헷!"

루푸스레기나가 귀엽게 혀를 내밀었다.

"아우 정말! 루푸스레기나 씨!"

"자자, 가시지 말임다, 가시지 말임다."

대답을 기다리지 않고 걸어나가는 루푸스레기나의 뒤를 따라갔다.

"그럼 이 루푸스레기나 언니에게 의논해보지 말임다. 밤일 방법부터 이성을 홀리는 방법까지 가르쳐줄 수 있지 말임다."

"정말요?! 루푸스레기나 씨는 어른이구나……."

그런 경험이 전무한 엔리가 보기에는 엄청나게 어른이다. 전혀 변한 게 없을 텐데도 루푸스레기나의 옆얼굴이 갑자기 어른스럽게 보이는 것 같았다.

"에헴! 이래봬도 귀동냥 하나는 끝내주지 말임다!"

"……네?"

귀동냥이란 게 무슨 뜻이었더라. 그런 생각을 하고 있으려니 루푸스레기나가 질문 컴온컴온 제스처를 보내고 있었다. 별 상관도 없는 의문은 일단 집어치우고, 엔리는 촌장의 집에서 있었던 일을 들려주었다.

"그래서 저는 어떻게 하면 좋을까요?"

"응? 몰라."

그게 다였다.

"네에~? 루푸스레기나 씨, 의논하라고 그랬잖아요!"

"그렇다고 해서 꼭 답변을 주겠다고는……. 뭐, 알겠심다. ──있지, 우선은 남에게 엉덩이 떠밀린 결과 촌장이 되면 후회할 테니 그건 무조건 관두는 게 좋을 거야. 스스로 수긍할 때까지 생각해봐야 해."

평소의 천진난만함이 자취를 감춘── 요염한 미녀가 있었다. 평소에는 동글동글하던 눈이 가늘고 날카로워졌다. 희미한 웃음은 등줄기를 오싹오싹하게 만들었다.

"이건 어디까지나 내 생각이지 꼭 그렇게 하라는 건 아니야. 네가 곰곰이 생각해보도록 해. 우선 이것 한 가지는 확실히 말할 수 있는데, 촌장을 네가 하든 누가 하든, 앞으로 수많은 실패를 겪게 될 거야. 완벽하게 모든 것을 해낼 수 있는 사람은 내가 알기로는 41명밖에 없어. 그러니까 실패를 어쩌고저쩌고 생각하는 건 어리석은 짓. 다만 냉정하게 생각해보면, 이 마을 안에서 너 이상의 적임자는 없다는 것도 사실이야."

"그건 왜요?"

"고블린들에게 물어보도록 해. 무서운 몬스터가 이 마을에 쳐들어왔을 때, 너희끼리는 이길 수 없다는 걸 알았을 때, 어떻게 할지. 촌장일 경우와 그렇지 않을 경우, 두 가지 상황에서."

루푸스레기나의 표정이 스윽 바뀌었다. 원래의 밝은 그녀로.

"아, 잼없는 소리 했슴다. 하아, 내 취향 아닌데 말임다. 아~아. 우리 엔리가 촌장이 아니고 비극이 콰쾅 터지는 편이 재미있을 텐데~."

"——네?"

"흐흥~."

루푸스레기나가 엔리의 어깨를 턱 두드렸다.

"우리 엔리가 촌장이 되는 편이 좋다고 생각하지 말임다. ……그리고…… 저기 있는 소년에게도 물어보지 말임다?"

어깨에서 손을 떼더니 루푸스레기나는 그 자리에서 휘릭 한 바퀴 돌았다. 마찰이 없는 것처럼 가벼운 움직임이었다.

"그럼 이만~."

손을 팔랑팔랑 흔들며 루푸스레기나가 걸어간다. 그쪽에서는 운필레아와 넴이 손을 잡고 서 있었다. 루푸스레기나가 운필레아의 어깨를 탁 두드린다. 마치 그렇게 해 힘을 받은 것처럼 두 사람이 움직이기 시작했다.

"어서 와, 언니!"

어지간히 걱정했는지 넴이 온 힘을 다해 품에 뛰어들었다. 한순간 받아주지 못하고 쓰러질 뻔했지만 다리의 근력을 총동원해 무사할 수 있었다.

"어서 와, 엔리. 생각보다 일찍 왔네. 그쪽에서 자고 오지 않았어?"

"응, 그랬어. 야숙하고 돌아왔으니까."

"그렇구나……. 몬스터에게 습격당하지 않아 다행이네. 그래도 별로 칭찬할 만한 행동은 아닌걸. ……고블린들은 강하지만, 그보다 강한 몬스터들도 있으니까. 이 주변 초원에선 별로 못 들어봤지만."

"언니, 위험한 일은 하지 마!"

넴이 이젠 절대 떨어지지 않겠다는 양 옷을 꼭 쥔다. 여동생에게 살아남은 가족은 이제 자신 혼자뿐인 것이다. 자신의 목숨은 자기만의 것이 아니다. 그것을 잠깐 잊어버린 것 같았다.

"그렇구나. 그랬지. 미안해."

엔리는 넴의 머리를 부드럽게 쓰다듬었다.

"응! 용서해줄게!"

넴이 고개를 들고 웃었다.

"고마워. 넴은 얌전히 잘 지냈어? 운피한테 폐 끼치고 그러진 않고?"

"우씽— 언니! 나 그렇게 애 아니야! 그치, 운피!"

"아하하. 난 아그네 부족 사람들 치유도 있고 해서 계속 보진 못했지만, 얌전히 잘 있었다고 생각해."

"에이, 운피까지 그런다! 저기저기, 그보다 들어봐! 운피한테 냄새 난다?"

"넴, 이건 약초 냄새잖아! 넴 너도 약초 갈고 나면 손에 냄새 밴다고 그랬으면서!"

"눈 따끔거리는 것도 약초 냄새야?"

"……아니, 그렇지 않은 것도 있지만. 약사가 쓰는 연금술 아이템이라든가. 하지만 내가 냄새가 지독하다는 식으로 말하진 말아줘……."

"그래도 운피한테 냄새 나는걸?"

운필레아의 얼굴이 얼어붙었다.

"그건 운피 옷에 배어서 그래. 평소에는 작업복을 벗고 다니는 게 좋지 않을까?"

엔리가 황급히 동생의 진의를 설명해주자 운필레아의 얼굴이 약간 풀어진 것 같았다.

"작업복 말고 다른 옷은 별로 없어서……. 에 란텔에선 거의 이것만 입고 지냈거든."

"그럼 다음번에 한 벌 지어줄까?"

"어? 만들 수 있어?"

"운피는 날 뭐라고 생각하는 거야? 간단한 옷 정도는 직접 만들 수 있어."

"그렇구나. 난 옷은 사오기만 했으니까, 직접 만들 수 있다니 대단하다 싶어서."

"그 말은 고마워. 하지만 마을 사람들이라면 누구든…… 넴도 연습 시작해야겠네."

"네~!"

"그럼 넴, 먼저 집에 돌아갈래? 난 잠깐 운피랑 하고 싶은 얘기가 있어서."

넴은 입에 손을 대더니 눈을 반짝반짝 빛냈다.

"응! 알았어! 먼저 갈게! 운피, 힘내!"

손을 흔들더니 집을 향해 신나게 뛰어간다.

그 뒷모습을 지켜보고 엔리는 불쑥 중얼거렸다.

"이상하게 고분고분하네. 뭔가 숨기는 거라도 있나."

"아니, 그런 건 아닐 거라고 생각해……. 그보다도! 하고 싶은 얘기란 게 뭐야? 대충 예상은 하지만. 어제 마을 회의에 참가한 사람으로서."

그렇다면 이야기하기 편하겠다고, 쓸데없는 전제는 생략하고 엔리는 운필레아에게 촌장의 집에서 있었던 이야기를 말했다.

그것만은 아니었다. 자신의 불안감, 조금 전 루푸스레기나와 했던 이야기도 전부. 마지막까지 들어준 운필레아는 엔리를 지그시 바라보며 말했다.

"엔리 마음에 따라 결정하면 될 거야. 나는 그 대답이 어느 쪽이어도 응원할 테니까……라는 식으로 모범답안을 말하고 싶진 않아. 난 네가 촌장을 했으면 좋겠어."

"왜? 나는――."

"단순한 시골 아가씨가 아니야. 고블린들의 리더 엔리 에모트지. 넌 고블린이 자기 힘이 아니라고 했지? 하지만 결과적으로 고블린들은 네 힘이 됐어. 루푸스레기나 씨가 고블린들에게 들으라고 했던 말, 내가 들려줄게. 그들은 네가 촌장이 아니라면 긴급상황에선 전력이 저하되기 전에 너만 감싸 도망칠걸."

"그런 짓은 안 해!"

"……안전한 상황이라면 그들도 그렇게 말할 거야. 하지만 그때가 오면 달라질걸. 이건 내가 그들에게 들은 말이니까."

"거짓말……."

엔리는 믿을 수 없는 심정으로 운필레아를 바라보았다. 그가 거짓말을 하는 것은 아닐까 생각했다. 하지만 거짓말을 하는 분위기는 조금도 느껴지지 않았다.

"그들에게 가장 중요한 건 마을이 아니라 너야. 단, 네가 촌장이라면 이 마을도 네 소유물이라고 생각해 최후의 순간이 오기 전까지는 버티며 싸울 거야. 그 정도 차이일 뿐이지만, 그만한 차이가 있어. 참고로 나한테는 넴 씨를 지키면서 뒤에서 따라와달라고 하던걸. 엔리…… 그들에게 확인해봐도 좋아. 하지만 가능하다면 내게 들었다는 말은 비밀로 해줬으면 해."

"안 물어볼 거야."

엔리가 단언하자 운필레아는 앞머리를 쓸어올려 휘둥그레진 눈을 보였다.

"그래도 괜찮아? 내가 거짓말을 할 가능성도──."

"──없어. 운필레아는 그런 말 안 해. 믿어. 하지만 소환주란 게 그렇게나 중요한 걸까."

"엔리니까 그러는 것도 있지 않을까? 고블린들에게 무기를 사줬지? 고블린들의 입장에선 그런 주인이야말로 가장 소중하다고 생각하는 것도 지극히 당연하지 않겠어? …… 이런 식으로 말하는 건 여러 가지 의미에서 좋지 못하지만, 마을 사람들은 고블린들이 무언가 대가를 받는 것도 아니니, 네가 소환한 단순한 몬스터라고 간주하는 면이 있어. 개인으로 보지 않는 상대와 개인으로 인정해주는 상대가 있다면, 후자를 택하는 게 당연하잖아?"

물론 마을 사람도 그런 마음으로 보는 것은 아닐 것이다. 하지만 생각해보면 감사의 마음을 형태로 드러내는 모습을 본 기억은 없다.

"……하지만, 마을 사람들이 그분들에게 점심을 대접해 준 적도 있는걸."

"그건 너에 대한 감사야. 식비나 수고 같은 걸 이쪽에서 부담한다는 의미지. 마을 사람들이 고블린을 이름으로 부르는 것 봤어?"

없었다. 단순히 누가 누군지 분간이 안 가는 것뿐이라고 생각했지만, 어쩌면 처음부터 분간할 마음이 없었던 것인지도 모른다.

그렇게 생각하자 엔리의 가슴속에 형언할 수 없는 쓸쓸함이 찾아왔다.

"그렇구나."

하지만 엔리의 목소리에 섞인 것은 쓸쓸함만은 아니었다. 눈에는 서서히 각오를 다진 듯한 오기의 빛이 맺혔다.

"그랬어. ……난 개인적으로는 엔리는 좋은 촌장이 될 거라고 생각해. 고블린들에 대해서도, 네가 촌장이 되면 많이 바뀌어갈 거야."

"……다른 사람들도 도와주겠지?"

"물론이지. 아니, 널 도와주지 않겠다는 사람은 없을걸."

"알았어. 그럼 나, 잠깐 촌장님께 다녀올게. 각오를 했다면 빨리 결정하는 편이 좋겠어!"

엔리의 선언에 운필레아가 웃었다.

그것은 등을 밀어주었으면 했던 그녀의 마음을 이해한 것처럼 부드럽고도 지엄한 웃음이었다.

"좋아! 다녀와, 엔리!"

"응."

엔리는 대답과 함께 몸을 돌려, 카르네 마을의 새로운 촌장으로서 첫 걸음을 내디뎠다.

*

가만히 하늘에서 마을을 내려다보던 루푸스레기나는 사람들이 광장에 우르르 모이는 모습을 발견했다. 사람들 앞으로 엔리가 나와 무언가를 이야기한다. 하지만 역시 이 거리에서는 목소리까지 듣기란 불가능에 가깝다.

엔리의 말이 끝났는지 마을 사람들이 박수를 치기 시작한다.

"하, 하앙~. 역시 그렇게 됐습까. 그렇습까. 이거 못 참겠구만요. 우히히히히."

"──뭐가 그리 재미있니?"

뒤에서 들린 목소리에 루푸스레기나는 고개만 돌렸다.

"어라~ 유리 언니 아님까. 매직 아이템으로 날아온 검까?"

"그래. 아인즈 님께 빌린 매직 아이템의 힘이야. 그래서 뭐가 그리…… 아, 카르네 마을이지? 네가 야단맞았던 원인이 된."

"그렇지 말임다. 이야~ 최고로 재미있게 됐지 말임다."

"뭐가?"

"지금 마을에서 새로운 지도자가 태어났거든. ……이건 마을 사람들에겐 새로운 역사, 가능성의 시작이 되겠지. 하지만 그 최고의 타이밍에 마을이 습격을 당해 모든 게 불바다 속에 사라진다면, 저 마을 사람들은 어떤 표정을 지을까."

밝은 미모에 균열이 일어나고 그 틈에서 누구나가 사악이라 단언할 수 있는 끔찍한 무언가가 넘쳐나고 있었다.

"너는 저 마을 사람들과 사이좋게 지내는 줄 알았는데, 본심은 그랬니?"

"맞아, 유리 언니. 본심. 내가 사이좋게 지냈던 인간 놈들이 버러지처럼 폭력에 짓밟히는 모습을 상상하면 정말 짜릿짜릿해."

"극도의 새디스트구나. 솔류션하고 맞먹겠는걸. 왜 이런 동생들뿐이람. 날 구제해줄 사람은 시즈 정도밖에 없겠어, 나 원. ……엔토마도 그렇게 나쁜 아이는 아니지만."

눈살을 찡그리는 언니의 잔소리를 들으며 루푸스레기나는 비웃음을 흘렸다.

"아~ 마을 확 망해버리지 않으려나."

4

"아우~ 지쳤다."

엔리는 손에 들었던 조그만 흑판을 테이블 위에 내팽개치고 몸을 등받이에 기댔다. 가벼운 웃음소리가 들려 고개만 돌리니 선생님, 즉 운필레아가 예상대로 미소를 짓고 있었다.

"수고했어, 엔리."

"응, 정말 수고했지~. 머리 쓰는 건 영 어려워서……."

"그래도 간단한 읽고 쓰기나 계산 정도는 할 수 있어야지."

엔리는 끙끙 신음소리를 냈다.

촌장이라면 최소한도의 교양이 필요하다는 말에 운필레

아에게 개인교습을 받고 있는데, 머리가 터질 것 같았다.

"글자란 건 왜 이렇게 많담. 누군가가 날 괴롭히기 위해 생각해냈을 거야……."

"그런 소리 하지 말고. 자기 이름 정도는 제대로 쓸 수 있게 됐잖아. 게다가 넴 이름도."

"우~. 그건 좀 기뻤지만……. 이 정도 했으면 이젠 된 거 아닐까……."

"미안하게 됐습니다. 아직도 기초 중의 기초거든요. 그리고 공부 시작한 지 닷새밖에 안 지났으니 중요한 건 하나도 안 가르쳐줬다고."

엔리는 믿을 수 없는 소리를 들은 사람의 표정을 지었다.

"아~ 그런 표정 짓지 마. 기초만 잡으면 그다음에는 응용이야. 그러니까 여기가 중요하다고도 할 수 있지. 응."

"……우우~."

"많이 지쳤나 보네. 그럼 오늘은 이쯤 하고 끝낼까?"

기다렸다는 양 엔리는 벌떡 일어났다.

"그게 좋겠어! 내일도 일찍 일어나야 하잖아! 역시 운피야!"

쓴웃음을 지은 운필레아가 흑판에 적힌 지렁이가 기어간 듯한 글씨를 지웠다.

"그럼 푹 쉬어. 내일도 같은 시간에 공부 시작할 테니까."

"실험할 시간을 나한테 할애해주는 건 정말 기뻐. 하지만 감사는 도저히 못하겠어……."

"응, 응. 그런 법이야. 학생에게 감사를 받는 것보다는 원한을 사는 게 좋은 선생님이란 말을 들은 적이 있지."

"거짓말! 분명 거짓말이야, 그건!"

"아하하하. 자, 그럼 이만 가볼게. 잘 자, 엔리."

"응, 운피도 잘 자. 돌아가서 실험 같은 거 하지 말고 푹 자야 해."

알았다는 웃음을 짓고는 운피가 현관을 통해 밖으로 나갔다. 멀어져가는 마법의 불빛을 잠시 바라본 엔리가 집 안으로 돌아오니, 어둠에 잠긴 자신의 집이 갑자기 적막해진 기분이 들었다.

"아~ 지쳤다……."

주섬주섬 옷을 벗고 그대로 이불에 들어갔다. 그렇게나 시끄럽게 굴었는데 여동생은 옆에서 쿠우쿠우 귀여운 소리를 내면서 잘도 잔다. 엔리는 조용히 눈을 감았다. 머리를 그렇게나 혹사했으니 금방 잠들 수 있을 거라고 확신하면서. 사실 예상대로였다. 눈을 감고 몇 초가 지나니 이미 의식은 없었다.

잠이 들고 얼마나 시간이 지났을까, 멀리서 들려온 소리가 엔리를 얕은 잠까지 깨웠다.

3연타. 이어서 조금 간격을 두고 다시 되풀이되는 3연타. 그 리듬이 의미하는 바를 떠올리고 엔리의 눈이 어둠 속에서 번쩍 뜨였다. 이상할 정도로 각성이 빠른 머리가 지금 있는 곳이 자신의 집임을 인식했다. 벌떡 일어난다. 같은 타이밍에 동생도 일어났다.

"괜찮아?"

"응."

목소리에 두려움은 있었지만 그래도 행동할 수 없을 정도는 아니었다.

"당장 준비할게!"

"응!"

불을 켤 시간도 아껴가며 엔리와 넴은 도망칠 준비를 시작했다.

바람을 타고 울려 퍼지는 종소리 속에서 탈출 준비는 매우 짧은 시간 사이에 갖춰졌다. 몇 번이나 되풀이해 연습했던 피난훈련의 산물이었으며, 과거 마을이 습격당했을 때 몸에 배어든 공포 덕이었다. 그리고 아그의 말을 통해 어쩌면 하는 예감이 마음에 도사리고 있었던 탓이기도 할 것이다.

"넴, 넌 당장 집회소로 도망쳐! 난 일을 해야 하니까!"

대답을 기다리지도 않고 동생의 손을 잡아 집 밖으로 뛰어나갔다.

아직까지 요란하게 울려 퍼지는 종소리가 의미하는 바는 긴급 비상사태. 그것도 누군가가 습격을 확인했을 때의 신호였다.

마음 한구석으로는 몇 번인가 치러졌던 훈련의 일환일 거라는 기도와도 같은 마음을 버리지 못했지만, 이 찌릿찌릿한 공기는 그 사실을 부정했다. 기사들이 마을을 습격했을 때에도 느꼈던 바로 그 공기가.

집회소 근처까지 온 엔리는 넴을 떠밀었다.

"자, 어서 가!"

조그만 목소리로 대답한 넴은 돌아보지도 않고 쏜살같이 집회소로 달려갔다.

엔리도 그 뒤를 따라가고 싶다는 마음에 시달렸다. 하다못해 동생이 무사히 집회소에 뛰어들기 전까지는.

하지만 며칠 전 집회에서 새로이 촌장이 된 이상, 엔리는 마을 전체를 생각해 행동해야만 했다.

자신이 취임하기 전이었다면, 혹은 한참 나중이었다면 하는 마음이 솟아났다.

"마치 못된 신이 지켜보고 있었던 것 같아."

자신도 모르게 마음의 목소리가 말이 되어 흘러나와버렸다. 정말로 최악의 타이밍이다.

"누님!"

엔리에게 고블린 한 사람이 달려왔다.

"어떻게 된 건가요?! 무슨 일이죠?!"

"숲 끝자락에서 몬스터 놈들이 나타났습니다요. 어쩌면 마을을 습격하려는 건지도 모릅니다요."

"알았어요! 얼른 가요!"

고블린이 앞장을 서 엔리와 함께 정문으로 달려갔다. 문 바로 앞에는 야간에만 세워지는 방책이 배치되었으며 그 주위에 고블린들이 모인 것이 눈에 들어왔다. 엔리가 구입한 무기며 방어구로 무장한 늠름한 모습은 그야말로 백전연마의 전사와 같은 풍모였다.

밀려드는 공기를 타고 풍기는 악취에 엔리는 오우거들도 있음을 알아차렸다. 오우거들은 새로 장만한 흉악한 곤봉을 단단히 쥐고 있었다.

엔리가 도착한 것과 거의 동시에, 숨을 헐떡이며 운필레아가, 그리고 브리타를 비롯한 자경단 멤버들도 마을 곳곳에서 집결했다. 그리고 아그와 그의 부족 구성원들 중에서 어찌어찌 정신적으로 회복된 고블린도 두 명 달려왔다.

"전부 다 모였나요? 리이지 씨는? 늦게 오셔?"

운필레아의 할머니인 리이지도 상당히 실력이 뛰어난 매직 캐스터다. 원래 같으면 정문을 수비하러 와주어도 이상하지 않다.

"아냐, 할머니는 여기에는 오지 않아. 집회소 쪽으로 보냈어. 그쪽도 중요하니까."

운필레아의 대답을 듣고 마을 사람들은 수긍했다는 듯 고개를 끄덕였다. 집회소는 가족들이 피난한 곳이므로 그곳의 수비도 강화해두어야 한다.

"우리 멤버들 중에서도 활이 특기가 아닌 사람들은 그쪽에 보냈어. 너희 쪽에도 인원이 남을 것 같으면 사람들을 안심시키기 위해서라도 몇 명쯤 보내줬으면 좋겠는데."

"그건 무리일걸."

브리타의 요청을 쥬게무가 망설임 없이 거절했다. 고블린들과 함께 살아온 마을 사람들은 그가 악의로 하는 말이 아님을 잘 안다. 드높아지는 긴장감에 엔리가 침을 삼킨 것과 같은 타이밍에 리더가 말을 이었다.

"몬스터의 수가 많아. 게다가 오우거만이 아니라 이런저런 놈들이 있어. 분산시키면 너무 위험해."

"정확한 숫자는 몰라?"

"브리타 씨. 상대는 숲속에 있어서 정확한 숫자는 알 수 없어. 그걸 전제로 들어달라고. ……오우거 일곱 마리, 왕뱀Giant Snake 몇 마리, 마물늑대Varg 몇 마리, 악령견으로 짐작되는 그림자, 그리고 후방에 거대한 무언가가 있는 것 같아."

"마물늑대나 왕뱀이 오우거와 함께 행동한다고? 뒤에 드루이드라도 있나?"

마물늑대는 늑대와 비슷하지만 덩치가 훨씬 큰 마수다. 늑대보다도 지성이 있으며 숲에서 맞닥뜨리면 매우 버거운 존재로 알려졌다.

"가능성은 높겠네. 매직 캐스터가 있다면 아주 성가실 거야. 상대도 원거리 공격 수단을 가졌다는 뜻이니까. 이쪽도 총력전으로 가는 편이 나을까? 그럼 할머니도 불러올까?"

"그건…… 어렵겠습니다요. 운피 형님. 집회소는 이 마을에서도 가장 튼튼한 건물입죠. 여차하면 농성을 벌일 수 있을 만한, 말하자면 이 마을의 성입니다요. 그곳을 지켜줄 사람이 있어서 나쁠 건 없어요."

"……퇴각전도 염두에 두어야 한다는 뜻이지? 난 어디서 싸우면 될까?"

"브리타 씨는 자경단을 통솔하는 몸이잖아. 내 지시를 자경단에 알기 쉽게 전하면서 상황에 맞게 행동해줬으면 좋겠는데."

"작전은 침입자 대책 2번이면 되겠지? 활 다음에는 바리케이드 뒤에서 창 공격, 적을 노릴 필요는 없으니 무조건 찌른다."

"그래, 그렇게 부탁해. 다만 마물늑대나 악령견은 민첩해. 그놈들이 활개치게 됐다간 피해가 커질 거야. 그것들을 노려줘. 그리고 드루이드가 있을 때는 물러나고."

"이의는 없지만 자경단이 물러나면 전력이 부족하지 않겠어?"

"……운이 좋으면 어떻게든 되겠지만."

"그렇구나……. 역시 다들 각오를 해두라고 말하고 와야겠어. 하지만 하다못해 후방에 있는 우리가 공격을 당하지 않도록, 드루이드 같은 원거리 공격수단을 가진 상대는 우선적으로 쓰러뜨려줄 수 있을까? 근데, 모험자 노릇도 해 봤지만 이렇게 용감한 마을 사람들을 보는 건 처음인 것 같아……. 뭐, 이 마을에 와서 활 훈련을 봤을 때부터 생각은 했지만."

"한번 습격을 당했으니까요……. 무력한 자신들을 원망했으니까요."

잠자코 있던 엔리가 끼어들었다. 자경단 모두의 마음을 대변해서.

실제로 얼굴은 창백하게 질렸으면서도 도망치려는 사람은 한 명도 없었다. 맞서 싸워야만 한다. 자신들의 마을을 지켜야만 한다. 무엇보다도 뒤에는 자신들이 사랑하는 사람들이 있다.

"그런데 저렇게 잔뜩 쳐들어왔다는 건 나름 숫자를 갖출 수 있는 존재, 어쩌면 동쪽 거인이나 서쪽 마의 뱀일 가능성도 있다고 봐야 할까?"

브리타의 의구심에 쥬게무가 작은 목소리로 긍정했다.

"없다고는 단언하지 못하겠지."

그렇다면 아그가 몬스터를 끌어들였다고도 생각할 수 있다. 그렇기에 작은 목소리로 말한 것이리라. 자경단의 적이 아그네 부족 고블린들에게 향하거나 하지 않도록.

거인이나 마의 뱀 같은 몬스터가 있다는 사실은 이미 마을 사람들에게도 전했다. 그리고 그들이 숲의 현왕에 필적할 만큼 강하다는 사실도.

칠흑의 전사가 사로잡은 다음이기는 했지만 강대한 힘을 가진 마수의 모습은 마을 사람들에게 강한 인상을 주었다. 그런 몬스터에 필적하는, 승산이 전혀 없는 적과 대치해야만 한다고 생각하면 공포가 치밀 것이다.

"마의 뱀은 뭔지 모를 마법을 쓴다며? 힘들겠네."

브리타가 투덜거리자 운필레아가 동의했다.

"몬스터가 종족적으로 사용하는 마법은 열 종류도 안 되지만, 습득해나가는 타입이라면 다양성이 풍부하니 아주 성가실 거예요. 담장을 넘어오거나 하는 마법 같은 것도 있을지 모르고……."

"운피나 고블린 분들이 쓸 수 있는 건 좋지만, 마법은 적이 쓰면 꼭 사기 같아."

엔리가 불만스레 말하자 마을 사람들이 쓴웃음을 지었다.

"……고운 님에게는 비밀이에요."

이어진 말에는 많은 사람들이 웃음소리를 냈다.

엔리는 조금이나마 긴장이 풀렸을까 생각했다. 너무 해이해져도 안 좋지만 긴장감이 너무 커도 평소의 힘을 발휘하지 못한다. 이 정도가 딱 좋지 않을까 싶은 그런 분위기였다. 쥬게무가 감사의 시선을 보내는 것도 그런 면을 이해했기 때문이리라.

"자경단 분들은 안심하십쇼. 원거리에서 활로 쏘기만 하면 되니까. 전열은 우리가 맡겠습니다요."

고블린들은 자경단을 그런 목적으로 단련시켰으므로 그것이 가장 적절한 배치라 할 수 있다.

검이나 방어구 같은 것을 인원수대로 갖추기란 이 조그만 마을에서는 매우 어려우므로 자경단을 전열에 내보내기에는 장비가 부족했다. 게다가 자경단이라고는 해도 결국 마을 사람들이다. 평소에는 쟁기나 괭이를 쓰니 나름 완력은 있겠지만 그렇다고 검을 잘 다루는 것은 아니다. 밭일 짬짬이 시간이 날 때 훈련을 해서 몬스터를 쓰러뜨릴 수준까지 성장할 수 있는 것은 천재라 불릴 만한 사람뿐이다.

이런 점에서 전열을 맡을 만한 수준까지 성장시키기는 불가능하다고 판단한 고블린들은 활을 가르쳐 후방에서 싸울 수 있게 해왔던 것이다.

그들도 실력이 늘어 나름 표적을 맞출 수 있게 되었지만, 관통력이 뛰어난 강력한 활은 당길 수 없으므로 가죽이 두꺼운 몬스터에게 피해를 입히기는 어려울 것이다. 다만 운이 좋으면 일제사격이 방어력 약한 부분을 맞출 경우도 있지 않겠는가.

"그럼 훈련했던 대로 정문을 넘어오는 놈들을 노릴 수 있게 대열을 갖춰주십쇼! 아그, 너희 역할은 문이 뚫린 다음부터야. 자경단 사람들하고 같이 창을 써줘. 브리타 씨 말은 엔리 누님 명령이라고 생각하고 지시대로 따라."

"그래! 맡겨만 주라고!"

"대답 좋다. 명심해. 여기서 도망치는 건 절대 용서 못한다. 죽을 각오로 싸워."

"물론이지! 목숨을 구해준 은혜는 꼭 갚을 거야! 난 오우거랑 같이 최전선을 맡아도 상관없다고!"

"멍청한 자식! 너희한테 맡겼다간 금방 뚫려버려. 그딴소리는 좀 더 강해진 다음에나 해!"

리더의 호통에 분한 표정을 지은 아그와 고블린들을 자경단이 위로해주었다.

엔리는 안도했다. 우선 마을 사람들은 아그가 몬스터를 끌어들인 원인이라고 생각하지 않는다는 점에. 그리고 다음으로는 사람들이 아그 일행도 받아들여주고 있다는 점에.

그들은 마지막으로 마을에 온, 말하자면 방계다. 괴롭힘을 당하거나 경원시되는 일은 없었지만 그렇다고 해서 완전히 담장을 허물 정도까지는 되지 않았다. 그러나 이렇게 보니 조만간―― 이 싸움을 넘어서면 그 담장은 거의 사라질 것이다. 아이러니하게도 전장은 서로의 유대를 돈독히 해주는 데에 최적의 자리이기도 하니까.

그리고 담장을 피부로 느꼈기에 아그의 전투에 대한 열의는 뜨겁다. 마을에 공헌해 자신들의 처지를 향상시키려는 것이다. 인간 사회에서도 솔선해 피를 흘리는 사람에게는 경의를 보내는 법이다. 아그를 비롯한 세 고블린의 활약에 전 부족원의 지위가 달렸다고 생각하면 그 열의도 당연하다.

"운피, 부탁이 하나 있어."

엔리는 운필레아의 옆으로 가서 귓가에 입을 가져갔다.

"윽. 아니, 조금만 떨어져서── 어, 응. 좋아. 알았어. 그럼── 그럴 거면 아그, 너희가 한 가지 해주었으면 하는 일이 있는데 괜찮을까? 내가 가져온 연금술 아이템을 빌려줄 테니까 이걸 써줘."

운필레아가 가방을 열자 여러 개의 병이며 약포가 들어있었다.

"이걸 적에게 집어던지는 거야. 너무 멀리 떨어지면 안 맞으니까 중거리 전투가 될 텐데…… 각오는 됐어?"

"물론이지! 그 역할은 우리가 완벽하게 수행할게!"

아그가 가방을 받아들기를 기다린 것처럼 망루에서 고블린의 목소리가 들렸다.

"놈들이 이동하기 시작하는데. 저거 틀림없네. 분명 마을 쪽으로 오고 있어!"

귀를 기울여보니 수많은 몬스터들이 지르는 사나운 함성이 바람을 타고 들려왔다.

"그럼 자경단 분들, 준비해주십쇼! 엔리 누님 조심하시고요! 운피 형님도!"

"응, 알았어! 아무도 죽지 않게, 부탁드려요!"

"걱정 마! 그럼 엔리, 가자!"

엔리는 경호를 맡은 운필레아와 함께 뛰어나갔다. 목적은 여러 집들을 돌아다니며 이 사태를 알아차리지 못한 사람이 없는지를 확인하는 것이었다.

뛰어나가는 엔리를 지켜보며 고블린들은 전투태세로 들어갔다.

"우선 자경단 분들은 정해진 위치에 서주십—— 서도록. 상대를 사정거리까지 끌어들일 테니."

담장 너머에 있는 몬스터에게는 당연히 사선을 확보할 수 없다. 보이지 않는 목표를 쏘기 위한 곡사 기술이 필요한데, 이것은 초보자에게는 불가능하다. 그 수준에 도달할 때까지 연습을 시키려면 시간이 너무 많이 걸린다. 그렇기에 지도를 맡은 고블린은 한 가지에만 특화시키기로 결심했다.

그것은 문 바로 너머에 딱 떨어뜨리는 감각을 익히는 것이었다. 다시 말해 어느 정도 힘으로, 어느 정도 각도로 활을 당기면 정확하게 그 자리에 떨어뜨릴 수 있는지, 그것만을 연습시킨 것이다. 특정한 장소 이외에서는 도움이 안 되는 연습방법이다. 하지만 상대가 문을 파괴할 거라 예측한다면 일방적으로 공격이 가능하다는 의미에서는 상당히 유용한 훈련이었다.

몬스터들의 포효가 밀려오고 쿠웅, 쿠웅 정문에 충격이 가해지기 시작했다. 그와 함께 담장이 지르릉 흔들렸다.

"좋아! 목표지점에 목표 도착! 견제사격―― 시작!"

"시작하자고!"

쥬게무의 고함소리에 대답한 망루 위의 고블린 궁수―― 슈린간과 구린다이 두 사람이 사격을 시작했다. 사선이 열려 있으면 궁수라는 이름을 가진 고블린들은 빗나가는 법이 없다. 문 너머에서 고통 어린 비명이 들렸다.

대기가 진동하는 듯한 전장의 공기에 휩싸인 자경단이 긴장과 공포에 떨었다. 그런 가운데 쥬게무가 고함을 질렀다.

"자경단은 아직 쏘면 안 돼!! 명령할 때까지 활 내려!"

되풀이해 연습했던 위치에 적이 도착했음에도 사격을 제지한 이유는 다음 순간 망루를 본 사람이라면 모두가 이해할 수 있었다.

담장 너머에서 망루를 향해 투석이 시작되었던 것이다. 돌 하나하나가 인간의 머리통보다도 훨씬 컸다.

대부분은 빗나갔지만 운 나쁘게 맞은 한 발 때문에 망루가 흔들렸다.

"투석공격 확인! 적의 투석은 앞으로 몇 번 정도는 더 있을 것 같아!"

"한 마리당 세 개 정도는 되니까 전부 스물한 발 전후――

으흑!"

다시 명중한 투석이 망루 윗부분의 널빤지를 파괴했다.

공격을 하면 자경단에도 바위가 날아들 것이다. 물론 적에게서는 보이지 않는 위치에 있는 자경단에게 명중할 확률은 매우 낮다. 하지만 운 나쁘게 맞았다간 일격에 목숨이 끊어질 것이 분명하다. 기세가 떨어지지 않아 바닥을 구르는 돌에 부딪쳐도 큰 부상을 입을 수 있다.

자경단에게 공격을 지시하지 않았던 이유는 안전을 위해서라고도 할 수 있지만, 이제부터 이어질 긴 전투에서 누구 한 사람 죽지 않게 하겠다는 결의의 표명이라고도 할 수 있다.

"돌을 던지면 쫄아서 안 쏠 거라고 생각했냐? 우리를 뭘로 보고!"

구린다이가 노성을 지르며, 바위가 쏟아지는 가운데 용감하게 사격을 재개했다. 맞으면 상당한 부상을 입을 거라는 사실을 알면서도 겁을 먹지 않는 용감한 모습에 자경단 모두의 눈이 못 박혔다. 하지만 쥬게무는 달랐다. 전체를 내다보고 금방 새로운 적을 발견했다.

"큐메이! 왼쪽 측면 담장을 기어오르는 뱀을 상대해! 너 하나만 가도 충분할 거야!!"

"문제없다고, 리더! 맡겨줘!"

뒤에서 대기하던 큐메이가 늑대를 몰아 달려나갔다. 그곳에는 담을 막 넘어온 뱀의 모습이 있었다.

"15, 16! 궁수들 조금만 더 버텨라!"

쥬게무가 말할 것도 없이, 기울어져가는 망루에 선 두 명의 궁세는 조금도 움츠러들지 않았다. 그대로 내버려 두어도 망루는 무너지겠지만, 그들의 분투가 투석의 낭비를 유도하고 있었다. 왼쪽을 보면 뱀과의 전투는 큐메이가 우세하게 이끌어나가고 있는 것 같았다.

이윽고 투석공격에 반파된 망루가 크게 기울어지고, 더 버틸 수 없게 된 슈린간과 구린다이가 뛰어내렸다. 착지의 충격을 상쇄하지 못해 데굴데굴 땅바닥을 구른다.

"자경단 사격준비!"

목소리에 반응해 자경단이 활을 들었다.

"심호흡! 들이마시고── 내쉬고! 들이마시고── 당겨!"

평소와 똑같은 구령이 한순간이기는 했지만 자경단에게 이것이 훈련이라는 착각을 안겨주었다. 담장이 내는 비명조차 잊고 훈련 때와 전혀 다를 바 없는 움직임을 낼 수 있었다.

"사격!"

열네 개의 화살이 깔끔하게 똑같은 포물선을 그리며 하늘을 날았다. 담장 너머로 사라지고, 몬스터의 비명이 울려 퍼졌다.

아그가 감탄한 듯 대단하다고 중얼거렸지만 쥬게무에게 그쪽을 신경 쓸 여유는 없었다.

"제2사 준비! ──당황하지 마라! ──심호흡! 들이마시고—— 내쉬고! 들이마시고—— 당겨!"

그 타이밍에 치유마법을 받은 슈린간과 구린다이가 자경단 옆에 나란히 섰다.

"사격!"

다시 열네 자루의 화살이 날았다. 뒤늦게 두 자루. 다시 노성이 터지고, 문이 지르는 비명이 한층 커졌다. 상대의 분노와 고통이 힘으로 바뀌는 것 같았다.

"중지! 무장 변경!"

자경단은 일제히 정문 안쪽에 배치해두었던 바리케이드 뒤로 이동했다. 문으로 돌입한 놈들은 이 튼튼한 방책에 가로막히게 된다. 배치는 L자 통로를 이루고 있으며, 여기에 유도된 적을 기다리는 것은 오우거들, 그리고 쥬게무의 부하들이다. 침입자들에게는 문을 부순 다음 사지에 뛰어드는 셈이다.

"만약 매직 캐스터가 있다면 직선상에 있지 말 것!"

"대장!"

"뭐냐, 아그!"

"운피 형님에게 받은 아이템 중에 접착제가 있는데 어디에 뿌리면 될까?"

"흙에는 흡수되는 거 아니었냐?!"

"흡수되지만 효과시간이 짧아지는 것뿐이라고 생각하면 된다고 그랬어!"

"그렇구만. 그럼 타이밍을 맞춰서, 지금 닫혀 있는 문 언저리에 던져."

알았다고 대답한 아그는 부족 사람들을 데리고 이동했다. 그때 뱀을 쓰러뜨린 늑대기병이 돌아왔다. 즉시 고블린 사제가 뛰어나가 상처를 치유해준다.

쩌정 소리가 나고 한쪽 문짝이 파괴되었다. 처음 쏟아져 들어온 것은 적의 오우거들이었다.

"큭큭, 무뇌아 바보 천치들."

쥬게무가 비웃었다. 너희는 결정적으로 잘못을 저질렀다고.

문이 한쪽만 부서진 것도 일부러 그렇게 만들어둔 것이었다. 한쪽이 부서지면 나머지 한쪽은 내버려두고 돌입할 것이다. 특히 화살에 공격을 당했다면 더더욱. 하지만 입구가 좁으면 한 번에 들어올 수가 없어 우왕좌왕하는 놈들이 많아진다. 반면 이쪽은 L자형 바리케이드를 따라 병사를 배치해두었으니 일제히 공격할 수 있다.

"필살의 진형에 잘 오셨습니다."

무장이 약간 좋은 아군 오우거가 적 오우거에게 우위를 점한 상태에서 육박전이 벌어지고, 이를 자경단이 창으로 지원해주었다. 바리케이드를 파괴하려는 오우거에게는 궁수의 화살과 마법사의 마법, 그리고 아그의 연금술 아이템이 어지러이 날아들었다. 난전 틈을 누비고 안으로 들어오려 하는 짐승들은 고블린 병사들이 맞아주었다.

압도적으로 유리한 상황이었다. 후방에는 예비전력으로 늑대기병들을 대기시켜두었다. 상대에게 매직 캐스터가 없다면 승리는 틀림없다. 다만——.

"——저게 뭐야?!"

꽉 억누른 쥬게무의 목소리에 두려움이 섞여나왔다.

"저건 트롤인가?"

오우거와 외견은 다르지만 비슷한 크기를 가진 거인이 기묘하게 뻣뻣한 움직임으로 다가오고 있었다. 손에는 기이한 분위기를 풍기는 거대한 대검을 쥐고 있었다. 검신 한가운데에 난 홈에서는 번들번들한 액체가 흘러내려 칼날에 맺혔다. 마법의 힘일까?

"저놈이 보스인가? ……설마 저게…… 동쪽 거인?"

그렇게 생각하면 수긍이 갈 만한 분위기였다. 강인한 육체는 마치 강철처럼 단련한 것 같아, 쥬게무가 아는 트롤과 비슷하기는 해도 완전히 딴판인 것처럼 여겨졌다. 전에 보았던 마수 '숲의 현왕'과 동격이라는 것도 수긍이 갔다.

보통 트롤 한 마리라 해도 전원이 달려들어야 할 정도다. 그렇다면 그것보다도 강하리라 여겨지는 놈은 대체 얼마나 성가신 상대일까.

"이렇게 되면……."

어떻게 해야 할까, 쥬게무는 생각했다.

그렇다면 승산이 없는 것과 마찬가지다. 최선의 수는 엔리를 지키며 도망치는 것이다. 싫어하겠지만 그때는 강제로라도——.

"……아니, 최선은 아니구만. 최악의 수단이고, 최후의 수단이지."

쥬게무는 내뱉듯 말했다.

"……얘들아. 이제부터 우린 죽을 거다. 뒤로 물러나겠다거나 어수룩한 생각은 집어치워라. 우리의 용감한 모습을 이 자리에 있는 모든 사람들의 눈에 새겨놓는 거다!"

고블린들의 전의에 가득 찬 포효가 터지고, 적도 아군도 이 기세에 휩쓸린 것처럼 한순간 움직임을 멈추었다.

"간다아! 엔리 누님의 첫째가는 부하인 우리의 힘을 보여주자!"

＊

마을을 한 바퀴 돌았지만 남은 사람은 아무도 없어 엔리는 안도의 한숨을 내쉬었다. 그때 무언가가 부서지는 소리가 정문 쪽에서 들렸다. 이어서 포효와 포효가 부딪치고, 내장을 뒤흔드는 듯한 중저음이 울려 퍼졌다.

문을 뚫은 몬스터들과 고블린들의 전투가 시작됐을 것이다. 걱정 때문에 역류할 것 같은 위액을 꾹 억눌렀다. 씁쓸한 맛이 입안으로 퍼져나갔지만 무시하고 엔리는 운필레아를 보았다.

"운피. 그럼 우리도 정문으로 가자."

"알았어. 하지만 너는 집회소로 가서 사람들을 안심시켜주는 편이 좋지 않을까?"

운필레아의 말에는 '방해가 되지 않도록'이라는 의미도 담겨 있었다.

엔리도 활 훈련을 받고는 있지만, 정문이 뚫렸으니 이미 장비를 창으로 바꾸고 전투에 들어갔을 것이다. 솔직히 엔리가 지금 간다 한들 할 수 있는 일은 별로 없다.

"그건 아냐. 나는 고블린들을 지휘할 권위를 가진 힘 있는 촌장이니까 선택받은 거잖아. 뒤로 물러나는 게 옳겠지만 이번만큼은 안 돼."

한 번은 반드시 앞에 나가 싸우는 모습을 보여주어야 한다. 엔리의 눈에 깃든 힘을 인정했는지 머리카락을 쓸어넘긴 운필레아가 딱딱한 표정으로 동의했다.

"그 말이 맞아. 알았어. 내가 널 지킬게."

평소에는 얌전한 소꿉친구답지 않은, 늠름하면서도 진지한 표정에 엔리는 심장이 이상한 리듬으로 뛰는 것을 느꼈다.

"응? 왜 그래, 엔리? 그야 난 고운 씨처럼 훌륭하진 않겠지만, 너보다 먼저 죽거나 하진 않을 거야."

"……죽는다느니 그런 소리 하지 마."

"아, 미안. 어…… 음…….."

무슨 말을 해야 좋을지 망설이는 소꿉친구에게서 평소의 모습을 보고 엔리는 살짝 미소를 지었다.

"가자, 운피!"

"어, 으, 응! 그래야지. 이런 데서 이야기할 시간은 없으니까!"

둘이 함께 정문을 향해 달려나갔다. 가장 먼 뒷문까지 와 버렸기 때문에 돌아가려면 전력질주로도 다소 시간이 걸린다. 숨을 헐떡이며 도착해봤자 당장은 전투에 참가할 수 없고 부대끼며 싸우는 상황에서는 방해만 될 뿐 좋을 것은 하나도 없었으므로 조금 힘을 아껴가며 뛰었다.

다만 실제로 뛴 것은 몇 초 정도.

두 사람은 불길한 소리를 듣고 걸음을 멈추었다.

돌아보니 뒷문 위쪽으로 불쑥 드러난 무언가가 있었던 것이다.

거대하고, 이질적이었으며, 인간과는 크게 달랐으므로 처음 본 순간에는 알아차리지 못했지만 그것의 정체는 손가락이었다. 4미터는 되는 뒷문 위쪽을 손으로 움켜쥐고 있다.

머리를 얻어맞은 것 같은 충격을 받은 두 사람은 쏜살같이 뛰어 가옥 뒤로 숨었다.

"──뭐야, 저게? 거인?"

"모르겠어! 하──."

운필레아가 말을 멈추더니 헐떡이듯 눈을 크게 떴다. 엔리도 황급히 뒷문 쪽으로 시선을 돌리고 완전히 똑같은 표정을 지었다.

천천히 벽을 넘어와 모습을 드러낸 자가 있었다.

그것은 인간의 영역을 아득히 넘어선 거구를 가진 존재.

"설마 저게 트롤?"

신음하는 듯한 운필레아의 말에 엔리는 모습을 보인 몬스터를 응시했다.

"저게?"

"실물을 본 건 처음이지만, 들었던 이야기하고 똑같아. 만약 정말 트롤이라면 큰일이야……. 트롤은 골드 클래스 모험자들이 겨우 상대할 만한 몬스터랬어. 솔직히 말해 쥬게무 씨네 고블린들도 힘들지 몰라."

마을 최강의 존재보다도 강하다는 운필레아의 말에 엔리는 단숨에 핏기가 가시는 기분이었다.

모습을 드러낸 트롤은 코를 킁킁거리며 주위를 천천히 둘러보기 시작했다.

엔리는 운필레아에게 손을 붙들려 가옥 뒤로 숨었다. 운필레아는 그녀의 입을 막더니 꽉 억누른 목소리로 귀 바로 옆에서 말했다.

"엔리, 트롤은 코가 좋아. 지금은 이쪽으로 바람이 부니까 괜찮겠지만 안심하긴 일러. 최대한 여기서 떨어져서…… 고블린들과 합류하자."

엔리도 운필레아의 귀에 입을 가져갔다.

"그건 안 돼, 운피. 지금 저놈을 정문으로 보냈다간 협공을 당해 다들 죽을 거야."

"그건 분명 그럴지도 몰라. 하지만 방법이——."

"——여기에는 우리밖에 없어. 그럼 우리가 막을 수밖에."

운필레아의 길게 자란 앞머리 틈에서 미친 사람을 보는 듯한 기색이 담긴 눈빛이 엿보였다. 실제로 엔리도 자신이 터무니없는 소리를 했다는 사실을 잘 안다. 하지만 그 이외의 방법이 없는 것이다.

"이기거나 쓰러뜨리거나 할 필요는 없어. 조금만 시간을 끌면 돼. 운피, 도와줘."

"——어떻게 시간을 끌 거야? 저놈을 여기에 붙들어놓을 방법은? 내가 싸울 수는 있지만, 아마…… 한 방 견디는 게 고작일걸."

조용한 운필레아의 말에는 각오가 담겨 있었다. 엔리도 또한 그에 호응하고자 궤계를 짜냈다.

"내가 생각한 작전이 있어. 우선 오우거를 만들자."

트롤은 한동안 나무로 만든 인간의 집을 바라보다가 그곳에서 이동하기 시작했다.

어느 집에서나 부드러운 인간의 냄새가 나기는 했지만 잔향일 뿐임을 깨달았기 때문이다. 주위에는 다른 냄새가 없다는 사실을 확인하고, 전투의 소음이 흘러나오는 쪽으로 걷기 시작했다. 인간들과 자신의 동포들이 싸우는 소리에 트롤의 입안에 침이 고였다. 분명 그곳에 있을 인간들의 모습을 머릿속으로 그리며.

부드럽고 깨끗한 인간은 어지간해서는 먹을 수 없는 성찬이다.

트롤 중에서도 미식가인 그는 팔다리처럼 살점이 꽉 찬 부분을 선호했으며, 맛이 쓴 배는 좋아하지 않았다. 그렇기에 배불리 먹으려면 사냥감이 충분히 많아야 하지만, 이곳에는 그를 만족시킬 만한 숫자가 있을 것 같았다.

침이 고이면서 동시에 보폭도 커져갔다.

그러나 트롤은 이내 발을 멈추고 주위를 노려보았다. 정확하게 말하자면 집 뒤를.

오우거다.

저기서 오우거 냄새가 난다.

그는 낯을 찡그렸다. 오우거는 그의 동포들 중에도 있는데 냄새가 서로 미묘하게 달랐으며, 이것은 그의 기억에 없는 자들의 냄새였다. 그것이 그를 포위하는 형태로 가옥 뒤에 있다.

물론 이 정도까지 냄새를 구분할 수 있는 이유는 그의 후각이 개처럼 예민해서가 아니라 동료들 중에도 오우거가 있어서 종족의 냄새로 기억하기 때문이다. 그렇기에 이곳에 오우거가 몇이나 있는지까지는 알 수 없었다.

게다가 한 가지 의문이 들었다. 그것은 알 수 없는 냄새도 함께 난다는 점이었다. 이 풋내는 짓밟힌 풀에서 피어나는 것과 비슷했지만 그보다 훨씬 강하다.

이 오우거는 풀을 짓이긴 즙이라도 바르고 있는 걸까?

그는 의문을 품으면서 어떻게 할까 망설였다. 풀 냄새가 코를 자극해 눈물이 날 것 같았다. 이렇게 강한 냄새를 참을 수 있다니, 오우거들은 코가 막히기라도 한 걸까.

정면에서 싸워 이길 수는 있다. 트롤인 그는 오우거보다도 강하다. 하지만 그것은 사지 멀쩡하게 이긴다는 의미도 아니고, 시간이 걸리지 않는다는 의미도 아니었다.

트롤은 종족적인 능력으로 재생능력이 있으므로 부상은 시간이 지나면 치유된다. 그렇다고 시간을 낭비할 수는 없다. 동료 오우거들이 인간을 전부 잡아먹을지도 모른다.

상대가 뿔뿔이 흩어져 있는 이유는, 그가 정면에서 다가갈 경우 일제히 달려들 생각이기 때문일 것이다.

상대의 노림수를 간파한 자신의 번뜩이는 지혜에 만족하면서 그는 멀찍이 돌아 들어가듯 이동을 개시했다.

단시간 내에 섬멸해야 한다. 그렇다면 상대가 뿔뿔이 흩어져 있는 이 순간이 기회가 아니겠는가. 끄트머리에 있는 이 오우거부터 각개격파하면 그만이니까.

소리를 내지 않도록 천천히 이동하자 갑자기 가옥 중 하나에서 조그만 그림자가 튀어나왔다.

고블린이 아니다. 그가 너무나도 좋아하는 인간이었다.

놀라 흠칫하는 그에게, 망토를 펄럭이며 인간이 무언가를 집어던졌다.

"으그어어어어아악!"

극심한 냄새에 그는 비명을 질렀다. 인간이 던진 녹색 액체에서 코가 떨어져나갈 것 같은 강렬한 냄새가 피어났다. 오우거들이 풍기던 풀 냄새보다 몇 배나 강한 것이었다.

재생능력이 있다고는 해도 이것은 부상이 아니다. 견딜 수 없는 냄새에 눈물을 글썽인 그는 발로 상대를 걷어차려 했지만 이미 인간은 집 안으로 뛰어들었다.

날카로운 후각을 가진 그가 이 거리까지 상대의 접근을 허용해버렸던 것은 강렬한 풀 냄새가 인간의 냄새를 지워버렸기 때문이었다.

크게 분노하면서도 인간을 놓친 트롤은 표적을 첫 노림수 —— 오우거로 되돌렸다. 우선은 오우거를 죽이고 다음으로 먹이다. 그렇게 생각하며.

낯을 분노로 찡그리며 집 뒤로 돌아 들어간 트롤은 표적인 오우거의 모습을 발견할 수 없었다. 마치 사라져버린 것처럼 그 자리에는 아무도 없었던 것이다.

"크으으으. 어디?"

주위를 둘러보았지만 자신보다도 작다곤 해도 거구인 오우거를 어디에서도 찾을 수 없었다. 아무리 그래도 그만 한 거구가 움직이면 시야 한구석에는 포착될 텐데. 오우거 주제에 자신의 주인과 똑같이 투명해질 수 있단 말인가. 트롤은 이해할 수 없는 상황과 맞닥뜨려 혼란스러워하면서도 코를 킁킁거렸다.

하지만 자신의 몸에서 풍기는 이 강렬한 풀 냄새가 방해되어 오우거 냄새가 어디서 나는지를 전혀 알 수 없었다.

"크으으으으."

으르렁거리는 소리를 낸 트롤은 자신의 몸에 달라붙은 즙을 손으로 닦았지만 이번에는 손에서 냄새가 피어났다.

그때 트롤은 땅에 떨어진 천을 발견했다.

이걸로 닦으면 되겠다고 생각한 트롤이 호기심에서 그 천을 들어 코에 가져가보았다. 코는 거의 말을 듣지 않았지만 이만큼 가까이 가져가면 조금은 냄새를 맡을 수 있다.

트롤은 그 천에서 오우거의 것으로 짐작되는 냄새를 맡았다. 이 정도면 트롤도 이해할 수 있다.

오우거의 체취가 밴 이 천 때문에 오우거가 있다고 착각한 것이다.

이것이 우연일 리가 없다.

"인간!"

격노로 포효하며 트롤은 주위를 둘러보았다. 인간은 없다. 그렇다면 아직 집 안에 있을 것이다.

주먹에 분노를 실어 집에 내리쳤다. 몇 번이나 되풀이해집 지붕이 뚫리면서 안쪽으로 무너졌다.

당황해 뛰쳐나온 인간을 갈기갈기 찢어버리고자 트롤은뒤를 따라갔다.

목표인 트롤이 자신을 쫓아와준다는 사실은 계략이 성공했음을 뜻하니 감사해야겠지만, 그래도 이 상황은 심장에좋지 못했다. 울고 싶어졌다. 거구에다 인간을 잡아먹는 몬스터가 뒤에서 쫓아오는 목숨을 건 술래잡기 —— 패배는위장 속 —— 에 눈물이 나지 않을 시골 아가씨가 어디 있겠는가.

게다가 이 술래잡기가 언제 끝날지 알 수 없다는 점도 눈물이 나는 요인 중 하나였다.

종료 시각이 딱 정해져 있다면 그것을 위안 삼아 최후의최후까지 도망치고 또 도망치겠다는 의지도 솟아날 것이다. 하지만 정문의 싸움이 언제 끝날지, 그리고 술래잡기를 벌이는 이쪽의 상황을 다들 알아차려줄지 하는 불안이 머릿속에 맴돌 때마다 기력이 뚝뚝 깎여나갔다.

준비에 시간이 너무 걸리는 바람에 어느 한 사람은 정문

있는 곳까지 가서 보고를 할 수 없었다는 점이 안타까웠다.

엔리는 필사적으로 달려 운필레아가 기다리는 집으로 뛰어들었다. 대신 이번에는 비슷한 후드 망토를 입은 운필레아가 뒷문으로 뛰어나갔다. 숨을 죽이며 적이 자신의 책략에 걸려들었는지 어떤지 마른침을 삼키며 지켜보고 있으려니, 트롤은 사람이 바뀌었다는 사실은 알아차리지도 못한 채 운필레아를 쫓아갔다.

흐트러지는 호흡을 정리하며 엔리는 기쁨에 두 주먹을 굳게 쥐었다.

트롤과 인간은 스태미나, 보폭, 육체능력에 큰 차이가 있어 혼자 숨바꼭질을 계속했다간 반드시 붙잡히고 만다. 그러니 상대에게 들키지 않도록 교대해 피로를 회복해가며 장기전에 대응할 심산이었다. 첫째로는 시간을 끌기 위해, 그리고 둘째로는 집회소로 가지 못하도록.

여기서 문제가 되는 것은 이쪽이 한 사람이라고 착각하게 만들 수단이었다.

트롤은 무엇으로 인간을 구분하는가. 물론 오랜 시간을 들이면 얼마든지 구분할 수 있겠지만 그렇지 않을 경우에는 어떨까. 생각할 수 있는 요소는 외견, 특히 옷일 것이다. 그러니 똑같은 우비용 망토를 뒤집어쓰고 있는 것이다.

다음은 후각으로 구분하지 못하도록, 그 민감한 코를 없애버리기 위해 약초 즙을 썼다.

엔리는 냄새를 사용한 이중 함정 —— 오우거의 냄새로 발을 멈추게 만든 다음 약초 냄새로 자신들의 냄새를 없앴다 —— 을 마련했던 것이다.

겨우 호흡을 가다듬은 엔리는 살그머니 다음 집으로 이동하기 시작했다.

어두운 실내로 들어가 바깥의 기척을 조용히 살폈다. 쿵쿵 무거운 소리가 다가온 것과 동시에 필사적인 표정을 지은 운필레아가 뛰어들었다. 타이밍을 맞춰 엔리는 자신이 들어왔던 뒷문으로 뛰어나갔다.

뛰어나간 다음, 트롤이 자신을 쫓아오지 않는다는 사실을 깨달았다.

코를 쿵쿵거리며 이쪽과 집을 교대로 바라본다. 추악한 얼굴은 더욱 일그러졌다. 어쩐지 수상쩍어하는 감정이 담긴 것처럼 여겨졌다.

엔리의 목덜미에 싸늘한 땀이 흘러내렸다. 그리고 땀을 무의식중에 손등으로 닦다가 그 축축한 감촉에 직감했다.

"……코가 적응했나?"

약초 냄새에 적응하고 땀 냄새에 위화감을 느껴, 트롤은 인간의 냄새가 두 가지라는 사실을 깨달은 것 같았다.

주먹이 올라가고, 집을 내리친다. 운필레아가 구르듯 밖으로 뛰어나왔다. 하지만 이내 발을 멈추더니 도망치려고 하지 않는다.

"엔리, 도망쳐! 내가 시간을 끌게!"

"──바보야! 둘이 함께 도망치는 편이!"

"분명 따라잡힐 거야! 집을 방패로 삼아봤자 똑같아!"

눈을 크게 뜬 엔리에게 운필레아가 웃음을 지었다.

"내가 더 강하니까 내가 미끼가 되는 편이 살아남을 확률이 높아!"

운필레아가 마법을 발동하자 그의 몸이 뿌연 빛에 휩싸였다.

정론에 할 말을 잃은 엔리를 보고 운필레아가 웃은 것 같았다.

"그리고── 좋아하는 사람은 내 손으로 지키게 해줘."

운필레아는 흉악한 표정을 지은 괴물을 다시 돌아보더니 엄지만 세운 주먹으로 자신을 척 가리켰다.

"놀고 싶으면 상대해주마! 덤벼라! 〈산성화살Acid Arrow〉!"

운필레아에게는 어울리지도 않는 도발에 이어 녹색 화살이 트롤을 향해 날아갔다. 맞은 순간 무언가가 타는 듯한 소리와 증기가 피어났다. 그리고 그보다 몇 배는 큰 고통에 찬 절규가 울려 퍼졌다.

눈에 강한 증오심을 담은 트롤이 운필레아를 노려보았다. 이제는 엔리 따위 시야 어디에도 들어오지 않는 것 같았다.

"얼른 가! 그리고 도와줄 사람을 불러와!"

여기서 꾸물대는 것이 더 어리석은 짓이다.

"제발 무사해!"

그 말을 끝으로 엔리는 뛰어나갔다.

트롤이 쫓아오는 기색은 없었다.

솔직히 말해 살아남을 가능성은 전무했다. 능력 면에서 압도적인 차이가 있다. 골드 클래스 모험자가 아니면 상대도 안 된다는 몬스터에게 운필레아가 이길 리 만무했다.

1분이라도 시간을 끌면 칭찬 받을 만한, 그런 절망적인 싸움이었다.

"응, 분명 죽겠네."

경계하면서 천천히 이동하는 트롤의 모습에 운필레아는 쓴웃음을 지었다.

산이나 불에 당한 부상에는 재생능력이 발동하지 않는다. 그렇기에 자신의 최대 능력을 깨뜨린 공격을 펼친 운필레아에게 주의를 기울이는 것이겠지만, 공연한 걱정이다. 평범하게 덤벼들면 그것만으로도 트롤이 이길 만한 상황에서는 웃을 수밖에 없었다.

"뭐, 나한테는 잘된 일이지만. 〈최면Hypnotism〉!"

트롤의 적의에는 변함이 없었다. 마법에 저항한 모양이었다.

자신에게 마법을 썼음을 깨달은 트롤이 돌격했다.

거구가 쑥쑥 다가오는 모습은 거의 악몽이라 해도 과언이 아니었다.

"통하면 시간을 끄는 데 성공했을 텐데⋯⋯. 그렇게 운이 좋진 않구나. 아아, 유감이야."

체념이라는 감정이 운필레아에게는 있었다. 이길 리 없는 승부였으며 용기를 넘어서 무모의 영역임을 알고 있었기 때문이다. 그래도——.

——엔리를 위해 시간을 벌어야만 해.

그 마음이 몸을 움직였다.

눈앞에 선 트롤의 왼팔이 올라가는 것을 본 운필레아는 왼쪽으로 뛰었다. 죽음 속에서 활로를 찾는다는 말이 있듯 가장 위험한 곳 너머에 있는 안전권으로 뛰어든 것이다. 주먹이 뒤쪽에서 내달리고 바람이 머리카락에 닿는 것을 느낀 운필레아의 눈앞에 거대한 발이 벽처럼 밀려들었다.

시야가 빙그르 돌아갔다. 몸에서 우둑우둑 나뭇가지를 꺾는 듯한 소리가 들렸다.

지면에 격돌해 쓰레기처럼 굴러갔다.

땅바닥을 구른 운필레아의 몸속을 아픔이 휩쓸었다. 격통이라는 말로 표현할 수 있을 만큼 녹록한 것이 아니었다. 이제까지 살아오면서 이만한 아픔을 경험한 적은 없었다.

"그, 그래도 살아있다니 대단하네. 나 진짜 대단하다⋯⋯."

조금 전에 걸었던 방어마법의 효과도 있었을 테고, 트롤 또한 자세가 흐트러진 상태로 발차기를 날렸다. 두 가지 요인이 합쳐진 덕에 목숨을 건졌다. 숨을 쉴 때마다 아픔이 온

몸을 휩쓸었지만 운필레아는 일어나 마법을 썼다.

"〈산성화살〉."

따라와서 공격하려던 트롤이 발을 멈추었다. 그의 발밑
—— 대지를 태우는 산을 경계하면서.

'응, 내가 노린 대로야.'

시간을 끄는 것이 운필레아의 노림수. 상대가 경계해 공
격을 주저한다면 그대로 언제까지고 경계해주었으면 싶었
을 정도였다.

애초에 다음 일격에 자신은 분명히 죽는다.

"……아파. 죽고 싶지 않아……."

자신도 모르게 우는 소리가 새나왔다.

인생이란 이런 거다.

인정하고 싶지는 않지만, 인정하지 않을 수 없는 상황이란
것이 언제든지 있다. 운필레아의 경우에는 지금이 그랬다.

여기서 죽는다. 틀림없이, 자신은 여기서 죽는다.

도망치고 싶은 마음은 있었다. 필사적으로 도망치면, 어
쩌면 도망칠 수 있었을지도 모른다. 하지만 그랬다면 얼마
나 처참한 결과가 벌어질까.

운필레아는 엔리를 생각했다.

엔리가 있었기에 운필레아는 싸울 수 있다.

"엔리에게 말할 수 있었으니까…… 아니지. 대답을 듣기
전까진 죽고 싶지 않아……."

슬금슬금 다가오는 거인이 사랑에 빠진 소년의 마음을 이해해줄 리는 없을 것이다.

더 이상 시간을 끌기란 무리다.

트롤의 추악한 표정을 통해, 지금 무엇을 생각하는지를 어째서인지 뚜렷이 알 수 있었다. 상대는 대미지를 각오하고 자신을 죽일 심산이다. 그렇다면──.

"──〈산성화살〉!"

이곳에 와 트롤과 대치할 사람을 위해 조금이라도 부상을 입혀두는 것이 운필레아가 할 수 있는 최대한의 활약일 것이다.

뿜어져 나간 산성의 화살이 몸을 태우는 아픔에 얼굴을 찡그리며 트롤이 주먹을 들었다. 격통 때문에 서 있는 것이 고작인 운필레아가 이를 막을 수단은 떠오르지 않았다.

"얼른요!"

앞장선 엔리를 따라, 세 마리의 고블린들이 운필레아를 구하기 위해 달렸다.

그들과 합류할 수 있었던 것은 엔리가 정문에 도달해서가 아니었다. 엔리와 운필레아가 아무리 기다려도 돌아오지 않았으며, 또한 후방에서 들려온 의문의 포효에 걱정이 된 리더가 부족한 전력을 깎으면서까지 고블린을 셋이나 보내준 결과였다.

조금만 더 버텼더라면 고블린들이 구하러 와주었을 텐데. 그렇게 생각하니 엔리는 죄책감에 가슴이 찢겨나가는 것만 같았다.

아주 조금 운이 나빴다.

그렇지만 않았더라면——.

"저기예요!"

엔리가 가리킨 곳, 그곳에 있던 것은 운필레아. 그 앞에는 주먹을 부르쥔 트롤.

구할 수 없다. 너무나도 거리가 멀었다.

트롤이 주먹을 내리쳤다. 집을 파괴하는 일격이다. 다시 말해 운필레아의 죽음은 확실하다.

눈을 감아버린 엔리는 어둠 속에서 고블린들이 숨을 흠칫 멈추는 소리를 들었다. 그것은 경악의 숨소리.

이 자리에 어울리지 않는 고블린들의 반응에 조심스레 눈을 뜬 엔리는——

"이야~ 완전 빨피인 것 같지 말임다. 괜찮슴까."

——거대한 무기를 손에 든 미녀를 보았다. 루푸스레기나가 든, 성표를 본뜬 듯한 거대한 무기가 방패처럼 옆에서 튀어나와 트롤의 주먹을 받아내고 있었다. 서로의 사이즈나 팔의 굵기를 생각해보면 도저히 말도 안 되는 광경이었지만, 꿈도 환영도 아니었다.

"그럼 이놈은 제가 상대하지 말임다. ……아, 우리 운피

다쳤지 말임다. 〈대치유Heal〉."

트롤이 이해할 수 없는 현상을 본 것처럼 한 걸음 물러났다. 자신이 날린 혼신의 일격을 갑자기 나타난 수수께끼의 인간이 받아냈으니 그런 표정을 짓는 것도 당연하다. 아니, 어쩌면 마법으로 만들어낸 무언가라고 생각했는지도 모른다.

운필레아가 넋이 나간 표정으로 트롤에게 등을 돌리고 걸어나갔다. 너무나도 무방비한 모습이었지만 트롤에게서는 공격이 날아오지 않았다. 아니, 지금 앞을 가로막은 상대를 무시하고 그러한 행위를 할 수는 없었다.

"운피."

엔리는 운필레아를 꽉 끌어안았다.

"아, 엔리구나."

아직도 꿈속에 있는 것처럼 힘없는 대답에, 그가 얼마나 극한의 상황이었던가를 깨달았다. 사지에서 탈출할 수 있었다고는 하지만 정신에 입은 대미지는 심각할 것이다.

"무사해서 다행이야."

"──너도."

엔리는 마음속에 따뜻한 것이 돌아오는 것을 느꼈다. 운필레아가 죽었다고 생각한 순간 느낀 싸늘한 것을 대신해서.

"정말 무사해서 다행이야!"

꽉 끌어안았다.

"너도."

운필레아의 팔이 감겨 그녀를 끌어안았다. 숨이 갑갑해질 정도로 강한 포옹이었지만 기분이 좋았다.

눈물이 넘쳐나 뺨을 타고 흘러내렸다.

"……왜 그래?"

"……바보야."

"어~ 분위기 좋은데 죄송하지 말임다."

"루푸스레기나 씨!"

엔리가 힘을 뺀 것과 동시에 운필레아의 팔에서도 힘이 빠져나갔다. 엔리는 그것을 조금 서운하게 여기면서 루푸스레기나 쪽을 보았다.

"트롤은——."

시선을 움직인 엔리는 무어라고 형용하기 힘든 물체를 보았다.

"아, 저거지 말임다. 굽기 전의 햄버그 같은 바로 저거지 말임다. 이젠 살짜쿵 불에 익히면 끝나지 말임다."

피에 젖은 성장(聖杖)으로 가리킨 곳. 그곳에는 피에 물든 고깃덩어리가 굴러다니고 있었다. 그 고깃덩어리가 한때 트롤이었음을 알 수 있을 만한 형태는 어디에도 남지 않았다. 하지만 그런 고깃덩어리가 천천히 재생해나가는 모습은 징그러움을 넘어서 구역질마저 치밀었다.

"야~ 둘 다 무사해서 다행이지 말임다. 저쪽도 문제없이 해결된 것 같지 말임다."

엔리의 귀에 이쪽으로 다가오는 고블린들의 목소리가 들렸다. 정문의 싸움은 승리로 끝난 것 같았다.

"어영차."

마치 하늘에서 불꽃이 떨어진 것처럼 시뻘건 기둥이 트롤을 휩싸 날고기를 굽는 것 같은 냄새가 피어났다.

"이제 트롤 쪽은 끝났지 말임. 그럼 할 일도 끝났으니 돌아가겠심. 아, 운피. 아인즈 님이 보라색 포션 개발에 성공했던 거 칭찬하시고 집으로 초대하실 거라고 그러셨지 말임. 목을 씻고 기다리시지 말임. 아, '목을 길게 빼고'인가?"

하고 싶은 말은 다 끝났다는 양 루푸스레기나는 훌쩍 몸을 돌리더니 뒷문을 향해 걸어갔다.

"고맙습니다!"

엔리의 고함에 기괴한 메이드는 돌아보지도 발을 멈추지도 않고, 그저 손만 파닥파닥 흔들 뿐이었다.

"……누님, 운피 형님. 우린 사람들을 좀 이쪽으로 데려오겠습니다요. 두 분은 어디 근처에서 좀 쉬고 계십쇼."

대답도 듣지 않고 고블린들은 뛰어가기 시작했다. 하나 정도는 남아있어도 되지 않을까 하는 생각도 안 드는 것은 아니었지만 그보다도 운필레아가 걱정되었으므로 엔리는 그를 부축해 걷기 시작했다.

그리고 트롤의 시체로부터 좀 떨어진 곳에서 나란히 앉았다.

"하아."

두 사람의 한숨이 무의식중에 겹쳐졌다. 그리고 거의 동시에 밤하늘을 올려다보았다.

"살았네."

"응."

"운이 좋았어."

"응."

"이제 두 번 다시 이런 짓 하고 싶지 않지."

"응."

두 사람 사이에 정적이 흘렀다. 엔리는 문득 떠오른 말을 입에 담았다.

"좋아하는지 어떤지는 잘 모르겠지만, 운피가 어디에도 가지 않았으면 좋겠어."

"……응. ……응."

"그게 좋아한다는 걸까?"

"……난 모르겠어. 그래도, 그렇다면 기쁜걸."

엔리와 운필레아는 그대로 말없이, 고블린들이 올 때까지 둘이서 나란히 앉아 밤하늘을 올려다보았다——.

에필로그

"엔리 누님, 준비는 다 끝내신 모양이네요."

엔리의 집에 들어온 쥬게무가 엔리의 차림을 확인하고 말했다.

"네, 그렇긴 한데…… 이상하지 않을지."

엔리는 자신이 입은 가장 좋은 옷—— 수확제 같은 경사스러운 날에만 꺼내는 옷을 빤히 바라보며 쥬게무에게 물었다.

"이상하긴요. 전혀 이상하지 않습니다요. 안 그렇습니까요, 운피 형님?"

"응. 예뻐, 엔리."

"몰라!"

얼굴을 붉힌 엔리의 시야 한구석에는 넴과 쥬게무의 싱글거리는 얼굴이 보였다. 싱글거린다기보다는 빙글거린다는 표현이 어울릴 것 같은 음흉한 웃음이었다.

엔리와 운필레아의 관계에 한 걸음 진척이 있었던 건 사실이지만, 빈번히 보이는 저런 표정에 한마디 해주고 싶은 마음이 솟아났다. 하지만 그런 말을 했다간 한층 얼굴을 붉히는 결과로 끝나버릴 것이라고 현명하게 깨달은 그녀는 입을 다물었다.

하지만 방치해두는 것도 위험하다. 특히 넴은.

동생은 이따금 도저히 대답하기 힘든 질문을 할 때가 있다.

'어쩐지 지난 며칠 동안 갑자기 정신적으로 성장한 것 같아……. 이럴 때는 운피에게 도움을 청해야…….'

도움을 청하는 엔리의 시선에 연인은 입을 열었다.

"음, 어흠! 그건 그렇고 그 마법의 검은 쓰기 좀 어때요? 이제까지 쓰던 검하고 달라서 고생했다고 들었는데."

쥬게무가 찬 그레이트 소드는 며칠 전 습격 때 입수한 마법의 검이었다.

"검의 무게나 무게중심의 위치에 겨우 익숙해져서, 예전 검만큼은 쓸 수 있게 됐습니다요. 역시 마법 무기인 만큼 위력은 전보다도 훨씬 좋고요. 다만…… 이 홈에서 뚝뚝 떨어지는 독으로, 상처를 입힌 상대의 근력을 떨어뜨린다는 효과가 좀 애매합니다요."

"그래요? 굉장히 좋은 효과 같은데."

"별로 강력한 독은 아니거든요. 제 수준이라면 거의 저항에 성공할걸요. 수준이 떨어지는 놈들한테만 효과가 있다는 게 좀……."

문득 쥬게무가 어두운 표정을 지었다.

"왜 그래요?"

"아~."

쥬게무가 천장을 바라보더니, 매우 떨떠름하게 입을 열었다.

"이 검을 가지고 있었던 트롤이 말입죠, 굉장히 이상한 놈이었습죠."

"시체를 보면 평범한 트롤하곤 다른—— 아종 트롤인 것 같던데요……."

"아뇨, 그런 뜻이 아닙니다요, 운피 형님. ……몸놀림이라든가, 재생능력이 없는 거라든가, 베었을 때의 감촉이라든가…… 그런 게 영 이상해서…… 그렇지, 마치 이미 죽은 육체가 움직이는 것 같은 그런 기묘한 위화감이 있었습니다요."

"시체가 움직였다고요? 좀비였단 말인가요?"

"모르겠습니다요. 그런 종류의 트롤일 가능성도 있——."

"——오래 기다리셨지 말입다~."

문이 힘차게 쾅 열렸다.

햇빛을 등에 지고 루푸스레기나가 엔리의 집 안으로 가차 없이 들어왔다. 자신도 모르게 넋이 나가버렸던 일행의 속내를 대변하듯 루푸스레기나의 머리에서 '짝!' 하는 경쾌한 소리가 울려 퍼졌다.

"아이코!"

"이 바보가. 그런 실례가 어디 있나요. 죄송합니다, 여러분."

머리를 움켜쥔 루푸스레기나를 홱 뒤로 잡아끌더니, 뒤에 있던 여성이 문 앞에서 고개를 숙였다.

"아인즈 님의 메이드 유리 알파라고 하옵니다. 운필레아 님, 엔리 님, 그리고 넴 님을 마중하러 나왔습니다. 잠시 실례하겠습니다."

"아, 네. 들어오세요. 어, 루푸스레기나 씨도요."

감사의 말과 함께 루푸스레기나와 들어온 여성 또한 천상의 아름다움을 가진 사람이었다.

"그러면 준비를 마치시면 즉시 전이 준비에 들어가겠습니다."

"저, 전이?! 전이를 할 수 있나요?!"

운필레아가 큰 소리를 냈다. 엔리는 왜 운필레아가 놀라는지를 알 수 없었지만 뭔가 대단한 일이라는 것만은 알 수 있었다.

'전사장님 일행이 전이했던 것도 대단한 일이었나?'

"아, 죄송합니다. 이것은 저의 힘이 아니라 아인즈 님께 빌린 매직 아이템의 힘입니다."

"……뿔피리도 그렇고, 포션도 그렇고. 대단하네요. 정말 뭐랄까, 너무 대단해서 잘 모를 정도예요."

운필레아가 힘없이 어깨를 축 늘어뜨렸다. 엔리는 계속 품었던 질문을 건넬 기회라 생각해 목소리를 높였다.

"저기, 정말 저까지 가도 괜찮나요? 심지어 동생까지!"

오늘은 운필레아가 마을의 구세주 아인즈 울 고운의 집에 초청을 받아 가는 날인데, 단순한 시골 계집애인 자신이 가도 괜찮은 것일까. 처음 이야기를 들었을 때부터 이제까지 계속 불안했다. 아인즈 울 고운은 강대한 매직 캐스터이며 살아가는 세계가 다른 상대다. 무언가 실례되는 짓을 해 버리는 것은 아닐까 생각할 때마다 위장이 뜯겨져나가는 것 같았다.

"괜찮지 말임다. 우리 운피가 포션 개발에 성공한 걸 축하할 겸 부르신 거니까, 애인인 엔리가 따라와도 문제는 없다고 하셨지 말임다. 예의나 매너는 딱히 신경 안 쓰셔도 되지 말임다."

"……루푸스. 그 말투 어떻게 좀 하세요."

"유리 언니, 뭐 괜찮지 말임다. 친구나 마찬가지니까, 우리 엔리는."

"네? 어, 네. 뭐. 그렇죠. 네."

유리라고 했던 메이드는 하아 한숨을 내쉬더니 벽 앞으로 다가갔다. 그러자 갑자기 마치 공간에서 끄집어낸 것처럼 커다란 나무틀이 나타났다. 사람이 간단히 드나들 수 있을 만한 사이즈였으며 복잡한 무늬가 조각되어 있었다. 마치 빈 액자처럼 보이기도 했다.

"……설마 〈소형공간Pocket Space〉? 아니, 저렇게 커다란 건 들어가지 않을 테니 더 상위의 마법일까?"

"자, 들어와 주십시오. 루푸스, 여기 수비를 맡겨도 될까요?"

"알겠심다~."

틀 너머에는 눈에 익은, 여느 때와 같은 벽이 있어야 한다. 하지만 건너편에 보이는 것은 완전히 다른 세계였다.

유리가 앞장서듯 걸어나갔다. 액자 너머로.

이어서 운필레아가 걸어갔다. 뒤를 따라 엔리, 그리고 손을 잡은 넴이 들어갔다.

저항조차 없이 빠져나가니 넓고 장엄한 통로 좌우에는 지금 당장에라도 움직일 것 같은 동상이 늘어서 있었다.

"우와~."

넴이 감탄성과 함께 입을 크게 벌리며 천장을 열심히 올려다보려 한다. 넘어지지 않도록 받쳐주며 엔리도 고개를 들었다.

"굉장하다……."

그곳은 반들반들하게 닦아놓은 대리석 바닥에 현란한 융단이 깔린 장엄한 통로였다. 엔리는 아연실색하며, 왕궁이란 곳이 분명 이럴 거라고 생각했다.

"이쪽입니다."

유리의 목소리에 제정신을 차리고, 조금 앞장서서 가던 두 사람을 따라가고자 뛰려 했다. 하지만 이곳에 너무 어울리지 않는 행동인 것 같아 종종걸음으로 자제했다.

조금 이동하자 그 너머의 벽에 아까와 비슷한 나무틀이 걸려 있었다. 다만 두 가지 정도가 다르다. 우선 크기가 조금 전보다 두 배 이상 커서 몇 사람이 나란히 지나갈 수 있을 것 같았다. 그리고 건너편의 광경이 비치지 않고 일곱 색깔로 빛나는 얇은 막 같은 것이 펼쳐져 있었다.

"조금 전과 마찬가지로 들어가시면 됩니다."

엔리는 운필레아와 시선을 나누었다.

"그럼 같이 들어갈까?"

엔리와 운필레아는 손을 잡았다. 왼쪽부터 넴, 엔리, 운필레아 순서대로 늘어서서 틀 안으로 발을 들였다.

한순간 핑크색 꽃이 흩어지는 가운데 아래가 붉은색, 위가 흰색인 옷을 입은 여성의 환영이 보이고──.

"어서 오십시오."

일사불란한 목소리로 울려 퍼지는 환영을 받았다.

둘러보니 조금 전보다도 한층 호화로운 통로였으며, 좌우에는 미모를 자랑하는 메이드들이 도열해 있었다. 가장 안쪽에는 기괴한 가면을 쓰고 빛을 빨아들이는 듯한 깊이가 있는 칠흑색 로브를 입은 인물이 서 있었다. 마을을 구해준 구세주, 매직 캐스터 아인즈 울 고운이었다.

엔리는 입을 딱 벌린 채 넋을 놓고 멍하니 서 있었다.

천장에서는 반짝반짝 빛나는 샹들리에가 드리워졌고 흰 대리석 바닥에는 먼지 한 톨 없었다.

장엄한 통로와 수많은 미녀. 마치 환상의 세계에 발을 들여놓은 것만 같았다.

꿈나라에 들어온 기분에 아연실색 서 있으려니 갑자기 넴이 손을 놓았다. 그 사실을 멍한 의식 한구석으로 인식한 엔리는 다음 순간 급속히 현실로 돌아왔다.

넴이 갑자기 뛰어나간 것이다.

"굉장해! 굉장해! 굉장해!"

고함을 지르며 전속력으로 달린다. 도열한 메이드들 앞을 지나 아인즈가 있는 곳까지.

감정의 용량을 아득히 넘어선 세계가 펼쳐지는 바람에 이성을 억제하지 못하고 폭주한 것이리라.

"굉장해! 굉장해! 굉장해!"

"넴! 이리 와!"

엔리도 뒤늦게 뛰어갔다. 동생의 너무나도 실례되는 행동에 온몸에서 땀이 줄줄 솟아났다.

하지만 이곳은 아름다운 메이드들이 줄을 지어 늘어선 신역(神域)과도 같은 공간. 그 한복판을 자신 같은 시골 계집애가 뛰어가도 되는 것일까 망설여졌다. 엔리의 다리는 이 율배반을 직설적으로 표현해, 그 결과 빈사상태의 개구리 같은 걸음으로 이동하게 되었다.

그리고 엔리가 뻣뻣하게 움직이는 동안 넴은 마을의 구세주 곁까지 순식간에 도착해버렸다.

"……그렇게나 굉장한가?"

"네! 너무너무 굉장해요!"

"그래. 굉장한가. ……아니, 그야 그렇겠지."

아인즈는 스윽 손을 내밀더니 조용히 넴의 머리를 쓰다듬었다.

"굉장하지? 내가 사는 곳은."

"네, 대단해요! 고운 님이 만드셨으니까!"

"하하하하, 그렇다. 동료들과 함께 만들었지."

"굉장해~! 고운 님의 동료 분들도 굉장해요!"

"하——하하하하!"

명랑한 웃음소리가 울려 퍼졌다.

그제야 겨우 운필레아와 엔리도 쭈뻣쭈뻣 두 사람의 곁까지 도착했다. 엔리는 넴의 손을 꽉 쥐었다. 이젠 절대로 놓지 않겠다는 의지를 담아.

"오늘 이렇게 초청해주셔서 대단히 감사합니다!"

"그렇게 딱딱한 인사는 필요 없네. 자네가 새로운 포션을 생성한 것을 축하하기 위한 자리이니. 편하게 지내게."

"고운 님, 죄송합니다. 동생이, 넴이 결례를 저질러서……."

"정말로 신경 쓰지 않아도 되네. 내가 사는 곳을 보고 감동해버린 것인데, 그게 결례라면 내가 잘못한 것이 되지 않겠나?"

아인즈는 기분 좋게 대답하고 말을 이었다.

"그러면…… 원래는 이대로 운필레아 군에게 이야기를 들을 예정이었지만…… 넴, 어떠냐? 내가, 아니, 우리가 만든 집을 함께 구경해보지 않겠느냐?"

"네! 보고 싶어요! 고운 님이랑 동료 분들이 만든 굉장한 집 보여주세요!"

엔리가 거절하기도 전에 넴이 대답했다.

"하하하. 그래, 그래! 그러면 이것저것 보여주지."

너무나도 호탕한 아인즈를 앞에 두고 엔리의 입에서는 이제 아무 말도 나오지 않았다.

*

넴을 안내하는 동안 응접실에서 기다려달라는 아인즈의 말에 엔리는 긴 의자에 허리만 살짝 걸치고 앉았다.

꿔다놓은 보릿자루, 아니, 둥지에서 납치해온 작은 동물처럼 불안하게 주위를 두리번거리게 되었다. 곁에 앉은 ──── 이렇게 넓은 장소임에도 두 사람은 몸을 바짝 붙이고 앉아 있었다 —— 연인이라기보다는 마찬가지로 작은 동물 같은 운필레아도 안절부절못하는 눈치였다.

엔리도 마을의 구세주인 아인즈 울 고운이라는 매직 캐스터가 대단한 사람이라는 사실은 잘 알았다. 하지만 그런 상상조차도 부족했다.

공주님이 나오는 이야기 세계 속으로 들어와버린 듯한, 꿈만 같은 현란한 세상.

난로 위쪽 좌우에 장식된, 지금 당장이라도 날아오를 듯한 새의 유리조각. 이것 하나만 망가뜨리더라도 자신이 평생 걸려 갚아야 할 것이다.

두 사람이 앉은 소파는 너무나 깨끗해 자신의 옷에서 때가 묻지는 않을까 걱정되었다.

엔리의 짧은 인생에서 처음 본 샹들리에에서 쏟아지는 빛은 횃불도 랜턴도 양초도 아닌 마법의 빛. 전에 가보았던 에란텔 모험자 조합에도 이런 것이 있었던 것 같았지만, 그때는 아직 불을 켜놓지 않았으며 이렇게 훌륭하지도 않았다.

방 안의 세간은 격조 높은 것뿐이며 매우 호화로웠다. 특히 엔리의 앞에 턱하니 놓인 흑단 옻칠 테이블의 중후함이란. 이런 물건의 가치를 잘 모르는 엔리도 어마어마하게 비싸리란 정도는 알 수 있었다.

벽에 장식된 그림은 마치 살아있는 아름다운 여성을 그대로 집어넣은 것처럼 정밀하다.

바닥에 깔린 융단조차 신발을 신은 채 걷는 것이 저어될 정도였다. 소파에 앉은 채 살짝 발을 들어 될 수 있는 대로 접지면을 적게 하도록 노력하는 편이 좋지 않을까 싶을 정도로 부드러웠다.

긴장한 나머지 졸도할 것만 같았다.

"역시 같이 갔어야 하려나."

아인즈가 고집을 부리기는 했지만, 넴을 혼자 보낸 것이 불안해 위장이 뒤집어지는 심정이었다.

"고운 님께 폐를 끼치지 않으면 좋겠는데……."

"괜찮을 거야, 분명. 고운 님은 아주 관대한 분인걸. 어린 애가 조금 실례되는 소리를 한다고 해도 별로 신경 쓰시지 않을 거야."

"우웅, 그래도 그 왜, 귀족들을 화나게 하면 벌을 받는 일도……."

"그런 이야기도 들어보기는 했지만, 실제로 본 적은 없는걸. 에 란텔 근교는 임금님 직할령이라 그런 식으로 귀족들이 횡포를 부리지 못하니까. ……근데 고운 님은 귀족일까?"

"아닌가? 이렇게 굉장한 방에다 그렇게 예쁜 메이드 분들을 거느리다니, 유력한 귀족님이라도 되지 않으면 무리일 것 같은데."

"으음─? 글쎄. 애초에 그렇게 아름다운 메이드 분들을 모을 수 있다는 건 이미 귀족의 수준으로는 어렵지 않을까."

엔리는 슬쩍 눈썹을 위험한 각도로 치켜세웠다. 자신이 먼저 예쁜 메이드라고 했음에도 운필레아의 입으로 같은 말을 들으니 불쾌했다. 운필레아의 옆얼굴을 한껏 째려본 순간── 노크 소리가 들렸다.

"허억!"

흠칫 몸을 떨었다. 어깨가 맞닿는 거리에 있었던 운필레아에게도 그 감촉이 전해져 그도 깜짝 놀랐다.

다시 노크 소리가 들렸다. 이것이 지금 자신에게 무엇을 요구하는 상황인가를 엔리가 필사적으로 생각하고 있으려니 운필레아가 입을 열었다.

"어, 음, 드, 들어오세요."

"실례하겠습니다."

정답을 이끌어낸 운필레아의 냉정함에 엔리가 새삼 반했을 때, 은색 서비스 왜건을 밀고 메이드 한 사람이 나타났다. 얼룩 한 점 없을 정도로 청결하며 문외한이 보기에도 고급스러운 메이드복을 입은 아름다운 여성. 그녀의 얼굴에는 부드러운 미소가 떠 있었지만, 이쪽을 본 순간 갑자기 "이……이게 무슨 짓입니까!"라고 격노하는 건 아닐까 하는 불안이 엔리의 가슴을 옥죄었다.

"──음료를 가져왔습니다."

"사, 사양하겠습니다!"

무시무시한 속도로 대답한 엔리에게 한순간 멍한 표정을

짓는 메이드. 시선이 엔리에게서 운필레아에게, 그리고 다시 엔리에게 돌아온다.

"……아, 괜찮으신지요?"

"네, 네에."

긴장 때문에 뻣뻣하게 굳어버린 엔리와 안절부절못하는 운필레아의 마음이 전해졌는지 진심에서 우러나온 부드러운 미소를 짓더니.

"잠시 실례하겠습니다."

그녀는 엔리의 옆에 앉았다. 그리고 긴장에 얼어붙은 엔리의 어깨에 부드럽게 손을 얹었다.

"에모트 님, 그렇게 긴장하지 마십시오. 에모트 님도 발레아레 님도 손님이십니다. 편안히, 마음 쓰지 마시고 기다려주시면 됩니다."

"그, 그렇지만……. 만약 여기 있는 물건들을 부수기라도 하면……."

"안심하십시오. 이곳에 있는 물건 정도라면 설령 실수로 부순다 해도 아인즈 님께서 기분이 상하는 일은 없을 것입니다."

"그, 그럴 수가. 여기 있는 물건 전부요?"

엔리의 눈에 들어오는 물건은 하나같이 금액을 생각하면 머리가 아플 만한 것들뿐이었다. 그런데도 괘념치 않는단 말인가.

"예. 아인즈 님은 매우 부자시거든요."

"그, 그건 알아요."

뿔피리 같은 엄청난 매직 아이템을 선뜻 건네준 사람이니까.

"그러니 안심하십시오. 고의로 부순다면 몰라도, 사고라면 웃으며 용서해주실 것입니다. 게다가 부순 것도 아마 마법을 쓰면 원래대로 돌아오지 않을까요."

"그렇다고 하셔도…… 그게……."

"알겠습니다. 그러면 무언가 음료라도 좀 드시지요. 그러면 마음도 편해질 것입니다."

"하지만요……."

은색 왜건 위에 놓인 컵에 눈을 돌렸다. 하얀 자기로 만든 명품이다. 테두리는 금. 측면은 깊고도 선명한 푸른색이었으며 무늬인지 그림인지 알 수 없는 것이 그려져 있다. 엔리가 들기만 해도 부서지는 것 아닐까 겁이 날 정도로 섬세했다.

"엔리, 마시자. 거절하는 것도 실례야."

"아, 그럼, 저기, 부탁드릴게요."

"알겠습니다. ……어디 보자. 허브티는 향이나 맛에 취향이 갈리니 일반적인 홍차면 어떠실는지요?"

"의, 의향에 따르겠습니다."

미소를 지은 메이드가 능숙한 손길로 홍차 준비를 갖추었다. 한번 따른 뜨거운 물을 버리는 알 수 없는 행동을 보인 후 두 사람 앞에 홍차를 내밀었다. 그리고 그와는 별도로 조 그만 단지 두 개가 놓였다.

"취향이 있으실 터이니 밀크와 설탕은 별도로 준비해두 었습니다. 여기서 덜어서 쓰십시오."

엔리가 설탕 단지를 열자 가루눈처럼 하얀 것을 입방체 형태로 굳혀놓은 것이 나타났다. 시골 아가씨는 기계처럼 뻣뻣한 동작으로 각설탕을 몇 개나 컵에 투하하고 다 녹을 때까지 빙글빙글 휘저었다. 그다음에 밀크를 콸콸 따랐다. 입에 머금는다. 얼굴이 녹아버릴 것 같았다.

"달아~."

"응. 그렇게 설탕을 많이 넣으면 그럴 거야. 시골에선 단 것이 별로 없으니까. 양봉도 하지 않고…… 시럽 정도뿐이려 나? 내가 향신료를 만드는 마법을 익히면 달라지겠지만."

엔리는 자신이 어디 있는지도 잊고 힘주어 말했다. 아니, 말해버렸다.

"열심히 배워!"

"어, 응. 네."

그런 목소리를 들으며 홍차를 다시 한 모금 마시고 그 맛 에 황홀한 표정을 지었다.

"정말, 달고 맛있어."

그때 문을 몇 차례 노크하는 소리가 들렸다. 메이드가 조 용히 이동해 문을 살짝 열었다.

"아인즈 님과 동생 분께서 돌아오셨습니다."

문이 열리더니 만면의 미소를 지은 넴이 뛰어들듯 입실했다. 뒤에는 아인즈가 따라왔다.

"언니, 진짜 굉장했어! 번쩍번쩍하고 예쁘고, 굉장해!"

품안에 뛰어든 동생의 발이 소파를 더럽히지 않도록 주의하면서 엔리는 벌떡 일어나 아인즈에게 고개를 숙였다.

"고운 님! 동생이 무언가 실례되는 행동을 하진 않았나요?!"

"아닐세. 너무 오래 데리고 다녀서 미안하네."

"당치도 않습니다. 정말 고맙습니다."

아인즈는 신경 쓰지 말라며 손을 내저었다.

"그러면 운필레아 군과 장래에 대해 조금 이야기를 나누기 전에…… 식사라도 하고 오게."

"네? 그렇게까지 신세를 질 수는……."

황급히 입을 연 운필레아에게 아인즈는 괜찮다며 말했다.

"운필레아 군과 거래를 유리하게 이끌어나가기 위한 방편이기도 하거든."

"거래라고 하시면……?"

"……식사 전에 간단히 설명하도록 할까?"

아인즈는 맞은편 소파에 앉았다.

"우선 자네가 만든 포션을 나는 외부에 공표할 마음이 없네. 내가 제공한 재료를 쓰지 않는 한 자네는 보라색 치유 포션을 만들 수 없으리라 생각하네만, 내 생각이 맞나?"

"그렇습니다. 현재는 고운 님께서 제공해주신 소재를 써야 겨우 만들 수 있는 수준입니다. 아직 어떤 힘이 작용해서 그렇게 됐는지, 그런 불명확한 점이 많습니다."

"그러니 포션을 공개할 경우에는 성가신 일밖에 일어나지 않을 거라 생각하네. 재료의 출처를 묻는 정도라면 상관없네만…… 힘으로 그런 것을 노리는 상대도 없다고는 단언하지 못할 테지? ……자네들의 마을이 최근 몬스터에게 습격을 당했다고 루푸스레기나에게 들었네만, 그것은 궁지에 몰린 몬스터들이 강건한 방벽으로 보호를 받는 안전한 곳을 찾아 자네들의 마을을 습격했던 것일 수도 있지 않겠나? ……왜 그런 행동에 나섰는지 물어볼 수 있을 만한 포로는 확보해두었나?"

확보하지 못했다. 엔리는 마음속으로 대답했다. 등 뒤에서 몬스터의 포효가 —— 엔리와 운필레아가 맞닥뜨렸던 트롤의 포효가 —— 들리던 상황에서는 아무리 고블린들이라 해도 적을 생포할 여유는 없어, 그저 전투를 끝내는 데에만 전력을 집중한 결과 적의 생존자는 없었다.

'게다가 마법의 대검을 든 상대도 강했다고 들었으니까……'

"그렇군. 그건 아쉽게 됐는걸. ……나는 자네들의 마을이 습격을 당한 것은 그러한 이유가 아닐까 생각했네. 마을의 방어가 탄탄해졌기에 오히려 문제를 불러일으킨 것이지. 높은 가치가 생기면 이를 노리는 자가 나타나는 것도 당연하지 않은가? 마찬가지로 포션의 정보가 흘러나간다면⋯⋯."

"⋯⋯비밀로 해두는 게 좋겠군요."

"이해해주니 다행일세, 운필레아 군. 마을 주위에 있는 재료만으로 내가 가진 것과 같은 붉은색 치유 포션을 생성하는 데 성공한다면 비밀로 할 이유는 대폭 줄어들지 모르겠네만. ⋯⋯다시 말해 식사 후에 하고 싶은 것은 그러한, 정보의 기밀성에 관한 의논일세. 수비의무에 관한 이야기란 말이지. 자, 식사 준비는 끝났을 테니⋯⋯ 그럼 가보겠나?"

"아, 아닙니다. 식사는 괜찮습니다. 저희가 이런 굉장한 곳에서⋯⋯."

엔리는 도리도리 고개를 저었다.

"⋯⋯뭐, 억지로 들라고는 하지 않겠네만⋯⋯ 기왕 드래곤 스테이크를 메인으로 한 코스 요리를 준비해두었네만?"

"드래곤, 이라고 하셨습니까."

드래곤. 엔리가 들어본 적 있는 온갖 이야기에 나오는, 악역이기도 하고 정의의 편이기도 한 몬스터. 다만 어느 이야기에서든 강대한 힘을 가진 존재였다. 그런 존재를 식재료로 삼았단 말인가.

말도 안 된다. 그냥 장난하는 거다.

만약 아인즈가 한 말이 아니었다면 그렇게 생각했을 것이다. 하지만 눈앞의 위대한 매직 캐스터라면 진실일 가능성이 높다.

"달콤한 음식도 있다네. 아이스크림이라는 것을 먹어보았나? 에 란텔에는 있었네만…… 먹어본 적이 없는 모양이군. 시원하고 달콤하고…… 입안에서 살살 녹지. 달콤한 얼음이나 눈 같은 것이라네."

엔리도 넴도 자신도 모르게 꼴깍 침을 삼켜버렸다.

"그건 고급 기호품이니까요. 세 끼 식비 정도의 돈이 순식간에 날아가버리지요."

"운필레아 군은 먹어본 경험이 있나 보군. 그렇다면 자네가 생각하는 것보다도 훨씬 맛있는 아이스크림을 제공하지. 그 외에는—— 코스의 내용은 어떤가?"

메이드는 고개를 숙이며 대답하더니 긴 대사를 줄줄 읊었다.

"오늘의 예정은, 첫 번째 오르되브르는 피어싱 랍스터와 노아툰 산 어패류를 벨루테 소스로 조미한 것. 두 번째 오르되브르는 비도프니르 푸아그라 푸알레를 마련했습니다. 수프는 알프하임 산 고구마와 밤으로 만든 크림수프이며 메인디시는 고기 요리로 하였습니다. 이는 조금 전 아인즈 님께서 말씀하셨던 요툰하임 산 프로스트 에인션트 드래곤의 차돌박이 스테이크입니다. 그리고 디저트는 인텔리전스 애플의 콤포트에 요구르트를 끼얹은 것입니다. 여기에 황금홍차 아이스크림을 곁들였습니다. 식후 음료로는 커피는 취향에 맞지 않으실 수도 있으므로 저희는 르레슈 피치 워터가 좋지 않을까 하여 준비해두었습니다. 이상이옵니다. 만일 무언가 변경해야 할 점이 있다면 즉시 바꾸도록 하겠습니다."

'마법 영창이다!!'

무슨 말을 하는 것인지 이해할 수 없는 엔리는 그렇게 확신했다.

"······푸아그라는 취향이 갈리지 않겠나? 아이들은 좋아하지 않을 것 같군. 그리고 텁텁한 메뉴만 나오는 것 같은데, 좀 산뜻한 것은 없을까?"

"예. 그렇다면 오르되브르 샐러드로 플럼스타 콩피를 곁들인 가리비 샐러드가 있습니다."

"그렇군······. 아까 것보다는 이쪽이 낫지 않겠나?"

"네?! 저 말씀인가요?!"

갑자기 자신에게 말을 거는 바람에 엔리는 당황해 대답했다. 이젠 무슨 말을 하는 것인지조차 알 수 없는데 물어보니 황망한 기분이었다.

"어, 그러니까. 아, 아뇨, 의향에 따르겠습니다."

간신히 그 한마디를 쥐어짜낸 것이 고작이었다. 아인즈는 그대로 식사에 대해 메이드와 몇 마디 이야기를 나누었다.

그런 아인즈를 넴이 동경 어린 눈길로 바라보며 굉장하다고 중얼거리는 목소리가 들렸다. 엔리도 동감이었다. 자신들과는 사는 세계가 너무나도 다르다.

기호품에 돈을 쓸 수 있는 사람은 유복하다. 먹어버리면 사라지는 식사에 사치를 부릴 수 있는 사람은 그중에서도 얼마 되지 않는다.

재력, 지식, 그리고 힘. 그런 모든 것을 겸비한 매직 캐스터.

엔리 같은 단순한 농민이 상대할 만한 인간은 아닐 것이다. 아마도 왕이라고 불리는, 구름 위의 존재를 상대하는 것이 어울릴 인물. 가면을 쓴 저 매직 캐스터는 그만큼 대단한 사람인 것이다.

"그러면 가세나. 다만 나는 동석하지 않을 생각일세. 셋이서—— 그래, 가족끼리 단란하게, 매너 따위 생각하지 말고 들게나. 다 끝나면 거래 이야기를 하세. 아, 루푸스레기나에게는 한 명 더 추가라고 말해두어야겠군."

"네? 뭐가요, 고운 님?"

"아니. 아무것도 아니다, 넴."

아인즈가 일어나자 눈동자 속에 반짝반짝한 동경의 빛을 머금은 넴이 희색만면 그 뒤를 따랐다.

가족이라는 말에 얼굴을 조금 붉혔던 엔리는 곁에서 느릿느릿 일어나는 운필레아의 모습이 이상하다는 사실을 깨달았다.

입은 일직선으로 굳게 다물고 벌릴 줄을 모른다. 하지만 엔리는 그 입을 열 방법을 알고 있다.

그것은 가만히 바라보는 것이다. 머리카락 틈새로 보이는 눈이 몇 번 좌우로 움직이더니, 운펠레아는 포기한 듯 말했다.

"못 이기겠다 싶어서. 아니, 내가 이길 수 있을 리 없지만. 남자로서 격이 달라."

"그래도 내가 좋아한 건 그런 운피인걸?"

남자의 격이란 게 그렇게 중요할까. 여자인 자신은 아직 모르겠다고 생각했을 때, 운필레아가 얼굴을 붉혔다. 그리고 손을 내민다.

"가자."

그 말에 이미 어두운 기색은 없었다.

연인의 감정이 변화한 이유는 잘 모르겠지만, 밝아졌다는 것은 기뻤다. 손을 잡고, 아인즈와 함께 동생의 뒤를 따라갔다.

2장 **나자릭의 하루**

Story 2 | A day of Nazarick

프롤로그

나자릭 시각 5:14

황금 수도꼭지 끝에 조그만 물방울이 생겨나더니 서서히 부풀기 시작하고, 이내 중력에 이끌려 욕실 바닥에 떨어졌다.

나자릭 지하대분묘에는 목욕을 할 수 있는 장소가 수없이 있는데, 이곳도 그중 하나다.

몇 명이 동시에 들어갈 수 있는 커다란 대리석 욕조에 사람의 실루엣은 하나.

하얗고 매끄러운 몸 위를 따라 푸른 물방울이 흘러 떨어진다. 푸른색이란 말은 비유가 아니라 그야말로 착색된 것처럼 인공적으로 보이는 파랑이었다.

백자 같은 몸을 발밑까지 훑어 내려간 푸른 액체는 물컹,

중력을 거스르며 이번에는 아래에서 위로, 물이 퍼져나가는 것과는 다른 움직임으로 기어 올라왔다.

"——후아."

무의식중에 새나온 것으로 여겨지는 젖은 음성은 소리가 울리기 쉬운 욕탕이기에 크게 메아리쳤다.

자신의 목소리에 부끄러움을 느꼈는지, 푸른 액체 속에서 늘씬한 팔이 불쑥 떠올랐다. 원래 들려야 할 물방울 떨어지는 소리나 수면에 퍼지는 파문 같은 것은 전혀 일어나지 않았다. 점성이 기이할 정도로 높기 때문이다.

들어올린 가녀린 팔이 수많은 이들에게 칭송을 받는 미모를 가진 얼굴을 쓰다듬었다.

"하아——."

한숨을 토해내더니 몸을 뒤로 쓰러뜨린다. 하지만 몸은 수면 아래로 가라앉지 않았다. 푸른 액체가 그 날씬한 몸을 천천히 받아준 것이다. 마치 부드러운 물침대에 안긴 것과 같은 그런 탄력과 움직임이었다.

액체에는 분명 의지가 있었다.

그것을 분명하게 증명한 건 바로 다음 순간이었다.

푸른 액체가 꿈틀거리자 손가락 한두 개 정도의 굵기를 가진 수많은 촉수가 올라왔다. 그것이 사람의 실루엣을 끌어안듯 움직였다. 물론 푸른 액체 속에서도 그렇다.

얼굴, 가슴, 배, 팔, 다리—— 그리고 허리.

사냥감을 구속하고 만족한 것처럼 액체가 꿈틀거렸다. 그 정체는 청옥 슬라임Sapphire Slime. 상위종 슬라임이었다.

청옥 슬라임은 휘감고 있던 가느다란 촉수를 움직였다.

허리의 미묘한 부분, 그 안에 이르기까지 촉수가 깊숙이 파고든다.

"——아아."

다시 목소리가 흘러나왔다. 조금 전보다도 컸지만 이번에는 억제하려는 의식이 없었다. 슬라임이 몸속을 꿈틀거리는 감각에 의식이 쏠려버린 것처럼.

욕실에서 혼잣말이 울려 퍼졌다.

"——아아, 못 참겠구만. 이 감각은 뭐라 형언할 수가 없는걸."

욕실에 있던 인물, 슬라임탕에 잠긴 아인즈가 중얼거렸다.

슬라임을 떠올려 머리 위에 떨어뜨린다. 골반에 뚫린 골반문 언저리를 열심히 청소해주던 슬라임은 주인이 다음에는 어느 언저리를 청소해주었으면 하는지를 이해한 모양이었다. 머리를 따라 이리저리 기어다니는 감각이 아인즈의 몸에 전해졌다.

"후우. 극락이구만, 극락."

언데드인 아인즈의 몸을 구성하는 것은 완전한 뼈다.

노폐물을 배출하지 않으므로 때 같은 것 때문에 몸이 지저분해지거나 냄새가 나는 일은 없다. 하지만 그렇다고 해서 목욕을 하지 않아도 되는 것은 아니다. 먼지나 흙이 몸에 달라붙기도 하고, 경우에 따라서는 적의 피를 뒤집어쓸 때도 있다. 지저분해지기는 하는 것이다.

게다가 목욕을 하지 으면 일본인으로서 견딜 수가 없었다.

"원래 세계에서는 사우나밖에 해본 적이 없었는데. 목욕을 할 수 있다는 걸 알자마자 온몸을 탕에 담그고 싶어지다니…… 입욕이라는 행위는 일본인의 마음에 단단히 뿌리를 박고 있는 게 아닐까?"

후우 숨을 토해내는 시늉을 하며 슬라임 속에 한층 깊이 몸을 묻었다. 미끌미끌한 감촉이 몸을 받아들인다.

점성 높은 액체라고 생각하면 위화감은 없었다.

'그냥 목욕을 하려면 굉장히 귀찮았는데.'

아인즈는 자신의 몸에서 가장 귀찮은 부분을 내려다보았다. 시야에 들어온 것은 갈비뼈였다.

이걸 하나하나 씻는다고 생각하면 진저리가 날 정도로 손이 많이 간다. 경험자는 그때의 수고를 떠올리고 한숨을 —— 호흡은 하지 않지만 —— 토해냈다.

귀찮은 부분은 그곳만이 아니다. 등뼈도 그렇다. 돌기에 타월이 걸리기도 해 간단히 씻을 수가 없는 것이다. 세밀한 작업이 필요하다.

아인즈도 처음에는 꼼꼼히 씻었다. 하지만 정신적으로 터

프한 아인즈조차 이 작업에는 금방 진저리가 났다. 몸을 씻는 데 최소 30분 이상 걸리다니 이게 무슨 농담이냐 싶은 기분이 들었다.

다음으로는 비눗물을 푼 탕에 들어가 세탁기가 회전하는 것처럼 빙글빙글 돌아보았다. 이건 제법 괜찮은 방법이었다. 문제는 깨끗해졌다는 느낌이 없다는 것이었다. 역시 몸을 무언가로 북북 문질러 씻지 않으면 지저분한 것이 떨어져나간 기분이 들지 않는다.

그다음에는 자루가 달린 청소용 브러시로 몸을 문지르는 작전을 써보았다. 이건 매우 괜찮았다.

그야 주위에 비누거품이 튀기는 하지만 아인즈가 청소하는 것도 아니다. 청소는 메이드들의 역할이며, 그녀들은 청소하는 보람이 있다고 기뻐했다. 일석이조의 수단인 것 같았다.

하지만 이 멋진 아이디어도 단 한 가지 문제가 있었다.

정말로 온몸을 깨끗하게 닦았는지를 알 수 없다는 점이다.

꼼꼼하게 이를 닦아도 충치가 생기듯, 온몸을 잘 닦았다고 생각해도 어딘가 덜 닦은 부분이 있는 건 아닐까 불안했다.

이렇게 해 아인즈는 마지막으로 슬라임을 온몸에 끼얹는다는 현재의 방법에 도달한 것이다.

"역시…… 이건 획기적이면서도 독창적이고 두말할 나위 없는 완벽한 방법이었어."

푸른 점액질이 몸 표면을 기어다니는 모습을 바라보며 중얼거렸다.

자신이 고안한 편안한 목욕방법에 홀딱 반해 고개를 끄덕인다. 어쩌면 이 세계에 온 후로 떠올린 가장 완벽한 아이디어가 아니었을까.

"내가 생각해도 훌륭하잖아!"

자화자찬을 되풀이하며 아인즈는 자신의 몸 곳곳에서 열심히 움직이는 슬라임을 바라보았다.

'참으로 사랑스럽구나…….'

산으로 녹이는 능력과 쇠막대도 쉽게 구부리는 압력을 가진 흉악한 몬스터지만 아인즈에게는 자신의 몸을 깨끗이 청소해주는 때밀이였다. 어떤 의미에서는 애완동물 같은 애착마저 느껴졌다.

'그래도…… 슬라임 목욕도 좋지만, 가끔은 보통 목욕도 해보고 싶은걸.'

나자릭 제9계층에는 여러 가지 시설이 있다. 그중에는 대욕탕도 있다. 스파 리조트를 이미지로 만든 목욕장이며 다양한 욕탕의 복합시설이다.

"가볼까……?"

하지만 혼자서 가는 것도 재미가 없다. 그렇다면——

"좋아! 수호자들이라도 불러볼까? 다 같이 시간이 나면 좋겠는데."

자신의 머릿속에 떠오른 좋은 생각에 아인즈는 활짝 웃었다.

1

나자릭 시각 7:14

나자릭의 메이드들은 두 종류로 나뉜다.

유리 알파로 대표되는 전투 메이드와, 전투능력이 전혀 없는 일반 메이드다. 후자—— 호문쿨루스이자, 종족 레벨과 직업 레벨을 합쳐도 1레벨밖에 안 되는 그녀들의 업무는 나자릭 제9계층 및 제10계층의 잡다한 작업이다. 특히 청결 관리—— 지고의 존재라 불리는 주인들의 방을 청소하는 것이 가장 중요한 임무였다.

그런 일반 메이드 중 한 사람, 식스스는 서두르면서도 결코 걸음을 빨리 하지 않는 메이드다운 기술 —— 딱히 스킬은 아니다 —— 을 구사해 종업원 식당으로 향하고 있었다.

아침 이 시간에 식당에 가는 이유는 단 한 가지.

그녀가 목적지에 도착하자 이미 거의 모든 동료들이 모여 식사를 시작하고 있었다.

하얀색을 기조로 한 무미건조한 식당 안에 여성들의 소란스럽고도 밝은 이야기소리가 파문처럼 수없이 겹쳐졌다. 한 사람, 한 사람의 목소리는 그리 크지 않지만 다양한 목소리가 뒤섞이면 의미를 알아들을 수 없는 잡음으로 바뀐다. 여기에 식기 소리까지 더해지니 제법 소란스럽다.

식스스는 친한 친구의 모습을 찾아보았다.

식당에 있는 메이드들은 크게 네 그룹으로 나뉜다.

우선, 같은 지고의 존재가 만든 자들끼리 모인 세 그룹이다. 그녀들 일반 메이드의 총 숫자는 41명인데 이는 지고의 존재 41인 전원이 한 명씩 만들어냈기 때문이 아니다. 모두 세 사람 —— 화이트브림, 헤롱헤롱, 쿠 드 그라스가 만들었다.

그리고 마지막 그룹 —— 이를 그룹이라 부르기에는 어폐가 있지만 —— 은 그런 모임에서 떨어져나온 자들. 혼자 조용히 밥을 먹고 싶다거나, 책을 읽으면서 식사를 하고 싶다거나, 다른 지고의 존재가 만들어낸 자들과 수다를 떨고 싶다거나 하는 자들이다.

뒤늦게 식당에 도착한 식스스는 마지막 그룹에 속했다.

같은 지고의 존재가 만들어낸 메이드들, 어떤 의미에서는 자매라고도 할 수 있는 이들에게 가볍게 손을 흔들어 아침 인사를 하며, 그녀는 늘 가는 테이블로 향했다.

그곳에는 여느 때와 같은 멤버, 화일과 류미엘이 앉아 있었다.

식스스는 두 사람 앞에 식사가 놓이지 않은 것을 보고 슬픈 표정을 지었다.

"안녕. 벌써…… 다 먹었어?

"안녕. 응. 벌써 다 먹었어. 맛있었어~. 녹진녹진 말캉말캉~. 아~ 맛있었다~."

화일은 거짓말이 너무 서툴러 늘 억양 없는 어조가 되는 주제에 거짓말을 곧잘 한다. 그녀는 활달한 단발머리였으며 메이드복은 스스로 개조해 길이를 약간 줄여놓았다.

그녀에게 눈썹을 살짝 치켜올린 것은 또 다른 메이드, 청초하게 생긴 류미엘이었다. 금발에는 신비한 광택이 돌아 별빛이 깃든 것처럼 보였다.

"안녕하세요. 화일, 그럼 두 번이나 먹을 필요는 없을 테니 당신은 여기서 기다리세요. 난 아직 못 먹었으니 배식 받으러 다녀올게요. 자, 식스스. 같이 가요."

"거짓말이었어, 거짓말~."

류미엘이 일어나자 화일도 황급히 뒤를 따라왔다.

언제나의 대화를 마치고 세 사람은 나란히 뷔페 테이블로 걸어갔다. 물론 그 전에 곁에서 조용히 책을 읽던 잉클리먼트에게 자리를 확보해달라고 부탁하는 것도 잊지 않았다.

뷔페 테이블에서 식스스가 가장 먼저 집어든 것은 딱딱한 베이컨이었다. '부드러운 베이컨은 사도'라 생각하는 그녀에게 이것은 반드시 제일 먼저 확보해야 할 음식이었다. 다음은 수프였다. 오늘의 수프, 콘 수프, 양파 수프 셋 중에서 양파 수프를 택했다. 그다음은 소시지, 감자튀김, 대니시를 듬뿍 쌓고 양파를 중심으로 샐러드를 다른 접시에 넘쳐날 정도로 덜었다. 마지막으로 향한 곳은 복면 남자 하인이 있는 곳이었다.

"어, 치즈 트리플, 어니언 더블, 머쉬룸으로 부탁드려요."

남자 하인은 고개를 숙이더니 오믈렛을 굽기 시작했다.

식스스는 일단 자리로 돌아가 요리를 놓아두었다. 그리고 우유를 따른 컵을 한 손에 들고 남자 하인에게 돌아가니 마침 오믈렛이 잘 익어 나온 참이었다.

"고맙습니다."

한 군데도 타지 않은 깔끔한 오믈렛을 들고 돌아오자 친구들도 같은 타이밍에 착석한 참이었다.

"그럼 잘 먹겠습니다!"

"잘 먹겠습니다~."

"잘 먹겠습니다."

세 사람은 묵묵히 식사를 시작했다. 평균적인 여성이 보

기에는 양이 지나치게 많았지만 접시 위의 요리 무더기는 위장 속으로 순식간에 사라져간다. 그녀들은 종족 페널티 중 하나로 〈식사량 증대〉를 보유하고 있기 때문이다.

그렇기 때문에 친한 사이라 해도 식사 중에는 결코 대화를 나누려 하지 않는다.

크게 볼을 부풀려가며 우물우물 먹는 화일, 청초하게 먹기는 하지만 포크 왕복속도는 무시무시하게 빠른 류미엘, 그리고 두 사람의 중간 정도 느낌인 식스스.

이윽고 놀라운 속도로 접시에 놓였던 음식이 사라지고 세 사람은 나란히 우유를 들이켰다.

"후우——."

세 사람의 우유 냄새 나는 한숨이 겹쳐졌다. 그리고 눈빛을 교환한다.

"……한 바퀴 더 돌까?"

"그래야겠네요. 그래도 잠깐 쉬었다가 가죠."

"찬성~. 배도 좀 채우기는 했으니까! ——근데 식스스, 오늘은 아인즈 님 당번 날이지? 평소보다 멋 부렸네."

화일이 싱글싱글 웃으며 물었다. 식스스도 씨익 웃었다. 류미엘은 손가락을 꼽으며 말했다.

"좋겠어요. 내 차례까지는 며칠 남았으려나."

나자릭 최고지배자들의 방은 넓어서 혼자 꼼꼼히 청소하

면 한나절은 쉽게 흘러간다.

그야 숫자로만 본다면 매일매일 청소를 할 수는 있다. 현재 알베도가 쓰는 예비 방 같은 것을 포함한다 해도. 하지만 그러려면 몇 사람은 쉴 새 없이 하루 종일 일해야만 한다.

이것이 그녀들에게 문제가 되진 않는다. 그녀들은 나자릭 지하대분묘의 지배자 '아인즈 울 고운'이 만든 존재이기 때문이다. 그들에게 진력을 다하는 것은 당연한 일. 신들에 대한 봉사이므로.

그러나 광신도처럼 일하려는 그녀들을 신과도 같은 존재, 아인즈가 만류했다.

악덕 기업에서 일하는 괴로움을 아는 그는 친구들의 딸과도 같은 존재에게 그런 식으로 일을 시킬 수가 없었던 것이다.

아인즈는 그녀들에게 쓰지 않는 방의 청소 빈도를 낮추도록 지시를 내렸고, 다음으로는 '휴식을 취하기 위한 팀 편성'을 실시했다.

이리하여 현재 나자릭의 일반 메이드들은 주간조와 야간조 2개 팀으로 나뉘었다. 전자가 30명이고 후자가 10명이다. 그리고 남은 한 사람이 교대로 휴식한다. 다시 말해 메이드들의 휴일은 41일에 하루밖에 돌아오지 않는다는 계산인데, 여기에는 불만이 터져나왔다.

휴일이 너무 적어서가 아니었다. 반대였다. 휴일 같은 건 없애달라는 탄원이었다.

애초에 지고의 존재를 위해 일하는 것은 그녀들의 존재의의 그 자체. 아무 일도 하지 않아도 좋다는 말을 들었을 때, 그녀들은 자신의 가치를 잃고, 자신은 필요가 없어졌다는 마이너스 감정밖에 느끼지 못했다.

그렇기에 메이드들은 아인즈를 만나 직접 담판을 지었다. 우리에게서 일을 빼앗지 말라고, 하루 종일 일하고 싶다고.

아인즈는 이를 즉시 기각했다. 위그드라실 시절에도 피로라는 개념은 있었지만 마법으로 쉽게 회복할 수 있었다. 하지만 이 세계에서도 같은 일이 가능하리라는 보장은 없다고 판단했기 때문이었다. 마법으로 치유해도 조금씩 톱니바퀴가 마모되거나 어긋나거나 하는 사태를 두려워했던 것이다.

한사코 양보하려 들지 않는 주인의 결정에는 따를 수밖에 없었다. 눈물을 머금는 그녀들에게 아인즈는 한 가지 제안을 했다.

그것이 아인즈 당번이었다.

메이드들에게 한 사람 한 사람 순서대로, 아인즈의 곁에서 머물며 온갖 일을 도와주는 업무를 맡기겠다고 선언한 것이다.

지고의 존재를 섬기는 것이 최대의 행복이라고 생각하는 그녀들에게 이는 설탕 위에 꿀을 끼얹은 것과 마찬가지였다. 망설임 없이 즉시 달려들었으며, 이와 맞바꾸어 '지고의 존재 측근 시중 전날은 휴식을 취하여 온 힘을 다해 보필

할 수 있는 상태로 만들어둘 것'이라는 명령을 받아들였던 것이다.

"잘 먹고 최선을 다해 일해야지요. 경우에 따라서는 한 끼 굶을 가능성도 높으니까."

"물론이지. 아인즈 님 당번은 뇌에 영양을 잔뜩 공급해야 하는걸."

"단것 먹고 싶어지지~."

세 사람은 나란히 응응 고개를 끄덕였다. 참고로 메이드 들은 단맛이 강한 보급식을 몇 끼니씩 휴대하고 다닌다. 아 인즈 당번 때는 짬이 나면 이를 먹는 것이다. 하지만 운이 나쁘면 ── 혹은 운이 좋다고 해야 하려나 ── 그럴 시간 도 없다. 그렇기에 아침에 든든히 먹어두는 것이 매우 중요 하다.

"그러고 보니 들었어? 다음번에 바깥 세계에서 모아온 식 재료로 요리를 만든다는데, 그걸 시식한대."

식스스의 발언에 두 친구가 놀라 숨을 멈추었다.

그것도 당연하다고 식스스는 생각했다.

바깥── 나자릭 외부에 좋은 감정을 가진 메이드는 별 로 없다. 하계를 얕잡아보는 메이드도 없지는 않지만, 역시 '바깥은 무섭다'는 의견이 다수파였다. 과거 제8계층, 그녀 들이 있는 계층 바로 위까지 쳐들어온 자들이 있었으니까.

"그건 메이드 전원 참가할 수 있는 거야? 아니면 역시 일부만?"

화일의 질문에 식스스가 대답하려 했을 때 식당 내의 분위기가 돌변했다. 열기가 넘쳐나는 술렁임이라고 표현해야 할 무언가로.

메이드들의 시선을 따라갔을 때 환성이 터졌다.

"시즈~!"

"시즈다!"

식당에 들어온 것은 전투 메이드 중 한 명인 시즈였다.

전투 메이드는 일반 메이드들에게 보자면 동경하는 아이돌과도 같은 존재다. 그중에서도 시즈는 가장 인기가 많다. 그녀와 가까운 자리를 차지하려고 다툼을 벌이는 경우가 드물지 않다.

"아, 펭귄도 있네."

쳐다보니 시즈는 옆구리에 펭귄을 안고 있었으며 그 뒤에는 난감한 표정의 남자 하인이 따라왔다. 집사 조수 에클레어다. 그는 바둥바둥 몸부림을 쳤지만 그래봤자 버드맨(Birdman) 1레벨의 힘으로는 시즈의 팔을 벗어날 수 없다. 필사적인 저항은 그녀들이 보는 동안 점점 힘이 빠져나갔다. 이윽고 완전히 힘이 빠져나가 축 늘어져 진짜 인형 같은 꼴이 되었다.

"시즈, 여기여기. 여기 와서 같이 밥 먹자!"

"아냐, 이쪽으로 와! 시즈~!"

"집사 조수는 거기 어디다 냅다 버리고요! 냅다!"

"쓸데없는 새는 요리장에게 가져다주는 게 나자릭에 그나마 도움이 될 거야."

집사 조수와 시즈에 대한 반응이 이처럼 확연히 다른 것도 어쩔 수 없다. 집사 조수는 이따금 나자릭을 지배하겠다는 망언을 늘어놓기 때문에 좋아하는 사람이 별로 없었던 것이다. 설령 지고의 존재가 그렇게 창조했다 해도 빈번히 그런 소리를 입에 담으면 참을 수 없는 법이다.

모두의 목소리에 시즈가 두리번두리번 식당 안을 둘러본다. 누군가를 찾는 듯한, 혹은 어디에 앉을지를 망설이는 어린아이 같은 모습에 가슴이 찡해진 메이드들의 모습이 다수 보였다.

"시즈가 들고 있으면 어쩐지 귀여운 것 같기도 하니 참 신기하지?"

"내가 시즈한테 대용품으로 쿠션이라도 만들어줄까? 알베도 님이 그런 거 잘 아시는 모양이던데 가르쳐달라고 해야지."

"알베도 님이라면 자상하시니까 가르쳐주실 거야. 다음번에 부탁해봐."

책을 탁 덮는 소리가 옆 테이블에서 들려 그쪽을 돌아본 식스스의 시선이 자리에서 막 일어나는 잉클리먼트의 시선과 마주쳤다.

"나는 시끄러워졌으니 그만 돌아가겠어. 너도 아인즈 님 당번이라면 어서 식사 마치고 가는 편이 좋을걸. 네 추태는 우리 모두의 추태이기도 하니."

잉클리먼트는 해야 할 말은 다 했다는 태도로 대답도 듣지 않고 가버렸다. 그 뒷모습을 지켜보며 식스스는 자신의 회중시계를 보았다. 시간은 아직 남았지만 밥을 좀 더 먹고 몸단장을 하려면 아슬아슬할지도 모르겠다.

"좋아. 시즈 덕에 다들 다투는 동안 냉큼 한 번 더 먹으러 가자!"

식스스의 제안에 두 친구도 찬성했다.

"오~ 그거 나이스 아이디어이지 말임다~."

갑자기 옆에서 날아든 목소리에 세 메이드는 펄쩍 뛰며 놀랐다.

"루, 루푸스레기나 씨!"

두근거림이 가라앉지 않는 가슴을 두 손으로 누르며 식스스는 목소리를 낸 사람을 돌아보았다. 그곳에는 한순간 전까지 아무도 없었을 텐데. 하지만 시즈에게 정신이 팔려 눈을 돌린 지극히 짧은 시간 사이에 루푸스레기나가 출현한 것이다. 다리를 꼬고 의자에 옆으로 앉았으며 테이블 위에는 자신의 음식까지 놓여 있다.

"놀라게 하지 마세요~. 정말~."

처량하게 눈썹을 여덟 팔(八)자로 늘어뜨린 화일은 아직까지도 놀라 류미엘에게 안겨 있었다.

"심장이 입으로 튀어나오는 줄 알았습니다."

류미엘도 화일의 포옹에 신경을 쓸 여유가 없는지 넋 나간 듯 중얼거렸다.

세 사람은 입을 모아 루푸스레기나를 규탄했지만 얼굴에는 희색이 떠올랐다. 루푸스레기나는 전투 메이드들 중에서는 유일하게 친구 같은 거리감으로 모두를 대하는데, 행동 패턴은 변덕 그 자체였다. 매일 다른 그룹 사이를 오가는 그녀가 다가온다는 것은 말하자면 행운의 상징이라고도 할 수 있다. 그 증거로 식스스 일행 쪽을 알아본 일부 메이드들은 선망의 눈빛으로 그녀들을 바라보았다.

"니히히. 마을에서 실험한 보람이 있었지 말임다. 셋 다 리액션이 아주 좋지 말임다."

테이블에 턱을 괸 루푸스레기나는 이야기에 등장하는 고양이처럼 싱글싱글 웃었다. 심술궂은 웃음이지만 그것이 묘하게 매력적으로 보이니 신기하다고 식스스는 전투 메이드들의 웃음에 살짝 넋이 나갔다.

다른 두 사람도 비슷한 감정을 품은 것 같았지만 가장 먼저 회복된 것은 화일이었다.

"근데 마을이라뇨?"

고개를 갸웃한 화일의 쇼트 보브컷이 류미엘의 얼굴을 간

지럽혔다. 재채기를 참는 표정으로 류미엘은 화일을 밀어내더니 자세를 단정히 하고 루푸스레기나를 보았다.

"루푸스레기나 씨, 분명 바깥에서 일을 하고 계시죠?"

"그렇지 말임다. 인간 마을에서 일하지 말임다."

"인간 마을……. 힘들겠네요."

류미엘은 동정하는 눈빛으로 루푸스레기나를 보았다.

"그렇지도 않습다. 아인즈 님께 직접 명령받은 일이라 보람 있지 말임다. ……근데 솔직히 말해 지루하지 말임다. 뭐랄까, 확 유린당해버리면 재미있을 텐데."

그 말을 들어도 식스스는 아무 감흥이 없었다. 인간 마을이 어떻게 되든 애초에 인식을 벗어난 이야기였으므로 번영하든 멸망하든 나자릭에 도움만 된다면 상관없다.

"아인즈 님은 가치가 있다고 하셨지만 잘 모르겠지 말임다."

"아인즈 님은 분명 그 마을에 사는 변변찮은 인간들에게도 자비를 베풀어주시는 것일 테지요."

"아냐아냐. 아인즈 님 하면 죽음의 폭풍 같은 분이니까, 역시 때를 봐서 유린해버리는 거 아닐까?"

"무슨 소리야. 아인즈 님은 지혜의 결정체라고 해야지. 무언가 큰 계획의 일부일 거야."

"어이쿠, 그거 흘려들을 수 없지 말임다. 힘이야말로 아인즈 님의 진수이지 말임다."

끄으으응. 네 명의 아름다운 아가씨들이 서로를 노려본다.

"아인즈 님은 아름답고 자상하신 분이에요."

"아인즈 님은 현세에 현현한 죽음 그 자체야."

"아인즈 님은 비할 데 없는 영걸이라니깐."

"오오. 다들 아인즈 님에게 품은 이미지가 다르지 말임다. 그럼 승부해보면 어떻겠슴까. 누가 가장 아인즈 님께 어울리는 별명을 짓는지."

한순간의 침묵. 루푸스레기나는 여느 때처럼 웃고 있지만, 주인의 본질을 얼마나 더 잘 꿰뚫어 보고 있는지, 그 점에 대해 남들보다 뒤처질 마음은 없다는 모습이었다. 하지만 그것은 식스스도. 그리고 친구들도 마찬가지였다.

일반 메이드는 1레벨밖에 안 되는 약한 존재지만 주인을 경애하고 숭배하는 마음이 다른 이들에게 뒤진다고는 생각하지 않는다.

"그러면 세 분부터 해보시지 말임다."

처음 입을 연 것은 류미엘이었다.

"저는 조금 전에도 말씀드렸지만 아인즈 님의 아름다움을 칭송해야 한다고 생각해요. 그러니 '백자 같은 탐미의 존안, 눈부시기 그지없는 다정한 자비의 주군' 은 어떨까요?"

다음은 화일.

"아인즈 님을 칭송한다면 역시 위대한 힘! 죽음의 지배자시니까 '메멘토 모리' 밖에 없지 않겠어?"

세 번째는 식스스였다.

"아인즈 님은 과거 지고의 존재들을 통솔하는 지위에 계셨으니까, 조직을 유지하고 관리 운영하는 능력이 뛰어나실 거야. 그러니 '지모의 왕'."

모두 자신의 주인에게 어울리는 이름이다. 그래도 자신이 지은 별명이야말로 가장 적합하다는 마음은 흔들리지 않았다. 식스스의, 그리고 화일과 류미엘의 시선이 마지막 한 사람에게 모였다.

순서가 돌아온 루푸스레기나는 어흠 헛기침을 하더니 득의양양하게 말했다.

"역시 절대최강무——."

"…………찾았다."

조용한 목소리가 들렸다. 시선을 돌려보니 시즈가 있었다. 옆구리에 낀 집사 조수 에클레어의 모습은 어디로 갔는지 보이지 않았다.

"…………일일이, 완전불가시화까지 쓰지 마."

"미안하지 말임다~. 자꾸 습관 돼서 그러지 말임다~."

"…………게다가 벌써 밥까지 먹고 있어."

시즈의 별로 변하지 않는 표정 아래에서 아지랑이 같은 분노가 엿보였다. 식스스는 이 자리에 있으면 위험하겠다고 직감했다.

"……아. 난 아인즈 님에게 가봐야겠네."

"그럼 나도."

"저도 중간까지 같이 가겠습니다."

세 사람은 조용히 일어났다. 도움을 청하는 루푸스레기나의 시선은 못 본 척했다.

결국 뷔페는 한 번밖에 돌지 못했다. 이것저것 후회는 남았지만 이제부터는 마음을 다잡고 일해야만 한다.

뒤에서 떠도는 험악한 분위기를 의식에서 몰아내고 두 뺨을 철썩철썩 두드려 기합을 넣었다. 전장으로 향하는 병사처럼 용감한 표정으로. 그러나 가벼운 걸음으로 나아갔다.

*

나자릭 시각 9:20

나자릭 지하대분묘 제6계층.

분묘를 배회하는 언데드들의 모습이 보이지 않는 대신, 아우라가 지배하는 마수를 비롯해 통상의 경우에는 자동 리젠되지 않는 몬스터들이 수비하는 곳이다. 지하대분묘 최대의 부지 면적을 자랑하는 이곳은 거의 모든 곳이 울창한 나무로 뒤덮여, 그야말로 수해(樹海)라는 말이 딱 어울리는 영역이었다.

그렇다고는 하지만 과거 길드 '아인즈 울 고운'의 만족할

줄 모르는 멤버들이 녹색으로만 뒤덮어버리고 끝냈을 리가 없다.

투기장, 거대 나무, 나무들 사이에 숨겨진 마을의 터, 호수, 고독(蠱毒)의 구멍, 뒤틀린 나무들, 소금 수림, 바닥없는 늪지대 등등이 존재해 수해에 다양성을 준다. 최근에는 새로운 주민들을 받아들여 조그만 마을까지 생겼다.

이처럼 볼 곳이 여기저기 많은 수해 중앙에는 커다란 —— 그렇다고 해도 제4계층의 지저호수 에어리어에 비하면 작지만 —— 호수가 있었으며, 그 주위는 숲이 아닌 초원이다. 초원도 호수도 제6계층 전체에서 보면 고양이 이마 정도밖에 안 되는 면적이지만 그래도 그녀들의 목적에 부합할 만큼 넓었다.

그녀들—— 우선은 이 계층의 수호자인 아우라가 있다. 칠흑의 털을 가진 거대 늑대의 등에 올라탄 모습은 당당하기 그지없어 척 봐도 매우 익숙한 자세였다.

그것도 당연하다. 이 광대한 면적을 순찰할 때면 —— 차원이 다른 육체능력이 있으니 스스로 뛰어다니는 것도 상관없지만 —— 그녀는 보통 자신이 지배하는 마수의 등에 타고 이동하는 것을 선호하기 때문이다.

남은 것은 두 사람.

하나는 수호자 총괄책임자인 알베도였다. 평소의 아름다운 흰색 드레스가 아니라 검은색 전투용 풀 플레이트 아머를 입었다. 하지만 두 손에는 무기도 방패도 없었다.

또 한 사람은 샤르티아였다. 그녀는 평소와 무엇 하나 다를 바 없었다. 눈동자에는 흥미롭다고나 할까, 상황을 즐기는 듯한 기묘한 빛이 있었다.

"그러면 시작하겠어. ——오너라, 나의 다리여."

알베도가 발동한 스킬은 '기수소환(騎獸召喚)'.

아무것도 없었던 공간에서 물컹 배어 나오듯, 갑옷과 같은 색을 가진 마수가 모습을 나타냈다.

백색 앞머리와 꼬리를 늘어뜨린 그것은 말과도 비슷한 마수였다. 기마용 풀 플레이트에 안장과 고삐를 착용했다.

몸집은 말보다도 조금 작다. 하지만 말에게는 볼 수 없는 박력을 뿜어낸다. 그리고 결정적으로 다른 점은 머리. 두 개의 뿔이 전방으로 튀어나와 있는 것이다.

출현한 마수에 즉시 반응한 것은 이 중에서도 가장 마수에 관한 지식이 많은 아우라였다.

"오~ 보통 바이콘(Bicon)하고 달라! 뿔이 멋지고 몸도 다부진걸."

알베도가 흐흥 웃었다.

"그럼. 내 능력에 맞춰 강화된 이 녀석은 말하자면 전투용 바이콘 왕War Bicon Lord이라고 불러야 할 만한 존재. ……실제로는 바이콘 100레벨이라고 해야겠지만."

"하늘도 날 수 있어?!"

"아니, 그건 무리야. 기본 능력은 바이콘하고 다를 게 없어. 특수능력이 늘어난 게 아니라 체력이나 근력, 민첩성이 강해진 것뿐이야."

"역시 라이더 계열 스킬 같은 게 없으면 탑승용 짐승 강화는 무리구나~. 그럼 우리 같은 100레벨급 전투에 참가하면 특수능력이 약해 방해만 될 수도 있겠다."

"그래. 하지만 내 스킬로 커버해 이 아이를 지킬 수 있으니 장기간 전투는 가능할 거야."

"그래도 그쪽에 리소스를 빼앗기게 되지 않겠사와요? 전투 중에 군더더기가 많아질 것 같사와요. 장비를 변경해 강화하는 건 어떨는지. 기마 계열 몬스터는 갑옷과 편자를 장비할 수 있다고 들었사와요."

"그건 맞아. 스킬로 소환한 기마용 짐승도 일부 장비를 바꿀 수 있어. 조금 전에 아우라가 한 질문하고도 관련이 있지만, 예를 들어 비행능력을 가진 편자를 장비시키면 날아다닐 수도 있겠지. 하지만 이미 이동속도 향상 아이템을 장비시켰으니…… 그건 어렵겠는걸."

알베도가 곁에 나란히 선 마수의 몸을 살짝 두드렸다. 힘이 들어갔는지 바이콘이 비틀거리는 몸짓을 보였다. 자신이 소환한 마수가 그 정도 완력에 비틀거릴 리가 없다. 반항하나 싶어 알베도가 미간에 주름을 잡았을 때 아우라가 다시 질문했다.

"헤에~ 그거 이름은 뭐라고 해?"

"바이콘이잖아? 아까 네가 말했던 것처럼."

"그게 아니라. 종족명 말고 개체명."

"필요해?"

의견을 구하는 얼굴로 바라보자 흡혈귀는 잠자코 어깨를 으쓱했다.

"필요하겠지? 알베도의 펫이잖아."

"딱히 펫은 아닌데……. 애초에 소환된 개체가 매번 똑같은 것이긴 한가?"

알베도의 의문에 샤르티아가 좋은 아이디어가 있다고 목소리를 높였다.

"그럼 공포공에게 물어보면 어떻겠사와요? 그는 동족을 소환하는 능력이 매우 뛰어나니 그런 부분도 잘 알지 않겠사와요?"

"……사양할래. 그래도 나자릭 동료인데 싫어하는 것도 미안하지만, 도저히……."

"아~ 그건 그래. 악의는 없겠지만 옷 틈새로 파고 들어오려고 하잖아. 엔토마 같은 애들은 가끔 찾아가고 그러는 것 같아도."

"기분 나쁘사와요―― 몸이 근질거리는 소리 하지 마사와요. ……그 방이야말로 공포의 방이사와요. 소첩의 계층이지만 절대로 가고 싶지 않사와요."

"······샤르티아, 그거 알아? 엔토마는 거기를 간식의 방이라고 부른다는 걸."

"으히이이익! 진짜? 진짜?! 으아~ 엔토마한테 절대 가까이 안 갈래!"

알베도도 동의했다. 아무리 그래도 그걸 간식이라고 단언할 수 있는 사람에게는 접근하고 싶지 않았다. 이상한 분위기가 감도는 가운데, 아우라가 분위기를 바꾸려는지 조금 큰 목소리를 냈다.

"다시 원래 얘기로 돌아가서, 이름은 안 붙여줘?"

"글쎄. 붙여주는 게 좋다면 붙여줄까?"

알베도는 무언가를 중얼거리며 생각에 잠겼다. 기왕 자신이 탈 마수에 붙일 이름이니 것이니 부끄럽지 않은 것이 좋지 않겠다. 이것저것 단어와 문자가 떠오르는 가운데 번뜩이듯 머릿속에 노래가 울려 퍼졌다.

"뭘 중얼거리고 있사와요?"

"아, 미안."

꿈에서 깨어난 것처럼 알베도가 대답했다.

"아인즈 님의 허가만 받을 수 있다면 내 마음을 담은 이름, 톱 오브 더 월드라고 지을까 해."

"흐응, 좋은 이름이사와요. 세계의 정점이란 아인즈 님을 가리키는 것이사와요?"

알베도는 미소를 지을 뿐 대답할 마음은 없었다.

샤르티아의 미간이 위험한 각도로 치켜 올라갔다.

일촉즉발의 분위기 속에서 여느 때처럼 두 사람 사이에 끼어드는 아우라.

"뭐 어때서 그래! 그럼 바이콘도 소환했으니까 다음 실험으로 들어가자!"

"그래, 알았어."

무시당한 샤르티아가 빤히 노려보는 가운데, 알베도는 바이콘 쪽으로 돌아서서 등자에 발을 걸더니 갑옷을 착용했다고는 여겨지지 않는 가벼운 동작으로 올라탔다. 그리고 안장에 몸을 얹은 순간, 접촉한 부분을 통해 바이콘의 몸이 떨리는 것이 느껴졌다.

"왜 그래?!"

알베도는 당황해 자신도 모르게 큰 소리를 내버렸다. 100레벨 몬스터인 자신의 바이콘이 이렇게 쉽게 휘청거리는 데에 짚이는 이유가 없었다. 문득 조금 전 슬쩍 두드렸던 것을 떠올렸다. 그때부터 무언가 문제가 있었던 것은 아닐까. 그렇다면 이유는 무엇일까.

"아우라! 샤르티아! 내 바이콘의 상태가 이상해. 좀 봐주겠어?"

그때 이미 바이콘은 서 있을 수도 없을 정도로 비틀거리기 시작해 두 사람도 이상사태임을 알아차릴 수 있었다.

"이, 일단은 얼른 내려와, 알베도!"

"으, 응."

아우라의 말에 겨우 그 생각에 이른 알베도는 안장에서 뛰어내렸다.

비틀거리던 바이콘은 그 자리에 주저앉았다. 숨은 거칠었으며 피부에는 땀이 흥건했다.

"……알베도, 살찐 거 아니사와요?"

결코 시비를 걸기 위해서만 한 말은 아니었다. 사실 옆에서 보면 정말 그렇게밖에 여겨지지 않았던 것이다.

"무례하기는! 근육이 많은 것까지 고려하면 적정체중 범위 내란 말이야!"

"평소에 타질 않으니까 이 아이 근육이 퇴화한 걸까? 참고로 우리 애들은 다 풀어 키워서 6계층을 자주 돌게 하거든."

"뭐? 그럴 리가……. 애초에 '기수소환'이니—— 소환 몬스터하고 똑같이 취급하는 거잖아? 그런데 그런 일이 일어날 리가 없지."

"소첩이 타보면 어떻겠사와요?"

"유감이지만 그건 무리야. 이건 내 기수인걸. 남이 탈 수는 없어. 억지로 타려 하면 귀환해."

"그럼 본인에게 물어보면 어때? 애, 바이콘. 무슨 일이야?"

아우라가 물어보았다. 이것은 아우라가 말과 대화하는 능력이 있어서가 아니라 바이콘이라는 마수는 지성도 나름 높을 테니 거기에 기대해본 것이리라. 하지만 언어 구사 능력이 없는 바이콘은 말과 비슷한 울음소리를 낼 뿐이었다.

"언어는 무리……라면 글씨도 못 쓰려나?"

바이콘이 동의하듯 울음소리를 냈다.

세 사람은 얼굴을 마주 보았다.

"아우라, 네 힘으로 뭔가 엄청난 일은 못 해?"

"무리. 그보다 엄청난 일이란 게 뭐야? 우린 오래 전부터 개인면담을 해서 서로 어떤 힘을 가졌는지는 다 파악했잖아. 필두 수호자님께서 그런 것도 잊어버렸어?"

"어머…… 그러면 펜리르하고는 평소에 어떻게 의사소통을 하사와요?"

"평범하게. 이렇게 해라 저렇게 해라, 하고."

"말로 하는 것 아니사와요? 그럼 노력하면 이 아이하고도 어떻게든 할 수 있지 않겠사와요?"

"내가 지배하는 마수들이 할 수 있으니까 모든 마수와 의사소통이 될 거라 생각하면 안 돼. 게다가 사실은 이미 하고 있거든. 그 왜, 리저드맨이 기르는 로로로 있잖아. 걔도 그러던데 뭐랄까, 연결이 안 되더라고."

세 사람은 얼굴을 마주 보았다.

"……난감할 때는 데미우르고스 아니겠사와요?"

"유감이지만 데미우르고스는 지금 아인즈 님의 명령으로

밖에서 일하고 있어. 요즘은 나자릭 내에 있는 경우가 드물 정도인걸. 연락 정도는 가능하겠지만, 솔직히 말해 업무 관련이 아니면 의논하고 싶지 않아."

샤르티아와 아우라의 눈에 질투의 빛이 어렸다. 주인을 위해 뛰어다니면서 도움을 주고 있다는 데미우르고스는 수호자들에게서 보이면 선망의 표적이었다.

"아~ 부럽다아. 나자릭을 수호하는 역할도 중요하다는 건 알지만, 침입자가 없으면 결과도 못 내고. 정말 도움이 되는지 어떤지 알 수가 없으니 말이야. 나도 밖에서 열심히 아인즈 님을 위해 애쓰고 싶다아."

"소첩은 그간 실수만 저질렀사와요……."

"괜찮아, 샤르티아. 조만간 아인즈 님께 도움이 될 만한 일을, 아마―― 아니, 분명히 할 수 있을 테니까. 그래도 좀 똑똑해지기 전에는 힘들지도?"

"아우라, 말이 좀…… 심하지 않사와요?"

"어머, 그래도 네가 실수만 저질렀던 건 사실이잖아? 수호자라는 직분에 어울릴 만한 결과를 내보도록 해."

알베도의 말에 샤르티아는 뿌드득 이를 갈았지만, 금세 램프가 켜진 것처럼 밝은 표정을 지었다.

"홋홋홋. 왜 소첩에게 불이익이 될 만한 화제를 꺼냈겠사와요? 애초에 데미우르고스가 없으면 알아볼 수도 없는, 그런 여러분에게 소첩이 구원의 손길을 내밀어 주겠다는 이야

기를 하려 했던 것이사와요. 하는 수 없으니 내가 알아봐주
겠사와요!"

샤르티아가 서적을 꺼냈다. 천 페이지도 넘을 것 같은 그
책은 매우 두껍고 무거웠다. 하지만 겉보기는 소녀여도 알
맹이는 전혀 다른 샤르티아에게 그 정도 무게는 아무것도
아니다.

"흐어어어! 그건 설마, 바로 그!"

"크으윽, 아인즈 님께 받은 보물이구나!"

아우라만이 아니라 알베도까지 자신도 모르게 질투와 선
망의 시선을 보냈다.

"그렇사와요, 이것이 바로 인사이클로피디아 by 페로론
티노 님! 아인즈 님의 명령을 수행했던 포상으로 받은 것이
사와요!"

노력상 겸 아차상 겸 위로품이기는 했지만 샤르티아에게
는 최고의 포상이나 마찬가지였으므로 자랑스러운 웃음이
배나왔다. 아니, 그것도 당연하다. 자신을 창조한 지고의
존재가 남긴 아이템은 어떤 포상보다도 귀중하다.

인사이클로피디아, 즉 백과사전이라는 이름을 가진 이 책
은 게임 개시 후 플레이어 한 사람 한 사람에게 주어졌던 아
이템으로, 소유자가 파기를 선택하지 않는 한 빼앗을 수도
없앨 수도 없는 유니크 아이템이다.

위그드라실은 미지를 즐기는 게임이었다. 그리고 이것은 그 미지를 기지(既知)로 만들어주었으면 하는 제작진의 의도를 그대로 반영한 아이템이라고도 할 수 있다.

왜냐하면 인사이클로피디아에는 플레이어가 만난 적이 있는 몬스터의 화상 데이터가 등록되기 때문이다. 단, 능력—— 몬스터의 수치가 판명되는 것은 아니며 일반적인 외견과 이름, 그리고 신화가 출전인 몬스터라면 그 신화의 내용 같은 것밖에는 기재되지 않는다. 이 책 형태의 아이템을 유용하게 활용하고 싶다면 스스로 조사한 것을 직접 써넣어야 한다. 상대의 특수능력이나 약점 같은 것들을.

샤르티아가 가진 인사이클로피디아는 과거 페로론티노라 불렸던 남자가 소유하고 기록했던 물건이다. 게임을 그만둘 때 놓아두고 갔던 것이 보물전에 있다는 사실을 떠올린 아인즈가 이를 샤르티아에게 주었던 것이다.

다만 원래 그가 기록했을 내용은 상당수가 소실되었다. 마치 그것이 남는 사실을 두려워한 페로론티노가 지워버린 것처럼.

이 때문에 이용가치는 낮지만 샤르티아에게 그런 사실은 상관이 없었다. 그녀에게는 과거 자신의 창조자가 사용했다는 사실이 더 중요했으니까.

"바…… 바이…… 바이코……."

중얼거리면서 샤르티아가 페이지를 넘긴다.

옆에서 아우라와 알베도가 엿보려 했지만 책을 몸으로 가리며 뒤로 물러나더니 날카로운 눈으로 견제했다.

"흥이다. 뭐 상관없어. 나도 아인즈 님한테 팔찌 받았으니까."

아우라는 은으로 된 밴드를 손으로 부드럽게 쓰다듬었다. 마찬가지로 알베도도 왼손 약지에 낀 반지를 쓰다듬었다. 그렇다고는 하지만 이 반지를 받은 사람은 그녀 말고도 있었다.

'나만의 특별한 무언가를 받고 싶어. 아인즈 님의 특별한 아이템을——.'

알베도가 자신의 아랫배 언저리를 쓰다듬었을 때 샤르티아가 소리를 질렀다. 보아하니 원하는 페이지를 발견한 모양이었다.

"바이콘! 찾았다, 어디어디…….

갑자기 움직임을 우뚝 멈춘 샤르티아가 놀란 표정으로 고개를 들고 알베도를 응시했다. 그리고 다시 책에 눈을 떨군다.

"뭐, 뭔데? 뭐라고 적혀 있어?"

알베도가 조심스레 물었다.

"……유니콘의 아종. 순결을 관장하는 유니콘과는 반대로 바이콘은 불순을 관장한다고 일컬어진다. 유니콘은 순결한 처녀만을 등에 태우지만 바이콘은 그 반대로 순결한 처녀를 태우는 일은 결코 있을 수 없…… 하아?!"

샤르티아와 아우라는 눈알이 굴러 떨어질 정도로 눈을 크게 떴다.

"말도 안 돼……. 알베도가?"

"말도 안 된다니 그게 무슨 의미야. 날 어떻게 생각했던 거야, 너희들."

"어? 아니, 그치만. 그 왜, 알베도는 서큐버스잖아?!"

"서…… 서큐…… 서큐버스…… 서큐버스."

샤르티아는 혼란에 빠졌는지 서큐버스 항목을 찾아 페이지를 넘겼다.

"그래, 나 서큐버스다! 근데도 이성 경험이 없어 미안하게 됐네요! 어쩔 수 없잖아! 난 수호자 총괄책임자라 계속 옥좌의 홀에만 틀어박혀 있었는걸! 누구하고 만날 기회도 거의 없었는걸! 애초에 아인즈 님은 날 전혀 침대로 불러주지 않으시고……. 아인즈 님 이외의 남자하고는 절대 싫고……."

중얼중얼하며 시선을 떨구었던 알베도가 갑자기 고개를 획 들었다.

"그렇게 따진다면……."

알베도는 아우라를 흘끔 본 다음 고개를 가로저었다. 아우라가 그렇지 않다면 문제일 것이다.

"샤르티아, 넌 어떤데?"

"……이성경험은 없사와요. 동성경험이라면……."

한순간 이해하지 못한 아우라는 고개를 갸웃했다가 그 후 이해했는지 미간을 찡그리더니 얼굴을 굳히고 질려버린 것처럼 으아아 소리를 냈다.

"하지만! 좋은 남자가 없는걸! 죽은 쪽을 선호하는데 암만 그래도 썩은 건…… 그치?! 그치?!"

"맞장구를 요구해도 너무 기괴한 성벽을 가진 샤르티아에게 동의하기란 어려워."

시선을 나눈 세 사람이 나란히 눈을 아래로 떨구었다. 이 이야기는 그만 끝내자는 암묵적인 합의와 함께.

"……뭐, 내가 바이콘을 탈 수 없는 이유는 알겠어. …… 말도 안 되잖아. 뭐람, 이게."

알베도가 불쾌한 듯 얼굴을 찡그렸다. 야단을 맞았다고 생각했는지 바이콘이 몸을 움츠렸다.

"응— 알베도의 능력 일부가 봉인된 거나 마찬가지니까."

"하지만 딱히 탑승전투가 주특기인 것도 아니고 어디까지나 능력 중 하나를 쓸 수 없을 뿐 아니사와요? 만약 바이콘이 무리라면 아우라에게 마수라도 빌리면 되는 것 아니사와요? 유니콘도 괜찮지 않사와요?"

"응— 나 유니콘은 없는걸. 갖고는 싶지만."

"더 좋은 방법이 있잖아. 바이콘을 타기 위해 아인즈 님의 도움을 청하면 돼!"

이보다 좋은 생각은 없다는 양 알베도는 만면의 미소와 함께 두 사람에게 말했다.

"치사하사와요!"

"흥!"

알베도가 샤르티아에게 코웃음을 쳤다.

"실례되는 소리는 삼가 주겠어, 샤르티아? 이건 나자릭 지하대분묘 수호자 총괄책임자의 힘을 십분 활용하기 위해 필요한 일이야."

"크으윽! 흥! 업무가 아니라면 안기지도 못하다니…… 여자로서 한심하사와요. 자신의 매력으로 손에 넣을 수 있는 것은 없는가 보사와요."

"아앙?"

서로를 노려보는 두 사람에게 아우라가 어이없다는 듯 말했다.

"저기 말야, 나 슬슬 이 인간들 무슨 소릴 하는 건가 싶어지는데 그만두는 게 어떨까? 쓸데없는 얘기는 접어두고. 딱히 지금 당장 문제가 되는 일은 아니잖아? 다른 걸 소환할 수는 없어?"

"그야, 그런 매직 아이템이 있으니 탑승용 동물 소환 정도는 가능하지."

"그럼 그거면 되겠네. 아무 문제도 없잖아."

"매직 아이템으로 소환하면 장비를 교환하거나 때로는

아이템을 꺼내야 하니 그만큼 스킬 소환에 비해 순서를 하나 더 거쳐야 하는걸. 게다가 전투능력은 역시 바이콘이 훨씬 더 뛰어나고……."

"그럼 바이콘에게 상대의 공격을 막아내게 하고 그 사이에 아이템으로 소환하면 되겠네. 비스트 테이머(Beast Tamer)에게는 아주 초보적인 전법인걸?"

"그렇게 쓸 수밖에 없으려나."

"그럼 이로써 알베도는 약해졌다고 할 수 있겠사와요."

"남의 불행을 비웃는 식으로 말하지 말아줄래?"

"알베도는 내 불행을 상당히 기뻐했던 것처럼 보였는데?"

그렇지 않았다고 하면 분명 그랬다고 되받아친다.

"아우, 진짜……. 저기, 이런 데서 노려보지들 말고 어디로 이동하지 않을래? 아인즈 님의 호의로 얻은 휴가잖아."

그건 그렇다며 알베도가 수긍하고, 말싸움을 하던 샤르티아도 고개를 끄덕였다. 단——.

"……휴가라고 해도 뭘 해야 좋으려나. 원래 우리는 나자릭 지하대분묘를 경비하고 지고의 존재들을 위해 일하기 위해 창조되었잖아. 일이야말로 인생인데……."

"그래도 아인즈 님께서 쉬라고 하셨으면 쉬어야 하사와요."

원래 이곳에 세 사람이 모인 것도 주인에게,

『매일 노고가 많다. 오랜만에 여성 수호자들끼리 모여 놀고 오면 어떻겠느냐.』

그런 말을 들었기 때문이었다.

"그럼 이제 모여서 놀았으니 해산할까? 근데 이거 놀았던 건가?"

"의문인걸. 놀았던 거냐고 물으면 조금 정도가 아니라 상당히 의문이 드니. 그러고 보니 평소에는 뭘 하고 지내, 너희들?"

"제1계층에서 제3계층까지 순찰을 하사와요. 그리고 영역수호자들의 의견을 종합하기도 하고, 계층 전체의 경비상황을 확인하기도 하고. 시간이 남으면 목욕을 하고 몸단장을 하기도 하고……?"

"의외로 일 열심히 하네."

"의외란 것이 무슨 뜻이사와요?"

"목욕이라……. 그럼 아우라는?"

"응— 마레가 투기장에 있을 때는 내가 숲을 순찰해. 새로 온 녀석들도 있으니까. 그리고 집에 돌아오면 자고…… 뭐 그 정도?"

"그거야!"

소리를 지른 알베도를 아우라와 샤르티아가 의아한 표정으로 보았다.

"그거야, 그거. 새로 온 녀석들이라면 이 계층에 새로 만든 그 마을 주민들이지? 나 거기 가본 적이 없어. 같이 가자."

"어라, 그랬어? 샤르티아는 가봤지?"

"가봤사와요."

그랬냐고 의아한 표정을 짓는 알베도에게 아우라가 설명했다.

"다른 수호자들도 그래. 우선 코퀴토스는 리저드맨들 때문에 와본 적이 있고, 데미우르고스는 요전에 상황을 확인하러 왔거든. 다른 사람들도 가끔씩 오곤 해. 웅— 그럼 가보자. 여기서 별로 멀지 않으니까."

*

나자릭 시각 9:38

제6계층에 새로이 만들어진 마을이란 열 채 정도 되는 통나무집이 늘어선, '부락' 정도도 못 되는 장소를 말한다. 마을 오른쪽에는 밭이, 왼쪽에는 밭의 몇 배 면적을 가진 과수원이 있다.

주위는 당연하지만 울창한 숲이며 상공에서 보면 숲속에 뻥 뚫린 구멍, 이른바 '그린 홀' 정도로밖에 안 보일지도 모른다. 나무를 베고 뿌리를 파내면 대지가 우툴두툴해지는 것을 피할 수 없을 텐데도 마을은 기묘할 정도로 깔끔하게 정돈된 모습을 보였다. 이것은 마레의 마법 덕이다.

과수원에서는 열심히 일하는 자들의 모습이 다수 보였다.

우선 눈에 들어온 것은 인간 여성으로밖에 보이지 않지만 피부가 나무껍질 같은 색을 띤 종족이다. 그리고 그 옆에는 그야말로 나무가 움직인다고밖에는 형용할 수 없는 생물이 있다.

전자가 드라이어드, 후자가 트렌트(Treant)라는 몬스터다.

트렌트가 드라이어드를 나뭇가지 팔에 태우고 과일나무 위까지 올려 과수원을 돌보고 있다.

"그 외에도 리저드맨 열 명이 여기서 살아. 그 사람들은 가끔 여기서 북쪽으로 가서, 아까 우리가 있었던 곳 근처의 호수에서 놀곤 해. 물속에서 사는 것도 아니면서 이상하지?"

"전에 왔을 때보다도 훨씬 마을이 커졌사와요. 주민도 많이 늘어났고."

"맞아. 토브 대삼림을 정복하면서 나자릭에 살게 해도 좋다 싶은 종족들을 몇몇 발견했거든."

"나자릭에 들여도 좋은 종족…… 이형종일 것, 식량이 필요 없는 종족일 것, 성격이 온화할 것. 그게 조건이었지?"

"응. 아인즈 님이 그렇게 말씀하셨어. '식량이 필요 없는 종족'은 정확하게는 '즉시 자급자족이 가능한 종족'이지만. ……드라이어드도 트렌트도 대지에서 영양을 빨아들이니까 특별한 식사는 필요가 없대. 대지의 영양소가 부족해지거나 비가 내리지 않으면 위험하다지만."

"흐응. 비는 마레가 내리게 해주고 있사와요? 아니면 매직 아이템?"

"보통은 마레가 할 일이야. 대지의 영양소 회복도 그렇고. 대지의 결실을 풍성하게 하는 마법이 있는데, 그걸 쓰면 완전히 회복된대. 드라이어드나 트렌트들 말로는 너무 맛있어서 살이 찔 지경이라던데…… 난 역시 맛까지는 잘 모르겠어."

샤르티아와 아우라가 이야기를 나누는 동안 실험재료를 관찰하는 듯 냉철하게 마을을 둘러보던 알베도의 눈에 처음으로 감정의 빛이 깃들었다.

"어머? 저기 밭에 있는 건 부주방장이잖아? 뭘 하는 거지?"

시선을 따라가보니 간소한 울타리로 에워싸인 밭 한쪽, 높은 줄기에 달린 붉은 열매 너머에서 구물구물 움직이는 버섯 비슷한 몬스터가 보였다. 가만히 살피니 그는 지저분해져도 상관없는 옷차림임을, 그리고 붉은 열매를 따고 있음을 알 수 있었다.

"보는 그대로야. 가끔 여기에 식재료를 가지러 오곤 해. 그리고 이것저것 기르고 있기도 하지만. 한번 가볼까?"

알베도와 샤르티아는 얼굴을 마주 보았다. 상대의 눈에 부정적인 감정이 없다는 사실을 확인하고, 업무에 방해되는 것만 아니라면 괜찮다고 동료가 무엇을 하는지를 살피러 갔다.

"야호~. 언제 봐도 땀 뻘뻘 흘리면서 열심히 일하네!"

아우라의 활달한 목소리에 부주방장이 고개를 들더니 세

사람을 보았다.

"딱히 땀이 나는 몸은 아니지만요."

영차 소리를 내며 일어나더니 허리를 쭉 편다. 앉아서 밭일을 하던 사람에게 어울리는 태도이기는 하지만 실제로 허리라 부를 만한 장소가 없으므로 —— 그는 몸 전체가 일직선이라 잘록해지는 언저리가 없다 —— 정말로 허리가 뻐근한 건지 기분전환을 위해 몸을 편 것인지는 알 수 없다.

이어서 부주방장은 어깨가 결린 사람처럼 고개를 이리저리 돌렸다. 그의 머리는 버섯이며 그곳에서는 자주색 액체가 흘러넘쳐 달라붙은 것처럼 보이지만, 실제로는 굳은 접착제처럼 기묘한 탄력을 가진 물질이라 떨어지거나 주위로 튀는 일은 없었다.

"저기, 그건 토마토야?"

알베도는 부주방장이 손에 든 붉은 열매에 관심을 가져 물어보았다. 그는 자신의 눈앞까지 들어선 이상하다는 듯 고개를 움직였다.

"토마토로군요. 여러분께서 잘 아시는 토마토입니다. 햇빛을 모아 폭발하는 타입도, 갑자기 공격하는 타입, 자르면 금색으로 빛나는 타입도 아닌 평범한 토마토지요."

"요컨대 식재료로 쓸, 레어도는 낮은 보통 토마토란 소리지?"

"예. 특별한 효과를 가져다주는 야채는 저에게 스킬이 없는 바 재배하지 못하니까요. 헌데 관심을 가져주신 것을 보니 토마토 요리를 원하시는 것입니까? 유감스럽게도 저는 드링크가 아니면 만들지 못합니다만."

"아니, 어디까지나 호기심에서 물었을 뿐이야. 토마토 요리를 원하는 건 샤르티아 아닐까?"

"……흡혈귀가 왜 토마토 주스를 마실 거라고 생각하는 것이사와요? 언데드는 요리를 먹어도 버프를 받지 못하는데."

"그러고 보니 나자릭에는 음식 못 먹는 사람이 많네?"

아우라의 말대로, NPC 대부분은 모종의 아이템을 이용해 음식 섭취가 불필요해진 경우가 많다.

"어쩔 수 없는걸. 음식을 먹게 되면 나자릭의 유지비가 늘어나니까. 네 마수들처럼 대식가들이 있으면 꽤 힘들어."

"허걱. 그럼 밖에다 풀어놓고 길러야 할까?"

"그럴 필요까지는 없어. 아인즈 님을 비롯한 지고의 존재들께서 지출과 수입의 균형이 맞도록 확실하게 계산해 이 분묘를 만드셨으니까."

"아아, 그래서 자급자족할 수 있는 자들만 부르라고 명령하신 것이사와요? 인구가 늘어나서 균형이 깨지지 않도록."

"그래…… 근데 그런 이야기는 전혀 몰랐어?"

알베도는 이 자리에 있던 세 사람의 얼굴을 순서대로 바라보았다.

"난감한걸. 너희가 지키는 장소에 대해 모르는 건 아주 좋지 못해. 다음번에 시간을 내도록 해. 모조리 설명해줄 테니까."

알베도가 후우 한숨을 내쉬더니 밭을 별생각 없이 바라보았다. 그리고 기억에 있는 식물의 잎이 늘어선 것을 발견했다.

"저기 있는 건 당근…… 아니, 매직 당근이야?"

"아니오, 그렇지 않습니다. 하지만 총괄책임자께서는 이미 보고를 받으신 것 아닙니까?"

"무슨 말이지?"

부주방장의 시선이 아우라에게 향했다.

"음, 아닙니다……. 그렇군요, 말씀하지 않으셨군요. 그럼 아우라 님. 어떻게 할까요? 아우라 님께서 부르시겠습니까? 가르쳐 드렸지요?"

"분명 보고서는 올렸는데――."

아우라가 씨익 웃었다. 그리고는 스읍 숨을 들이마시더니 커다란 목소리로 외쳤다.

"――아인즈 울 고운 만세!"

갑자기 그 말에 반응해 일렬로 늘어섰던 잎들이 움직였다. 좌우로 격렬하게 움직이며 흙을 파헤치고, 당근이라면 땅속에 묻혀있을 뿌리에 해당하는 부분이 지표로 튀어 올라왔다.

그것은 마치 고려인삼 같은 형태를 띠었지만 이와는 결정적으로 다른 무언가였다. 팔다리를 판별할 수 있었으며, 반사 운동이 아닌 명확한 의지를 가지고 움직인다. 뿌리 위—— 줄기 근처에는 눈이며 입에 해당하는 것처럼 보이는 오목한 홈과 그늘이 있었다.

샤르티아가 눈을 동그랗게 뜨고 그 몬스터의 이름을 입에 담았다.

"혹시 맨드레이크사와요? 이 나자릭에는 없었던 것으로 아는데……."

"아아! 이게 그거구나. 보고서로 알고는 있었지만 실물을 본 건 처음이었어."

맨드레이크들은 입을 모아 "아인즈 울 고운 만세." "아인즈 울 고운 만세."라 말하면서 대열을 갖추기 시작했다.

"애들은 머리가 별로 안 좋구나. 친척인 갈겐멘라인(Galgenmaennlein), 알루나(Alruna), 알라우네(Alraune) 같은 애들은 제법 지성이 있다던데…… 그 숲에서는 아직 발견하지 못했어. 꽤 넓으니까 아직 찾지 못한 것뿐일 수도 있지만. 그리고 지하에도 산맥을 향해 꽤 큰 동굴이 있는 것 같았는데, 그쪽에는 마이코니드의 부락이 있는 모양이야. 아직 손은 안 댔고."

"하지만 이만큼이라도 언어를 익히게 하셨으니 감복할 따름입니다."

부주방장은 한 줄로 척 늘어선 맨드레이크 하나를 집어들어선 빤히 바라보았다. 머리에 돋아난 줄기를 붙들려 아팠는지 맨드레이크가 바둥거렸다.

"아인즈 울 고운 만세!"

"아인즈 울 고운 만세!"

정열한 맨드레이크들이 대열을 흐트러뜨리더니 부주방장의 주위를 에워싸고 동료에 대한 폭행을 항의하는 듯한 태도를 보였다. 하지만 대사는 아까와 똑같았다.

"이거 실례했습니다. 아우라 님, 돌려보내주실 수 있겠습니까?"

"오케이. 좋아! 돌아가!"

부주방장이 부드럽게 지면에 내려놓은 맨드레이크를 선두로 다시 조금 전의 구멍 위치로 돌아가 꾸물꾸물 들어갔다. 겨우 몇 초 만에 지면 아래 숨어버린 모습은 마치 한겨울에 침대로 파고드는 모습을 연상케 했다.

"그렇구나. 동물 울음소리나 마찬가지란 거네."

"그렇습니다. 소리를 그대로 앵무새처럼 되풀이해 발성할 뿐 무언가 의미가 있는 말로 사용하는 것은 아니니까요. 최소한도의 지성 포인트 같은 것이 있어서 그 선을 넘지 못하면 언어이해가 발동하지 않는 것 같습니다. 자세한 내용은 연구 중이라고 합니다."

데미우르고스 님의 말을 그대로 따라한 것뿐이지만요——
—— 부주방장은 그렇게 덧붙였다.

"흐응. 그런데 알베도, 한 가지 물어봐도 괜찮겠사와요? 수호자 총괄책임자인 당신이 신참의 존재를 모른다는 건 잘못이 아닐는지? 만약 스파이가 있다면 어떻게 하실 생각이사와요?"

알베도가 대답하기도 전에 다른 곳에서 이의가 제기되었다.

"아하하하. 샤르티아는 재미있는 소리를 하네. 그야 제6계층은 면적이 넓으니까 침입자를 잡아서 죽이기 어려울 거라 생각하는 것도 당연해. 투기장에서 도망치기라도 한다면…… 거미새끼 풀어놓은 것처럼 사방팔방으로 도망치면, 인원이 많을 때는 좀 귀찮아지기도 하겠지."

아우라의 웃음소리는 그저 공허했으며 눈은 얼음 같다.

"하지만 날 우습게 본 거 아냐? 여긴 내 사냥터인걸. 사방으로 흩어지든 말든 금세 발견해 모조리 잡아버릴 수 있어. 애초에 아인즈 님께 해를 끼치려고 제6계층을 돌파하더라도 제7계층인 홍련의 세계를 돌파해야 하고, 그다음은 발도 못 디딜 제8계층인데? 도망치려 해도 제5계층의 극한지옥, 제4계층의 어두운 물, 그리고 네가 지키는 영역을 빠져나가야만 하는데…… 가능할까? 그런 일이."

샤르티아가 고개를 가로저었다.

"불가능하사와요."

"그런 거야. 그러니 신참이 이 계층에서 늘어난다 해도 신경 쓸 것 없어."

"아우라가 내 말을 다 해버렸네. 음, 그런고로 현재 이곳에 수많은 몬스터를 모아둔다는 계획이 파생으로 거론되고 있어."

"어? 식물계 몬스터만이 아니고?"

아우라가 놀라 묻자 알베도가 미소를 지으며 대답했다.

"당초 예정은 그랬어. 하지만 아우라와 마레 덕도 있고 해서 현재까지 문제는 없다는 사실을 관찰할 수 있었거든. 그래서 한 발짝 더 나아간 계획이 입안됐어. 그렇다고는 해도 아직 초안 단계고 정말로 실행에 옮길지는 알 수 없어. 그러니 이 계층의 수호자인 네게도 알리지 않았던 거야."

알베도는 아직 남에게는 이야기하지 말라고 전제를 깔더니 계획을 설명했다.

"계획명은 낙원계획. 아우라가 지어준 아지트를 시작으로 해서, 마지막에는 인간에게 우호적인 몬스터를 모아 여기서 살게 하는 대형 프로젝트야."

"왜 인간이란 특정 종족에게 우호적이라는 조건이 붙어?"

알베도는 원하던 질문이 나왔다는 양 웃었다. 매우 사악한 웃음이기는 했지만.

"그게 바로 계획의 핵심이야. 낙원계획의 핵심."

"솔직히 말씀드리자면 이해하기 어렵습니다. 이곳 나자릭은 지고의 존재들께 낙원이어야 한다는 생각에 저희가 일하는 것이 아닙니까? 어째서 그런 이름이 붙었는지요."

"우리는 다른 사람들과 평화롭게 공존한다는 대외적인 어필이지."

"아하…… 그런 노림수란 말이사와요?"

"세상에. 샤르티아가 이해하다니……."

남자가 봤다면 100년의 사랑도 한 방에 박살내버릴 것 같은 표정을 지은 샤르티아는 아우라를 힘주어 노려보았다.

"혹시 소첩을 바보라고 생각하고 있었사와요?"

"……자, 잠깐만, 샤르티아. 평소 자신의 행동을 고려해서 다시 한 번 질문해줄래? 응? 잠깐만 생각해봐도 되니까."

정말로 한순간── 자신의 지난 행적을 돌아보았는지 샤르티아의 동공이 죽은 생물처럼 확장되었다. 시선은 출렁출렁 거친 파도에 휩쓸렸다.

참으로 가련한 모습에 알베도가 나서 화제를 되돌려주었다.

"어, 음, 이 계획도 아인즈 님이 제안하셨어. 제6계층 이야기를 나누다가 문득, 이런저런 몬스터를 모으고 싶다고 말씀하신 거야. 좁은 세계에서 매사를 생각해서는 떠오르지 않을 만한 아이디어지. 전에 아인즈 님의 재능에 관해 데미우르고스와 이야기를 나눈 적이 있었는데, 역시 아인즈 님은 천재라는 결론이 나왔지."

"아인즈 님이 천재라는 거야 누구나 아는 사실입니다만, 말수가 적다고 들은 적이 있습니다."

"데미우르고스가 한 말이지? 나 참……. 아인즈 님은 자신의 생각을 쉽게는 말씀하지 않으셔. 게다가 이상한 행동을 보이실 때도 있고. 하지만 *대용약겁 대지약우라는 옛말이 하나도 틀리지 않다니깐."

알베도는 눈을 촉촉하게 물들이며 고개를 가로저었다.

"모몬이라는 모험자를 만들어낸 노림수까지는 못다 간파했는데, 정말 무서운 분……. 그때부터 이제까지 모든 흐름이 아인즈 님의 수중에 있었다니……."

"모몬이라면 아인즈 님의 모험자 모습이잖아? 그게 왜?"

"금방 알게 돼. ……모몬이라는 이미지가 있기에 아인즈 님의 지배는 반석이 될 거야. 정말로 너무 대단해……. 데미우르고스의 제안도, 어쩌면 아인즈 님이 그렇게 되도록 뒤에서——."

"뭘 중얼거리고 있사와요? 좀 무섭사와요."

샤르티아의 목소리에 제정신을 차리고 어흠 헛기침을 하더니 알베도는 세 사람을 둘러보았다.

"어, 무슨 이야기를 하고 있었더라? 맞아맞아! 아인즈 님의 한 마디, 한 마디와 행동에는 깊은 의미가 있어. 그러니 같은 수준은 무리라 해도 말씀의 이면에 있는 진의를 헤아릴 수 있도록 노력하라는 소리야."

---

*대용약겁 대지약우(大勇若怯大智若愚) : 소동파의 '하구양소사치사계'에 나오는 말. 큰 용기는 비겁함으로, 큰 지혜는 어리석음으로 보인다는 뜻.

"어려워. 아인즈 님은 머리가 너무 좋으신걸. ——아, 스피어니들(Spear needle)이다."

마을 안에서 높이 2미터가 넘는 커다랗고 하얀 덩어리 두 개가 어기적어기적 아우라에게 다가왔다. 앙고라 토끼와도 비슷한 모습을 한 마수였다.

"귀엽사와요."

샤르티아가 아우라의 옆에 서서 하얀 털덩어리를 쓰다듬었다.

"게다가 부드럽네. 이거 한 마리 가지고 싶은걸."

"기분 좋지? 그래도 그 털은 적고 싸울 때면 바늘처럼 날카로워져."

레벨 67 몬스터, 스피어니들.

전투태세에 들어가면 그들의 몸은 매우 가느다란 바늘의 덩어리가 된다. 이 상태일 때 죽이면 원래의 부드러운 털로 돌아가지 않으므로, 경계하지 않을 때 기습 일격으로 죽여야만 하는 몬스터다. 그렇기에 레벨에 비해 사냥터에 있던 플레이어들의 레벨은 엄청나게 높았다.

"뭐어? 그럴 수가! 무섭사와요."

그런 말을 하면서도 샤르티아는 계속 쓰다듬는다.

"뭐, 딱히 내가 명령하지 않으면 전투태세에 들어가거나 하진 않지만. 적이 이 근처에 있으면 몰라도, 여기까지 어떻게 적대자—— 침입자가 쳐들어오겠어. 다른 계층에서 보고도 안 올라왔는데."

"그러게. 당연하지. 상층 3개 계층에는 탐지능력이 뛰어
난 서번트들을 배치했으니까 들키지 않고 여기까지 오기란
힘들걸."

그때 아우라가 우뚝 움직임을 멈추더니 투기장 방향으로
고개를 돌렸다.

"왜 그러십니까, 아우라 씨?"

"제7계층으로 통하는 전이문이 기동했나 봐."

"아래에서? 데미우르고스는 밖으로 나갔을 테니…… 부
하들일까? 확인하러 가보지 않아도 되겠어?"

"웅— 마레가 있으니 괜찮을걸? 만약 무슨 일 있으면 연
락하겠지."

아우라가 목에 늘어뜨린 귀걸이를 매만졌다.

"그리고 신기한 일도 아니야. 아래 계층에서 지상으로 올
라가려 하면 특정 장소의 전이문을 지나 한 계층씩 이동해
야 하니까. 그러고 보니 뛰기 싫어서 일부러 마법을 쓰는 사
람도 있었지~."

"어흠! 그야말로 나자릭 지하대분묘는 난공불락의 대요
새사와요."

"그러게. 초위마법 〈천상의 검Sword of Damokles〉이나 내
가 가진 세계급 아이템을 써도 계층을 날려버릴 수는 없을
걸. 그러니까 전이를 자유로이 쓸 수 있는 반지를 빼앗기는

일만은 없어야 해."

모두의 시선이 알베도의 왼손 약지에 모였다.

"맞아. 마레도 밖에 나갈 때는 어디에 맡기고 나가는 모양이었어. 이렇게 생각하면 반지의 소중함을 잘 알겠——어, 마레가 연락했다."

아우라가 모두에게서 조금 떨어져 귀걸이를 쥐더니 여기에는 없는 마레와 대화를 시작했다. 아우라의 얼굴이 서서히 찡그려지더니, 대화가 끝났을 때는 어두운 표정이 되었다.

"미안해. 왠지 모르겠지만 마레가 나갈 준비를 한대. 혹시 모르니 난 돌아가야겠어."

"그래? 그럼…… 우리도 돌아갈까? 어때, 샤르티아?"

"이의는 없사와요."

"저는 조금 더 이 밭에서 일을 마치고 가겠습니다. 드라이어드나 트렌트들과도 이야기를 나눠보고 싶고요."

"그럼 이만 해산하자. 오늘은 고마웠어. 덕분에 휴일을 지내는 방법의 요령을 터득한 것 같아. 또 무슨 일 있으면…… 그래, 다음번에는 다 같이 목욕탕에라도 가자."

2

책에 눈을 떨구고 있던 마레는 고개를 들고 시선을 천천히 움직여선 제7계층으로 통하는 전이문 쪽을 살폈다.

살짝 느껴진 힘의 파동을 받아, 페이지에 책갈피를 꽂고는 책을 옆의 의자에 조용히 놓았다. 옆에 놔둔 지팡이를 들었다. 신기급 아이템인 섀도우 오브 위그드라실을.

마레는 가슴께에 흔들리는 매직 아이템에 반대쪽 손을 뻗었지만 도중에 그만두었다.

누나에게 연락을 할 필요는 없다. 침입자 보고를 받지는 않았으니 이곳에 오는 사람은 틀림없이 동포다.

오종종 전이문—— 아래쪽을 향해 종종걸음으로 다가갔다.

누나는 투기장의 관전석에서 뛰어내리는 것을 좋아하지만 마레는 그렇지 않았다. 애초에 계단이 있으니 그곳을 써서 내려가는 것이 지고의 존재들에 대한 충성이 아닐까. 계단은 쓰라고 만들어두셨을 테니까.

'그런 말 누나에게는 못하지만……. 무섭게 노려보는걸…….'

하다못해 자신만은 지고의 존재들이 베풀어준 자비를 헛되이 하지 않겠노라고 마레는 계단으로 내려갔다. 그리고 대기실 앞을 지나가니, 반짝반짝 일곱 색깔로 빛나는 거대한 원형 거울 앞에 한 사람이 서 있었다.

"오, 오래 기다리셨죠."

"오오! 이거이거 계층수호자 마레 님 아니십니까! 일부러 왕림하시다니 황공무지로소이다."

순백색 의상에 새 부리를 본뜬 가면을 쓴 광대가 꾸벅 고개를 숙이고, 마레도 마찬가지로 고개를 숙였다.

"안녕하세요, 풀치넬라 씨. 오늘은 무슨 일이신가요?"

"예. 아시는지 모르겠습니다만 소인응 현재 데미우르고스 님 밑에서 일하고 있사온데, 오늘응 데미우르고스 님의 사자로 찾아왔습니다. 이것을 거두어 주십시오."

광대가 손에 들었던 파일을 스윽 내밀었다.

"데미우르고스 씨에게서 왔다면, 혹시 회람인가요?"

"그렇사옵니다. 이거이거 마레 님께서 나와주시다니 저도 운이 좋군요. 만일 아우라 님이셨다면 마레 님을 불러달라고 말씀드려야 할 상황이었으니까요."

"네? 그, 그런가요?"

회람은 나자릭 지하대분묘의 지배자 아인즈 울 고운 본인이 고안한 시스템이다. 긴급성이 없는 무언가를 종이에 적어 각 계층 수호자들에게 연락을 돌리기 위한 시스템인데, 비슷한 것은 이제까지 존재하지 않았다.

그렇기에 '이게 바로⋯⋯.' 하는 의문의 감동과 함께 마레는 받아든 파일을 응시했다.

"어, 어라? 그런데 왜, 누나에게는 드릴 수 없나요?"

아우라도 마레와 같은 계층수호자이며 전달해선 안 될 이유는 없을 것이다. 게다가 의외로 성실한 면도 있어 회람판을 적당히 내팽개치거나 하진 않을 텐데.

"그것까지능 저도 모르겠습니다. 사실응 데미우르고스 님께서 회람을 마레 님께 직접 전해드려야 하며 아우라 님 께능 맡기지 말라고 명령하셨거든요."

"그랬군요……. 저, 저기, 데미우르고스 씨는요?"

짧은 질문이었지만 풀치넬라는 의도를 헤아려주었다.

"……글쎄요, 저능 의미까지능 알지 못하겠습니다. 아마 도 해답 내지 이유가 그 파일 안에 담겨 있을 것입니다."

"그렇군요……. 어, 음, 그러고 보니, 저, 저기, 데미우르 고스 씨는 지금 무엇을 하시나요?"

"교배실험입니다. 인간들끼리라면 교배가 가능하고, 아 인종과 인간종 사이에서능 교배가 불가능하지요. 이것응 참 으로 슬픈 일이 아니겠습니까? 사랑하는 자들끼리 종족이 다소 다르다능 이유만으로 결실을 맺을 수가 없다니요. 이 를 구제하고자 그분께서능 노력하고 계십니다. 아인종과 인 간종 사이에서 가능성을 낳고자!"

낭랑하게 읊조린 광대는 두 팔을 요란하게 펼치며 하늘을 우러렀다. 갑자기 분위기가 바뀐 풀치넬라에게 마레는 눈을 깜빡거렸다.

"어이쿠, 실례했습니다. 사람들에게 기쁨을 주고자 하시 는 데미우르고스 님의 자상함에 흥분해버렸군요. 용서해 주 십시오."

"아, 네. 괜찮아요. 네."

"데미우르고스 님응 원한이 서로에게 향하지 않도록 저희가── 악마들이 희생하는 것이라 말씀하셨습니다. 이 얼마나 크나큰 자기희생정신! 이 풀치넬라, 눈물에 앞이 보이지 않을 지경입니다."

풀치넬라는 가면 위로 자신의 눈언저리를 닦았다. 물론 눈물 따위 흐르지 않았으며 그뿐 아니라 평소의 밝은 목소리에도 변화가 없어 전혀 슬퍼하는 것처럼 보이지 않았다.

"……왜 원한을 사나요?"

"저도 이해할 수 없습니다. 그렇게나 자상하신 데미우르고스 님이 어째서 원한을 사시는지. 하오나 스스로 말씀하셨으니까요. 아, 맞아. 제 말씀 좀 들어보십시오. 데미우르고스 님이 얼마나 자상하신지. 요전에능 가축들이 굶주리는 것이 가엾다고 하시면서, 서로의 자식을 교환하게 한 후 통구이를 해 식탁 위에 올려놓으셨답니다. 잔혹한 자라면 교환 따위 없이 내놓지 않으셨겠습니까?"

"그, 그런가요?"

"그렇고말고요. 심지어 작별 인사를 할 수 있도록 식탁에능 양쪽 부모를 불러다 마주 앉히시기까지 하셨습니다. ……데미우르고스 님처럼 웃으며 가족에게 작별을 할 수 있도록 배려해주시는 자상함을 가진 분응…… 지고의 존재들을 제외하면 아마도 없으리라 저능 확신합니다."

"네에……."

황홀한 목소리로 이야기하는 풀치넬라에게 마레는 의욕 없이 대답했다. 나자릭에 소속되어 있지 않은 상대가 어떻게 되든 알 바 아니다. 2, 3초 후에는 마레의 마음에서 데미우르고스의 가축에 대한 감정은 싹 사라져버렸다.

"게다가 굶주리면 머리로는 원해도 위장이 받아들이지 못하는 법이지요. 그 점까지 고려해 미리 경고를 하신 후 확실하게 다 먹도록 하셨답니다. 그야말로 자상하신 분——."

이야기가 끝나지 않을 것 같은 예감을 느낀 마레는 황급히 끼어들었다.

"……저기, 호, 홍련 씨는 어떻게 하고 계신가요? 제가 전해드려야 할 분은 그분이 아닐까 짐작하는데, 지금 어디서 뭘 하시는지."

"…… '그' 인지 '그녀' 인지. 아마도 성별은 없으리라 여겨집니다만, 그분을 얼마 전에 보았을 때는 데미우르고스 님이 안 계신 제7계층의 전이문 부근에 잠복해 계셨지요."

"그, 그렇군요."

마레는 홍련의 외견을 떠올렸다.

흐르는 용암에 거구를 담그고, 방심한 상대를 끌어들여선 자신에게 유리한 전장에서 싸우는 영역수호자—— 홍련. 레벨은 90이지만 전투에 최적화되었기에 단순한 전투력은 나자릭에서도 최상위에 속하며 일부 계층수호자와 호각으로 맞붙을 수 있을 정도다. 따라서 데미우르고스가 없는 제

7계층을 수비하기에는 적합한 존재였다.

"아차, 수다가 조금 지나쳤군요. 마레 님께 회람판도 전해드렸으니 저능 많은 분들에게 웃음을 드리고자 가보아야겠습니다."

"고, 고맙습니다."

꾸벅 고개를 숙인 마레에게 풀치넬라가 부드럽게 대답했다.

"감사능 필요 없습니다. 마레 님의 웃음을 본 것만으로도 저능 더할 나위 없이 충족되었으니까요."

광대는 너스레를 떨듯 어깨를 으쓱하고는,

"그러면 또 뵙기를."

손을 흔들며 제7계층으로 이어지는 전이문을 통해 사라졌다.

그 모습을 지켜본 마레는 회람판을 펼쳤다. 누나에게는 주지 말고 자신만이 읽어야 한다는 데에 우월감과 배덕감, 죄책감 같은 것이 뒤섞인 복잡한 감정을 품으며 눈을 위에서 아래로 훑어내리고, 마지막까지 읽은 다음 몇 번 눈을 깜빡였다.

'이건…… 회람이라기보다는 아인즈 님께서 수호자들에게 보내는 메시지구나.'

남성 수호자들에게 고한다는 말과 함께, 평소의 활약에 대한 노고를 치하하는 칭송이 있었다. 그 뒤에 이어진 내용을 한마디로 요약한다면 같이 목욕이라도 하며 피로를 풀지 않겠느냐는 제안이었다.

이와 함께 적힌 참가자의 이름은 위에서부터 아인즈, 데미우르고스, 마레, 코퀴토스였으며 위쪽 두 명은 이름 옆에 참가, 불참 중 참가에 동그라미를 쳐놓았다. 원래 같으면 여기에 세바스의 이름도 있어야 할 것이다. 하지만 그는 지금 현재 인간 도시에서 솔류션과 정보수집에 힘쓰고 있다.

'어, 날짜는…….'

날짜는 미정이었으며 관계자들이 가장 편한 날에 맞추겠다는 주지가 적혀 있어, 참가에 동그라미를 치는 데 망설일 이유는 전혀 없었다. 거절해도 상관없다고는 하지만 자신들의 관대하고도 자상한 주인의 제안을 거절하다니 마레는 절대 그럴 수 없었다. 아니, 이 나자릭 지하대분묘에 있는 누구도 그러지 못할 것이다.

파일에 함께 끼어 있던 연필을 들어 자신의 이름 옆에 있는 '참가'에 동그라미를 쳤다.

"……에헤헤헤."

참가에 친 동그라미를 웃으며 바라보고 있었지만, 이내 가슴속에 먹구름이 드리워졌다.

"아, 하지만…… 코퀴토스 씨에게는 어떻게 전하지?"

여성 수호자들에게는 연락이 필요 없다는 말이 몇 차례에 걸쳐 적혀 있어, 남자들만의 비밀로 하자는 주인의 뜻이 느껴졌다. 그렇다면 자신이 직접 가져가는 편이 제일 좋을 것이다.

'누나에게 비밀로 하고 나가면…… 안 좋겠지? 왜냐면 내가…… 어, 총애라고 하던가? 그걸 받는 동안에 계층을 혼자 지켜주게 되니까.'

명령 때문에 계층을 떠난다면 모를까, 다른 수호자들에게 놀러 갈 때는 마레도 아우라도 상대에게 어디로 가는지를 꼭 알렸다. 아우라도 마레도 이 계층을 지키도록 지고의 존재에게 명령을 받았으니 당연한 일이다.

마레는 목에 건 매직 아이템을 쥐었다.

"누, 누나? 들려?"

대답은 즉시 돌아왔다.

『들리는데? 무슨 일이야, 마레?』

"아, 다행이다. 어, 저기 있지. 잠깐 코퀴토스 씨한테 다녀올 일이 생겨서, 갔다올게."

『코퀴토스한테?』

"응. 서둘러야 해서."

『무슨 일인데?』

마레의 어깨가 흠칫 떨렸다. 목소리가 갈라질 것 같았지만 간신히 평소의 목소리를 쥐어짜냈다.

"아, 아아니? 아무것도 아니지만…… 가야 할 것 같아서."

『흐응…….』

완전히 수상쩍게 여기는 아우라의 목소리에 마레의 손은 땀으로 흠뻑 젖었다.

'하지만, 응. 어쩔 수 없는걸. 아인즈 님의 명령인데.'

마레와 아우라를 창조해준 부글부글찻주전자 본인의 말을 제외하면 아인즈의 말은 지고의 존재들 중에서도 최상위다. 어떤 것보다도 우선시해야 한다.

『뭐, 상관없지만. 그럼 다녀와. 그래도 제5계층은 추우니까 냉기대책 잊지 말…… 아, 마레라면 문제없겠네.』

"으, 응. 마법으로 어떻게든 할 수 있으니까 괜찮아. 그럼 다녀오겠습니다."

이야기가 길어지면 무언가 이상한 소리를 해버릴지도 모른다. 그러니 마레는 황급히 매직 아이템에서 손을 떼었다. 마지막으로 누나가 무언가 말하려 한 것 같았지만 유감이라고 해야 할지 다행이라고 해야 할지, 들리지 않았다.

"조, 좋아! 서두르자!"

마레는 주인에게 받은 최고급 반지의 힘을 기동시켰다.

전이한 직후, 새하얀 덩어리가 마레의 얼굴에 들러붙는 것처럼 밀려들었다. 허공으로 솟아오른 눈이었다.

마레가 토해내는 하얀 입김이 한순간에 뒤로 흘러간다. 눈을 훑으면서 극한의 온도로 떨어진 공기가 지나간 결과였다.

폭풍에 솟아오른 눈과 얼음이 미친 듯이 날뛰어 화이트아 웃이 일어났으며, 끊임없이 쌓이는 눈 때문에 발자국은 금 세 가려졌다. 침입자를 조난하도록 만들기 위해서지만 평소 의 제5계층은 그렇게까지 가혹한 환경은 아니다. 하늘을 뒤 덮은 먹구름에서는 눈발이 드문드문 떨어지는 정도이며 음 울한 세계이기는 해도 시야까지 가려버릴 정도는 아니었다.

"……어……."

마레는 주위를 두리번거렸다. 링 오브 아인즈 울 고운으 로 날아왔으니 목적지 부근에 전이했던 것은 분명하다.

자신이 가야 할 곳을 찾은 마레는 가벼운 몸놀림으로 나 아갔다. 걸어간 눈 위에는 발자국이 남지 않는다. 눈에 가라 앉는 일 없이, 마치 단단한 땅을 밟듯이.

사람 하나 없는 백색 세계는 흩날리는 눈 내리는 소리를 마레에게 전해주는 것 같았다. 물론 마레는 항상 발동되는 마법에 의한 초지각능력으로 이 무인지대가 위장임을 알고 있다. 마레가 제6계층의 수호자임을 알기에 매복한 자들이 모습을 보이지 않을 뿐이다.

정적 속에서 마레는 목적지에 도착했다.

전방에는 말벌 둥지를 뒤집어놓은 듯한 거대한 흰 구체가 있었다.

이를 에워싸듯 합계 여섯 개의 거대한 수정이 날카로운

끄트머리를 하늘에 쳐들고 있다. 안에 사람 같은 실루엣이 비쳐 보였다.

발을 내디딘 마레의 발밑에서 쩌적 하고 불안을 자아내는 불길한 소리가 울려 퍼졌다. 시선을 밑으로 돌리면 지금까지 왔던 눈 쌓인 대지와는 다른 매끄러운 얼음이 펼쳐져 있다. 나름 두꺼울 것 같지만 얼음 밑은 매우 어두워 커다란 구멍이 펼쳐진 것을 알 수 있다.

마레는 얼음 위로 발을 내디뎠다. 발밑이 깨져나가리라고는 상상도 할 수 없다는 양 망설임 없는 발걸음이었다. 쩌적, 빠각 하는 몸서리쳐지는 소리를 내면서도 문제없이 하얀 구체 부근까지 도착했다.

"저, 저기, 어, 코퀴토스 씨, 계세요?"

마레는 거대한 흰 구체가 아니라 거대한 수정에 말을 걸었다.

이에 호응해, 수정을 투과하며 인간 여성과도 비슷한 몬스터가 나타났다. 몬스터의 수는 수정의 수와 같았으며 온몸은 흰색이다. 피부는 청백색이며 긴 머리카락은 검다.

설녀Frost Virgin—— 레벨 82의 얼음 속성 몬스터이며 코퀴토스의 거주지인 '스노우볼 어스'를 지키는 친위대와도 같은 자들이다.

"어서 오십시오, 마레 님. 환영합니다."

"아, 저기요, 어, 코, 코퀴토스 씨는요?"

"예. 코퀴토스 님은 현재 나자릭 지하대분묘 밖, 리저드맨들의 새로운 마을에 가셨습니다."

"그, 그랬나요?"

설녀가 고개를 숙이며 대답했다.

"그렇습니다. 무언가 전하실 말씀이 있으시다면 저희가 맡아두겠습니다. 어떻게 하시겠습니까?"

마레는 망설였다.

여기까지 왔으니 코퀴토스의 방에 회람판을 놓아두고 설녀들에게 메시지를 남겨두면 문제는 없으리라. 하지만 회람판의 내용을 생각하면 직접 전해주는 편이 주인의 뜻을 헤아리는 행위라 할 수 있다.

그러면 어떻게 바깥에 있는 코퀴토스에게 갈 수 있을까.

나자릭 밖에 나가서는 안 된다는 규칙은 없다. 하지만 외출을 하려면 조건을 만족해야만 한다. 그것은 나자릭 지하대분묘 밖에서의 단독행동은 주인에 의해 엄격히 금지되어 있기 때문이다.

이제까지 모은 정보를 분석한 결과 나자릭 수호자들의 레벨 100이란 수치는 외부 세계에서는 생각할 수도 없는 영역이며 걸어다니는 천재지변이나 마찬가지라고 한다. 그렇다면 걸어다니는 천재지변 중 한 사람인 마레가 단독행동을 해도 위험은 없으리라. 반대로 바깥세상이 공포에 떨어야 할 것이다. 하지만 그것은 한 가지 사건을 잊어버렸기에 저지를 수 있는 만용이다.

그것은 샤르티아를 세뇌한 —— 아마도 —— 세계급 아이템을 가진 미지의 적이다. 그 외에도 언뜻언뜻 엿보이는 플레이어들의 그림자.

그러한 자들이 얼마나 되는 규모인지 불명확하기에 주의를 기울여야 하는 것이다.

"으, 으음. 어떡할까."

외출할 때는 최소 레벨 75 이상의 서번트를 다섯 마리 데려가야 한다. 마레의 직속 서번트 중에는 용이 두 마리 있긴 하지만 이는 움직이기에는 지나치게 눈에 뜨인다. 누나에게 부탁하는 것이 가장 빠를 텐데, 이곳에 왔을 때의 대화를 떠올리면 그런 무서운 짓은 절대 할 수 없다.

이때 계시가 번뜩였다. 숫자도 레벨도 딱 좋다.

"저, 저기요. 같이 가주실 수 없을까요?"

"죄, 죄송합니다. 저희는 이곳을 지키도록 코퀴토스 님께 명령을 받았습니다. 아인즈 님의 말씀을 제외하고는 코퀴토스 님의 명령에 거역할 수는…… 용서해 주십시오!"

"아, 아뇨, 아뇨. 괜찮아요."

그건 어쩔 수 없다. 그렇다기보다는 생각해보면 당연한 일이다. 차선책으로 떠오른 것은 제7계층의 마장들을 빌려가는 것이겠지만, 그저 부탁만 해서는 이곳과 마찬가지로 거절당할 것이다. 하지만 데미우르고스의 수호계층 외에는 부탁할 곳이 없는 것도 사실이었다. 우선 회람판에 적힌 수호자 이외에는 협조를 청하기가 어렵다. 다음으로 나자릭 지하대분묘 내의 80레벨이 넘는 서번트는 수호자 직할일 경우가 많다. 소속이 없는 경우는 매우 드물다.

이렇기 때문에 마장을 빌리려 한다면 우선 데미우르고스와 연락을 해야 할 것이다.

'하지만 어떻게 연락한담.'

밖에 있는 데미우르고스와 연락을 할 방법은 서번트를 파견하거나, 혹은 마법을 쓰는 것뿐이다.

'그 외에는……'

마레는 조금 전까지 읽던 책을 떠올렸다.

'그 사람에게도 75레벨 이상의 부하가 있었던가? 하지만 수호자는 아닌데…… 우웅. 남자니까 괜찮겠지. 그리고 입 단속을 시켜두면……'

"고, 고맙습니다. 어, 제가 알아서 할게요."

"그렇습니까? 알겠습니다."

마레는 반지의 힘을 기동시켰다. 목적지는 나자릭 제10계층 내에 있는 거대 도서관── 아슈르바니팔이었다.

＊

나자릭 시각 9:54

전이한 마레의 시야가 설원에서 넓은 방으로 순식간에 바뀌었다. 흑단색을 기조로 한 차분한 방을 난색 계통의 빛이 어스름하게 비춰주었다. 천장은 완만한 돔을 이루었으며 맞은편에는 거대한 쌍여닫이문이 있다.

옥좌의 홀로 이어지는 문에 필적할 정도로 거대한 문 좌우에는 3미터에 가까운 골렘이 서 있다. 무인(武人)의 모습을 한 골렘이며 레어메탈을 사용해 지고의 존재 중 한 사람이 만든 그것은 보통 골렘보다도 훨씬 강하다.

"저기, 문 좀 열어주세요."

마레의 말에 반응해 두 골렘은 문에 손을 대고 천천히 밀었다. 무거운 소리가 울려 퍼지고 몇 사람이 늘어서서 들어갈 정도로 활짝 열린 문 안으로 마레가 걸어 들어갔다.

전방에 펼쳐진 광경은 도서관이라기보다는 다른 무언가를―― 그렇다, 이를테면 미술관 같은 것을 연상케 했다. 바닥, 책장에는 무수한 장식이 가미되었고 책장에 늘어선 책 자체도 마치 그 장식의 일부로 놓인 것 같았다.

티끌 하나 떨어지지 않은 잘 닦인 바닥에는 나무를 짜맞춰 세공한 아름다운 무늬가 있었다.

위쪽은 홀 구조로 탁 트였으며 2층에는 발코니가 튀어나와 있고, 그곳에도 무수한 책장이 방을 엿보듯 놓였다. 반원 형태의 천장은 멋진 프레스코화와 호화로운 세공으로 뒤덮여 빈틈을 찾아볼 수 없었다.

방 곳곳에 놓인 유리 진열장 안에도 책 몇 권이 있었다.

광원은 무수히 많았지만 어느 것 하나 강한 빛을 뿜어내지는 않았다. 인간이라면 어둡다고 눈살을 찡그릴 정도의 광량이었다.

실내는 한눈에는 둘러볼 수 없었다. 책장에 가려 전체를 내다보는 것이 불가능하기 때문이다.

도서관에 어울리는 정적 속에, 마레의 뒤에서 천천히 문이 닫혔다. 입구에서 들어오던 빛이 사라져 한층 어두워진 것 같았다. 정적이 소리로 들려올 것만 같은 그런 침묵과 맞물려 으스스한 분위기가 피어났다.

물론 암흑조차 들여다볼 수 있는 마레에게는 한낮 같은 밝기였으므로 전혀 으스스하다고는 느끼지 않았지만.

마레는 안쪽을 향해 다소 빠르게 나아갔다.

현재 있는 이 방은 '섭리의 방'. 이 도서실은 '지혜의 방', '섭리의 방', '마도의 방', 그리고 용도에 따라 나뉜 작은 방—— 직원들의 개인실 같은 식으로 나뉘어 있다. 이를 생각해보면 목적지는 조금 멀었다.

통로 좌우—— 몇 줄로 늘어선 책장에는 무수한 책이 담겨 있다.

위그드라실의 책은 크게 다섯 종류로 나눌 수 있다.

우선 첫 번째가 용병으로 소환하기 위한 몬스터의 데이터다.

　나자릭 내의 몬스터는 세 종류로 나뉜다. 우선 처음부터 완전히 플레이어와 똑같이 만든 NPC. 다음이 자동으로 리젠되는 30레벨 이하의 몬스터. 그리고 마지막이 용병으로 소환하는 몬스터다. 이 용병 대용 몬스터는 우선 책을 써서 소환의식을 치르고 레벨에 맞는 금화를 소비하여 소환된다. 그러므로 책이 없으면 불러내지 못한다.

　두 번째가 매직 아이템이다.

　특정한 데이터 크리스털은 책의 형태를 한 것에만 깃든다. 책 형태의 아이템은 일회성 마법 발동 아이템이 일반적이다. 스크롤과 다른 점은, 스크롤은 해당 마법을 쓸 수 있는 클래스만 사용이 가능한 반면 책 형태의 아이템은 누구나 쓸 수 있다는 점이다.

　세 번째가 이벤트 아이템이다. 특정한 직업으로 전직하는 데 필요한 아이템이 책 형태를 가진 경우는 그리 드물지 않다. 아인즈도 스켈레튼 메이지에서 엘더 리치로 전직할 때는 '죽은 자의 책'이라는 아이템이 필요했다. 그 외에도 '무기연구 서적', '4대 정령 비사' 등등이 존재한다. 그뿐만이 아니라 사용하면 새로운 마법을 익힐 수 있는 것들도 존재한다.

　네 번째가 외장 데이터다.

검이나 방패, 갑옷 같은 외장의 데이터가 입력된 책이다. 특정한 대장장이 기능을 보유한 자가 적합한 자원에 이것을 사용하면 외장이 완성된다.

다섯 번째가 책의 형태로 배포되는 소설이다. 일반적인 것으로는 원래 있던 세계에서 저작권이 사라진 고전소설, 다음으로는 개발진이 배포하는 백그라운드 스토리, 마지막으로 위그드라실 플레이어들이 쓴 1차 창작── 오리지널 소설이 있다. 그 외에는 위그드라실을 무대로 한 2차 창작 소설이나 일기를 베이스로 한 공략법도 소소하나마 존재한다.

나자릭 지하대분묘 내의 이 도서관에 있는 무수한 책은 대부분이 첫 번째 목적── 용병 몬스터 소환을 위해 모아 놓은 것들이다. 물론 이렇게 잔뜩 모을 필요는 전혀 없다.

실제로 길드의 전 재산을 투입해 소환해도 이곳에 있는 몬스터의 10분의 1조차 이용하지 못할 것이다. 그런데 어째서 이렇게까지 많으냐 하면, 소환용 서적 자체는 그리 비싸지 않다 보니 신이 난 길드 멤버들이 마구잡이로 복제했기 때문이다. 그리고 중요한 아이템을 감추려는 노림수도 있었다.

곁눈질로 책을 바라보며 걷는 마레.

그런 앞길을 가로막듯 갑자기 책장 너머에서 유령 같은 그림자가 불쑥 모습을 나타냈다.

도서관의 어둠에 녹아드는 듯한 칠흑색의 후드 달린 로브를 걸쳤다. 허리춤의 벨트에는 끝에 보석이 박힌 완드, 그리고 여러 개의 보옥이 끈으로 비끄러매져 있었다.

후드 안쪽은 시랍(屍蠟)이 된 것처럼 창백한 얼굴이다. 손은 뼈와 가죽뿐. 움직일 때마다 몸에 두른 미미한 어둠이 일렁거린다.

그것은 언데드 스펠캐스터 중에서도 유명한 몬스터, '엘더 리치'.

위그드라실 내에서의 속칭은 하얀 가짜 부자. 30레벨이므로 엘더 리치 계열 몬스터 중에서는 밑에서 두 번째다. 색깔만 다른 변종으로 '붉은 가짜 부자'나 '까만 가짜 부자' 같은 속칭으로 불리는 존재도 있다.

다만 단순한 엘더 리치와는 다른 점은 왼쪽 위팔에 착용한 밴드였다.

그곳에는 '사서 J'라고 적혀 있었다.

"어서 오십시오, 마레 님."

알아듣기 힘든 갈라진 목소리를 내며 엘더 리치는 천천히 —— 그러나 깊이 고개를 숙였다. 한 손을 가슴에 대고 정중하게 인사한다.

"저, 저기, 사서장님을 만나러 왔는데요. 어, 안쪽 방에 있나요?"

엘더 리치는 잠깐 생각하는 모습을 보이더니 입을 열었다.

"사서장님은 현재 스크롤 작성에 들어가셨으므로 제작실에 계십니다."

"고맙습니다."

"그러면 안내해드리겠습니다. 이쪽으로 오십시오!"

"괜찮아요! 일 방해하면 미안하잖아요."

"마음에 두지 마십시오. 이용객에게 도움을 제공하는 것이 저희의 역할입니다."

그렇게까지 말하면 거절하는 것도 실례다.

"알았어요. 그럼 부탁할게요."

끔찍한 얼굴에 웃음을 짓고 엘더 리치가 앞장서서 걸어갔다.

도중에 지나치는 다른 엘더 리치며 캐스터 계열 언데드들을 곁눈질로 보며 마레는 그 뒤를 따랐다.

"그 책들은 제가 반납하겠습니다."

"아, 그럼 부탁드릴게요."

마레에게 받은 책의 제목을 엘더 리치가 바라보았다.

" '톰 소여의 모험'이로군요. 재미있으셨습니까?"

"네, 재미있었어요! 다음에는 뭘 읽을까 생각하고 있어요."

"그러면 추천해드릴 책이 있습니다. 웃음이 멈추지 않는 그런 책입니다만 살인—— 아, 이쪽입니다."

"고맙습니다."

마레는 안내받은 문을 열었다.

원래는 넓었을 것 같은 그 방은 사방에 커다란 책장이 놓여서인지 압박감이 느껴졌다.

책장 안에는 무수한 촉매 —— 광석, 귀금속, 속성부여석, 보석, 각종 분말, 온갖 동물의 여러 가지 기관 등등 —— 가 깔끔하게 정돈되어 있다. 그 외에는 대량의 양피지 다발 —— 돌돌 말린 것도 있고 그렇지 않은 것도 있다 —— 이 보였다.

이것들은 모두 스크롤 작성에 쓰일 자원이다.

물론 여기 있는 것이 나자릭 지하대분묘 내의 전체는 아니다. 이것의 수백 배나 되는 자원이 보물전 내의 한 곳에 모여있다. 이것은 어디까지나 당장 쓰기 위한 재료들뿐이다.

방 한복판에 놓인 상당히 커다란 제도대 위에는 양피지 한 장이 펼쳐져 있다.

그 앞에 있는 것은 인간과 동물을 융합시켜놓은 것 같은 골격을 가진 스켈레톤이다.

신장은 그리 크지 않다. 150센티미터나 될까.

악마를 연상케 하는 두 개의 뿔이 두개골에서 튀어나와 있고 손가락뼈는 네 개. 다리는 발굽이다.

그런 기이한 모습을 산뜻한 선황색 *히마티온으로 감쌌다. 머리에도, 튀어나온 뿔에 찢어지지 않도록 후드처럼 천을 한 장 감아두었고 허리에도 또 한 장을 묶어놓았다.

---

*히마티온(himation) : 천 한 장으로 이루어진 고대 그리스의 원피스.

그 외의 액세서리는 일곱 색깔 보석이 박힌 은백색 팔찌, 황금 앵크 십자가 목걸이, 손가락뼈를 휘감은 것처럼 기묘한 여러 개의 반지, 허리띠를 대신한 히마티온에 달린 보석 등등. 하나같이 상당한 마력이 담긴 매직 아이템이었다.

그리고 검을 찬 것처럼 허리에는 여러 개의 스크롤을 드리워 놓았다.

외장이나 장비가 유별나기는 하지만 실체는 언데드의 최초 종족 중 하나인 스켈레튼 메이지다. 조금 전에 만난 엘더 리치의 전 단계에 해당하는 존재다. 하지만 이 스켈레튼 메이지가 바로 이 거대 도서관의 사서장—— 티투스 아나에우스 세쿤두스였다.

전투 기술이 아니라 제작 기술에 특화하여 지고의 존재가 창조한 자다. 실제로 종합 레벨은 조금 전의 엘더 리치보다도 높다.

"어서 오라, 수호자 마레. 나는 환영한다."

"안녕하세요, 티투스 씨. 부탁이 있어서 왔어요."

"그렇군. 그렇다면 그것을 먼저 듣지."

"네, 네에. 저기, 있죠. 여기 있는 75레벨 이상의 서번트를 빌려주셨으면 해서요."

"이해했다. 밖으로 나가려는 것이군."

"네? 마, 맞아요. 용케 아셨네요."

"……지배자 아인즈 님의 말씀을 잊은 적은 없다. 게다가 그대의 입장을 생각한다면 금세 추측할 수 있지. ——좋다."

생각은 한순간에 끝났다.

"이 도서관 내에 있는 오버로드인 코케이우스, 울피우스, 아엘리우스, 풀비우스, 아우렐리우스를 모두 빌려주겠다."

"네? 정말요?!"

"정말이고말고. 그들의 전투력은 솔직히 도서관 내에서는 다소 과하다고도 할 수 있지. 먼지를 털기보다는 그대의 신변을 경호하는 편이 그들도 기뻐할 것이다."

"저, 저기, 어, 고맙습니다!"

"그렇다고는 하지만 공짜로 빌려줄 수는 없지. 그대에게 한 가지 협조를 부탁하고 싶다. 스크롤을 만들기 위해 말이다."

"아, 네! 뭘 하면 될까요?"

"딱히 불안해할 필요는 없다. 내가 됐다고 하면 스크롤을 향해 제4위계 마법을 발동해주면 그만이다."

"아, 아무 마법이나 써도 되나요?"

"그대에게 일임하겠다."

마레는 난감한 표정을 지었다. 자유롭게 결정해야 할 때가 제일 어렵다. 일반적인 마법을 쓰면 될까?

양피지가 놓인 제도대 바로 옆에 놓인 조그만 책상 위에 티투스가 뼈 손을 펼쳤다. 그곳에는 산더미처럼 쌓인 황금의 광채—— 위그드라실 금화가 있었다.

갑자기 뼈로 된 손 밑에서 위그드라실 금화의 일부가 물 컹 녹더니 그 자체가 의지를 가진 것처럼 양피지 위로 이동 했다.

흘러나간 황금 뱀은 양피지 위에서 몸부림을 치더니 마치 정해진 위치가 있었던 것처럼 펼쳐졌다.

겨우 숨 한 번 쉴 동안 양피지 위에 황금 마법진이 그려졌 다. 복잡하면서도 섬세한 것이었다.

"됐다."

긴장하며 차례를 기다리던 마레는 퍼뜩 마법을 발동했다.

그리고 자신이 쏜 마법이 마법진에 빨려들어가는 것을 느 꼈다.

원래 같으면 스크롤은 이것으로 완성된다. 마레는 그렇게 생각했다.

그때까지는──.

진홍색 불꽃.

결코 일어날 리 없었던 일이 제도대에서 일어났다.

경악한 마레가 지켜보는 가운데 양피지가, 뜨거운 프라이 팬에 부은 도수 높은 술처럼 타오르더니 눈을 두 번 깜짝할 사이에 진화되었다.

마치 조금 전에 일어난 일이 환영이었던 것처럼, 불꽃이 솟아났던 흔적은 실내에 거의 남지 않았다. 타는 냄새조차 없었다.

하지만 그것이 실제로 일어난 사건임을 증명하는 것이 책상 위에 있었다.

그것은 양피지의 잔해── 재였다.

마치 예상했다는 양 냉정하게 티투스는 재를 집어들면서 빤히 바라보았다.

"역시 제4위계 마법을 담을 수는 없군. 술자의 역량에 좌우되지 않는다고 보아도 거의 틀림없겠어."

'열 살은 실패'라고 중얼거리면서 티투스가 메모를 했다.

"어, 왜, 왜 이런가요? 제가 뭔가?"

"마음에 두지 말게. 양피지를 아끼기 위해 이 세계에서 얻을 수 있는 물건을 써서 스크롤을 제작하려 해봤네만, 질이 너무 안 좋아서 말일세."

마법의 위계별로 사용할 수 있는 피지(皮紙)에는 제한이 있다.

예를 들어 단순하고 일반적인 양피지라면 제2위계 마법까지는 스크롤의 재료로 삼을 수 있으나, 그 이상 가는 위계의 마법은 담지 못한다. 가령 최고급 피지인 드래곤 하이드(Dragon Hide)── 용의 가죽을 쓴 스크롤이라면 제10위계 마법도 담을 수 있다.

물론 드래곤 하이드는 용을 잡기 전에는 얻을 수 없는 일급 물건이다. 그러므로 옛날에는 아인즈 울 고운 길드원들이 다 같이 모여 남획했지만, 그것은 위그드라실 시절의 이야기다. 이 세계에서 드래곤 —— 그리고 그 이외의 생물도 —— 의 존재가 확인될 때까지 아인즈는 드래곤 하이드의 사용을 당연히 제한했다.

보급이 없는데도 소비하는 어리석은 짓을 허락할 수는 없다. 언젠가는 꼭 필요해지는 순간이 올지 모르니까.

"안 돼요, 제 드래곤은!"

"당연하지. 그러한 짓은 하지 않아. 그대의 드래곤을 비롯해 특별히 소환된 존재들은 지고의 존재들께서 뜻이 있어 부르신 존재. 상처를 입히는 행위는 엄금하고 있네."

안도하는 마레를 재미있다는 듯 바라보며 티투스는 재를 쓰레기통에 버렸다.

"어, 그럼 이 세계의 일반적인 양피지는 스크롤을 제작하는 데는 적합하지 않다는 뜻인가요?"

마레의 시선이 재에 향했다.

"그럴 가능성이 높다네. 아니, 모르지. 내 제작방식이 이 세계에서는 이단일 가능성이 있으니. 적어도 포션 작성법은 크게 다른 모양이더군."

"그, 그래도 있죠? 한번 실패 가지곤 양피지 탓이라고는 할 수 없지 않을까요?"

"한 번이라? 외부에서 가져온 피지로 몇 차례나 실험했네만 제3위계 이상의 마법을 부여하려 했을 때는 모두 똑같은 결과로—— 불타면서 끝나버렸네. 아마도 피지가 마력을 담아둘 수 없어 결과적으로 불타버린 것이겠지."

"……하지만 이 세계의 매직 캐스터들은 그 양피지를 쓰잖아요?"

"아니, 지금 버린 건 이 세계의 매직 캐스터들이 일반적으로 쓰는 것이 아닐 가능성이 있네. 물론 다양한 국가가 존재하는 것을 고려하면 있을 수 없다고 단언하지는 못하겠지만. 나자릭의 주변 국가에서 쓰이는 이러한 양피지로 ——."

그리고 티투스가 꺼낸 것은 조금 전의 것과는 질감이 다른 피지였다.

"——실험해본 결과 더욱 낮은, 제1위계 마법을 담는 것이 한계였네."

"그럼 인간들은 조악한 물건을 유용하게 활용하는 능력이 뛰어나다는 뜻인가요?"

"아닐세. 기술체계의 차이겠지. 분하지만 어떤 의미에서는 세련되었다고 해야 할지도 모르겠어. 어떻게든 새로운 기술을 익혀 한층 더 기술을 진보시키고 싶네."

"대단하시네요!"

자신의 기술을 더욱 갈고닦으려는 사서장에게 마레는 존경심을 느꼈다.

"이것도 모두 위대한 존재들의 덕일세. 그러면 수호자 마레, 약속대로 오버로드들을 빌려주지. 따라오게."

*

나자릭 시각 10:28

도중에 반지를 맡기고 지상을 거쳐 마레의 집단 전이로 도착한 곳은 리저드맨의 마을에 있는 석조 건축물의 내부 한가운데였다.

튼튼하고 무거우며 토대가 탄탄한 장소가 아니고선 적합하지 않은 석재를 이용한 건축은 습지에 서식하는 리저드맨들이 가질 수 없는 건축기술이 필요하다. 당연한 말이지만 이 건물을 만든 것은 외부인 —— 나자릭에서 파견된 자들 —— 이었다.

일부러 나자릭에서 인원을 파견해서까지 이 건물을 세운 이유는 마레의 등 뒤, 건물 가장 깊은 곳에 자리 잡은 물체가 여실히 말해주고 있다.

마레는 그 물체에 깊이 고개를 숙였다. 동행한 오버로드들도 따라했다.

몇 단 높은 위치에 놓인 그것은 나자릭 지하대분묘의 지배자 아인즈 울 고운을 본뜬 치밀한 —— 마치 본인을 그대로 석화시킨 듯한 —— 석상이었다. 지팡이를 들어 전방 상공을 향해 내지르고 있는 모습은 지배자에게 어울리는 관록을 풍겼으며 위엄이 느껴졌다.

　석상 앞에 있는 제단에는 수많은 헌상품이 놓여 있다. 물론 마레가 보자면 가치가 있는 물건은 하나도 없다. 보잘것없는 꽃이며 생선 같은 것들뿐이다.

　하지만 마레는 불쾌하게 여기지 않았다. 이곳에 바친 헌상품에는 뚜렷한 존경과 숭배의 감정이 담겨 있었다. 예를 들어 꽃은 습지에서 피는 꽃이 아닌, 리저드맨에게는 위험한 숲속에서 피는 꽃 —— 목숨을 걸고 따온 것이리라 —— 이었다. 또한 물고기는 리저드맨이 주로 먹는 평균 사이즈를 아득히 능가해 가장 훌륭한 것을 골라 바쳤음을 알 수 있었다.

　마레는 음음 만족스럽게 고개를 끄덕였다. 자신의 위대한 주인에게 어중이떠중이들이 감복했다는 것은 매우 흐뭇한 일이다.

　"수고하세요."

　쭈뼛거리며 눈치를 살피는 리저드맨들에게 말을 걸었다.

　이 성전을 청소하러 온 자들이다. 리저드맨 중에도 얼마 안 되는, 드루이드의 능력을 지녔다. 목에는 아인즈 울 고운의 길드 사인이 새겨진 메달을 걸고 있다.

원래 같으면 마레와 그들의 지위에는 하늘과 땅 정도의 차이가 있으며 지배자 측과 피지배자 측의 관계이므로 노고를 치하할 필요는 없다. 그래도 조금 전과 같은 이유로 깊은 만족감에 마레는 그렇게 했다.

꾸벅꾸벅 고개를 숙이는 리저드맨들을 남기고 마레는 다섯 마리의 오버로드들과 함께 성전 밖으로 나갔다.

전방에 펼쳐진 것은 늪지이며 리저드맨들의 부락이었다. 예전보다 번영한 모습이 엿보였다.

분명 전쟁 때문에 인원은 줄어들었다. 하지만 5개 부족이 통합된 결과 강건하면서도 거대한 마을로 변화했다.

방책으로 넓은 범위를 에워싸고, 바닥이 튼튼하지 못한 늪지에 어떻게 했는지 감시 망루를 몇 개나 세워놓았으며, 그 위에서는 하얀 해골 —— 아마도 나자릭 올드 가더 —— 이 활을 들고 사방을 경계했다. 늪지에도 나자릭 올드 가더 몇 마리가 걸어다녔다. 외적이 들어오지 못하도록 경계하며 순찰하는 것 같았다.

"어, 음, 코퀴토스 씨는 어디 있으려나?"

코퀴토스는 여러 가지 의미에서 눈에 뜨인다. 마을에 있다면 여기서도 금방 알아볼 수 있을 테고, 집 안에 있다면 바깥에 마레와 마찬가지로 그가 데려온 서번트들의 모습이 보일 것이다. 그렇게 생각하고 마을 전체를 둘러보았지만 아무 데도 없었다.

"코퀴토스 씨가 어디 있는지 누구한테 좀 물어봐주시겠
어요?"

"알겠습니다. 잠시만 기다리십시오."

대담한 오버로드 중 하나, 아우렐리우스가 성전으로 돌아
갔다.

마레는 늪지—— 리저드맨의 평화로운 마을을 바라보았
다. 나자릭 올드 가더들을 경계하는 기색은 없다. 꼬마 리저
드맨들조차 그렇다. 지극히 당연하다는 듯이 공존했다.

'언데드가 쳐들어와 지배당했는데도 원한이 없는 것처럼
보이는 이유는 코퀴토스 씨의 융화정책이 잘 통했기 때문일
까, 아니면 리저드맨들이 원래 그런 종족이라서일까?'

멀거니 그런 생각을 하고 있으려니 곧 아우렐리우스가 돌
아왔다.

"오래 기다리셨습니다, 마레 님. 성전에서 일하는 자들은
코퀴토스 님께서 어디 계신지 알지 못한다고 합니다. 다만
어쩌면 샤슬류 샤샤…… 이 부족연합촌의 연합장이라면 알
지도 모른다는군요."

"아, 그럼, 어, 그가 있는 곳으로 가요."

아우렐리우스를 앞세우고 마레 일행은 걷기 시작했다. 그
들은 늪지에 세워진 리저드맨들의 마을이 아니라 호반을 따
라 걸어갔다. 잠시 후 숲이 나타났다. 숲속에서도 나자릭 올

드 가더의 모습이 군데군데 보였다.

이윽고 일행이 숲을 빠져나가자 조금 전과는 다른 늪지의 기슭이 나타났다. 그곳에서는 상당히 규모가 큰 공사가 치러지는 중이었다.

물을 막아놓고 열 마리 가까운 스톤 골렘들이 흙을 파낸다. 육지로 실어온 토사는 리저드맨들이 손수레에 실어 어딘가로 운반했다.

뭘 하는 걸까 싶어 마레가 관찰하고 있으려니 몸이 큰 리저드맨 한 명이 재빨리 뛰어왔다.

온몸에 흉터가 있는 훌륭한 체구의 리저드맨이었으며 여러 가지 의미에서 보통 리저드맨과는 선을 달리 했다. 서둘러 달려오는 바람에 목에 건 메달이 출렁출렁 흔들렸다.

종속의 증거이기도 하며 몸을 지키기 위한 표식이기도 한 이 메달에 마법의 힘은 없다. 하지만 이를 목에 걸었다는 것은 아인즈의 '소유물' 임을 증명해준다. 그렇기에 나자릭 지하대분묘, 지고의 존재 밑에 있는 자는 그 누구도 리저드맨들을 함부로 해칠 수 없다. 물론 그들에게 죽어 마땅한 이유가 있다면 이야기가 다르지만, 운이 좋다고 해야 할지, 자신들의 분수를 알고 강자에 경의를 표하는 리저드맨들 중에 그러한 어리석은 자는 한 사람도 없었다.

"어서 오십시오, 마레 님. 제 이름은——."

"샤슬류 샤샤 씨 맞죠?"

"그렇습니다. 기억해주셨다니 영광입니다."

"아, 코, 코퀴토스 씨에게 들었거든요……. 저기, 코퀴토스 씨가 지금 어디 계신지 아세요?"

샤슬류는 생각에 잠기는 기색을 보였다.

"분명 토드맨(toadman)들을 지배하고자 부하 몇 분과, 견학을 시키기 위해 리저드맨 수십 명을 데리고 출진하셨던 것으로 기억합니다."

"토드맨?"

"호수 북동쪽에 서식하는 아인종이지요. 개구리와 비슷한 자들이며 저희와는 별로 친하지 않습니다. 대형 몬스터, 마수 같은 것을 사역하는 기술을 가져서 저희에게는 매우 성가신 상대지요. 옛날에 저희 아버지의 아버지 대에 큰 전쟁이 있었다는데, 그때는 한 부족이 와해까지 가는 참패를 겪었다 들었습니다."

"부, 북쪽에 있는 종족인 만큼 강하네요."

이 호수는 두 개의 호수가 붙은 것처럼 생겼으며 뒤집힌 표주박과 비슷한 모양이다. 남쪽의 약간 작은 호수── 리저드맨들도 있는 이쪽 호수는 늪지가 절반, 호수가 절반이고 수심이 얕으므로 대형 몬스터는 별로 없다. 반면에 북쪽의 커다란 호수는 수심이 깊으므로 대형 몬스터가 많고 남쪽에 서식하는 몬스터에 비해 강한 경향을 보인다. 물론 마레가 보자면 그 차이는 매우 미미했지만.

"그런데 그 토드맨이란 건 사실은 투베이그라는 종족 아닌가요?"

과거 나자릭 주위를 에워싼 독늪에 서식하던 몬스터들이다. 누나가 지배하는 것들 중에도 몇 마리가 있다.

"글쎄요, 저희는 그런 부분까지는 모르겠습니다. 돌아오시면 여쭤보심이 어떻겠습니까? 아마도 얼마 안 있으면 돌아오시리라 생각합니다."

"그럼 그렇게 할게요. 그런데 이건 다른 얘기지만, 어, 저기요. 큰 공사를 하시는 것 같은데, 이건 뭘 하는 건가요? 마을에서도 머니까 방책 같은 방위시설은 아닌 것 같고……."

"네. 사실은 네 번째 양식장을 만들기 위해 공사를 하는 중이었습니다."

샤슬류에게 자세한 이야기를 듣고 마레는 이해했다.

리저드맨 부족이 합류한 것까지는 좋았지만, 모이면 당연히 식량 문제가 생긴다. 전쟁으로 사망한 자들이 많다고는 해도 이 장소에서 사냥할 수 있는 식량만으로는 부족하기 때문이다. 물론 원래 있던 마을까지 돌아가 물고기를 잡으면 해결될 이야기지만 새로운 지배자로서 리저드맨을 관리하는 코퀴토스는 이를 허가하지 않았다.

늪지를 부족 단위 정도의 많은 인원으로 이동한다면 모를까, 소수로 이동하면 몬스터에게 습격을 당할 확률이 높다. 안 그래도 숫자가 줄어든 리저드맨들을 이 이상 잃을까 우려했던 것이다.

리저드맨을 번영시키기 위해 움직인 코퀴토스는 이 식량 문제에 손을 댔다.

우선 나자릭에서 식량을 가져와 —— 당연히 아인즈의 허가를 얻었다 —— 리저드맨들에게 나눠주었다. 다음으로는 반영구적으로 식량을 얻을 수단을 모색했다. 결과적으로 눈길을 돌린 것은 말할 것도 없이 자류스가 만들었던 양식장이었다. 여기에 데미우르고스와 의논하여, 더 뛰어난 양식장 제작에 들어간 것이다.

급속도로 공사가 진척되어 양식장은 거대한 것이 세 개나 생겼으며, 이곳이 네 번째라고 한다.

"그래도 아직은 치어부터 양식하지는 못하죠?"

"예. 저희가, 아니, 제 동생이 아는 지식은 치어부터가 아니라 어느 정도 자란 물고기를 기르는 정도입니다. 하지만 데미우르고스 님께서 가르쳐 주셔서 치어용 양식장도 제작해 준비하고 있습니다. 몇 년 안으로는 양식장의 물고기만으로 지금의 두 배는 되는 리저드맨이 생활할 수 있지 않을까 생각합니다."

"그, 그렇군요. 몇 년 후면 나자릭에서 물고기를 가져올 필요도 없겠네요. 아, 물론 비상사태가 발생할 때는 언제든 받을 수 있겠지만요."

"아인즈 님께는 모든 이들이 깊이 감사하고 있습니다. 그렇게 많은 물고기를 하사해주셔서……. 하지만 저희가 받은 물고기에게는 내장이 없던데, 대체 어떻게 살아있습니까? 일부 몬스터처럼 식량이 필요 없는 생물입니까? 아니, 그렇게 따지면 뼈까지 없는 것은 대체……?"

"그건 아인즈 님 같은 지고의 존재들께서 창조하신 식량이에요."

코퀴토스가 가져온 것은 '다그다의 솥'이라 불리는 아이템으로 만들어낸 식량이다.

"이럴 수가! 저희가 충분히 먹을 수 있을 만한 양의 물고기를 창조하실 수 있단 말입니까!"

샤슬류가 고개를 가로저었다.

"자류스를 비롯해 아인즈 님의 거성에 있는 자들이 잠시 귀환했을 때는 꿈만 같은 이야기를 들려주었지요. 나자릭 지하대분묘는 여러 곳으로 나뉜 세계가 펼쳐진, 그야말로 신의 영역이었다고. 역시 아인즈 울 고운 님은 신의 힘을 가진 분이십니까?"

"맞는데요?"

이 리저드맨은 뭘 새삼스레 당연한 소리를 하는 걸까. 마레는 진심으로 이해할 수 없어 의아한 표정을 지었다.

아인즈 울 고운은 최고의 신이자 조물주다.

"그렇군요. 이것도 모두 아인즈 님의 덕입니다. 감사합니다."

"네. 아인즈 님께 그렇게 전할게요."

3

나자릭 시각 10:30

"소란스럽구나. 조용히들 하라."

아인즈는 왼손을 척 내저었다. 그리고 그 포즈로 움직임을 멈추었다.

한 박자를 두고 원래 자세로 돌아간다.

"소란스럽구나. 조용히들 하라."

다시 왼손을 척 내젓고는 마찬가지로 움직임을 멈춘다.

앞에 놓인 전신거울에 비친 자신을 확인하며 왼손의 위치를 미세하게 조절했다.

"……하라. ……이 위치인가? 아냐…… 손을 더 왼쪽으로 펼치는 게 멋있나?"

다시 원래 자세로 돌아간다.

"소란스럽구나. 조용히들 하라."

자신의 포즈에 수긍한 아인즈는 바로 옆의 테이블에 놓인 메모장을 손에 들었다.

"이제 이 포즈도 완성했고……. 이번에는 시간을 끌기 위한 대사를 연습해야지."

조금 전부터 되풀이했던 대사에 펜으로 동그라미를 치고 페이지를 넘겼다.

그곳에 적힌 문장은 '고려하겠다'는 말과 비슷한 의미를 가진 것들이 대부분이었다. 중언부언하거나 지나치게 멋을 부린 결과 반대로 멋이 없어진 것 같은 대사에는 가위표를 쳐놓았다.

원래 단순한 일반인이었던 아인즈에게 지배자의 연기는 어렵다. 그렇기에 평소에도 이처럼 연기 연습을 반복해 만에 하나의 사태에 대비했다. 물론 이 메모장은 아인즈가 고안한 대사를 모아놓은 것이었다.

이 훈련을 개시한 지 이미 한 시간 정도가 지났는데, 아인즈에게 휴식이라는 두 글자는 없었다.

아인즈는 최고지배자이기는 하지만 실제로 일하는 경우는 까놓고 말해 거의 없다. 위에 선 자가 해야만 하는 일은 방침을 결정하는 일이므로 비상사태나 중요한 안건이 있을 때가 아니면 한가했다. 세세한 업무처리는 알베도가 해주니 아인즈가 하는 일은 올라오는 보고를 훑어보는 정도였다.

게다가 보고서를 읽어보면 이건 안 되겠다 싶은 내용은 전혀 없었으므로 정말로 훑어보기만 했다. 물론 남의 위에 서는 자로서 위험한 자세라고도 할 수 있지만 알베도라는 존재가 있는 한, 그리고 비상사태가 발생하지 않는 한 문제는 없을 것이다.

'제대로 된 조직이란 원래 그런 거야. 남의 위에 서는 자가 최전선에서 움직이는 건 좋지 못해.'

전의를 향상시키려는 노림수 이외에 총지휘관이 최전선에서 검을 휘두르는 것은 어리석은 행위이다. 생각지도 못한 위험이 있기 때문이다.

'원래는 모험자 노릇 같은 건 하지 말고 비상사태에 대비해 지식을 얻어야── 뇌를 단련해야 한다는 건 잘 알아. 하지만 뭘 하면 좋담? 누가 선생님 역할을 맡아주지……? 모두가 믿는 아인즈 울 고운의 이미지를 망가뜨리지 않고…….'

나자릭 내의 모든 자들이 아인즈를 절대지배자로 경애하며 무릎을 꿇는다. 그렇다. 아인즈는 부하에게, 옛 동료가 만들어낸 어떤 의미에선 자식들과도 같은 존재에게 존경을 받는다. 아버지가 자식의 존경을 배신할 수 없듯 아인즈도 그들을 배신할 수 없다. 그렇기에 하다못해 겉모습만이라도 갖추고자 이러한 행동을 되풀이하는 것이다.

물론 아인즈도 자신이 창피한 짓을 한다는 자각은 있다.

그렇지 않으면 왜 문을 잠그겠으며, 왜 메이드들에게, 혹은 아인즈를 몰래 경호하는 팔지도 암살충Eight Edge Assassin들에게 출입을 금지하겠는가. 왜 이따금 견딜 수가 없어지면 침대에 고개를 처박고 "아악──!" 소리를 지르겠는가.

"나자릭 최고지배자에게 어울리는…… 존경받는 모습을……."

아인즈는 피를 토하는 심정으로 페이지를 넘겼다. 시간이 날 때 생각해둔 대사는 아직도 더 있다. 종착점은 끝없는 저 너머에 있다.

아인즈 울 고운은 언데드이며 일정 수준 이상의 감정 기복은 억제된다. 그래도──.

"쉬고 싶어……."

스즈키 사토루의 정신이라는 잔재는 피로를 느끼며 비명을 질러댔다. 이젠 싫다고 외쳐댄다.

그러나── 강하게 악다문 이가 뿌드득 비명을 질렀다.

"뭘 하는 거냐. 노력해야지."

도피하기를 바라는 한심한 자신을 매도하며 아인즈는 눈에 힘을 주었다. 다시 거울을 본다.

그때 삐삐삐삐, 전자음이 울려 퍼졌다.

소리가 나오는 곳은 왼팔에 찬 팔찌였다. 아인즈에게는 천상의 음색처럼 들렸다. 펄쩍 뛰듯 소리를 멈추고는 휴우 한숨을 내쉬었다.

"시간이 됐으면 어쩔 수 없지. 그럼. 시간이 됐으면 어쩔 수 없고말고."

잊지 않고 수첩을 상자 안에 넣는다. 뚜껑을 닫자 수많은 자물쇠가 잠기는 소리가 들렸다. 억지로 열려 하면 내장된 수많은 공격마법이 상자를 중심으로 온갖 파괴를 일삼을 것이다. 90레벨 도적 계열 클래스 내지는 80레벨 이상의 도적 계열 특화형이 아니고선 열기란 불가능에 가까운, 그런 방어진이 설치된 상자다.

이만한 아이템을 사용해 봉인한 후에야 겨우 공간 속에 집어넣는다. 보관 장소 또한 수많은 레어 아이템이 있는 곳이었다. 고위 도적은 상대가 공간 속에 넣어둔 아이템조차 훔칠 수 있다. 물론 상대의 움직임을 막아놓았더라도 무한히 훔칠 수 있는 것은 아니다. 한 명의 플레이어에게서는 한두 번이 한도일 것이다. 그래도 한두 번 도둑질을 당할 가능성이 있다는 사실은 공포를 느낄 리 없는 언데드인 아인즈조차 몸을 떨게 만들기에 충분했다.

게다가 탤런트라는 미지의 능력도 존재한다. 그렇기에 보통 사람이라면 이런 상자보다는 다른 유익한 아이템을 훔칠 거라고 생각해 레어 아이템이 있는 곳에 놓아둔 것이다.

보관을 마친 후 다시 한 번 더 있는지 확인했다.

마치 여행을 막 떠나려는 주부가 문단속을 몇 번이나 확인하듯 체크하고, 그제야 겨우 한숨을 쉬었다.

이렇게까지 하고서야 아인즈는 겨우 침실을 나갔다. 그가 향한 곳은 평소에도 근무실로 쓰는 방이다. 깊이 고개를 숙여 충성을 나타내는 멤버들은 일반 메이드, 그리고 알베도, 마지막으로 마레였다.

알베도까지는 신기할 것도 없지만 이 방에서는 별로 본 적이 없는 소년에게 놀라면서도 아인즈는 방을 가로질러 흑단 테이블을 돌아, 서른 번 이상 훈련했던 모션으로 앉았다. 로브를 밟거나 덜컥덜컥 의자의 위치를 바꾸는 일 없이 앉는 것이 핵심이다.

그리고 다음으로 의식한 것은 의자에 몸을 기대는 포즈다. 너무 빨리 몸을 젖히거나 체중을 지나치게 실어도 보기 좋지 못하다. 왕에게는 왕 나름대로 의자에 앉는 포즈가 —— 아마도 —— 있는 것이다.

'왕이 어떻게 앉아있는지는 모르겠지만……. 어디 임금님이라도 좀 만나보고 싶네.'

영업사원에게는 의자 가운데쯤에 엉덩이를 걸치고 등받이에 몸을 기대지 않는 것이 예의 바른 자세로 권장된다. 하지만 아인즈 울 고운은 영업사원이 아닌 것이다.

그런고로 아인즈는 아인즈가 품은 왕의 이미지에 어울리는 자세를 실천했다.

"고개를 들라."

그제야 세 사람이 머리를 들었다. 이렇게 말하지 않으면 절대 머리를 들려 하지 않는 것이 조금 번잡하고 시간낭비처럼 여겨졌다. 하지만 주인에게 충성을 다하려는 마음을 무시할 수는 없다. 그러므로 아인즈는 매번 꾹 참으며 같은 일을 반복했다.

"그러면 우선 묻지. 마레, 무슨 용건이냐."

"아, 네!"

긴장 탓인지 조금 갈라진 목소리로 대답한다. 아인즈는 미소를 지었다. 물론 근육도 피부도 없는 얼굴은 움직이거나 하지 않는다. 하지만 따뜻한 분위기는 풍긴다. 그 기척을 민감하게 감지했는지 마레가 숨을 살짝 들이마셨다. 태도에서도 긴장이 조금 풀린 것 같았다.

"저, 저기, 그게, 어, 가져왔어요."

뭘 가져왔느냐고 성격 나쁜 상사처럼 되묻거나 하진 않는다. 가져왔다면 받을 뿐이다. 어쩌면 자신이 명령을 내려놓고 잊어버렸을 가능성까지 있으니까.

"그렇구나──── 아니, 됐다."

대기하던 오늘의 전속 메이드가 마레에게 받으려고 움직인 것을 아인즈는 손으로 제지했다.

"마레, 직접 가져오너라."

"네!"

등을 쭉 편 마레는 눈앞까지 오더니 손에 들고 있던 바인더를 내밀었다.

아인즈는 천천히 받아들어 펼쳐보았다.

'이건…… 그 회람판이었군.'

수호자 세 사람은 아인즈의 제안을 받아들여 '참가'에 동그라미를 쳐놓았다.

"순서를 생각해보면 코퀴토스의 부하가 와도 됐을 것을 일부러 가져다주었구나. 노고가 많았다, 마레."

"아, 아뇨, 당치도 아, 않습니다! 코퀴토스 씨는 일을 하시는 중이어서, 제가 억지로 바꿨어요. 게다가──."

마레는 자신의 왼손 약지에 낀 반지를 부드럽게 매만졌다. 애정이 담긴 동작이었다.

'……링 오브 아인즈 울 고운. 아니, 그야 소중히 여겨준다면 기쁘지만 그 손가락에 끼는 건 좀……. 게다가 왜 애는 눈을 촉촉하게 적시면서 날 보는 거야…….'

섬뜩한 기분을 느껴 아인즈는 곁눈질로 알베도를 슬쩍 보았다. 평소대로 자상한 미소가 보였다.

아인즈의 시선이 알베도의 왼손 약지로 움직였다.

역시 마레와 마찬가지로 그곳에 반지가 있었다. 마치 그 손가락에 끼는 것이야말로 가장 옳다는 것처럼.

'뭐였더라. 고대 그리스의 이야기였던가?'

옛날에 어느 손가락에 반지를 끼우면 의미가 어떻다든가 하는 이야기를 야마이코에게 들은 것을 떠올렸다.

'왼손 약지에는 심장으로 이어지는 굵은 혈관이 있다고 여겨졌다고 했지? 그래서 왼손 약지로 몸에 해를 끼칠 만한 물건을 건드리면 심장에 신호를 전하기 때문에 왼손 약지로 약을 섞었다고도…… 그 부주방장도 그런 일을 하나? 아차 차, 다른 생각을. ……아직 이쪽을 보고 있군.'

아인즈는 책상 위에서 두 손을 깍지 끼었다.

"왜 그리 빤히 쳐다보지, 마레? 내 얼굴에 무언가 재미있는 것이라도 묻었느냐?"

심술을 부린다는 느낌이 들지 않도록 주의에 주의를 기울여 물었다.

"아, 아뇨, 그렇지 않습니다. 아인즈 님이 멋있다고 생각해서……."

"내가…… 멋있어?"

아인즈는 자신도 모르게 자신의 해골 얼굴을 쓰다듬었다.

"흐하하. ……마레는 아부를 잘 하는구나."

"아부가 아니에요!"

마레가 냈다고는 생각할 수 없을 정도로 큰 목소리였다.

"시, 실례했습니다, 아인즈 님. 하지만 정말 멋있다고 생각했는걸요. 아까도 의자에 앉으실 때까지 정말로 나자릭의 최고지배자다운 움직임이셨고……."

아인즈가 메이드에게 질문하는 듯한 시선을 보내자 주인의 뜻을 헤아린 호문쿨루스는 말없이 뚜렷하게 고개를 세로로 움직여 그 말이 옳다고 동의를 표했다. 알베도는 시선을 보내지도 않았는데 붕붕붕붕 힘차게 고개를 끄덕인다. 심지어 날개까지 파닥파닥 움직였다.

"그러냐. 기쁘구나."

아인즈는 짧게 대답하고는 의자에서 일어나 마레의 앞까

지 걸어오더니, 야단맞는 것은 아닐까 몸을 뻣뻣하게 굳힌 소년의 머리를 쓰다듬어주었다.

거칠기는 하지만 애정이 담긴 손길이었다.

"아, 아인즈 님……."

"고맙다, 마레. 네 말은 나를 언제나 기쁘게 하는구나."

조금 멋쩍다는 스즈키 사토루의 감정은 겉으로 전혀 드러내지 않았다.

"언제나 생각하지. 나는 동료들에게 감사해야 한다고."

"지고의 존재들께 말인가요?"

아인즈는 무릎을 꿇고 마레와 눈높이를 맞추었다.

"그렇다. 이 나자릭 지하대분묘를 만들어낸 것, 그리고 마레나 모든 자들을 창조해주었다는 것에 감사해야 한다고 말이다. 너희는―― 당연하지만 너도다, 알베도. 그리고 식스스."

알베도의 날개가 절정에라도 달한 것처럼 확 펼쳐졌다. 게다가 갑자기 이름을 불린 메이드가 갈팡질팡해, 냉정한 그녀가 어지간해서는 보이지 않는 모습에 아인즈는 활달하게 웃었다.

"너희는 나의 보물이다."

아인즈는 마레를 짊어지듯 들어올렸다.

"부글부글찻주전자님에게도 넘겨주고 싶지 않을 정도로."

"망극하옵니다, 아인즈 님."

마레를 대신해 감사를 올린 식스스의 뺨에는 환희의 눈물이 흘러내리고 있었다.

"많은 지고의 존재들께서 은거하신 가운데 마지막까지 이곳에 남아주신 데에 저희 나자릭의 모든 이들이 감사드리고 있사옵니다. 한없이 부족하여 불쾌하게 여기시는 경우도 많으실 줄로 아옵니다. 창조주께 이러한 말씀을 드리는 것이 실례인 줄은 아오나, 감히 아뢰옵니다── 저희가 충성을 바치도록 윤허해 주시옵소서."

"허하노라. 과거 알베도나 데미우르고스에게도 비슷한 말을 한 기억이 있다만── 나야말로 나자릭 지하대분묘와 너희의 주인, 아인즈 울 고운이다."

아인즈는 연습했던 적도 없는 대사를 술술 늘어놓은 데에 조금 놀랐다. 하지만 생각해보면 당연하다. 본심을 말했을 뿐이니.

마레가 아인즈의 어깨에 얼굴을 감추듯 안겼다. 평소의 장비를 하고 오지 않아 다행이라고 머릿속의 냉정한 부분이 말했다. 어깨의 로브가 젖어드는 감촉이 살짝 전해졌지만 아인즈는 마레를 그대로 두었다. 훌쩍훌쩍 우는 소리가 가라앉았을 때쯤, 부드럽게 머리를 쓰다듬고 내려주었다.

아인즈는 주머니에서 손수건을 꺼내 마레의 얼굴을 닦았다. 남의 얼굴을 닦아본 경험이 전무한 사람의, 난폭할지도 모르는 동작이었지만 마레는 그대로 몸을 맡기고 있었다.

"자, 그럼 마레는 가서 세수를 하거라."

"아, 아인즈 님은요?"

"음. 나는 이제 에 란텔에 가야만 한다. 조합장들과의 회합이 있다는구나. 귀찮아서 그동안은 계속 거절했다만 아무리 그래도 더 이상은 미룰 수 없을 것 같아서 말이다. 그러면──."

아인즈는 혼자서만 입을 꾹 다문 알베도의 눈치를 살폈다. 고개를 숙이고 있어 긴 머리카락에 가려진 표정을 알아볼 수는 없다. 하지만 여기에 가늘게 떠는 모습이 더해지니 두려움이 느껴졌다. 분노를 참고 있는 활화산과도 같은 이미지가 떠오르는 것이다.

"왜 그러느냐, 알베도."

"──큭, 하아!"

──시야가 단숨에 휩쓸려나간다고 느낀 것과 동시에 아인즈는 등을 부딪치고 있었다.

물론 아픔 따위는 없다. 아인즈는 마법적인 물건이 아니면 대미지를 입지 않는다. 부딪쳤구나 하는 가벼운 충격은 있어도 아픔이라고 할 정도는 아니었다. 그래도 인간적인 잔재가 한순간이나마 눈꺼풀도 없는 눈을 반사적으로 감게 만들었다.

너무나도 갑작스러운 사태에 생각이 잘 움직이지 않았다. 언데드의 정신구조라면 혼란 따위 일어나지 않을 테니 역시 스즈키 사토루로서 곤혹스러워한 것이리라.

"움, 우움."

눈을 뜨니 천장에 달라붙은 팔지도 암살충들의 모습이 들어왔다. 다시 말해 지금 자신은 바닥에 짓눌려 쓰러져 있구나 하는 사실을 이해하고 몸을 일으키려 했지만, 무언가 정체 모를 기묘하게 부드러운 물체가 온몸을 구속하듯 들러붙어 있는 바람에 움직이기가 힘들었다.

'그럴 리가. 나는 구속계를 비롯한 이동저해 기술에 완전 내성 아이템을 가지고 있으니 움직임이 완전히 고정된 순간 해방되었어야 할 텐데……. 다시 말해 이것은 상당히 고도한 포박술에 당하고 있다는 뜻!'

아인즈가 자신을 고정하려 드는 연체생물을 확인하니, 그곳에는 예상했던 인물—— 알베도가 있었다.

"아인즈 니이임!"

두 다리로 올라타며 아인즈의 몸을 단숨에 고정한 알베도가 상반신을 일으켰다.

"왜, 왜 그러느냐. 무슨 일이냐."

"이제는—— 참지 않아도 되겠지요!"

알베도가 한껏 두 눈을 크게 떴다. 동공이 벌어진 것 같은 황금색 눈동자에 아인즈는 등줄기까지 얼어붙는 무언가를 느꼈다.

"무, 무슨 소릴 하는 거냐, 너!"

여유가 없어진 아인즈의 물음을 무시하고 알베도는 드레스의 가슴께에 두 손을 가져다 댔다. 그리고 기합성과 함께 아래로 내리려 했지만 옷은 꿈쩍도 하지 않았다.

"마법의 옷은 귀찮군요. 장비 파괴 기술을 쓰거나, 아니면 평범하게 벗어야겠사옵니다."

"진정하지 못하겠느냐, 알베도. 내 위에서 내려와라!"

완력으로 밀어내려 했지만 상대는 전사 클래스 100레벨이다. 게다가 밀어내려다가 무언가 부드러운 부분을 물컹 붙들어버리는 바람에 힘을 줄 수가 없었다. 알베도의 손이 움직이더니 아인즈의 로브 옷자락을 벌리려 했다.

"옷 벗기지 마! 허리 움직이지 마! 야!"

"아, 아우아아아아아……."

"아인즈 님 잘못이옵니다! 그동안 계속 참았는데 참지 못할 말씀을 하시니까! 전부 아인즈 님 잘못이옵니다! 정말 조금이면 되니! 조금만! 진짜 조금만! 조금만 정을 베풀어주시면 되옵니다! 천장에 있는 팔지도 암살충의 숫자를 세시는 동안 끝날 것이옵니다!"

만약 여기서 아인즈가 설정을 바꿨다는 사실을 책망하는 그런 말이 나왔다면 저항할 의욕을 잃었을지도 모른다. 하지만 알베도의, 뭐라고 할까, 잡아먹으려는 듯한 분위기에 죄책감보다도 육식동물 앞의 초식동물과도 같은 공포가 치밀어 아인즈는 저항했다.

그제야 겨우 이 황망한 사태에 혼란에 빠졌던 부하들이 움직였다.

"알베도 님이 이성을 잃으셨다!"

"알베도 님이 이성을 잃으셨다!"

팔지도 암살충들이 일제히 천장에서 뛰어내렸다.

"아인즈 님에게서 떼어내라! 아니아니! 완전히 포박하려고 하지 마! 해제당하니까! 힘으로 떼어내!"

"무리야! 완력이 이렇게 강하다니, 역시 수호자 총괄책임자! 마레 님, 도와주십시오!"

"──아우우! 네, 네엣!"

겨우 해방된 아인즈는 천천히 흐트러진 옷매무새를 고치며, 팔지도 암살충들에게 두 팔다리를 붙들린 알베도에게 손가락을 내밀었다.

"알베도, 근신 3일."

팔지도 암살충들이 알베도를 방 밖으로 끌고 나갔다.

"저, 저기, 아인즈 님…… 괜찮으세요?"

"문제는 전혀 없다만…… 알베도가 저렇게 이상한 놈이었느냐? 뭔가 잘못 먹기라도 했는지…… 악마는 음식을 섭취할 필요는 없지만 먹어도 문제는 없는 종족이니."

아인즈가 묻자 마레는 스윽 눈을 피했다.

"그러냐……. 아니, 뭐, 음. 이런저런 일이 있었겠지. 업무 스트레스도 없었다고는 단언하지 못할 테고."

아인즈는 자리에서 일어나 메이드를 불렀다. 어딘가로 날아가버린 위엄을 되찾고자, 스스로는 위압적이라 생각하는 목소리를 냈다.

"……나베랄과 햄스케를 불러라. 슬슬 에 란텔로 가야 할 시각이다."

*

나자릭 시각 13:35

햄스케에 올라탄 아인즈는 고삐를 당겨 걸음을 멈추었다. 전방에 우뚝 솟은 에 란텔의 문을 조용히 확인했다.

대군조차 막아낼 수 있을 것 같은 위용과 중후함을 자랑하는 문이 아인즈는 싫지 않았다. 위그드라실이라는 게임에서는 이것보다도 거대하고 훌륭한 문이 다수 있었지만 이것은 데이터와는 달리 인간의 손으로 —— 마법일 가능성도 버릴 수는 없지만 —— 만들어낸 것이기 때문이다.

역사와 노고가 배어나오는 강철색의 대문을 앞에 두고 있으려니 무어라 형언할 수 없는 감정이 부글부글 솟아났다.

'위그드라실에서도 도시를 정복하는 길드가 있었지. 옛날에는 방어가 어려운 곳을 길드 거점으로 삼다니 귀찮은

짓을 다 한다고 생각했지만…… 어쩐지 이해가 가는걸. 거대도시의 지배는 남자의 로망일지도 모르겠어.'

위그드라실 시절, 길드 사이에서는 도시 방어전이 빈번히 벌어지곤 했다. 아인즈 울 고운에 속한 멤버들의 대부분이 이해하지 못하겠다고 싸늘하게 바라보았지만, 그중에는 우리도 해보자고 목소리를 높이는 자들도 있었다.

'전쟁광이라…….'

별로 좋아하는 발언은 아니었지만 돌이켜보면 그것도 좋은 추억이었다.

"왜 그러시오이까, 주공?"

"아니다, 신경 쓰지 마라."

발을 멈추게 해놓고 아무 행동도 하지 않는 주인을 의아하게 여긴 햄스케의 질문에 화제를 끊는 듯한 평탄한 어조로 대답했다. 향수에 잠겼다는 사실을 들킨다면 민망할 테니 이를 숨기기 위한 목소리였다.

"자, 모험자 조합으로 가서 회합에 잠깐 얼굴을 비치면 즉시 몬스터 퇴치 의뢰를 받도록 하자."

에 란텔에 숙소를 잡아도 되겠지만 그렇게 쓸데없는 데 돈을 쓸 여유는 없다. 수면도 식사도 필요 없는 아인즈가 최고급 여관을 잡는 이유는 최고위 모험자라는 지위를 과시하기 위해서일 뿐이다. 그리고 연줄을 만들기 위해. 그러나 이미 이 도시에서는 유수한 권력자들과 면식을 가졌으며, 찾아가면 환영을 받을 위치를 확보해두었다. 그렇기에 굳이 여관을 잡을 필요는 이제 거의 없었다.

게다가 여관에 방을 잡으면 나자릭까지 마법으로 전이해 아침까지 그쪽에서 언데드를 생성하는 등 일을 한다. 어차 피 그러느니 당장 몬스터 퇴치 일이라도 맡아서 냉큼 도시 밖으로 나가버리는 편이 훨씬 현명하다.

솔직히 말하면 더 이상 에 란텔에서 활동해봤자 별로 이 익이 없을 거라는 생각도 들기 시작했다.

"그렇소이까? 주공은 싸움을 좋아하시는구려."

"딱히 좋아하는 것은 아니다. 게다가 퇴치를 하러 간다고 해봤자 금방 끝내놓고 대부분은 나자릭에서 평소처럼 지낼 뿐이니."

아인즈는 햄스케의 거대한 머리를 툭툭 가볍게 두드렸다.

"너는 무기와 방어구를 장비할 수 있도록 훈련도 해야 하 고."

"늘 노력하고 있소이다! 그 리저드맨들이 많이 가르쳐 주 더구려. 조금 더 있으면 분명 필살기도 쓸 수 있게 될 것이 외다."

"호오, 무투기를 쓸 수 있게 된다면 완벽하겠는걸. 그리 고 너와 함께 훈련하는 동기는 어떠냐? 무투기를 쓸 수 있 게 될 것 같냐?"

"그 친구 말이외까? 말수가 적어 좀처럼 입을 열지 않아 모르겠소이다. 그래도 아직 멀었을 거라 생각하외다."

사실 아인즈도 '그것'이 말을 할 리가 없다고 생각했다. 애초에 그것이 무투기를 쓸 수 있게 될 확률은 거의 없다. 어디까지나 실험의 일환이다. 그렇다고는 해도 만약 설령 —— 아인즈가 만들어낸 데스나이트 한 마리가 전사계 기술을 습득할 수 있다면 앞으로의 계획이 대폭 변경될 것이다. 훈련으로 강화가 가능하다면 최우선 사항으로 올려놓을 수도 있다.

"언데드는 잠도 휴식도 필요 없는 존재다. 무한히 전투훈련을 할 수 있으니 이론적으로는 햄스케보다도 빠르게 무투기를 습득하더라도 이상할 것이 없지. 그런데도 아직 가망이 없다는 것은 역시 무리라는 뜻이겠군."

"잠깐 기다려 주사이다! 그 친구도 노력하고 있소이다! 매일매일, 본좌가 주거지로 이동한 후에도 묵묵히……. 그를 죽이지 말아주었으면 하외다!"

"……아니, 누가 죽인다고 했나. 그보다도 너는 날 뭐라고 생각하는 거냐."

"그렇습니다. 아인즈 님보다 자상한 분은 이 세상에 존재할 리 없습니다. 너처럼 빈약한 생물조차 죽이지 않고 자비를 베풀어주시니까요."

뒤에서 말을 타고 따라오던 나베랄에게서 날아든 극한의 말에 햄스케가 몸을 떨었다.

"——나베, 곧 에 란텔에 도착하니 이제부터는 모몬이라 부르거라."

"분부 받들겠습니다."

"그리고 햄스케는 나자릭 강화계획의 일익을 담당한 중요한 존재이기도 하다. ……나자릭을 위해 일하는 자에게는 나름대로 대우를 해주도록. 이것은 결코 햄스케만이 아님을 명심하거라."

"예! 죄송합니다."

덤으로 인간을 진드기니 벼룩이니 부르는 것도 관두라고 하고 싶었지만 아무리 나무라도 말을 듣지 않으므로 요즘은 방치하게 되었다. 나베랄 감마의 설정에, 그렇게 무의식적으로 부르도록 적혀있다면 만든 동료의 마음을 짓밟는 꼴이 되기 때문이다.

"자, 가자."

"알겠소이다."

햄스케를 타고 아인즈는 나아갔다.

전방을 보니 문 앞에는 몇 사람이 줄을 서 있었다. 입국심사는 출국심사보다도 까다로운 것이 당연하며, 매우 면밀하게 짐을 조사한다. 그러므로 행상이나 떠돌이 상인들이 있으면 에 란텔에 들어가는 심사의 순서가 돌아오기까지 시간이 걸리는 경우도 있다.

"그렇게 시간이 걸리지는 않겠지만……."

몇몇 여행자들 —— 개중에는 모험자로 보이는 무장을 한 집단도 있었다 —— 뒤에 아인즈 일행이 서자 나베랄이 조용히 물었다.

"모몬 니——씨라면 먼저 갈 수도 있지 않겠습니까?"

그녀의 말은 정론이다. 아인즈도 처음에 왔을 때는 매우 귀찮은 심사를 받았지만 모험자로서 활약이 알려지면 알려질수록 심사는 간소해지고, 이제는 거의 프리패스가 되었다. 그뿐이 아니라 우선적으로 입도심사를 받는 경우마저 있었다.

'칠흑'만이 특별한 것이 아니라 미스릴 이상의 모험자라면 이러한 대접은 흔하다. 이것은 도시의 비밀병기와도 같은 존재들에게 불쾌감을 주지 않으려는 배려일 것이다.

'그럴 거면 입장할 때 내는 세금도 면제해주지…….'

모험으로 얻은 액수에서 보자면 매우 소소하지만 나자릭 내에서 최고의 외화 획득 수단인 사내는 불쾌하게 생각했다. 아무리 그렇다고 해도 비행 마법으로 벽을 넘어가거나 하진 않는다.

모몬은 영웅인 것이다. 그러니——.

"새치기를 해서는 안 된다. ……특별한 사정이나 시급을 요하는 일이 없을 때를 제외하면."

나베랄은 고개를 숙여 대답하고, 아인즈는 멍하니 햄스케에 앉은 채 전방의 대열을 바라보았다.

"그런데 전혀 움직이질 않는군······."

교통정체에 빠진 도로처럼 줄은 앞으로 나가질 않았다.

"뭐지······? 짐마차를 체크하는 것 같은데······ 아주 단단히 검사를 하는군. 아니, 에워싸고 있을 뿐 조사하는 건 아닌가? 불법적인 무언가라도 발견했나? 잠시 실례하오."

아인즈가 앞에 서 있던 무뚝뚝해 보이는 사내에게 말을 걸었다.

"아, 예. 뭡니까?"

"당황하실 것 없소. 다만 줄이 움직이지 않는 것 같아 무언가 사정을 모르나 싶어서."

"자세히는 모르겠지만, 웬 아가씨가 병사들과 검문소 쪽으로 가는 모습을 봤습죠. 그러더니 갑자기——."

대충 이야기를 들어보았지만 결국 자세한 사정은 알 수 없었다. 아인즈는 고개를 내밀어 검문소 쪽을 살폈다. 귀를 기울여보니 무언가 격렬한 고함소리도 들렸다.

흐음.

아인즈는 호기심을 자극받았다.

자신도 처음 이 도시에 왔을 때는 문에서 몇 가지 질문을 받았다. 하지만 의외로 간단히 들어갈 수 있었다. 이 세계는 위병이나 모험자, 여행자 같은 뜨내기들에게 다정하구나 싶어 의외로 여겼을 정도였다. 실제로 그런 이유는 아니었던 것 같지만, 그럼 지금 들어갔다는 시골 아가씨는 어떠한 힐

문을 받고 있단 말인가.

지금까지는 타국에서도 통하는 아다만타이트라는 지위를 가졌으므로 아인즈를 거절하는 도시는 적다고 한다. 그렇기에 아인즈는 어떠한 질문을 받는지를 알고 싶었다. 앞으로 아다만타이트 클래스 모험자 모몬이 아니라 완전히 다른 사람이 되어 도시에 침투할 경우도 있을 것이다. 그때 곤란한 경우를 겪지 않도록 지식을 갖춰놓고 싶었던 것이다.

"잠시 여기서 기다려다오. 살펴보고 오겠다."

"저도 동행하겠습니다."

"그럴 필요는 없다. 정말로 잠깐 살펴만 보고 오는 것이니."

햄스케에서 내려서, 검문소 쪽으로 걸어갔다.

아인즈의 모습을 본 병사들이 일제히 놀라 소리를 지르기 시작했다. 이곳 에 란텔에 아다만타이트 클래스 모험자 모몬을 모르는 자는 없다.

당당하게 보이도록 주의를 기울이며 아인즈는 검문소 앞까지 도착했다. 안에서는 흥분한 매직 캐스터와 병사, 그리고 의자에 앉아있는 시골 아가씨의 모습이 보였다.

"우리는 어서 도시로 들어가고 싶소만…… 무슨 일인지?"

"으허억!"

두 사내가 바깥쪽의 병사들과 똑같이 놀라 소리를 질렀다. 시골 아가씨는 이쪽을 보고 어째서인지 멍한 표정을 짓는다.

"아, 아니! 모몬 님! 이거 실례했습니다!"

"대체 뭘 하시는…… 음? 그 아가씨는…….""

어디선가 본 얼굴이었다. 그런 기분이 든 아인즈는 뇌의 해마에서 —— 존재하지 않지만 —— 그녀의 정보를 검색했다.

"예! 수상쩍은 계집이 있어 조금 조사하느라 시간을 잡아먹었습니다. 모몬 님께는 정말 폐를——.""

사내의 목소리를 번잡하다고 생각하던 아인즈는 번뜩이듯 소녀의 이름을 기억해냈다.

"——엔리. 그래, 엔리 에모트였지?"

"어, 저기, 누구신지…… 아, 맞아. 그때 운피랑 같이 마을에 오셨던 분이군요. 이야기를 나눈 기억은 없는데…… 제 이름은 운피에게 들으셨나요?"

그 순간 아인즈는 자신도 모르게 입을 붙들고 말았다.

엔리와 만난 것은 가면을 쓴 매직 캐스터 아인즈 울 고운이었다. 지금은 칠흑의 갑옷을 입은 아다만타이트 클래스 모험자 모몬이다.

'아뿔싸! 아무 생각 없이 말해버렸잖아! 큰일이다. 이 자리를 떠야 해! 하지만 어떻게 이 아가씨가 여기 있지? 나를 —— 아니, 아인즈 울 고운을 찾고 있었다면 일이 꼬이려나? 그렇다면 이야기를 자세히 들어봐야겠군.'

조금 전 그녀의 발언으로 보건대 자신의 정체를 알아차린 것 같지는 않았지만 들킬 가능성도 고려해야 한다. 분명 몇 달 전에 잠시 이야기만 나누었던 목소리를 투구 너머로 듣고 동일인물이라 판단하리라고는 생각할 수 없어도, 조심해서 나쁠 것은 없다.

아인즈는 매직 캐스터를 손짓으로 불렀다. 병사보다는 많은 것을 알고 있으리라 생각했기 때문이다.

매직 캐스터를 데리고 검문소를 나가, 목소리가 들리지 않을 정도로 멀찌감치 이동했다.

"그래…… 저 아가씨는 내 아는 사람의 아는 사람인데, 무슨 일이 있었는지 들려줄 수 없겠소?"

거짓말은 아니었다. 운필레아는 아인즈와 모몬의 지인이니까.

매직 캐스터가 눈을 크게 떴다. 그것은 놀라움의 감정표현과 비슷했지만 그것과는 다른 무언가였다. 비유하자면 점이 한 가닥의 선으로 이어진 것과 같다고 해야 할까. 그의 내면에서 무언가 수수께끼 하나가 풀린 듯했다.

"그랬군요……. 역시……."

너 혼자 수긍하지 말라고 쏘아붙여주고 싶었지만 꾹 참고 아인즈는 그가 입을 열기를 기다렸다.

"그녀는 자신이 단순한 시골 계집아이라고 했습니다만, 뿔피리의 형태를 한 강대한 힘을 가진 매직 아이템을 숨겨

놓고 있었습니다. 그러한 아이템을 어떻게 소유하게 되었는지 등등 알 수 없는 점이 있었으므로 자세한 이야기를 들어보려 하던 참이었습니다."

"어떤 뿔피리였소? 그리고 효과는?"

"능력은———."

이야기를 다 들은 아인즈는 문득 하늘을 올려다보았다.

자신이 건네주었던 아이템임을 깨달았기 때문에 현실도피를 한 것이다.

그 당시에는 어느 정도 아이템이 이 세계에서 비상식적인지를 알지 못해 몸을 지키라는 뜻에서 주었던 것이다. 그것이 그녀의 불이익으로 직결되었다니 누가 상상이나 했을까. 난 딱히 잘못한 건 아니라고 변명은 할 수 있겠지만 그렇다고 내버려둘 수도 없었다.

'도와줄까? 난 잘못이 없지만 아이템을 주었던 책임을 져야지……. 내버려뒀다가 다른 사람의 손에 넘어가는 편이 더 귀찮고 말이지. 게다가 그녀가 체포당하기라도 한다면…….'

운필레아는 모몬과 아인즈 울 고운이 동일인물임을 안다. 이 상황에서 나중에 엔리에게 이야기를 듣는다면 분명 아인즈가 그녀를 버렸다고 생각할 것이다.

'틀림없이 응어리가 남겠지……. 가치 없는 인간이야 응어리가 남든 말든 상관없지만 그는 매우 가치 있는 존재다. 위기를 기회로 바꾸라는 말도 있듯, 도움을 주면 운필레아가 감사할 테지. 이렇게 해 조금씩 사슬로 속박해나가야 한다.'

아인즈는 조용히, 스스로 관록이 있다고 여겨지는 목소리로 말했다.

"걱정할 필요는 전혀 없소. 그녀가 어떤 사람인지는 내가 잘 알지. 문제를 일으킬 만한 인물은 절대 아니니 이대로 보내주시오. ——그럴 수 있겠소?"

"물론입니다. '칠흑' 모몬 씨가 아는 분이라면, 귀공께서 신원을 보증해주신다면 어떤 범죄자라도 도시에 들어갈 수 있을 겁니다."

"그렇군. 그럼 미안하지만 부탁하오. 그리고 송구스럽지만 우리—— '칠흑' 도 먼저 들여보내줄 수 없겠소?"

아인즈는 허가를 얻어 나베랄과 햄스케에게 돌아왔다.

"허가를 받았다. 들어가자."

햄스케에 올라, 줄을 선 사람들 옆을 지나갔다. 순서를 기다리던 여행자들의 주목을 받았지만 칠흑 갑옷, 거대한 대검, 햄스케, 나베랄을 보고 체념한 듯 시선을 돌렸다. 아인즈와 자신들의 확실한 신분 차이를 깨달은 것이다.

문을 지키는 병사들에게서 깊은 존경이 담긴 인사를 받으며 문을 지나 에 란텔로 들어섰다.

"그러면 나베. 너에게 부탁할 것이 있다."

"분부 받들겠습니다. 무엇이든 명령하십시오."

시내에서 충성의 태도를 보이는 것은 같은 모험자 동료로서 좀 그렇지 않나 싶었지만 말해봤자 소용이 없으므로 이젠 그냥 이해하기로 한 아인즈는 명령을 내렸다.

"잠시 후 문을 지나 들어올 마차를 탄 소녀, 엔리에게서 왜 에 란텔에 왔는지를 넌지시 물어보고 오너라."

다음으로 아인즈는 몸을 감출 장소를 찾았다. 엔리와 이 이상 대화를 나누지 않기 위해서였다.

주위를 둘러보고, 높이 쌓인 나무 상자 뒤라면 어떻게든 숨을 수 있겠다고 재빨리 햄스케를 몰았다. 갑자기 나타난 아인즈와 햄스케를 보고 그곳에서 작업을 하던 병사들이 당황했다.

"제군, 잠시 시간 괜찮겠나? 이 나무상자에 대해 들려주었으면 하는 것이 있네."

문에서는 이 장소가 보이지 않는다는 사실을 확인하고 아인즈는 병사 하나에게 물었다. 물론 나무상자에는 아무런 관심도 없었다. 단순히 일에 방해된다고 쫓겨나지 않기 위한 구실이었다.

"아, 예. 칠흑 모몬 님께서 관심을 가져주시니 기쁘군요. 이것은 그란델 영지에서 운반된 킨슈라는 이름의 야채입니다. 이건——."

병사의 진지한 설명에 아인즈는 "과연."이라든가 "그렇군." 하는 식으로 적당히 대답을 했다. 상당히 건성이었지만 병사는 전혀 신경 쓰지 않고 설명을 이어나갔다. 이윽고 아인즈가 킨슈라는 야채의 조리방법에 대해 상당히 해박해졌을 무렵 나베가 뒤에서 훌쩍 나타난 것을 느꼈다.

"——이야기 도중에 말을 끊어 미안하네. 매우 도움이 되는 이야기를 들려주어 고맙네. 다만 동료가 돌아왔으니 이만 실례해야겠네."

아인즈는 일방적으로 병사에게 말하고 햄스케를 걷게 했다.

"그래, 뭐라고 하더냐?"

"우선 모몬 씨에게 고맙다는 말씀을 전해달라고 합니다. 그리고 목적은 세 가지인데, 약초를 파는 것, 마을로 이주하기를 희망하는 자가 있는지 신전에서 확인하는 것, 마지막으로 모험자 조합에 가는 것이라고 합니다."

"모험자 조합이라고? 무슨 의뢰를 하러 간단 말이냐?"

"죄송합니다. 그것까지는 묻지 못했습니다. 잡아다 정보를 불라고 족쳐볼까요?"

"아니, 그러지 마라. 어차피 우리도 이제 모험자 조합에 가야 한다. 그곳에서 조합을 경유해 물어봐도 될 것이다."

아인즈 울 고운에게 직접 감사를 하고 싶다느니 그런 말은 아닐 것이다. 그랬다면 마을에 이따금 찾아오는 루푸스레기나에게——.

"그러고 보니 나베. 루푸스레기나에게 무언가 특별한 보고를 받았나?"

나베랄이 고개를 가로젓는 모습을 보고 아인즈는 눈살을
—— 물론 없지만 —— 찡그렸다.

원래는 그림자 악마를 배치해두었으나 우호관계를 다질
목적으로 교대시켜 루푸스레기나를 보냈다. 그녀에게는 마
을에 무언가 문제가 일어나면 즉시 보고를 올리도록 명령해
두었다. 하지만 아직 아인즈에게 온 정보는 없었다.

그러므로 카르네 마을에서는 문제가 될 만한 일은 아무것
도 일어나지 않았으리라 판단했는데.

아무리 그래도 엔리 혼자 에 란텔에 갔다는 것까지 보고
를 할 필요는 없겠지만—— 아인즈의 마음속에 불안이 먹구
름처럼 솟아났다.

"루푸스레기나는 나름 성실하게 일을 하는 인물이라고
생각했다만, 나베 너는 어떻게 보느냐?"

"말씀하신 대로입니다. 말투 때문에 불성실하다고 여겨
지기 쉬우나, 그것은 어디까지나 연기일 뿐입니다. 잔인하
고 교활한, 훌륭한 메이드입니다."

잔인하고 교활하다는 건 하늘이 뒤집어져도 칭찬이 아니
다. 혹시나 좋지 못한 감정을 품은 건가 싶어 아인즈는 나베
랄의 얼굴을 훔쳐보았지만 늠름한 표정에서는 동료에 대한
경의가 엿보였다.

"그러면 주공, 말씀하신 대로 우선 모험자 조합에 가면
되겠소이까?"

"그렇다. 장소는 알겠지? 그러면 나베, 뒤에 타거라. 한 번 집어넣은 '군마동물상Statue of Animal: Warhorse'을 일부러 다시 꺼낼 필요도 없으니."

나베랄의 손을 잡아 아인즈가 자신의 뒤에 태우자, 햄스케는 기다렸다는 양 빠른 걸음으로 나아갔다. 이제는 햄스케를 타고 시내를 활보하는 데 수치심을 느끼지 않는다. 그뿐이랴, 말이 통하고 명령을 내릴 수 있다는 점이 매우 마음에 들었다. 택시 같은 기분이었다.

이윽고 모험자 조합이 보였다. 동시에 조금 전에도 보았던 짐마차와 안으로 들어가는 엔리의 뒷모습도.

"……하는 수 없군. 뒷문으로 가야겠다. 햄스케, 뒤로 돌아가다오."

"분부 받들겠소이다, 주공!"

보통 어지간해서는 모험자가 뒷문으로 들어가선 안 된다. 하지만 아다만타이트 클래스 모험자라면 무슨 짓이든 허용된다. 그렇다 해도 뒷문으로 들어가는 경우는 이번이 처음이었다. 특권계급이라고 권력을 지나치게 행사하면 평판이 떨어진다.

뒷문으로 들어가 처음 맞닥뜨린 조합원에게 조합장의 방으로 안내를 부탁했다. 운이 좋다고 해야 할지 그는 방에 있었다.

"오오, 모몬! 잘 와주었네!"

조합장—— 아인잭이 두 팔을 벌리며 환영해주었다. 그대로 아인즈를 덥썩 붙잡더니 포옹을 했다. 갑옷이며 투구를 착용했으니 딱히 별생각은 들지 않지만 얇은 옷이었다면 여러 가지 의미에서 피하고 싶은 뜨거운 포옹이다. 등을 친근하게 두드려준 다음 천천히 떨어진다.

　"요즘 자네가 와주질 않아 쓸쓸했다네. 자자, 소파에 앉게나. 회합에 참가할 멤버가 모일 때까지 천천히 이야기라도 나누세."

　오랜만에 보는 친한 친구를 맞이해주는 듯한 표정으로 조합장은 기쁘게 소파를 가리켰다.

　"고맙습니다."

　아인즈가 앉자 조합장이 그 옆에 앉았다. 두 사람 사이의 거리는 좁았다. 무릎과 무릎이 닿아 숨이 막힐 것 같은 간격이었다.

　"모몬, 우리가 알고 지낸 지도 오래됐는데 그만 말을 놓는 게 어떻겠나?"

　"아닙니다. 친한 사이에도 예의를 생각해야 하는 법. 이건 매우 중요한 일이라고 배웠으니까요."

　실제로 영업 때는 좀 더 친근함을 담은 대응을 보이고 때로는 고객에게 반말을 쓰기도 하지만, 아인즈에게는 조합장과 그렇게까지 터놓고 지낼 마음이 없었다. 업무적인 관계로 그치는 편이 정답이리라 판단했다.

'조합에 너무 깊이 얽매이면 오히려 족쇄가 될 수 있지. 한 도시의 모험자 조합과 그러고 싶지는 않아. 슬슬 장소를 바꿀 때일까? 그렇다기보단——.'

아인즈는 투구의 가느다란 틈새로 옆에 있는 조합장을 노려보았다.

'애초에 왜 옆에 앉는 거야. 보통은 나베랄을 앉히는 자리고 너는 맞은편에 있었잖아.'

기분 나쁜 거리감에 조합장은 동성애자가 아닐까 하는 의심이 드는 것도 어쩔 수 없었다.

'마술사 조합장에게는 아내가 있다고 들었는데…… 아내도 사실은 위장 아니야? 필사적으로 우호를 다시려는 것뿐이라고 생각했는데…… 그거 분명 역효과일걸. 아니면 내가 그렇다고 생각하는 건가?'

마지막으로 문득 떠오른 상상에 오싹해졌다.

아인즈는 이성애자이다. 아니, 이성애자였다. 덧붙이자면 이건 아무래도 상관없는 일이지만 스즈키 사토루는 가슴이 없는 것보다는 있는 편을 선호했다. 아마 그것은 이 몸이 되어서도 마찬가지일 것이다. 코퀴토스보다는 알베도 쪽에 미미한 욕망이 느껴졌으니까.

몸을 조합장에게서 떼어놓듯 엉덩이의 위치를 고치며 정면으로 돌아보았다.

"실례. 여기 온 이유는 한 가지 여쭤볼 것이 있기 때문이었습니다. 사실은 지금 모험자 조합에 제 지인이 왔을 텐데, 무슨 의뢰를 했는지 알고 싶어서 말입니다."

"그건 규칙상 어렵네만."

"그래서 부탁드리려는 겁니다. 무리라는 것은 잘 알고, 조합의 규칙을 지켜야 한다는 점도 거듭 명심하고 있습니다. 하지만 부디."

아인즈가 고개를 숙이자 조합장은 팔짱을 끼고 엄숙한 표정으로 천장을 보았다. 하지만 그것도 짧은 시간으로 그쳤다.

"알았네."

웃는 얼굴로 아인즈를 본다.

"모몬 자네의 부탁이라면 거절할 수도 없지. 그러면 그 지인의 이름을 들려주지 않겠나?"

"카르네 마을의 엔리, 아니, 엔리 에모트입니다."

"엔리란 말이지. 그럼 잠시 시간을 내 주겠나?"

잠시 후 조합장이 돌아왔다. 뒤에서는 안면이 있는 안내원 아가씨가 따라왔다. 그녀는 얼어붙은 것처럼 뻣뻣한 동작으로 들어왔다.

"모몬 님! 실례하겠습니다!"

같은 쪽 팔다리가 동시에 나오는 사람을 처음 본 아인즈는 '대단하네.', '그렇게 긴장할 것 없는데…….' 하고 생각하면서도 천천히 고개를 끄덕였다. 너무 허물없는 태도를 보일 수 없는 것은 아다만타이트 클래스 모험자의 고민거리다.

"카르네 마을의 엔리 에모트에게 이야기를 들은 안내원일세. 직접 듣는 편이 좋겠지. 알고 싶은 것이 있다면 마음껏 물어보게나."

"그렇군요. 그러면—— 아니 그 전에 일단 좀 앉혀 주십시오, 조합장님. 이 방의 주인은 당신이니 제가 말하기는 좀…….""

"아닙니다! 그러실 필요 없습니다! 저는 이대로 있어도 괜찮습니다!"

스즈키 사토루였다면 자신이 앉아있는데도 상대를 세워두다는 데에 강한 위화감을 느꼈을 것이다. 하지만 아인즈 울 고운, 나자릭 지하대분묘의 지배자로서 활동하는 동안 그런 감각은 희미해졌다. 남의 위에 선 자와 아래에서 통치를 받는 자의 차이란 것을 솔직하게 받아들일 수 있게 된 것이다. 주인의 역할연기도 결코 헛되지는 않았으며 제대로 경험치가 쌓였다는 증거이리라.

'……앞으로 몇 포인트를 얻으면 레벨업일까…… 아차차.'

"그렇군요. 그러면 이야기를 시작하지요. 그녀의 의뢰 내용에 관해 자세히 들려주십시오. 매우 중요한 이야기이니 빼놓지 않고 말씀해주실 수 있을까요?"

"네, 네엑?!"

안내원의 이마에 비지땀이 왈칵 솟아났다.

"왜 그러시죠? 뭔가 문제라도?"

"아뇨, 그게……."

안내원의 눈이 좌우로 흔들렸다.

"혹시 질문 방식이 좋지 않았나요? ……으음. 그럼 이렇게 묻지요. 그녀의 의뢰는 누군가를 수색하는 것이었나요?"

"아, 아뇨, 그건 아니에요."

"아, 그렇군요……. 그러면 어떤 내용이었죠? 의뢰라 할 만한 것은 아니었습니까?"

"……사실은, 지금 당장 의뢰를 하려는 것은 아니고, 장래에 의뢰를 할지도 모른다는 이야기였어요. 그게, 숲 동쪽에는 거인이, 서쪽에는 마의 뱀이라 불리는, 모몬 님께서 지배하신 숲의 현왕에 필적하는 몬스터들이 있다나 해서, 그 뭐냐, 그랬어요."

횡설수설 이야기하는 안내원을 보고 의아하게 여기면서도 아인즈는 이어서 질문을 건넸다.

"장래에 의뢰를 할지도 모른다고요?"

"아아아, 아니에요! 저, 저는 모몬 님이 아시는 분인 줄 몰랐어요! 만약 알았다면 더 자세히 이야기를 듣고! 정말이에요!"

반쯤 울먹이며 소리를 지르는 안내원을 보고 아인즈는 곤혹에 빠졌다. 이렇게까지 정서가 불안정한 사람에게 접수를 맡겨도 되는 걸까.

"──조합장님."

"……미안하네. 내가 직원 교육을 제대로 못했군."

"아니, 하지만! 그게 조합의 규칙이잖아요!"

그 후로 이어진 두 사람의 대화를 듣고, 아인즈는 두 사람이 어떻게 곡해했는지를 이해했다.

안내원도 조합장도, 아인즈와 엔리가 아는 사이이며, 원래는 공짜로 해줄 수 있는 일이지만 모험자 조합의 체면을 세워주는 의미에서 조합을 경유해 의뢰하도록 이야기가 되었다고 착각한 것이다.

그랬는데 안내원 아가씨는 금전 문제 때문에 엔리를 쌀쌀맞게 쫓아내버렸다. 아다만타이트 클래스 모험자의 지인을 문전박대한 책임은 누구에게 있는가를 놓고 둘이 다투는 것이다.

'아니, 그게 조직의 규칙이라면 지키는 게 당연하지.'

안내원을 책망하는 조합장의 평가를 낮추며 아인즈는 그를 노려보았다.

'부하의 실수를 감싸주는 게 상사의 역할이잖아. 아니면 고객 앞에서 한껏 야단쳐 동정을 사고 용서를 얻으려는 고등 테크닉인가? 너무 호되게 야단을 치는데.'

아인즈의 판단으로는 안내원의 대응이 옳다. 조합장도 그렇게 생각할 것이다. 하지만 뒷문으로 들어왔을 때도 그렇고 조합장에게 부탁을 했을 때도 그랬지만, 아다만타이트 클래스 모험자는 규칙을 쉽게 어길 수 있다── 그만한 짓을 해서라도 묶어놓아야 할 만한 가치가 있는 존재이기에 다투는 것이 아닐까.

"저는 몰랐단 말예요!"

울먹이는 안내원에게 아인즈가 부드럽게 말을 걸었다.

"당신은 잘못한 것이 없습니다."

안내원이 놀라 눈을 크게 뜨고, 그 바람에 눈물이 굴러 떨어졌다.

"조직의 규칙을 따르는 것은 중요하지요. 때로는 무시해야 할 필요도 있지만요. 이번 건 때문에 저는 당신을 책망하거나 하지 않겠습니다."

"고맙습니다! 고맙습니다!"

"그러면 미안하지만, 가서 자세한 이야기를 들어주실 수 있겠습니까? 제가 맡으려 한다는 이야기는 말고, 다만 제가 언제든 움직일 수 있도록."

"알겠습니다! 당장! 당장 물어보고 올게요! 실례합니다!"

안내원은 몸을 돌리더니 전속력으로 방을 나갔다. 마치 태풍이 지나간 것 같았다.

"……저에게서 동정을 사기 위해서라고는 해도 죄 없는 사람을 야단치는 척하지는 마십시오. 불쾌했습니다."

"역시…… 모몬 자네에게는 못 이기겠군."

마음속에서 쥐어짜내는 듯한 목소리에 아인즈는 자신의 예상이 옳았음을 알았다.

'저패니즈 영업맨 테크닉은 어디에서나 통하는구나. 하지만 문제는——.'

아인즈의 뇌리에 루푸스레기나의 얼굴이 떠올랐다.

'단순한 시골 아가씨인 엔리가 아는 몬스터의 존재를, 루푸스레기나가 입수하지 못했단 말인가? 정보망을 만드는 데 실패했나? 확인해봐야겠군.'

어서 나자릭으로 귀환해 이야기를 들어봐야겠다고 생각하며, 아인즈는 안내원 아가씨의 보고를 기다렸다.

*

나자릭 시각 16:41

루푸스레기나가 긴장된 낯빛으로 아인즈의 집무실에 들어왔다. 갑작스러운 호출에 혼란스러워하며 불안을 감추지 못하는 기색이었다.

이로써 집무실에는 루푸스레기나, 일반 메이드인 식스스, 전투 메이드 나베랄, 숲에 대해 가장 잘 아는 아우라, 천장에 달라붙은 팔지도 암살충, 그리고 방의 주인인 아인즈가 모였다. 참고로 알베도는 근신 중이다.

루푸스레기나가 최고 예우의 인사를 하려는 것을 아인즈가 제지했다.

"루푸스레기나. 나에게 무언가 이야기하지 않은 사실이 있지 않느냐?"

혼란의 기색을 드러낸 루푸스레기나를 보며, 몰랐나 보다 생각한 아인즈는 조합에서 들은 거인이며 마의 뱀에 대한 이야기를 들려주었다.

하지만 루푸스레기나가 아는 듯한 눈치를 보여 아인즈는 급격히 기분이 언짢아졌다.

아인즈는 조용히, 그러나 길게 한숨을 토해냈다.

"알고 있었느냐?"

"예. 그 건은――."

"어리석기는!"

분노에 지배당한 아인즈의, 격정에 몸을 맡긴 노성이 쩌렁쩌렁 울려 퍼졌다.

벼락이라도 맞은 것처럼 몸을 떠는 자들을 앞에 두고 아인즈는 자신의 감정이 억제되는 것을 느꼈다. 그러나 새로운 파도가 계속해서 밀려들어 분노가 완전히 사라지지는 않았다.

"어째서 그 사실을 나에게 보고하지 않았느냐? 아니면 감추려 했느냐?"

"그, 그렇지는 않습니다!"

"그러면 어째서 나에게 그 정보가 올라오지 않았느냐? 이유는 뭐지?"

"대단한 정보는 아니라고 생각해, 보고를 드리지 않았습니다……."

겁을 먹은 듯 고개를 숙이고 눈을 올려뜨는 전투 메이드를 보고 아인즈에게 다시 열화와도 같은 감정이 돌아왔다.

"루푸스레기나! 너에게 실망했다!!"

흠칫 떨었던 것은 루푸스레기나만이 아니었다. 식스스도 나베랄도, 그리고 천장에 있던 암살충들도 몸을 딱딱하게 굳히는 것 같았다.

"물론 나는 너에게 그 마을에 관한 재량권을 주었다. 그러나 그것은 무슨 짓을 해도, 어떤 판단을 내려도 좋다는 뜻이 아니었다! 상황이 크게 변할 수밖에 없을 때는 보고하라고 일렀거늘, 이게 어찌 된 일이냐!"

"그건……."

말을 어물거리는 루푸스레기나를 보며 아인즈는 얼굴을 찡그렸다.

이것은 사회인이라면, 아니, 어떤 처지에 있는 사람이라도 절대 용납될 수 없는 실수였다.

비즈니스 매너라기보다는 사회인으로서 당연한 사항 중 '호렌소'라는 것이 있다. 이것은 보고(호코쿠), 연락(렌라쿠), 상담(소단)의 약칭이며 회사라는 거인의 혈류로도 비유

할 수 있는 중요한 것이다.

'그것을 못하다니. 이건 조직으로서 용납할 수 없는 일…… 아니…….'

공포에 사로잡힌 루푸스레기나를 보며 아인즈는 문득 자신도 잘못하지 않았나 하는 생각이 들었다. 남의 위에 선 자로서 너무나도 의지가 되지 않기에, 고삐를 제대로 쥐지 않았기에 이런 실수가 벌어진 것은 아닐까 생각한 것이다.

'조직의 연락망을 구축하지 못했다면―― 우두머리인 나의 실수다. 상명하달이 제대로 이루어지지 않았던 것인가……. 나는 은거라도 하고 데미우르고스나 알베도에게 맡기는 편이 최선일지도 모르겠어.'

"……루푸스레기나. 그 마을은 나자릭에 어느 정도의 가치가 있는지 너는 아느냐?"

"예? 아, 네. 어, 아인즈 님께, 그 마을은 가치가 있다고 들었습니다."

"아니, 아니다. 너에게는 그 마을이 어느 정도의 가치라고 생각하는지를 묻는 것이다."

"자, 장난감이 많구나, 하고……."

"아, 그렇군. 그렇겠지. ……미안하다. 이것은 나의 실수로구나. 네가 그 정도로 생각했다고는……."

아인즈는 지친 듯 웃었다. 결국 자신이 잘못했음을 이해했다.

"실망했다는 말은 취소하겠다. 말이 지나쳤구나. 용서해다오."

"무슨 말씀이십니까! 바보 같은 제 잘못입니다!"

"그렇다면 다음에 주의해주면 될 일이다. 그래서 말인데, 이 기회에 명확히 언급할 터이니 새겨두도록 해라. 그 마을은 나름 가치가 있는 곳이다. 그중에서도 운필레아와 그의 조모는 나자릭에서 매우 중요한 위치에 있다."

"네? 그, 그렇습니까?!"

"그렇다. 그 두 사람에게는 새로운 포션의 개발을 맡겨두었기 때문이다."

"마! 맞습니다! 아인즈 님께 전해드리려고 했던 것이!"

루푸스레기나가 갑자기 창백한 표정으로 고함을 지르더니 보라색 포션을 꺼냈다. 근처에 있던 나베랄이 이를 받아 아인즈 앞으로 가져왔다.

"이것이 무엇이지?"

아인즈는 포션을 받아 빛에 비추었다.

"아, 네! 운필레아가 개발한 새로운 치유 포션입니다!"

아인즈는 다시 분노가 끓어올랐지만 꾹 참았다.

"이 포션으로 발레아레 가문의 중요도는 한층 높아진 거다."

모르겠다는 표정을 지은 루푸스레기나에게 아인즈는 조용히 웃음을 지었다.

운필레아가 만들어낸 이 보라색 포션은 나자릭에서 제공

한 수많은 아이템을 이용해 만들어냈을 것이다.

운필레아도, 그의 할머니도 위그드라실의 포션 생성 기술을 쓸 수 없음에도 위그드라실의 재료를 써서 이 세계 특유의 '푸른' 포션도 위그드라실의 '붉은' 포션도 아닌 것을 만들어냈다는 점에 주목해야만 한다.

"우선 이 세계에서 치유 포션은 푸른색이었다. 그러나 내가 아는 치유 포션은 붉은색이지. 이 사실에 대해서는 의문이 있었다."

아인즈는 천천히 설명했다.

이 세계에서는 분명 위그드라실의 지식이나 힘이 통한다. 천사와 조우하고 세계급 아이템으로 보이는 존재를 확인해, 매우 높은 확률로 과거에 위그드라실 플레이어가 존재했으리라 판단할 수 있었다. 그렇다면 어째서 포션만은 위그드라실의 것—— 붉은 포션이 아닐까.

생각할 수 있는 가능성은 세 가지.

하나는 국가의 멸망 같은 이유로 기술이 소실되고 지식이 단절되었을 경우다. 이것은 어지간히 광범위하게 —— 기술이 전해지면 주변 국가에도 전수되었을 가능성이 높으므로 —— 국가가 멸망하지 않는 한 있을 수 없는 이야기이니 가능성은 낮다.

두 번째는 단순히 운필레아가 위그드라실의 기술을 모르거나 혹은 이 근처의 국가에 전해지지 않았을 뿐이라는 설이었다. 먼 나라에서는 붉은 포션도 평범하게 쓰이거나 —— 일본에서도 옛날에는 동쪽과 서쪽에서 면류의 국물 색깔이 달랐다고 들었다 —— 그에 가까운 것이 있을지도 모른다.

그리고 마지막 세 번째가 최적화. 위그드라실의 기술로 포션을 생성하려면 위그드라실의 재료가 필요하다. 그런 재료를 모을 수 없었거나 혹은 고갈되었기에 이 세계에서 최적화된 결과가 푸른색 포션이라는 것이다.

"다시 말해 2번 가능성을 제외하고, 운필레아가 만들어낸——."

아인즈는 보라색 포션을 손에 들고 흔들었다.

"이 포션은 수백 년 만의 기술혁명이라 할 수 있을지도 모른다. 뭐, 세 번째의 가능성이 옳다면 시대를 역행한 실패작일 수도 있다만, 앞으로 그의 노력 여부에 따라서 알게 되겠지."

운필레아에게 원하는 것은 위그드라실의 포션 생성 기술과 재료에 의존하지 않고 위그드라실 포션을 작성하는 것이다. 혹은 완전히 다른, 새로운 제3의 포션 생성 방법을 완성하는 것.

"그렇다면 이것을 토대로 많은 사람에게 그 포션을 연구시키실 생각이십니까?"

나베랄의 질문에 아인즈가 떨떠름한 표정을 지었다.

"어리석은 질문이다, 나베랄. 물론 그 편이 완성까지 가는 여정은 짧아지겠지. 하지만 매우 위험하다. 지식은 힘이다. 그것을 무의미하게 나누어주는 것은 어리석은 자들이 하는 짓이다."

위그드라실이라는 게임이 그러했기에 아인즈는 자신 있게 말할 수 있었다.

"예를 들어 이 포션이 발전해 나를 일격에 죽이는 포션이 나올 가능성도 없다고는 말할 수 없는 것이다. 그렇다면 기술을 퍼뜨리는 것보다는 독점하는 편이 안전하다── 안전하겠지. ……예속된 자들은 어리석으면 된다. 기술의 발전은 주의해야만 한다. 운필레아가 만든 포션도 마찬가지다. 그렇기에 사실은 나자릭에 감금하고 연구만을 시키고 싶기도 하지만."

기술유출을 막는다는 의미에서도, 그가 만든 포션 사용을 금지시켜놓고서.

"그러면 왜 그렇게 하지 않으십니까?"

나베랄의 질문에서는 명령만 내리면 즉시 행동하겠다는 의지가 느껴졌다. 그렇기에 아인즈는 황급히 대답했다.

"감금해 일하게 하느니, 신뢰를 기르고 감사라는 사슬로 속박시켜 일하게 만드는 편이 미래의 이익으로 이어진다. 데미우르고스가 분석한 결과다만, 은혜로 속박하는 편이 효과적이라는 결론도 나왔지…… 음? 왜 그러느냐, 루푸스레기나?"

"이해가 미치지 못하는 어리석은 저에게 한 가지 가르쳐 주셨으면 합니다. 그러면 왜 아인즈 님께서는 포션을 모험 자에게, 브리타라는 여자에게 주셨습니까?"

브리타라는 말에 아인즈는 혼란에 빠졌다. 그런 이름은 기억에 없었기 때문이다. 모두 자신의 계획대로 되어간다는 표정 —— 표정은 없으니 태도라고 해야 할지도 모르지만 ——을 유지하며 필사적으로 기억을 더듬었다.

'혹시 그 포션 말인가?'

마침내 떠오른 것은 에 란텔에서 가장 처음에 머물렀던 여관에서 있었던 일이다.

자신의 말을 떠올리고, 아인즈는 비지땀이 나오지 않는 몸에 감사했다.

'——어쩐다? ——뭐라고 하지?'

언제까지고 입을 다물 수는 없었다.

'데미우르고스! 알베도! 왜 아무도 없는 거냐! 아니, 데미 우르고스는 밖에서 일하고 알베도는 근신 중이지! 지금 당장 부르기에는 너무 늦어!'

"——그렇군. 모르겠단 말이지."

"예. 송구스럽사옵니다. 부디 가르쳐주셨으면 합니다."

그냥 묻지를 마! 아인즈는 그렇게 외치고 싶었다. 이제는 어쩔 도리가 없었다. 이판사판으로 도박에 나설 뿐. 그렇게 결심하니 용기도 솟아났다.

"후후후…… 하하하하. 하, 하긴, 그건 루푸스레기나 네가 의문으로 여길 만큼 위험한 행위였지. 그 행위가 우리의 손으로는 막을 수 없는 기술의 발전으로 이어졌을 가능성이 있다. 하지만 그래도 일부러 그렇게 해야 할, 큰 노림수가 있었던 것이다."

"그, 그것이 무엇입니까?! 그것은 그 여자의 포션을 변상하기 위한 행동이 아니셨습니까?!"

옆에서 끼어든 나베랄 때문에 막 꺼내려던 말을 아인즈는 꿀꺽 삼켰다. 뇌를 필사적으로 굴려, 처음으로 에 란텔에 도착했던 날을 더욱 자세히 떠올리려 애썼다.

'맞아! 그때는 오명으로 이어지는 행위를 피하기 위해 한 짓이라고 그랬어! 어떡해!'

아인즈는 냉정함을 가장했다. 거짓말 때문에 또 거짓말을 하다가 오도 가도 못하는 곳까지 몰리는 경우가 바로 이런 경우일까. 사방으로 흩어진 용기를 열심히 긁어모았다.

"정말 그것뿐이었다고 생각하느냐, 나베랄?"

"실례했습니다!"

"……아니, 사과할 것 없다. 그때는 성공할지 자신이 없었으므로 이해하기 쉬운 노림수만을 말했을 뿐이니."

"그러면 대체…… 진정한 노림수는 무엇이었습니까?"

나베랄의 칠문에 아인즈는 천천히 입을 열었지만, 그 순간에조차 자신이 무슨 말을 해야 좋을지 전혀 알 수 없었다.

그러나 그때 갑자기 미미한 직감이 번뜩였다. 아인즈는 그 아이디어에 망설이지 않고 매달렸다.

"……운필레아다……."

무겁게 내뱉은 아인즈는 부하들을 천천히 돌아보았다. 그러나 알베도나 데미우르고스 같은 이들이라면 여기서,

『아아, 그런 뜻이셨군요! 과연 아인즈 님이십니다.』

이런 말을 해주었을 테지만, 나베랄은 조금 미간을 찡그리면서,

"운필레아…… 말씀이십니까?"

그렇게 말했을 뿐이었다.

아인즈는 입에 손을 대고 으음 신음소리를 냈다.

나베랄과 루푸스레기나가 황송해하는 몸짓을 보였다. 아마도 '이렇게까지 말해주어도 모르겠느냐' 라는 포즈라 착각했을 것이다. 실제로는 어떻게 하면 좋을까 망설이다 자기도 모르게 입을 가렸을 뿐인데.

잠시 긴장감과 정신억제의 격렬한 상하운동을 반복하던 아인즈. 하지만 그 가혹한 폭풍 끝에 마침내 출구 하나를 발견했다. 그 너머에 어떤 착지점이 있을지는 감도 잡히지 않았지만 아인즈는 지푸라기라도 잡는 심정으로 그 어둠의 길에 발을 들였다.

"……우, 운필레아라는 약사를 포착하는 데 성공했다. 그것이 대답이 되겠느냐……? 그래……. 일반적으로 알려진

푸른 포션과는 전혀 다른 포션을 건네받은 사람의 첫 번째 행동은 대체, 무엇일까?"

"……누군가에게 물어보고, 상담하는 것입니까?"

"그거다! 루푸스레기나, 너의 말이 옳다. 그녀는 내 노림수 대로 그 포션을 가장 신뢰할 수 있는 포션 기술자에게 가져갔을 것이다. 그렇기에 나는 운필레아와 접촉할 수 있었다."

카르네 마을에서 운필레아에게 그런 말을 들었던 기억이 되살아났다.

"아! 그렇군요! 그런 뜻이!"

"이제 이해한 모양이군. 실력 있는 약사를 얻기 위한 떡밥의 역할도 있었던 것이다. 이상한 데로 흘러나가 장래의 문제가 될 가능성도 있기는 했다만, 그래도 그래야만 한다고 판단했다."

공기에 이해의 빛이 섞이면서 모두의 얼굴에 감탄하는 표정이 떠올랐다.

'얘기가 이어졌다…….'

아인즈가 마음속으로 안도의 한숨을 내쉬려던 타이밍을 잰 것처럼 다른 목소리가 들렸다.

"저기…… 무례하지만 다른 질문을 드려도 될는지…….'

이젠 그만해. 질문하지 마. 아인즈는 마음속으로 눈물을 흘렸지만 표정으로는 조금도 드러내지 않았다.

"뭐냐, 루푸스레기나. 질문이나 의논할 상대가 나라도 좋다면 무엇이든 들어주마."

"예."

루푸스레기나는 꼴깍 침을 삼키고는 진지한 표정으로 물었다.

"아인즈 님은 언제나 이렇게까지 두세 수 앞까지 내다보시면서 행동하십니까?"

그럴 리가 있냐.

아인즈의 행동은 거의 즉석에서 이루어진다. 이따금 생각도 하지만 그래도 예측과 다른 방향으로 사태가 안착되는 경우가 태반이다. 하지만 그런 사실을 부하들에게는 말할 수 없다.

아인즈는 조용히 웃었다. 연습했던 웃음이었다.

"물론이다. 나는—— 나자릭 지하대분묘의 지배자, 아인즈 울 고운이 아니더냐."

오오…….

감탄성이 솟아났다. 특히 루푸스레기나는 눈을 크게 뜨고 있었다.

"왜 그러느냐, 루푸스레기나."

"지모의 왕……."

헐떡이는 듯한 루푸스레기나의 말에 아우라가 살짝 미간을 찡그리며 한 걸음 나섰다. 그러나 아인즈는 이를 만류했다.

"마음에 두지 마라. 그래, 질문은 그뿐이냐?"

"그럼그럼, 한 가지만 더 여쭙겠습니다. 마을을 몬스터에게 습격케 하여 아인즈 님이 구해주신다는 행동을 취하지 않는 것은 어째서입니까? 불타버린 마을에서 운필레아와 그의 할머니를 구출하신다면 더 큰 은혜를 느끼고 도움을 드리려 할 텐데요……."

"나쁘지 않은 방법이다. 고려할 가치는 있겠지. 하지만 그럴 경우 운필레아의 증오가 몬스터에게 향해 우리를 돕지는 않을 가능성이 있다. ……인간들에게 습격을 당한다면 이야기가 다르겠다만. 그 경우에는 엔리 에모트도 구해주는 편이 속박하기 더 좋을지도 모르지."

카르네 마을에는 '매직 캐스터 아인즈 울 고운이 도와준 마을' 이라는 가치도 있으므로 망설여지는 계획이기는 하지만.

"참고로 그 마을에서의 우선순위는 1위가 운필레아, 그리고 그가 연심을 품고 있다는 의미로 2위가 엔리 에모트다. 그 다음이 운필레아의 할머니 리이지가 되겠지. 그 외에는 아무래도 상관없다만, 이 세 사람만은 반드시 지켜라. 최악의 경우라도 운필레아만은 목숨과 바꿔서라도 지켜야 한다. …… 그러면 루푸스레기나, 이번에는 정말로 끝났느냐?"

"네! 고맙습니다!"

"그러면 루푸스레기나. 이번의 실수는 용서하겠다만 나의 목적을 들은 이상 다음에는 그냥 넘어가지 않을 것이다.

알겠느냐?"

"물론입니다!"

"좋다. 그러면 가서 너의 임무를 멋지게 수행하거라."

인사를 한 루푸스레기나가 걸어나가고, 나베랄이 죄인을 호송하는 경찰처럼 그 뒤를 따랐다. 두 사람이 문 너머로 사라졌을 때 아인즈는 곁에 대기시켜두었던 수호자에게 고개를 돌렸다.

"그래서 아우라. 거인이니 마의 뱀이니 하는 것들에게 짚이는 바는——."

그때 느닷없이 문 너머에서 목소리가 들렸다.

"진짜 아인즈 님 쩔어주시지 말임다. 그렇게까지 깊이 생각하고 행동하시고, 괴물이란 말로밖엔 표현할 수 없지 말임다."

두꺼운 문에 가로막힌 작은 목소리이기는 했지만 두 사람의 대화를 방해하기에는 충분했다. 게다가 여기까지 들린 것을 보면 복도에서는 얼마나 소리를 질러대는 것인지.

"……문은 의외로 얇다는 점을 가르쳐주는 편이 좋을까?"

"어지간히 흥분했나 봐요. 제가 한 대 때려주고——."

문 너머에서 뻐억 소리가 들리더니, 그 후 무거운 물건을 질질 끌고 가는 듯한 소리가 서서히 멀어져갔다.

"……아우라, 네가 갈 것까지도 없었던 모양이구나. 말이 끊어져버렸군. 자, 그럼 들려다오."

"어, 네. 죄송합니다. 동쪽에 사는 거인이니 서쪽에 사는 마의 뱀이라는 몬스터의 정보는 없었어요. 그 마수(魔樹)와 싸운 후로 대충이기는 하지만 숲을 탐색하고── 지하에 있는 동굴까지는 아직 확인하지 못했지만, 강적이라고 여겨지는 상대는 다 찾아봤는데 말이죠……."

"햄스케와 비슷한 정도라면 주의를 기울이지 못했던 것도 이해가 가지."

정원을 관리하더라도 뱀이 몇 마리 있는지까지는 파악하지 않을 것이다. 이처럼 강자인 까닭에 세세한 부분까지는 눈이 미치지 못하기도 한다.

"죄송합니다. 그럼 아인즈 님, 제거하고 올까요?"

"그것도 나쁘지 않지. 번잡한 날파리들을 죽여 그 숲을 나자릭이 완전히 지배해버릴까?"

"알겠습니다! 그럼 제 애완동물을 몇 마리 보낼게요!"

"으음…… 그래서는 재미가 없지. 햄스케와 비슷한 몬스터라는 거인과 마의 뱀, 어떤 몬스터인지 한번 보고 싶지 않느냐?"

"그럼 사로잡아서 끌고 올까요?"

"아니다, 내가 직접 가는 것도 나쁘지 않겠구나. 햄스케 덕에 골동품의 가치도 조금은 알게 됐고 말이다."

무슨 말인지 알아듣지 못해 이상하다는 표정을 짓는 아우라에게 웃음을 보였다.

"물론 그것만은 아니다. 겸사겸사 루푸스레기나에게 시험문제도 내줄 수 있을지 어떨지 확인해보자꾸나."

*

나자릭 시각 19:16

해가 저물어 어두운 숲속을 펜리르는 소리도 없이 쉬엄쉬엄 나아갔다. 나뭇가지가 드리워져 있든 덩굴이 얽혀 있든 위에 탄 두 사람과 함께 움직임을 저해받는 일은 없었다. 그 정도가 아니라 마치 실체가 없는 유령인 것처럼 초목 하나 꺾이지 않았다.

펜리르가 가진 특수능력 중 하나, 〈흙 건너기〉의 효과였다.

"요 앞이 제 서번트들이 보고했던, '동쪽 거인' 으로 여겨지는 상대가 사는 곳이에요."

나무들이 울창해 별빛조차 닿지 않는 암흑세계지만 아우라의 목소리에 긴장감은 전혀 느껴지지 않았다. 특별한 시력이 없는 인간들과는 달리 아인즈와 아우라는 대낮처럼 내다볼 수 있다.

"그렇구나. 동쪽 거인에 서쪽 마의 뱀이라. 양쪽 모두 모여 있다면 좋겠지만 그건 과한 욕심이겠지. 이 자리에 없다면 마의 뱀이란 놈은 아우라에게 맡기마."

"네! 저 열심히 할게요! 그러면 아인즈 님께 적대행위를 하려는 어리석은 놈들의 처분은 어떻게 하시겠어요?"

"처음에는 대화를 나눠볼까 한다."

아우라가 뒤쪽의 아인즈를 돌아보며 이상하다는 표정을 지었다.

"네? 복종시키는 게 아니고요?"

"거인도, 마의 뱀도 수수께끼의 몬스터니 말이다. 일단은 그런 방향에서 접근하는 편이 여러 가지 의미에서 좋을 테지. 위그드라실에 존재하지 않았던 몬스터라면 확보하고 싶거든."

"아인즈 님은 자상하시네요."

아우라의 어조에 비아냥거리는 느낌은 없었다.

"그, 그러냐? 내 자상함은 가치가 있는 대상과── 그 외에는 나자릭에 속한 자들에게만 보이는 것이라고 생각한다만. ……햄스케와 비슷한 정도의 존재라면 나름 가치가 있다고 판단했기 때문이다. 기회는 놓쳐서는 안 되는 법."

"조금 전에도 그렇게 말씀하시던데, 햄스케한테 그렇게 가치가 있나요?"

"있다마다. 그 녀석은 실험대로 제법 도움이 된다."

햄스케는 현재 리저드맨 자류스를 스승으로 삼아 전사 훈련을 받고 있다. 참고로 학생 중에는 아인즈가 만들어낸 데스나이트도 있다.

두 사람(?)을 단련시키는 이유는 전사라는 클래스를 습득할 수 있는지 어떤지를 확인하기 위해서였다. 특히 알고 싶었던 것은 데스나이트였다. 만약 전사 클래스를 습득할 수 있다면 나자릭의 전력을 한꺼번에 끌어올리는 것이 가능하다.

아마도 무리일 거라 생각은 하지만, 실험은 해보기 전까지는 결과를 얻지 못하는 법이다.

"그만큼 중요하니까 대장장이에게 햄스케의 갑옷을 만들게 하셨군요?"

"소문 빠르구나. 그것도 있지. 앞으로 그 녀석을 타고 전장에 나가려면 방어 면을 강화해주는 것도 필요할 테고."

전사 클래스를 얻는다면 햄스케용 풀 플레이트 아머도 착용할 수 있을 것이다. 현재 단계에서는 장비시키면 몸에 얹히는 무게 때문에 회피능력과 이동능력이 현저히 저하된다. 그렇기에 클래스를 습득시키고자 한 것이지만——.

'전사 클래스를 얻지 않으면 갑옷을 착용해도 제대로 움직이지 못한다는 건 게임 시절 그대로…… 아니지, 나는 금속 갑옷은 착용조차 못 하는 제약사항이 있었으니 그걸 고려하면 훨씬 느슨할지도……. 햄스케가 한 마리 더 있으면 차이점을 조사해 검증할 수도 있을 텐데…….'

이처럼 게임에 가까운 제약사항들은 아직까지 알 수 없는 부분이 많다. 데미우르고스 같은 이들에게 자세히 검증시키면 올바른 해답이 나올지도 모르지만 어쩐지 그럴 기분이 들지 않았다.

'물리법칙이 전혀 다른 마법이 존재하는 세계의 법칙이라 인식하고 억지로라도 수긍할 수밖에 없을지도 몰라. 뭐든 가능하다고 인식하고…….'

"아인즈 님, 왜 그러세요?"

"음? 아니, 아무것도 아니다. 무슨 일 있느냐?"

"아뇨, 생각에 잠기신 것 같아서 무슨 일인가 싶어서요."

"그렇구나. 잠깐 이것저것 생각했을 뿐이다. 다른 뜻은 없다."

"그랬군요."

안심한 듯 앞을 본 아우라의 뒷머리—— 황금색 비단실 같은 머리카락에서 아인즈는 아래로 시선을 내려보았다. 가녀린 등을 거쳐 자신의 팔—— 조그만 허리에 감긴 자신의 팔을 바라보았다.

'정말 가늘구나. 어린아이 허리란 게 이런 건가?'

아이가 없었던 아인즈는 흥미 때문에 소지품이라도 체크하듯 툭툭 허리를 두드려보았다. 그대로 손을 들어 등도 가볍게 두드린다. 펜리르를 타고 있으니 그리 큰 힘은 들어가지 않았다. 하지만 아우라는 펄쩍 뛰더니 뒤를 획 돌아보았다.

"흐악! 왜, 왜 그러세요, 아인즈 님!"

얼굴이 새빨갛다. 어두운 곳에서 볼 수 있는 눈이 없는 자라도 낯빛을 알아볼 수 있지 않을까 싶을 정도로 빨갛다.

"음, 아니. 허리가 가늘구나 싶어서 말이다. 밥은 제때 먹
는 게냐? 음식을 먹지 않아도 되는 아이템을 장비했더라도
식사 자체는 할 수 있지?"

"네, 네에. 식사로 마법적인 강화를 얻지는 못하지만, 먹
을 수는 있어요."

위그드라실이라는 게임은 인간종이나 아인종은 수명이
있는 대신 성장하며, 수명이 없는 이형종은 어느 일정 수준
까지 성장하면 노화가 멈춘다는 설정이 있었다. 만약 이 세
계에서도 그 설정이 유지된다면 아우라나 마레는 성장할 것
이다. 그때가 되어 '어렸을 때 영양을 제대로 섭취하지 못
해서……' 하는 결과는 없었으면 했다.

동료들이 없는 동안에는 이 아이들의 성장은 아인즈가 책
임져야 하는 것이다.

"잘 먹고 다녀야 한다."

"네! 잘 먹어서 샤르티아가 분해 발을 동동 구르게 만들
거예요!"

왜 갑자기 샤르티아가 튀어나오는 걸까 싶었지만 그 부분
은 넘어갔다.

"……먹지 않아도 되는 아이템은 성장을 저해할지도 모
르니, 경우에 따라서는 다른 매직 아이템과 교환하는 편이
좋겠구나. 성장이라. 조간만 너희에게도 애인이 생기거나

하려나……."

아우라도 마레도 매우 귀여운 아이들이다. 성장하면 분명 미녀, 미남으로 자라날 것이다. 아인즈는 두 사람이 많은 남녀에게 고백을 받는 장면을 —— 아인즈는 경험이 없으니 TV에서 본 광경이지만 —— 떠올렸다. 조금 전의 이야기 탓인지 어째서인지 상대는 수많은 햄스케였다.

"——음?"

수많은 햄스케에게 에워싸인 어린 아우라와 마레. 나쁜 광경은 아니지만 생각했던 것과는 전혀 다른 그림이다.

'햄스케는 쥐 친척 같은 것이니 그 녀석도 대량으로 늘어날까? 미리 피임수술이라도 해줘야 위험하지 않으려나? 어느 정도는 늘리고 싶은 마음도 있는데…… 동종의 수컷이 있긴 있는 걸까?'

"네에?! 애인이라니, 너무 이른걸요, 아인즈 님. 저희는 이제 70대라고요."

"으, 으음, 그랬지. 아직 어리지. 참고로 아우라는 나자릭에서는 누가 좋으냐? 좋아하는 타입은?"

플레이보이가 미녀와 찰싹 달라붙어 있으면 질투의 불꽃을 태운 경험도 없지는 않았던, 연애경험이 전무한 아인즈라 해도, NPC들이라면 순수하게 축복해줄 자신이 있었다.

"전 아인즈 님이 제일 좋아요."

"하하, 그거 기쁘구나."

어린아이인 아우라의 빈말에 아인즈는 기뻐했다. 자신의 아이들이나 다름없는 NPC들을 사랑하는 자로서 상대에게서도 좋아한다는 말을 들으면 기분이 흐뭇해진다.

"그럼 아인즈 님은 누굴 제일 사랑하세요? 알베도랑 샤르티아 중 누구예요?"

"하하, 난 아우라가 제일 좋다."

"——엑?!"

아인즈는 뒤에서 아우라의 머리를 쓰다듬었다. 부드러운 머리카락이 손 안에서 흘러내렸다.

"——에엑?!"

'아이들의 정서교육도 생각하는 편이 좋을까? 다크엘프 학교 같은 것이 있다면 아우라나 마레를 보내야 훌륭한 어른으로 성장할까? 부글부글찻주전자님이 여기 있다면 그녀는 무슨 생각을 했을까. 하지만 학교라. ……학원 러브코미디…… 페로론티노님이 부르짖었지. 산라탕님하고 같이 나자릭 학원을 만들자고. 그 데이터는 어디로 갔을까?'

"——에엑—!"

"왜 그러느냐? 목소리가 크구나, 아우라."

"아! 죄, 죄송해요. 동쪽 거인의 거처에도 거의 다 왔는데……."

"괜찮다, 사과할 것 없다. 그보다 장래 이야기 말이다만——."

"자, 장래요?!"

"그, 그래. 왜 그러느냐? 당황하고……. 무슨 일 있었느냐?"

"아, 아뇨, 아무것도 아니에요. 네. 어, 장래 말씀이신가요?"

"음, 그렇다. 장래에 다크엘프의 나라를 발견한다면 한번 들러보는 것도 나쁘지 않겠다고 생각하는데, 그때는 함께 가자꾸나."

"네? ……아, 네, 네에! 그런 장래 말씀이군요. 알았어요! 함께 갈게요. 그리고── 거의 다 왔어요, 아인즈 님."

전방의 어둠 속, 숲이 탁 트인 곳에서 자연의 것이 아닌 빛이 보였다.

"그렇구나. 아우라, 미안하다만 데려온 마수들을 주위에 배치시켜주겠느냐? 나도 준비할 테니."

아인즈는 자신의 스킬 중 하나인 상위 언데드 소환을 기동시켰다.

나타난 것은 푸른 말을 탄 흉흉한 모습의 기사. 그들은 아인즈가 스킬을 기동할 때마다 숫자가 늘어난다.

"좋아, 넷이면 충분하겠지. 그럼 창백의 기수Pale Rider 여. 너희는 상공에서 대기하다가, 도망치는 자가 있으면 생포하라."

말없이 알았다는 뜻을 보인 창백의 기수들이 고삐를 당기자 푸른 말은 허공으로 떠오르더니 달려나갔다. 그들은 비실체로 바뀌어선 머리 위를 덮은 나뭇가지를 뚫고 나가 천공을 향해 일직선으로 올라갔다.

"그러면 포위망은 완성되었군. 이제는 감정만 남았다."

"네! 아, 내구성은 확인하지 않으세요?"

"그건 마지막의 마지막에 해야지. 나는 딱히 전투를 바라고 온 것이 아니니까. 서로에게 도움이 될 이야기를 하도록 하자."

이것은 본심이었다. 딱히 아인즈는 전투를 좋아하는 것은 아니다. 이익이 있다면 얼마든지 잔혹해질 수 있지만 그렇다고 잔인한 행위를 좋아하는 것은 아니다. 일부러 도로를 돌아다니는 개미를 밟아 죽이러 갈 필요는 없는 것이다. 대화로 끝난다면 그보다 좋은 일이 없다.

펜리르가 숲속의 공터에 도착했다. 공터라고는 해도 숲속에 이따금 있는, 나무들이 생육하지 않는 장소일 뿐이다.

예전에 싸웠던 마수의 주변이 고목으로 뒤덮인 산이었듯, 특별한 이유 때문에 나무들이 말라버리는 장소가 존재한다. 그 이유는 여러 가지가 있지만 이곳은 몬스터에 의해 이렇게 되었을 것이다.

나무가 베여나가 주위에 쓰러져 있었다. 큰 건물을 만들려다 실패하고 분노에 사로잡힌 나머지 집어던진 것 같은 몰골이었다.

"웃음이 나오는구나. 아우라 네가 만드는 건물을 흉내 내려 했을 게다. 어리석은 이들의 산물이란 비참한 법. 동굴에서나 살아갈 놈들이 무리를 하니 이렇게 되지."

"그러게 말이에요. 아. 저기가 놈들의 거처예요, 아인즈 님."

화전(火田) 때문에 말라버린 것 같은 비참한 대지의 중심부에 균열이 있었다.

"……보초도 세우지 않다니 부주의하군. 뭐, 어쩔 수 없지. 노크는 나중에 하자꾸나."

아인즈는 아우라를 데리고 대지에 뻥 뚫린 동굴을 향해 걸어갔다. 들여다보니 경사는 얕았으며 안쪽까지 나름 면적이 있어 보였다. 천장도 높아 제법 커다란 생물이라도 문제없이 살 수 있을 것 같았다.

'……위그드라실의 미궁 탐색이 떠오르는군. 산맥의 동굴 같은 것을 발견할 때마다 여기에는 뭐가 있을까 하고 흥분했지.'

옛날 같으면 티그리스 유프라테스가 선두에 서고 뒤를 아인즈—— 모몬가가 나아갔을 것이다. 그 외에는 소환한 몬스터, 아인즈의 경우 언데드를 앞장세워 함정을 맞아가며 돌진시키는, 전사해제라든가 소환해제라 불리는 수단도 써먹곤 했다.

'그립구나…….'

옛날 일을 떠올리던 아인즈의 발걸음은 가벼웠으나 좋은

기분도 겨우 몇 초 만에 사라졌다.

아래쪽에서 피어나는 냄새에 눈썹을 —— 없지만 —— 찡그렸다. 가스 따위가 아닌, 짐승 노린내나 썩은 음식 같은 것의 냄새가 물씬 풍겼다.

'부패취로 만든 가스 트랩인가? 이런 동굴에서 생활하는, 지성이 떨어지는 놈들이 그렇게 손 많이 가는 함정을 만들 수 있으리라는 생각은 도저히 안 드는데…… 우연일 수도 있겠지.'

아인즈는 호흡이 필요하지 않은 언데드이므로 공기 계통 공격에는 완전내성이 있다. 아우라도 매직 아이템으로 보호를 받으므로 만약 이 악취가 공격에 속하는 것이라면 차단될 것이다. 여기까지 생각해보면 단순한 냄새일 가능성이 높았다.

"거인이란 놈은 별로 청결한 생물은 아닌가 보군. 대화가 성립될 정도의 지성이 있다면 좋으련만."

"정말요. 하지만 어려울지도 모르겠어요. 발자국을 보니 이 동굴 안에서는 여러 마리가 생활하는 것 같은데요, 전부 맨발이에요. 발 사이즈로 추측해보면 키는 적어도 2미터 후반대 정도 아닐까요."

"그렇군. ……저놈들이 그 일원이겠구나."

발을 1초도 멈추지 않고 경사를 따라 내려가던 아인즈 일행의 시선 너머, 경사 바로 아래에 몬스터의 모습이 보였다.

"아인즈 님, 오우거……네요."

두 마리가 나란히 무언가를 뜯어 입에 넣고 있었다. 조금 전과는 다른 비릿한 악취가 떠도는 기분이었다.

무심결에 천천히 손가락을 내밀었던 아인즈는 쓴웃음을 지었다. 이것이 던전 핵(Dungeon Hack)이었다면 소리도 내지 않고 오우거를 죽인 후 그대로 조용히 나아가 소탕했 겠지만, 이번의 목적은 다르다.

"……소탕하러 온 것이 아니었지. 우호적으로 대화를 시작 해야 해. ──이봐, 거기 오우거. 식사 중에 미안하다만."

두 마리의 오우거가 나란히 움직여 아인즈와 아우라를 보 았다. 그리고 포효를 터뜨렸다.

동굴의 메아리가 요란해 정확한 위치는 판별할 수 없었지 만 동굴 안에서도 같은 포효가 돌아왔다.

"초인종치고는 기품이 없고 시끄럽군. ──아우라, 물러 나거라."

달려오는 오우거를 보며 아인즈는 못 말리겠다고 한숨을 쉬었다. 이야기를 나누겠다는 뜻은 조금도 느껴지지 않는다 는 것을 알았기에.

"스켈레튼! 스켈레튼! 적!"

탁한 목소리를 내며 오우거는 아인즈의 앞까지 도달하더 니 망설이지도 않고 손에 든 곤봉을 쳐들었다.

"마음대로──" 오우거가 든 곤봉이 바람을 가르며 짓쳐

든다. "집에 들어온——" 뻐억, 아인즈의 몸을 후려치지만 마법의 무기도 아닌 곤봉에 다칠 리가 없다. "점은 사과하겠다——." 오우거가 다시 곤봉을 내리친다.

머리를 강타당해 아인즈의 시야가 살짝 흔들렸다. 아픔은 전혀 없지만 짜증이 솟아났다. 그러나 아인즈도 누군가가 나자릭 지하대분묘에 쳐들어온다면 격노하고 죽이려 들 것이다. 그렇게 생각하면 그들의 공격은 당연했으며, 감수할 필요가 있다. 평화의 사절이 무기를 뽑다니, 그건 완전히 최종국면 아니겠는가.

뒤늦게 도착한 오우거가 나란히 서더니 손에 든 곤봉이 아니라 반대쪽 팔을 뻗었다. 동료 오우거의 공격이 통하지 않는다는 것을 보았으므로 붙잡으려 한 것이리라.

아인즈의 미간이 꿈틀 움직였다. 물론 해골의 얼굴에 움직이는 부분은 전혀 없었지만.

붙잡혀도 상관없다고 생각했다. 하지만 어둠을 내다보는 아인즈의 눈은 오우거의 손이 피범벅임을 알아보고 말았다.

"더럽군."

아인즈는 즉시 지팡이를 공간에서 꺼내 휘둘렀다. 특별한 마법의 힘은 없지만 구타 대미지를 주는 데 특화된 지팡이의 일격을 받아, 손을 내밀었던 오우거의 머리가 터져나갔다. 뇌수며 피 같은 것을 뒤집어쓴 옆의 오우거가 곤봉을 떨어뜨리며 한 걸음 물러났다.

"너, 너, 스켈레튼, 아니다…….."

"스켈레튼하고 똑같이 취급하면 좀 곤란하지. 너희의 보스, 동쪽 거인을 만나러 왔다. 불러주지 않겠나? 뭐, 기다려도 올 거라고 생각하지만."

아인즈가 가보라고 손을 내젓자 오우거는 등을 보이고 동굴 안으로 쏜살같이 뛰어갔다.

"……이런. 처음부터 서로의 전투력 차이를 파악해줬다면 좋았을 텐데."

아인즈는 곤봉이 맞은 곳을 쓰다듬은 다음 경사를 마저 내려갔다.

오우거가 있던 곳에는 고블린으로 보이는—— 뜯어먹고 남은 시체가 있었다. 잔해만 가지고는 정확한 수는 알 수 없었지만 한두 마리가 아닐 것이다.

아인즈와 아우라는 살짝 멀리 돌아서 그것을 피해 밑으로 내려갔다.

"난감하네……. 성가시다는 생각에 힘을 주어 때려버렸군. 교섭이 결렬될 때까지는 살육을 삼가고 될 수 있는 한 우호적으로 이야기를 진행하려고 생각했는데……."

"어쩔 수 없어요! 오우거 따위 저속한 것들이 아인즈 님을 건드리려 했으니까요!"

"그렇게 말해주니 기쁘구나. 뽕실모에님도 '말을 듣게 만들기 위해 한 방 때리는 건 나쁜 수가 아니다'라고 했지……. 아, 무인 타케미카즈치님이었던가?

"지고의 존재께서 하신 말씀이라면 분명히 옳을 거예요!"

서로 양 극단에 속하는 두 사람 중 누가 한 말이었는지 열심히 생각하고 있으려니, 안에서 수많은 몬스터들이 다가왔다. 인간의 신장을 아득히 넘어서는 커다란 몬스터뿐이었다.

"트롤의 무리로군. 거인이라고 하기에는 간판이 좀 과장된 것 같다만 완전히 거짓말도 아니니."

트롤은 긴 코와 긴 귀를 가진 커다란 인간형 몬스터로, 얼굴은 매우 추하고, 근골이 우락부락한 몸도 기괴하여 기분이 나쁘다. 호랑이 비슷한 생물의 가죽으로 만든 옷을 걸쳤는데 그 생물의 머리 부분이 트롤의 어깻죽지에서 엿보였다.

키는 2미터 후반. 오우거 이상의 힘을 가졌으며 놀랄 정도로 강한 재생능력은 불이나 산 같은 것으로 태우지 않는 한 고깃조각 상태에서도 되살아난다고 한다. 그런 것이 전부 여섯 마리. 그 외에는 오우거가 열 마리 있었다.

그중에서도 아인즈가 주목한 것은 무리의 선두에 선 트롤이었다.

다른 트롤보다 체격이 뛰어난 것도 그렇지만 추악한 얼굴에는 자신감이 또렷이 떠올라 있었다. 무장도 다른 트롤보다 좋다.

몇 겹이나 되는 동물 가죽을 모아 만든 것으로 보이는 가죽갑옷을 착용했으며, 거대한 팔에는 모몬 상태의 아인즈가 드는 것보다 거대한 그레이트 소드를 들었다. 마법의 검인지, 한복판에 새겨진 홈에서는 끈적끈적한 액체가 끊임없이 칼날로 흘러내렸다.

"햄스케와 비슷한 정도냐?"

"아마 그런 것 같아요."

그렇다면 이 트롤이 동쪽 거인이라 불리는 자일 것이다. 한데 무슨 트롤일까. 아인즈는 동쪽 거인을 진지하게 관찰했다.

트롤은 적응능력이 높은 몬스터다. 그렇기 때문에 장소에 따라 다양성을 보인다.

예를 들어 화산지대라면 불꽃 내성을 가진 볼케이노 트롤, 바다라면 헤엄을 잘 치고 수중호흡까지도 가능한 시 트롤, 산이라면 한층 커다란 몸집을 가진 마운틴 트롤. 교량을 주거지로 삼는 희귀종 톨 트롤(toll troll) 같은 식으로 아종이 늘어나는 것이다.

그러면 지금 아인즈의 앞에 선 트롤은 무엇에 특화된 트롤일까. 동굴에 특화된 트롤은 케이브 트롤이라 불리지만 이놈은 그것과는 다른 형상이다.

이 세계에서 처음으로 보는 신종 트롤—— 미지가 아인즈의 컬렉터 기질에 불을 붙였다.

이 동쪽 거인이라는 트롤은 매우 희귀한 적응을 거친 자였다.

어이없을 정도로 수없이 반복된 전투 속에서 태어난, 전투에 적응하고 전투에 특화된 트롤. 이름을 붙인다면 워 트롤(war troll). 트롤 파생종 중에서도 한층 이채를 발하는 개체였다.

전투능력은 같은 연령대를 놓고 비교한다면 어느 트롤보다도 뛰어났다.

물론 육체의 크기는 마운틴 트롤보다 떨어진다. 하지만 육체에 내포된 근육── 능력의 수준은 그들을 아득히 능가한다. 게다가 완력으로 간단히 쓸 수 있는 곤봉 같은 원시적인 구타 속성 무기가 아니라, 쓰는 법을 익히지 못하면 곤봉보다도 위력이 떨어지는 날붙이 무기를 천성의 재능으로 휘두를 수 있다. 전사로서 각성한 트롤인 것이다.

"네가 동쪽 거인이냐?"

이의를 제기하지 않는다는 사실을 확인하고, 아인즈는 동쪽 거인에게서 조금 오른쪽으로 떨어진 곳을 가리켰다.

"그러면 네가 혹시 서쪽에 산다는 마의 뱀이라면 기쁠 텐데, 혹시 그러한가?"

일반적인 시력밖에 없는 자라면 아무도 없는 장소를 가리키는 것처럼 보였을 것이다. 하지만 아인즈는 햇빛이 드는 것처럼 확실하게 그곳에 있는 이형의 존재를 알아보고 있었다.

"불가시화를 써서 사라졌다고 생각하는지도 모르겠다만 내 눈은 속이지 못한다. 쓸데없는 짓은 그만두고 대답해주지 않겠나?"

불가시화를 해제했는지, 아무도 없었던 장소에 몬스터가 모습을 나타냈다.

그것은 분명히 뱀이었다. 아니, 뱀의 몸통을 가졌다고 하는 편이 옳을 것이다. 가슴 위쪽은 인간 노인의 말라비틀어진 가느다란 몸이었으며 그 아래가 뱀인 이형의 존재였다.

이것은 위그드라실에도 있었던 몬스터였다. 아인즈는 즉시 종족명을 입에 담았다.

"나가(Naga)로군. 그야 뱀은 뱀이다만, 뭔가 달리 표현할 방법이 있었을 텐데. 아니, 숲의 현왕이 그 모양이었으니 알아서 추론했어야 하려나."

"나의 투명화를 간파하다니, 그대는 보통——."

"——뭘 하러 왔나, 스켈레튼!"

동굴 전체가 쩌렁쩌렁 울려 퍼지는 목소리가 나가의 말을 덮어버렸다. 동쪽 거인이 한 걸음 앞으로 나왔다. 아인즈는 교섭할 상대를 정면으로 돌아보았다.

"우선 처음에 이것만은 말해두겠다. 나는 스켈레튼이 아니다. 잘못된 인식은 바로잡아주었으면 한다."

"스켈레튼이 아니면 뭐란 말이냐! 동쪽 땅을 다스리는 왕인 구에게 이름을 밝힐 것을 허락해주마!"

"――구?"

아인즈는 한순간이기는 했지만 무슨 말을 들었는지 이해하지 못했다. 왕이니 족장 같은 말과 비슷한 단어인가 생각했다가, 겨우 그것이 이름임을 파악했다.

"그렇군. 구란 말이지. 이거 소개가 늦어서 미안하다. 나의 이름은 아인즈 울 고운이라고 한다."

그 순간 동굴 전체에 웃음소리가 퍼졌다.

"흐아하하하! 겁쟁이의 이름이다! 나보다도 강하지 않고, 한심한 이름이다!"

그 말에 반응해 트롤들도 따라서 귀에 거슬리는 웃음소리를 내기 시작했다.

"겁――."

한 걸음 나서려 했던 아우라를 아인즈가 말렸다.

"상관할 거 없다. 이 정도로 불쾌하게 여길 것 없다. 냉정함을 유지해라. 우리는 대화를 하러 온 우호사절이니까. 한데 참고삼아 들려다오. 왜 내가 겁쟁이라도 판단했는가?"

그 질문의 해답은 옆에 있던 나가가 가르쳐주었다.

"아. 이놈들은 이름이 길면 용기가 없는 증거라 간주한다네, 수수께끼의 언데드여."

노인의 얼굴에는 비아냥거리는 듯한 웃음기가 어려 있었다.

"골동품이 아니라 잡동사니였군. 그러면 너도 나의 이름을 겁쟁이의 이름이라 생각하나?"

"아니, 그렇지 않네. 나의 이름도 긴 편이거든. 그대가 말한 서쪽 마의 뱀—— 류라류스 스페니아 아이 인다룬이라 하네, 침입자 아인즈 울 고운. 나는 놈의 뇌가 훌륭한 육체와 균형이 맞는다면 얼마나 좋을까 하고 늘 생각한다네. 하나 그랬다간 이 숲은 이놈들에게 지배당할 테니 난감한 문제지."

"……덕분에 목숨을 건졌군."

아인즈가 자신도 모르게 내비친 심경에 류라류스가 의아한 표정을 짓고 무언가 질문을 하려 했지만 타이밍이 좋지 못했다. 구와 트롤들의 홍소가 찾아들었다.

"그래, 약한 자가 무엇을 하러 왔나! 잡아먹히러 왔나! 뼈를 우둑우둑 씹어먹는 것도 맛있지! 머리부터 먹어주마!"

"나는 숲 한복판에서 언데드와 골렘을 이용해 요새를 세우고 있는 자다. 알고 있나?"

분위기가 돌변했다. 구 일행에게서는 강한 적의가 뿜어져 나오고 류라류스에게서는 강한 경계심이 배어나왔다.

"알고 있다! 훼방꾼! 이 뱀이 잔소리만 하지 않아도 우리끼리 네놈을 금방 죽였을 것이다! 쓸데없는 수고를 덜었구나! 겁쟁이 까만 꼬마!"

"한결 이야기가 수월해지는군. 내가 이곳에 온 것은 너희와 교섭을 하고 싶었기 때문이다."

아인즈는 꿇어 엎드리라는 손짓을 했다.

"목숨이 아깝거든 복종하라."

"이 멍청한 놈!! 우리가 왜 겁쟁이를 따르겠나! 너는 여기서 잡아먹힐 것이다! 다음엔 그 뒤에 있는 꼬마를 먹어주마!"

"이보게, 구. 그 무시무시한 건물의 지배자라지 않는가. 방심은 금물일세! 게다가 뒤에 있는 것은 다크엘프야. 마수(魔樹)에게서 도망치기 전까지는 이 숲을 지배했던 자들일세. 강적—— 말을 안 들어먹는구먼."

아인즈는 견딜 수가 없어 기분 좋게 웃음소리를 터뜨렸다.

"하하하하하! 개보다도 잘 짖을 줄 아는구나, 근육덩어리 주제에. 그렇다면 이렇게 하지. 네가 겁쟁이라 부르는 내가, 강한 이름을 가진 네게 1대 1로 도전하겠다. 설마 무서워서 도망치거나 하지는 않겠지? 무섭다면 머리를 땅에 조아려라. 노예로 길러줄 테니."

"재미있구나! 너 따위 처음부터 나 하나면 충분했다! 토막을 쳐 먹어주마!"

"좋아. 너의 선택은 이루어졌구나. 이로서 교섭은 결렬이다. 그러면 아우라, 조금 떨어져 있거라. 나 혼자서 놀도록 할 테니."

이야기가 끝나자마자 아인즈를 향해 높이 쳐든 검이 날아들었다. 구가 가진 3미터 가까이 되는 그레이트 소드 일격이었다.

아인즈는 움직이지 않았다. 정면에서 몸으로 받아냈다.

"——으?"

"왜 그러지? 뭔가 이상한가?"

아인즈는 꿈쩍도 하지 않았다. 추한 얼굴을 놀라움이라는 감정으로 일그러뜨린 구가 이번에는 옆으로 검을 휘둘렀다. 하지만 조금 전과 마찬가지로 아인즈는 정면에서 검을 받아 냈다.

"윽?!"

몇 걸음 후퇴한 구가 자신이 든 검과 아인즈를 번갈아 쳐다보았다. 그러고는 당당하게 등을 보이고 걸어나가 부하 앞에 섰다.

한순간 그레이트 소드가 번뜩여 부하 트롤을 베어버렸다. 어깻죽지로 파고든 검은 트롤의 육체를 쉽게 절단해 선혈이 솟아났다. 트롤은 고함을 지르며 바보처럼 비명을 질러댔다.

부하가 몸부림을 치며 쓰러지는 모습을 만족스럽게 확인한 구는 크게 주억거렸다. 무기에 이상이 없다고 확신한 모양이었다.

"그렇군. 트롤의 재생능력이란 말이지. 이렇게 실제로 보게 되니 경탄스러울 지경인걸."

베였던 상처가 쑥쑥 아물어간다. 영상을 거꾸로 되돌린다기보다는 회복되는 모습을 빠른 속도로 돌리는 느낌이었다.

동족의 재생능력을 알기에 검을 시험해본 것이겠지만 그

런 능력이 없었다 해도 베지 않았을까 싶은 사악한 표정을 지으며, 구는 땅바닥에 쓰러진 부하를 내려다보고 있었다.

"약자의 생살여탈권은 강자의 특권이지. 하지만 매우——불쾌하군."

아인즈는 발을 내디뎠다. 놀겠다던 마음도 사라지기 시작했다.

구가 두 손으로 검을 단단히 쥐고, 앞으로 다가오는 아인즈를 기다렸다.

"이보게, 구! 저놈은, 아인즈 울 고운은 심상치 않네! 힘을 합쳐 쓰러——."

"닥쳐라! 겁쟁이인 네놈은 거기서 닥치고 보고 있어! ——크어어어어어!!"

폭격과도 같은 연타가 몰아쳤다. 인간을 아득히 능가하는 체구에서 뿜어져 나오는 연속공격은 아인즈가 이 세계에서 싸웠던 존재들 중에서도 톱클래스에 속하는 파괴력을 지녔다.

하지만 견고한 성벽을 날려버릴 수도, 대지에 거대한 균열을 일으킬 수도 없는 정도의 공격으로 아인즈에게 무슨 느낌을 줄 수 있단 말인가.

정면에서 바람을 가르며 날아드는 검을 몸으로 받아냈다.

"나 이거야 원. 옷이 구겨지니 그만 좀 해주게."

관심도 없다는 듯 눈을 돌렸던 아인즈는 검풍에 이리저리

흩날리는 로브를 잡아당겨 매무새를 가다듬었다. 그러고는 문득 생각이 났다는 듯 구를 올려다보았다.

"아, 이젠 만족했나?"

"크어어어어어어!"

검으로는 공격해봤자 효과가 없다고 판단한 구는 한 손을 검에서 떼더니 주먹을 날렸다. 마치 거대한 해머를 휘두르는 것과도 같은 일격이다. 맞았다간 인간 따위 흐물흐물해져 날아가버릴 것이 분명했다.

인간에게는 치명적인 구타 공격을 아인즈는 다시 정면에서 몸으로 받아냈다. 그 후 여유 있는 태도로 맞은 곳을 털어냈다. 마치 지저분한 자가 건드렸다는 것처럼.

구의 공격이 멈추었다. 추악한 얼굴을 한층 추악하게 일그러뜨리고, 꿈쩍도 하지 않는 아인즈를 응시했다.

"용감한 이름을 가진 자네의 자신 넘치는 공격은 이로서 끝났나?"

"방어는 제법—— 끄아아악!"

파고들어 거리를 좁힌 아인즈가 휘두른 지팡이가 구의 한쪽 다리를 절반 날려버렸다. 서 있지 못하게 된 구가 크게 휘청거리며 땅에 쓰러졌다.

"겁쟁이일지는 몰라도 약한 것은 아니라고, 도토리만 한 뇌밖에 없는 자네도 이제는 슬슬 이해할 수 있겠지?"

주위에서 관전하던 트롤이며 오우거들이 자신들의 지배

자가 무참하게 쓰러지는 모습에 놀라 소리를 질렀다.

아인즈는 어이가 없어서 하아 한숨을 토해냈다. 이 단계까지 와서야 겨우 상황을 이해하는 몬스터들에게 가치 따위 없다. 다만 타이밍을 헤아려 도망치려 하는 정도의 지능이 있다면 이야기는 다르다.

"아우라, 그놈만은 놓치지 말고 생포해라."

아인즈의 몇 마디 안 되는 명령이 무엇을 지시하는지를 순식간에 이해한 아우라가 움직였다. 불가시화를 사용해 조용히 이동하기 시작했던 나가의 곁에 순식간에 도착했다.

"아인즈 님, 잡았는데 어떻게 하시겠어요?"

아인즈는 눈앞의 구를 무시하고, 한 손으로 나가의 목을 움켜쥔 아우라에게 고개를 돌렸다. 그 태도가 웅변처럼 구에게, 그리고 이 자리에 있는 모든 자들에게 말해주었다.

——눈앞의 구 따위는 상대할 필요도 없다고.

너무나도 강렬한 모멸에 구가 이를 드러내며 으르렁거리는 소리를 냈지만 아인즈는 신경도 쓰지 않았다.

"네 이놈, 애송이!"

나가의 뱀 몸이 움직여 아우라를 완전히 휘감았다.

"이대로 조여어어어억?!"

나가에게 휘감겨 공처럼 똘똘 말린 안쪽에서 지극히 냉정한 목소리가 들렸다.

"저기 말야. 이래선 아인즈 님의 늠름한 모습을 볼 수가 없잖아. 소란 피울 거면 이대로 목을 절반 정도 뜯어버릴까? 죽진 않도록 조심할 테니까."

말하다 말고 비명을 질러대던 나가는 그 조그만 주먹에서 역량의 차이를 여실히 깨닫고 천천히 몸을 풀었다.

"아우라, 시간은 금이라고 하지 않더냐. 쓸데없는 지출은 어리석은 행위다. 조금 떨어진 곳으로 이동해다오. 괜히 휘말려 그놈이 죽지 않도록."

"알겠습니다!"

아인즈는 자신의 몇 배나 되는 무게를 가진 나가를 질질 쉽게 끌고 가는 아우라에게서 구에게로 시선을 돌렸다. 구는 재생능력 덕에 상처의 살점이 부풀어오르고 근육이 수복되어 겨우 일어날 수 있게 된 상태였다.

체격으로는 꿀리지만 아인즈는 구를 내려다보았다.

"다 나았나? 그러면 계속하도록 할까?"

아인즈는 지팡이로 자신의 어깨를 툭툭 두드리며 태연히 자세를 잡았다. 방어 따위 할 마음도 없다고 태도로 말하고 있었다.

"너, 대, 대체 뭘 한 거냐? 뭘 하는 거지? 마법이냐?"

검을 들면서 뒤로 물러나는 구를 따라 아인즈는 걸음을 내디뎠다. 구에 비해 아인즈의 보폭은 작다. 두 사람의 거리는 전투 때보다도 벌어졌다.

아인즈가 흥 코웃음을 쳤다.

"——아니, 이거 이상한걸? 겁쟁이의 이름을 가진 내가 앞으로 나가고 용감한 이름을 가진 구 님께서 뒤로 물러나다니? 이게 어떻게 된 일일까?"

국어책을 낭독하는 듯한 목소리에 뒤에서 대답이 돌아왔다.

"아인즈 님의 이름이야말로 용감한 이름이고 구인지 뭔지 하는 이상한 이름이야말로 겁쟁이의 이름이니 그렇죠. 안 그래, 뱀?"

"그, 그겋큼미다! 아인즈 울 고운 님이 위대하씨다능 층커임미다!"

귀여운 소녀의 목소리와 목을 졸려 울먹거리는 목소리에 아인즈는 몇 차례 고개를 끄덕였다.

"그렇군, 그랬어. 그렇다면 수긍이 가는걸. 짧은 이름이야말로 겁쟁이의 이름이고—— 아인즈 울 고운은 용감한 자, 훌륭한 자의 이름이라는 뜻이 되겠어."

"——너!!"

"시끄럽다, 겁쟁이."

분노로 공포를 짓누르며 달려들어 베려 하는 구의 공격을 방어도 회피도 하지 않고 아인즈는 지팡이로 마주 공격했다. 검으로 막는 것도 회피하는 것도 아인즈는 허락하지 않았다. 지팡이가 구의 육체 일부를 날려버렸다.

"꺼어어어억!"

절규가 울려 퍼지는 가운데, 전투를 지켜보던 구의 부하들에게 공포라는 감정이 떠올랐다.

"역시 트롤이로군. 재생능력 덕에 잘게 다진 고깃덩어리가 되어도 되살아나다니. 하지만 아픔은 있는 모양이지? 너의 조금 전 일격은 이제까지 한 공격 중 가장 힘이 들어가지 않은 것이었다. 방어를 염두에 둔, 나의 공격으로부터 몸을 감싸려는 겁쟁이의 검이었지."

아인즈의 시선 너머에는 두께가 절반이 된 구의 머리가 있었다. 보통 생물이라면 확실하게 죽었겠지만 순식간에 원래의 형태로 되돌아간다.

원래대로 돌아간 구의 얼굴은 기이할 정도로 추악하게 일그러져 있었다. 그곳에 떠오른 것은 공포였다. 조금 전의 몇 배나 되는, 마음이 꺾인 자의 공포였다.

"뭐, 뭐 하는 놈이냐, 너! 왜 내 공격이 안 통해!"

아인즈는 고개를 갸웃했다. 그리고 천천히 팔을 벌렸다.

"……죽음이다. 나는 너에게 죽음을 가져다주는 자다."

"너, 너희들! 이놈을 죽여!"

"어라라. 역시 겁쟁이의 이름을 가진 자로군. 1대 1 대결을 약속해놓고 어기다니……. 이름에 어울리는 행동이야. 그렇기에 나는 너를 용서할 것이다."

매우 흔쾌하게 아인즈가 말했다.

정체 모를 괴물에 대한 공포에 사로잡힌 구의 부하들은

움직임이 둔중했다. 아무리 어리석다 해도 아인즈의 강함은 피부로 느낄 수 있었으며 눈앞에서 진저리가 날 정도로 보았기 때문이다. 그들의 내면에서는 두 사람에 대한 두려움이 맞버티고 있을 것이다. 아무도 움직이지 않고 아인즈와 구를 번갈아 쳐다보았다.

"얼른 죽여!"

그래도 움직이지 않는다. 어떻게 움직이겠는가.

그것은 아인즈도 마찬가지였다. 지금은 아슬아슬한 균형이 이 자리에 있는 모든 이들을 못 박아놓고 있다. 만약 움직이려 한다면 균형이 무너져, 그들은 앞을 다투어 도망칠 것이다.

도망치기라도 하면 성가시다. ──하나하나 쫓아가 죽여야 하다니 너무 성가시지 않겠는가.

"그렇다면, 그래. 장난은 이쯤 해두지."

아인즈는 스스로는 별로 쓸모가 없다고 생각했던 ──그러나 이 세계에서는 지나치게 강렬한 ── 능력을 기동시켰다.

〈절망의 오라 V(즉사)〉.

발동한 오라가 아인즈를 중심으로 주위에 퍼져나갔다.

그야말로 실이 끊어진 인형처럼 오우거, 트롤, 그리고 구가 허물어졌다.

땅바닥에 쓰러진 몬스터들은 꼼짝도 하지 않았다. 체온은 아직 남아 있지만 목숨이라는 불꽃이 꺼져버린 것은 명백했다.

조용해진 동굴에 지독히 겁을 먹은 노인의 목소리가 울려퍼졌다.

"무, 무엇을 하신, 겁니까?"

조금이라도 떨어지고자 몸을 조그맣게 웅크리려는 나가를 돌아보며 아인즈가 대답했다.

"스킬을 썼을 뿐이다. 트롤은 재생능력이 있지만 딱히 즉사공격에 완전내성을 가진 것은 아니니. ……원래 너희에게 가치 따위 없다. 쓸데없이 죽이는 것보다는 어딘가에 써먹을 수 없을까 생각했다만, 지배를 거부한다면 냉큼 죽여버릴까 해서 말이다."

"저는 당신의 부하가 되겠습니다! 강자를 따르는 것은 약자에게 당연한 일. 앞으로는 당신을 위해 최선을 다하겠습니다!"

아인즈는 머리를 지면에 조아리는 나가를 조용히 바라본 다음, 의욕 없는 태도로 어깨를 으쓱했다.

"……뭐, 딱히 아무래도 상관없다만. 그러든가. 일단은 나도 협상 명목으로 온 것이니."

"무, 무섭군요. 정말로 저를 아무렇게도 생각하지 않으시다니. 굴러다니는 돌멩이의 형태가 무언가 동물과 비슷하다는 정도의 감정밖에 없지 않습니까. 서쪽 숲을 지배했던 저에게."

"아니, 그보다는 조금 더 흥미가 있다. 너는 다크엘프에 대해 무언가를 말했지? 그 이야기를 들려다오."

"물론……물론이옵니다. 제가 아는 모든 것을 말씀드리 겠습니다! 그러나, 그게……."

아인즈가 말을 이으라고 손짓을 하자 나가가 입을 열었다.

"말씀이 끝나도 죽이지 않으실 겁니까?"

"약속하지. 충성을 다하고 나를 위해 성실하게 일하겠다면 나름 보수도 주마. ……그 전에 너의 부하는? 햄스케, 아니, 남쪽을 지배하던 마수처럼 혼자서 서쪽 지방을 지배했던 것이냐?"

"아닙니다. 부하가 있습니다. 그러나 이번에는 구와 교섭하기 위해 데리고 오지 않았습니다. 부하들은 불가시화 같은 도주 수단이 없기 때문에, 결렬되었을 때를 대비한 것입니다."

"그랬군. 다음 질문이다. 너의 부하 중에 트롤이 있나?"

"한 마리 있습니다."

"그거 훌륭하군. 그렇다면 동쪽 거인의 대역은 그놈에게 맡길 수 있을까? 아니, 그건…… 좀 어려우려나. 좋아. 가까운 시일 내로 부하를 이끌고 내가── 아니, 이 아이가 세우는 건물까지 오도록. 아우라, 풀어주어라."

"그래도 돼요?"

"상관없다. 충성을 맹세했으니. 배신한다면 다른 용도를 생각하면 그만이지."

아우라의 가녀린 손이 나가의 목에서 떨어졌다. 그 밑에는 손자국이 시퍼렇게 새겨져 있었다.

긴장하면서도 약간 안도하는 나가를 이제는 상대도 하지 않고 아인즈는 구의 시체로 다가갔다.

"트롤 좀비의 데이터는 어땠더라."

아인즈는 스킬을 사용하여 시체에서 언데드를 만들어낼 수 있다. 좀비나 스켈레튼밖에 안 되지만 토대가 되는 육체에 따라서는 상당히 강력한 좀비가 탄생한다. 유명한 것이라면 드래곤 좀비가 있지 않을까.

아인즈는 땅에 떨어진 그레이트 소드를 주웠다. 아인즈의 키보다도 훨씬 크던 검은 마법무구의 기초적인 힘에 따라 최적의 크기를 가진 그레이트 소드로 바뀌었다.

장비가 불가능한 대검을 휘두르면 당연히 강제 장비해제로 이어지겠지만, 드는 정도라면 문제는 없다.

"그 마을의 개인 전투력 증강도 나름 고려하는 편이 좋으려나? 그렇다면 이 마법의 무기는 최적일지도 모르겠군. 나자릭으로 가져갈 가치는 별로 없을 것 같고."

"아인즈 울 고운 님!"

아직도 할 이야기가 있나 싶어 나가 쪽을 의욕 없이 쳐다보았다.

"배, 배신 따위, 저에게 그런 일은 절대 불가능합니다. 당신을 배신할 수 있는 것은 길가의 개미를 보는 듯한 그 싸늘한 눈을 보지 못하는 어리석은 자들뿐입니다."

"이 눈이 너에게 그만한 감정을 전해주었다고는 생각하지 않는데…… 그건 너의 특수능력이냐? 인간관찰이 주특기인 데미우르고스조차 나의 심리를 진정으로 이해할 수는 없었다만?"

"특수능력은 아니오나 상대가 관심이 있는지 없는지 정도는 느껴집니다."

나가의 종족적인 스킬일지도 모른다고 아인즈는 생각했다.

"그래……? 뭐, 알았다. 냉큼 이 자리에서 떠나 부하들을 데리고 오너라. 그것이 첫 명령이다."

"예!"

4

나자릭 시각 21:07

아인즈의 집무실에 데미우르고스가 우아한 모습을 나타냈다. 우선 정면에 앉은 아인즈에게 깊이 인사를 하고, 이어서 실내에 있던 마레와 코퀴토스에게도 슬쩍 고개를 숙였다. 오늘의 측근 메이드에게는 목례를 보냈다.

아인즈는 목례로 대답하고는 그대로 엔토마와 〈전언〉으로 대화를 나누었다.

"좋다, 엔토마. 루푸스레기나에게 허가를 보내라. 그 세 사람만큼은 사수하라고."

『알겠습니다. 그러면 루푸스레기나에게 명령하겠습니다.』

데미우르고스가 방 한복판까지 저벅저벅 걸어왔다. 아인즈가 보자면 어떻게 저렇게 멋있게 걸을 수 있을까 부러워질 만한 움직임이었다.

'뭐랄까, 자신감이 절절히 느껴지는 움직임이라니까. 등을 쭉 펴는 게 좋으려나?'

데미우르고스의 발이 우뚝 멈추어 아인즈는 딴생각을 버렸다.

"잘 왔다, 데미우르고스."

"예! 이렇게 불러주셔서 감사드리옵니다. 한데 엔토마와의 〈전언〉 쪽은 문제가 없으신 것이옵니까?"

"괜찮다. 확실하게 보고하러 돌아왔고 의논도 해두었지. 이번 테스트는 클리어라 봐도 좋다."

"그건 다행이옵니다. 그리고 저를 위해 시간을 조정해주셔서 지극히 감사드릴 따름이옵니다."

"마음에 둘 것 없다, 데미우르고스. 나자릭을 위해 가장 열심히 일하는 자에게 시간을 맞추는 것은 당연한 일이니.

그리고 늦었다고 할 정도도 아니니 신경 쓰지 마라. ……그럼, 너의 감상을 들려다오."

아인즈는 손에 든 종이쪽지를 데미우르고스에게 건넸다. 이를 받아든 데미우르고스의 시선이 위에서 아래로 다 움직였음을 확인하고 질문했다.

"보다시피 요리의 내용이다만, 너는 어떻게 생각하나? 이를 먹을 상대는 인간 남녀이고, 어쩌면 어린아이도 함께 있을 것이다."

"……저는 아인즈 님께서 제공하실 음식이라면 인간은 불만 없이 모두 먹어치워야 한다고 생각하오나, 그러한 대답을 원하시는 것은 아니신 듯하니—— 아이도 있다면 푸아그라는 취향이 갈리는 음식이 아닐는지요? 그리고…… 어디 보자, 좀 산뜻한 음식도 있는 편이 좋지 않을까 하옵니다."

"그렇구나. 참고가 되었다. 고맙다."

"황송하신 말씀을……. 한데 아인즈 님, 나자릭 지하대분묘에, 지고의 존재들께서 세우신 성역인 이곳에 누군가를 초대하실 생각이십니까?"

"그렇다. 환영해줄까 해서 말이다."

환영이라기보다는 접대에 해당한다. 앞으로도 우호적인 관계를 유지하기 위한, 재력을 배경으로 삼은 위협과 이익의 제시 같은 것이다.

"그래도 괜찮으시겠습니까?"

"상관없지 않나. 무언가 문제라도 있느냐?"

"아닙니다. 전혀 그렇지 않사옵니다. 아인즈 님의 말씀이야말로 옳을진대."

과거 게임이었을 무렵, 나자릭 지하대분묘에 길드 멤버 이외의 사람을 초대한 적은 거의 없었다. 길드 멤버 야마이코의 친여동생인 플레이어명 '아케미양'을 초청한 적이 몇 번 있었던 정도였다. 다만 이곳에 누군가를 불러서는 안 되는 규칙은 딱히 없었다. 그냥 부르지 않았을 뿐.

'그러니 뭐, 내가 운필레아를 부른다 해도 동료들이 항의하거나 그러진 않겠지. 침입자와 손님은 명확히 다르니까.'

무언가 생각에 잠긴 데미우르고스, 그리고 조금 전부터 방에서 기다리던 두 명의 수호자에게 물었다.

"수호자 제군이여, 너희의 목욕 준비는 끝났나?"

"황송합니다. 저와 마레는 먼저 목욕도구를 빌릴까 하옵니다."

"그렇구나. 코퀴토스는—— 가져왔군. 그렇다면 목욕탕 앞에서 집합하자. 잉클리먼트, 만약 누가 오면 방에서 기다리라고 해다오."

"분부 받들겠나이다."

메이드의 대답을 들은 아인즈는 자리에서 일어나 방을 나갔다. 뒤를 따라오려는 서번트들을 그 자리에 남겨두고, 같은 제9계층에 있는 대욕탕으로 앞장서서 나아갔다.

개인적으로는 나란히 서서 잡담이라도 나누며 걷고 싶었지만 몸가짐이 조심스러운 코퀴토스는 절대 그러려 하지 않는다. 조금 서운한 마음이 솟아난 아인즈의 내심을 엿본 것은 아니겠지만 코퀴토스가 거리를 좁히고 질문을 했다.

"아인즈. 님. 조금. 전. 실내의. 팔지도. 암살충이. 평소보다. 적었던. 것. 같사온데, 다른. 곳으로. 보내셨습니까?"

업무 이야기라는 데에 조금 실망하면서도 잡담이란 이런 것이기도 하다고 자신을 위로하며 대답해주었다. 조금 목소리가 들뜰 뻔했던 것은 비밀이다.

"에 란텔의 여관에 있다. 갑작스러운 방문객에 대비해 객실을 지키는 나베랄을 원거리에서 감시하고 있을 것이다."

"나베랄. 혼자서는. 위험하지. 않겠습니까?"

"위험하겠지. 습격하려면 지금이 기회 아니겠느냐."

"알겠습니다. 살아있는. 미끼란. 말씀이군요."

"그렇다. 샤르티아를 세뇌한 상대가 우리 쪽을 살피고 있다면 군침이 도는 미끼일 테지. 샤르티아—— 이름은 다르지만 강대한 흡혈귀를 쓰러뜨린 모몬과 접촉을 꾀하려는 자는 없었다. 그렇다면 모몬이 없는 상황에서 매직 캐스터가 혼자 남아있다면……."

"미끼를. 물. 것이다?"

"글쎄다. 물어준다면 한 마리 건지는 셈이다만."

아인즈는 한 손으로 낚싯대를 들어올리는 시늉을 했다.

"그때는. 전군을. 동원하실. 생각이십니까?"

"설마. 그런 짓은 하지 않는다. 우선 상대의 배경을 캐야지. 만일 상대가 우리와 동격이거나 그 이상일 경우에는 저자세로 나설 필요가 있으니까."

알고는 있지만 참을 수 없다는 듯 작은 신음소리가 코퀴토스에게서 새나왔다.

"한동안. 참으면. 그만임을. 이성으로는. 알고. 있사오나, 감정은. 들끓는군요."

"천천히 조사하고, 상대의 약점을 간파할 때까지 참는 것이다. 그것이 끝나면 내장을 물어뜯어 고통에 몸부림치게 해주자꾸나. 샤르티아를 세뇌하여 나에게 죽이게 했던 죄는 무거우니."

상대가 플레이어라 해도 친근감은 전혀 느끼지 못했다. 아인즈가 친근함을 느끼는 것은 옛 동료들이나 이곳에 있는 NPC들뿐이다. 싸움을 걸었다면 그것이 얼마나 어리석은 짓인지 고통으로 깨닫게 해주어야 한다.

"은혜는 은혜로, 원수는 원수로 갚는다. 지극히 당연한 일이 아니더냐."

아인즈는 냉혹한 웃음을 지었다. 만일 플레이어라면 한층 더 훌륭한 실험을 할 수 있으리라는 흥분이 솟아났다. 스스로는 두려워서 결코 실행할 수 없는 실험—— 사망실험을 최초로 해보아야 하지 않겠는가.

"눈에는.눈을, 이에는.이를, 말이군요."

"그렇지. 하지만 혹시 아나? 그 말은 과도한 보복을 억지하기 위한 말이기도 했다. 그래서 나는 그 말을 쓰지 않지. 지나치리만치 과도한 보복을 하기 위해 말이다."

······라고 뽕실모에님이 말했지. 아인즈는 속으로 덧붙였다.

"오오! 과연.아인즈.님. 무용만이.아니라.지식.또한.감복할.따름입니다."

돌아볼 것도 없이 아인즈는 뒤에서 존경의 마음이 밀려드는 것을 느꼈다.

"그러면.아인즈.님, 오늘은.이대로.나자릭에서.지내실.생각이십니까?"

"아니, 다 함께 목욕을 한 후 이쪽에서 일을 마치면 밤에는 에 란텔로 돌아갈 생각이다. 그쪽에서도 이것저것 처리해야 할 일이 많으니까. 너는 어떻게 하겠느냐?"

"저는.한동안.나자릭.수호.임무로.돌아갈까.합니다. 호수.주변.탐색처럼.직접.가는.편이.좋을.안건은.정리해.두었습니다."

"네가 돌아온다면 여러 가지 일을 맡고 있는 데미우르고스, 왕도에서 정보를 수집하고 있는 세바스와 솔류션, 숲속에서 거점을 만들고 있는 아우라, 그리고 나와 나베랄······밖에서 일하는 자들은 이렇게 되겠군."

"지고의. 존재이신. 분께서. 본래. 저희가. 해야. 할. 일을. 하시는. 것도. 다소. 수긍이. 가질. 않습니다만——."

"하하. 용서하거라, 코퀴토스."

"용서라니. 당치도. 않습니다. 아인즈. 님이야말로. 이곳의. 지배자. 아인즈. 님의. 말씀이. 절대법. 조금. 전의. 제. 말은. 어리석은. 자의. 헛소리일. 뿐입니다. 게다가——."

분위기가 바뀌어 아인즈는 무슨 일일까 싶었다. 어두운 분위기가 피어나는 코퀴토스의 얼굴을 —— 감정은 읽을 수 없었지만 —— 어깨 너머로 보았다.

"만일. 제가. 데미우르고스만큼. 뛰어났다면. 아인즈. 님께서. 직접. 출정하실. 필요도. 없었을. 것을——. 결국은. 저희가. 힘이. 부족하였기에——."

"그렇지 않다. 너희는 적재적소에 있도록 만들어졌다. 그렇다면 각자가 맡은 임무를 달성하는 것이야말로 가장 중요한 일이 아니겠느냐. 까놓고 말한다면 그 이외의 일은 못해도 좋다. 지혜와 지식이 뛰어난 데미우르고스는 다양한 곳에 유연하게 활용할 수 있지. 그뿐이다."

수긍하는 듯 아닌 듯한 코퀴토스에게 아인즈가 말을 이었다.

"그렇다면 조금씩 할 수 있는 일을 늘리면 되지 않겠느냐. 그래—— 리저드맨의 마을을 지배하면서 너도 공부를 했을 것이다. 분명 그 마을의 통치는 앞으로 너에게 양식이 되겠지. 그렇게 한 걸음 한 걸음 나아가면 언젠가 너는 데미우르고스와 어깨를 견줄 자가 될 것이다."

"그렇게. 될. 수. 있겠습니까?"

"가능성이 없다고는 생각하지 않는다."

아인즈는 완곡하게 말했다.

"데미우르고스는 지략에서 비교할 자가 없는 존재지. 그런 이에게 필적할 사람이 되려면 가시밭길을 걸어야 할 것이다. 그러나 노력은 절대 허사로 끝나지 않는다. 나는 그리 생각한다."

두 사람은 그대로 말없이 통로를 나아갔다. 이윽고 쥐어짜내는 듯 코퀴토스가 조그맣게 중얼거렸다.

"감사. 하옵니다. 아인즈. 님."

"감사를 받을 만한 말은 한 마디도 하지 않았다만. 자, 코퀴토스. 이제 곧 목욕탕이구나. 데미우르고스와 마레가 올 때까지 그 분위기를 다른 곳으로 날려버리거라."

"예!"

나자릭 제9계층에 있는 '스파 리조트 나자릭'. 남녀 합계 9종 17욕조를 가진 훌륭한 곳이다. 그중에서도 가장 놀라운 것은 *체렌코프탕. 눈이 아플 정도로 빛나는 푸른 물이

---

*체렌코프: 물리법칙 중 전하를 띤 입자가 특정한 매질 속에서의 광속을 넘어설 때 전자기파를 방출하는 효과를 체렌코프 효과라 부른다. 이 효과 때문에 원자로의 노심 같은 곳에서는 푸른 빛을 방출하는 현상이 나타난다.

호화로운 기분을 자아내는 목욕탕이다.

코퀴토스와 도착한 아인즈는 상상도 못했던 인물을 보고 놀랐다.

"아인즈 님!"

말미에 하트마크가 떠 있을 것만 같은 목소리를 내는 알베도였다. 아니, 알베도만이 아니었다. 그 뒤에는 샤르티아와, 열기에 축 늘어진 아우라의 모습도 있었다.

반대로 데미우르고스와 마레의 모습은 아무 데도 없었다. 탈의실에서 기다리는 걸까.

"아, 알베도. 네가 왜 여기 있느냐?"

"네? 모두 함께 목욕을 하려고 온 것뿐이옵니다만⋯⋯ 아인즈 님도 목욕을?"

"어, 응. ──그렇다. 그 말이 옳다. 이런 우연도 있구나, 알베도."

"정말로 멋진 우연이옵니다! ⋯⋯목욕하시기 전에는 가볍게 운동을 해 땀을 흘리는 편이 좋다고 들었나이다. 저도 아인즈 님과 함께 운동을 해 땀을 흘리는 게 좋지 않을는지요."

아인즈의 등줄기에 오싹하는 감촉이 내달렸다.

"하긴, 탁구 같은 것도 나쁘지 않지⋯⋯."

"그런 의미가 아니옵니다. 짓궂은 분."

스스슥 하고 100레벨 전사 클래스에 어울리는 ── 마법 클래스인 아인즈는 회피가 불가능한 ── 움직임으로 다가

오더니 로브 한 장밖에 걸치지 않은 아인즈의 가슴께에 손가락을 내밀어 글씨를 쓰려 한다. 하지만 아인즈의 늑골 틈새에 뱅어 같은 손가락이 쑥 들어가버렸다.

"아."

"아."

두 사람의 목소리가 울려 퍼졌다.

참으로 얼빠진 광경이었다. 아인즈는 쓴웃음과 함께 알베도에게 말을 걸려다가 얼굴을 굳혀버렸다.

"아인즈 님의 소중한 곳에 손가락이 들어……."

알베도의 뺨은 붉었으며 눈동자는 촉촉하게 젖었다. 향기가 물씬 풍겼다. 이따금 침대에서 맡는 것과 비슷한 그런 향기였다.

"──저기, 전에도 물어본 건데, 얘 원래 이렇게 이상했어?"

완전히 본분을 잃고 원래 말투로 물은 아인즈는 샤르티아를 말리고자 바둥바둥 날뛰는 아우라에게 물었다.

"……죄송합니다, 아인즈 님. 일이 좀 많았거든요. 어, 매일 나자릭에 대해 생각하다 보니 피로가 쌓였다고 생각해주세요. 부탁이니."

"그, 그런 거라면야 어쩔 수 없구나. 으, 음. 알베도, 너의 평소 노고에는 정말 감사한다."

종종걸음으로 도망치려는 아인즈의 로브를 누군가가 붙

들었다. 아니, 쳐다볼 필요도 없었다.

"알베도, 정말 왜 그러느냐? 무엇이 너를 그렇게까지 몰아붙이느냐?"

"그런 말씀을 해주시는 바람에…… 가슴에 불이 붙었사옵니다. 아랫배도 징징 울고 있나이다. 그러므로── 아인즈 님."

"아니, 저, 잠까, 진정해라 알베도! 코, 코퀴토스─!"

"맡겨.주십시오!"

냉기가 통로를 화악 휩쓸며 달려왔다. 급격한 온도변화에 제정신을 차린 것처럼 알베도의 눈에 이성의 빛이 켜졌다.

"아인즈. 님에.대한.무례, 수호자.총괄책임자라.하여도.간과할.수는.없네."

아인즈와 알베도 사이에 끼어드는 위치를 차지한 코퀴토스의 손에는 은백색 창이 들려 있어 태도에 따라서는 즉시 내지르겠다는 의지가 명백했다.

"──실례했습니다, 아인즈 님. 다소 이성을 잃은 듯하옵니다."

"사죄를 받아들이마, 알베도."

주인의 태도를 보고 코퀴토스도 뒤로 물러났다. 하지만 창은 여전히 집어넣지 않았다.

"너의 평소 업무가 얼마나 중압감을 주는지는 나도 잘 안다. 때로는 자제심을 벗어던지고 울분을 풀고 싶을 때도 있겠지. 아무튼 목욕을 해 스트레스를 발산시키거라. 코퀴토스, 너의 활약에 감사한다."

아인즈는 말을 마치고는 남탕 쪽으로 가는 포렴을 지나치려 했지만 뒤를 따라오는 발소리에 움직임을 멈추었다.

"……왜 따라오느냐, 알베도. 혹시나 몰라 일단 말해두겠다. 이쪽은 남탕이며, 네가 갈 곳은 여탕이 아니겠……"

"등을 밀어드릴까 하였나이다."

"……기각한다. 애초에 난 혼자가 아니며 다른 남자 수호자들과 함께 목욕을 할 것이다. 너는 그들에게도 맨살을 드러내는 것을 거리끼지 않는단 말이냐?"

서큐버스니 OK라고 할지도 모르겠다 생각하고 있으려니 알베도가 즉시 대답했다.

"그러면 다른 곳에 가족탕이 있사오니——."

"가족탕은 그러라고 만든 게 아니야!"

"하오나 아인즈 님. 총애를 그들에게만 내려주시는 것은 치사하다고 생각하옵니다."

맞사와요 맞사와요, 하고 아우라의 입을 막은 샤르티아가 말했다. 그녀의 팔에 붙들린 아우라의 눈에는 빛이 없어 그저 눈만 뜨고 있을 뿐이었지만. 그녀들의 뒤에는 부루퉁한 분위기의 코퀴토스가 보였다.

'같이 목욕하는 게 무슨 총애야……. 요전에도 그러더니, 알베도가 너무 이상해진 거 아냐? 혹시 그게 원인이 되어

조금 고삐가 풀려버렸나?'

"알베도, 우선 한마디만 하겠다. 나는 남자보다도 여자를 좋아한다. 순수한 이성애자다."

무언가를 말하려는 알베도를 손으로 저지했다.

"분명 장래에 그런 관계도 있을지 모르지. 허나 세계의 모습조차 확실하지 않은 현재 상황에서 너희와 그러한 관계가 되는 것은 조직의 장으로서 있어서는 안 될 일이다."

"우우우."

알베도가 미간에 주름을 잡았다.

"애초에…… 너희는 친구의 딸과도 같은 존재이므로——참으로 복잡한 문제다."

그때였다.

"입구에서 뭘 하나 했더니…… 아인즈 님께 폐를 끼쳐드리고 있었습니까, 여러분은."

"누, 누나가…… 죽었어."

안 죽었어~. 기력을 잃은 소녀의 태클이 날아들었다.

"기다렸다, 둘 다."

"늦어져서 죄송합니다, 아인즈 님. 하지만…… 수호자 총괄책임자님은 조금 감정을 억제하는 방법을 익히셔야 하겠군요."

데미우르고스의 가느다란 눈이 아주 살짝 벌어졌다. 명확한 적의가 깃들어 있었다. 평소 온화한 인물이 화를 내면 무섭다는 말은 사실이라고 실감할 수 있는 험악한 분위기가 풍겼다. 여기에 이끌린 듯 코퀴토스도 알베도를 향해 긴장된 자세를 취했다.

알베도는 알베도대로 웃음을 지우지 않았다. 아니, 웃음의 정도가 더더욱 깊어진 것도 같았다.

"——이 어리석은 것들!!!"

아인즈는 자신도 모르게 노성을 터뜨렸다.

"내 앞에서 수호자들끼리 다투어야겠느냐! 이 멍청한 놈들!"

몸을 부르르 떤 수호자 전원이 일제히 한쪽 무릎을 꿇었다.

"면목 없나이다, 아인즈 님!"

"……됐다. 다들 일어나라."

모두가 일어선 것을 확인하고 아인즈는 부드럽게, 아이를 달래듯 타일렀다.

"이렇게 쓸데없는 일로 싸우지 말거라. 그것은 나를 가장 실망시키는 일이다. 알겠느냐?"

모두에게서 일제히 알았다는 대답을 받고 아인즈는 자신의 분노를 완전히 없앴다.

"좋아. 목욕을 하고 기분을 새로이 하자꾸나. 남자 팀은 따라오라. 그리고 아우라, 너를 여자 팀의 감시요원으로 임명한다. 나머지 두 사람이 바보짓을 저지르지 못하도록 잘 지켜보거라."

"알겠습니다!"

아우라의 눈에 격렬한 불꽃이 타올랐다. 역습할 기회라고 생각했는지 불타듯 솟구치는 열파에 알베도와 샤르티아는 동요를 감추지 못했다.

아인즈는 '남(男)' 자가 적힌 포렴을 젖혔다. 뒤에서 들려오는, 그야말로 시끌벅적한 목소리는 일부러 무시했다.

로커 룸에서 아인즈는 옷을 벗었다. 평소의 장비 같았으면 벗을 것이 이것저것 많아 귀찮았겠지만 여기 오기 전에 준비해둔 덕에 탈의가 빨랐다.

잽싸게 벗고 걸어나간다.

'알몸이 되면 언제나 생각하는 거지만, 내 몸은 대체 어떻게 움직이는 걸까.'

근육도 힘줄도 없는 해골이다. 스즈키 사토루의 상식에서는 생각할 수 없는 일이다. 그렇다고는 해도 이 세계에서는 그것이 당연하니 그런 거라고 받아들여야겠지만, 그래도 이따금 이런 의문을 품게 된다.

"먼저 가마."

"자, 잠시만요!"

알몸이 된 마레가 오종종 달려왔다. 남자애이기는 하지만 이렇게 보면 분명 남자애다.

체구도 어린아이이므로 근육의 융기는 전혀라고 해도 좋을 정도로 없다. 만지면 몰캉몰캉할 것 같은 몸으로 그만한 힘을 낼 수 있다는 것은 아인즈와 마찬가지로 이 세계 특유의 알 수 없는 법칙에 따르기 때문일까?

마레의 알몸을 바라보고 그런 의문을 떠올리면서도 주의를 주었다.

"이 안에서는 달리거나 하지 말거라. 바닥이 미끄러워 위험하니."

수호자가 넘어져 머리를 부딪쳐 죽는 일은 있을 수 없다. 하지만 마레 같은 아이의 외견을 보면 아무래도 그런 걱정이 들고 말았다.

"네, 네에. 죄송합니다."

그렇게까지 사과할 필요도 없는데.

"오래 기다리셨습니다."

이어서 데미우르고스와 코퀴토스가 나타났다.

데미우르고스의 몸은 늘씬하면서도 근육질이었다. 잔근육이 잘 발달된 느낌이었다. 옷 안쪽까지는 외형 데이터를 만들 수 없었을 텐데도, 이 몸은 우르베르트님이 설정해두었기 때문에 이렇게 된 것일까?

"코퀴토스는 전혀 변한 것이 없구나."

"뭐, 그는 평소에도 알몸이니까요."

"모쪼록.그렇게.변태처럼.취급하는.말투는.피했으면.하네만."

"미안하구나. 코퀴토스는 외골격 갑옷이었지? 평소부터 그 차림이라 해도 어쩔 수 없지."

외골격 갑옷은 육체무장의 일종이다. 샤르티아의 손톱이나 이빨도 그렇지만 이것은 그자의 레벨업에 맞춰 경도와 내구성, 그리고 그 안에 담을 수 있는 데이터 크리스탈의 데이터 양 같은 것이 강화된다.

장점은 일일이 바꾸지 않아도 쓸 수 있다는 것, 무기파괴 스킬이나 공격을 받아 파손되어도 HP를 회복시키는 치유마법과 동시에 수리된다는 것, 죽었을 때에도 드롭되지 않는다는 것 등등 다채롭다.

반대로 단점은 같은 레벨대 플레이어의 주요 장비보다도 경도와 내구성, 데이터 양에서 떨어진다는 점이다. 100레벨의 육체무장이라도 신기급 클래스에 도달하는 일은 거의 불가능하다. 육체무장을 강화하는 스킬을 습득하는 클래스를 취득하면 신기급 클래스에 육박할 수는 있을지도 모르지만, 정말로 가능한지 어떤지까지는 아인즈도 모른다.

육체무장은 플레이어에게는 단점이 크다고 여겨지지만 NPC에게는 매우 좋은 수단일 것이다. 다채로운 무구를 준비할 필요가 없으니까. 다시 말해 NPC를 만든 플레이어가 장비를 마련해줄 수고가 줄어드는 것이다.

"고맙.습니다."

코퀴토스가 고개를 숙였다. 딱히 그를 감싸려고 한 말은 아니었는데. 그렇다 해도——.

'감사를 할 정도로 이 이야기 때문에 고생을 하나? 설마

괴롭힘을 당하고 그러는 건 아니겠지? 완곡하게라도 주의를 주는 편이 좋으려나?'

왕따가 발생한 학급의 선생님이 이런 기분일까. 야마이코 님은 어땠을까 생각하면서 아인즈는 남탕 멤버들에게 말했다.

"좋아. 그럼 가자."

아인즈를 선두로 목욕탕에 들어간다.

이 대욕탕은 모두 열두 개의 에어리어로 나뉜다.

우선 목욕 에어리어가 가장 큰 정글탕, 정서 넘치는 고대 로마탕, 유자를 띄워놓은 유자탕, 탄산탕, 제트 배스, 저주파가 흘러나와 들어가면 몸이 찌릿찌릿하는 전기탕, 숯을 띄워놓은 냉탕, 수수께끼의 빛을 뿜어내는 —— 뭐가 들어갔는지는 알 수 없는 —— 체렌코프탕, 그리고 남녀 혼욕인 노천탕 —— 외부 풍경은 어디까지나 만든 것이지만 —— 이다.

그리고 사우나, 암반욕을 할 수 있는 에어리어, 마지막으로 휴게실이 있다.

"그러면 어디로 갈까? 너희의 의견을 들어보고 싶다."

"냉탕이.매력적일까.합니다. 아인즈.님께도. 냉탕이. 얼마나.좋은지를.알려드리고.싶습니다."

딱히 극한의 냉탕에 들어가더라도 냉기 내성이 있는 아인즈가 고통을 받을 일은 없다. 하지만 느닷없이 냉탕을 추천하는 건 분명 뭔가가 잘못됐다.

"코퀴토스 씨……. 목욕을 하러 온 거니…….."

마레가 충고를 한 덕에 무언가가 잘못됐음을 깨달은 코퀴토스. 여기에 데미우르고스의 추가공격이 이어졌다.

"목욕을 하러 온 거니 혈액순환에 좋은 따뜻한 욕탕을 제안해야 하지 않겠나. ……아니지, 그렇군. 자네에게 이 질문을 해야만 했어. 자네는 온탕에 들어갈 수 있나? 익힌 랍스터처럼 되는 것은 아닌가?"

"문제없네. 내. 외골격에는. 불꽃에. 대한. 내성이. 있으니. 자네들은. 알몸이라고. 했네만."

코퀴토스가 자랑스럽다는 듯 흐흥 웃었다.

"저, 저기요, 그럼 그냥 평범한 목욕탕을 제안하면 되지 않을까요?"

"냉탕은. 최고란. 말일세……. 얼음을. 끌어안고. 있으면. 기분이. 좋지……."

"그걸 좋아하는 사람이 자네 뿐은 아니겠지만, 매우 소수파라 생각하는데……."

"어, 어흠. 모두 뿔뿔이 흩어져도 재미가 없지 않겠느냐. 하나씩 돌아보도록 하자. 처음에는 평범하게 정글탕으로 가지. 내 동료들이 열심히 만든 곳이다."

기대된다고 말하는 부하들 —— 조금 서운해하는 코퀴토스를 포함해 —— 을 데리고 아인즈는 정글탕으로 향했다.

그곳은 인공적인 초목을 무성하게 심어놓은 밀림이었다.

가짜라는 것을 알아도 너무 리얼해, 당장에라도 덤불 사이에서 몬스터가 기어나올 것 같은 예감이 든다.

"여기는 옛날에 존재했다는 아마존 강이라는 장소를 모티브로 만든 욕탕이다. 제작은 벨리버님이 맡았고 블루플래닛 님이 도와주었지."

감탄하는 수호자들을 거느리고, 아인즈는 수돗가로 바가지와 목욕의자를 가져갔다.

'왜 이 스파의 바가지는 전부 노란색이지? 옛날에 물어보니 그게 전통이라고 했는데……. 스파에 있는 바가지는 원래 노란색인 건가?'

"당연한 말이다만, 욕조에 들어가기 전에는 몸을 제대로 씻어야 한다. 하지만 내가 몸을 씻으면 주위가 지저분해지기 때문에 너희는 가까이 오지 않는 편이 좋을 게다."

아인즈는 그 말만을 하고는 들통에 담은 뜨거운 물을 뒤집어썼다. 놀랄 정도로 허무하게 몸속을 빠져나가 기세가 사라지지 않은 채 바닥에 떨어진다. 아무리 틈새뿐이라고는 하지만 한번 물을 끼얹어 온몸을 적시기란 매우 어려웠다. 몇 번을 반복해 겨우 온몸이 젖은 것을 확인하고는, 미리 준비한 브러시를 꺼냈다.

액상 비누를 듬뿍 묻혀 몸을 문지르기 시작한다. 이게 또 틈새뿐이다 보니 마치 소쿠리를 브러시로 문지르는 것처럼 주위에 비누거품이 마구 튀었다.

'으음. 역시 내 귀여운 때밀이…… 때돌이를 데려올 걸 그랬나.'

점액투성이가 된 자신의 모습은 영 볼품이 없어 부하들 앞에서 보여주기 힘들 거라 생각했기에 데려오지 않았지만, 오랜만에 스스로 닦으려니 매우 귀찮았다.

열심히 몸을 문지르고 있으려니 마레가 노란 의자를 한 손에 들고 다가왔다. 쭈뼛거리면서도 목욕탕의 열기 때문에 달아오른 얼굴에 웃음을 지으며 말했다.

"아, 아인즈 님! 제, 제가 등을 밀어드릴게요!"

"음? 오오, 그래? 밀어줄 테냐? 하지만 내 몸은 성가시니 이 브러시를 쓰거라. 타월로는 힘들 게다."

아인즈가 등을 돌리고 브러시를 건네주자, 마레는 천천히 몸을 문지르기 시작했다.

"잘 하는구나."

"고맙습니다!"

솔직히 말하자면 잘하고 못하고의 기준은 없다. 하지만 마레에 대한 감사를 아인즈는 그렇게 표현했다.

다른 두 사람은 뭘 하는가 싶어 쳐다보니.

"그럼 내가 자네 등을 밀어주지."

"고맙네."

아인즈는 그 모습에 미소가 떠오르는 것을 —— 물론 골 격 얼굴에 표정은 없지만 —— 막을 수가 없었다.

──나자릭 지하대분묘는 최고의 장소다.

뒤에서 들려오는 "음, 여긴 씻었고……."하는 아이의 목소리에 더욱 웃음이 짙어졌다.

"고맙다, 마레. 다음은 내가 등을 밀어주마. 사양할 것 없다."

아인즈는 갈팡질팡하는 소년의 어깨를 잡아 몸을 돌리고는, 그의 타월에 비누를 묻혀 거품을 냈다.

아프지 않도록 주의를 기울이며 몸을 문지른다. 자신의 몸을 닦던 때를 떠올리고 그것보다는 조금 힘을 빼는 정도로 가감했다.

"아프진 않으냐?"

"괘, 괜찮아요!"

어째서인지 몸이 매우 딱딱해진 마레의 등을 깨끗하게 씻고 타월을 돌려주었다.

"앞은 직접 할 수 있겠지?"

"다, 당연하죠!"

아인즈는 브러시를 들고는 곁에서 몸을 씻는 마레에게 튀지 않도록 주의하며 늑골을 닦았다.

"그럼 먼저 실례하겠습니다."

몸을 다 닦은 데미우르고스가 꼬리를 출렁거리며 욕조로 향했다. 다음으로는 몸을 씻는 것이 아인즈만큼 힘들 것 같았지만 네 개의 팔을 능숙하게 사용해 시간을 단축할 수 있

는 코퀴토스가 들어갔다. 다음은 당연히 마레였다. 아인즈가 몸을 다 씻은 것은 다른 이들보다 몇 분 뒤였다.

욕조는 나름 넓었으며, 매우 치밀한 사자 조각상의 입에서 뜨거운 물이 콸콸 쏟아져 나오고 뭉게뭉게 김이 피어났다. 증기를 헤치듯 다가가보니 코퀴토스만이 멀찌감치 떨어진 곳에 자리를 잡았으며, 나머지 두 사람은 일정한 영역을 확보한 간격으로 몸을 담그고 있었다.

"아~ 따뜻하고 좋네요."

아이들은 목욕탕에서 헤엄을 치는 법이라는 이미지가 있었지만 마레는 머리 위에 타월을 얹은 채 황홀한 표정을 짓고 있었다. 아이라고 하기보다는 지친 어른 같은 태도였다. 아인즈는 나자릭 수호자들의 일이 그만큼 피로를 수반하는 일인가 싶어 아연실색했다.

"그렇습니다. 몸속에서부터 피로가 씻겨나가는 느낌이군요."

안경을 벗고 있는 데미우르고스가 물을 떠서는 얼굴에 끼얹고 하아아 한숨을 내쉬는 아저씨 같은 모습을 보였다.

"뜨겁.다……."

"어, 어라? 아, 아까는 내성이 있다고 하지 않으셨어요?"

"있지만.너무.뜨거운.물에는.들어갈.수.없어서.아무래도……."

"……그렇다고 냉기 오라를 쓰는 건 좀 아니지 않나. 이쪽으로 오지 말게. 온수는 뜨겁게 느껴지는 정도가 딱 좋은 걸세."

코퀴토스만 떨어진 곳에 있는 이유를 알았다. 아마 저 주변만은 물이 미지근해졌을 것이다.

"데미우르고스는. 불꽃. 내성이. 있으니. 괜찮을지도. 모르지만…… . 냉탕. 도. 나쁘지. 않다네."

"관심 없네. 애초에 나는 내성을 차단하고 평범하게 즐기고 있지. 코퀴토스는 그 정도 고통을 견딜 만한 힘도 없나?"

"데미우르고스. 자네의. 말. 치고는. 시시한. 도발이네만―― 재미있군."

"그만들 두어라. 목욕은 즐겁게 하는 것. 인내심 대결을 하고 싶다면 사우나에라도 다녀오거라. 무리해서까지 있을 필요는 없다."

"하흐으."

이마에서 땀을 흘리며 마레가 뜨거운 한숨을 토해냈다.

"봐라. 목욕은 이렇게 즐기는 것이다. 마레는 무리하지 말고 됐다 싶으면 그만 나가거라."

"괘, 괜찮아요, 아인즈 님! 여차하면 마법을 쓸 테니까요!"

그것도 또 뭔가 아니지 않나 생각했지만 아인즈는 아무 말도 하지 않았다. 대신 데미우르고스에게 시선을 돌렸다.

"……내성을 올려서까지 욕조에 들어가 있는 것이 옳을까?"

"그런 목욕 방식도 있지 않겠사옵니까, 아인즈 님? 언데드이신 아인즈 님은 열기에 쓰러지거나 하실 일은 없을 테니 마찬가지가 아닐는지요."

"……하긴."

스멀스멀 스며드는 온기를 느끼기는 하지만 인간이었을 때처럼 기분이 황홀할 정도는 아니었다.

'언데드의 육체이기에 얻은 장점이자 단점이로구나…….'

아인즈는 잃어버린 기쁨을 아쉬워하다가──

"응?"

──문득 고개를 들고 주위를 둘러보았다.

"왜 그러십니까?"

"누가 내 이름을 부른 것 같았다만……."

"그렇다면. 옆쪽이. 아니겠습니까?"

코퀴토스가 자신이 등을 기댄 벽 쪽을 가리켰다. 데미우르고스가 고개를 끄덕였다.

"그쪽은── 아하, 여탕이었군."

"그랬구나. 아니, 하지만…… 그렇게 벽이 얇지 않을 텐데?"

"메아리가. 쳐서. 커진. 것이. 아닐는지요?"

아인즈는 자신도 모르게 귀에 온 신경을 집중해보았다. 딱히 음흉한 목적이 있어서는 아니고, 그녀들만 있을 때 무슨 이야기를 하는지 호기심이 일었기 때문이었다. 그렇다고

벽에 귀를 가져다 대는, 나자릭 지하대분묘 지배자의 품격을 떨어뜨리는 짓은 하지 않는다. 그뿐이랴, 오히려 벽에서 거리를 두고 있을 정도였다.

——알베도는 아래쪽 털이 많네.

집중하면서 들려온 벽 너머의 대화에 아인즈는 낯을 찡그렸다.

——아우라, 이상한 소리는 하지 말아줘. 아~ 이 벽 너머에 아마 아인즈 님이 계시겠지. 어디 엿볼 만한 구멍이라도 없나.

아인즈는 벽을 진지하게 훑어보았다. 누군가가 이상한 기믹을 달아놓지는 않았을까 하는 불안이 치밀었기 때문이다. 한때 일부 길드 멤버들이 이상한 기믹을 만드는 데 혈안이 되었던 시절이 있었다. 그때의 유물이 남아있을 가능성도 높다.

——보통 반대 아냐? 그런 일을 하는 건.

——반대야말로 있을 수 없사와요. 그런 짓을 하지 않더라도 아인즈 님은 보여달라고 명령하시면 그만이니.

——오오, 샤르티아가 웬일로 제대로 된 말을 했어.

——웬일로라니 실례사와요. 그보다도 그건 칫솔 아니사와요? 목욕탕에서는…… 좀 관둬주사와요.

——그럼 어떡해. 나는 닦기가 힘들어서 이렇게 큰 목욕탕이 아니면 성가시단 말이야.

조금 높은 위치에서 알베도의 목소리, 그리고 북북북 하는 호쾌한 소리가 들려왔다.

——으음, 하기야 이렇게 보니 힘들겠다. 어쩔 수 없네. 용서해줄게.

——고마워, 아우라.

——으아아, 머리 흔들면서 이쪽 보지 말아줘. 좀 징그러워. 샤르티아는 안 닦아도 돼?

——소첩은 방에서 평범하게 닦고 있으니 필요 없사와요. 하지만 우리에게 충치는 있을 수 없지 않사와요?

——충치는 없어도 키스할 때 냄새가 나면 백 년 천 년의 사랑도 차게 식을걸.

칫솔을 움직이는 소리가 그치고 쿵쿵 걷는 소리가 들렸다.

——엑? 저기, 그 상태로 들어오게? 하다못해 몸을……

어쩐지 커다란 텀벙 소리에 이어 물이 쏴아아 흘러나가는 소리가 들렸다. 어지간히 힘차게 뛰어든 모양이다.

——캐핵! 콜록콜록! 만약 내가 이야기에 나오는 흡혈귀였으면 흐르는 물 때문에 가라앉아버렸을 상황이었어!

——애들도 아닌데 뛰어들지 마!

——후후후. 아~ 기분 좋다. 앞으로도 여기 올까봐.

——좀 더 목욕 매너를…… 응?

——뭐지? 어? 사자가 움직이네?

——매너를 모르는 자에게 목욕할 자격은 없다! 사형에

처한다!

갑자기 들려온 남자 목소리에 아인즈를 중심으로 한 남성진이 얼굴을 마주보았다.

"어, 저기, 지금, 남자 목소리가 들린 것 같은데요."

"들어본. 적도. 없다만. 설마. 목욕탕의. 영역수호자인가? 하지만. 여성용. 목욕탕에. 남자라니."

"아니다, 이 목소리는 들어본 적이 있는데…… 루시★퍼 님의 목소리로군."

성가신 사내의 목소리를 듣고 아인즈의 머릿속에 그로 인해 몇 번씩 겪었던 피해가 띄엄띄엄 떠올랐다. 솔직히 말해 별로 좋아하지는 않았던 남자였다.

"설마 지고의 존재?!"

——딱딱해! 이거 평범한 아이언 골렘이 아니야! 알베도!

——죽어버려, 골렘 크래프트 쓰레기 자식!

뻐억 하는 소리와 함께 벽에 엄청난 기세로 무언가가 부딪쳤다. 그것은 남탕 벽까지도 흔들 만한 일격이었다.

"……일단 무장을 갖추고 여탕에 돌입할 각오를 해야겠구나."

별로 내키지는 않는 얼굴을 하는 수호자들에게 아인즈가 명령했다.

프렌들리 파이어가 해금되지 않았다면 개그로 끝났을지도 모르지만 현재의 상황에서는 진짜 살육전이 벌어졌을 가능성도 있다. 장비를 벗으면 전투능력이 떨어진다. 경우에 따라서는 도우러 갈 필요가 있을지도 모른다.

"……다음번엔 느긋하게 목욕하고 싶군……."

뜨거운 물을 헤치며 탈의실로 향하는 아인즈에게서 자신도 모르게 새나온 목소리에, 수호자들이 일제히 고개를 끄덕였다.

OVERLORD
Characters

캐
릭
터

소
개

엔리 엔모트 | 인간종

enri emmot

새로운 족장

직함 —— 족장.

주거 —— 카르네 마을 에모트 가.

클래스 레벨— 파머(Farmer) ——————— 1lv

서전트(Sergeant) ——————— 1lv

커맨더(Commander) ——————— 2lv

제너럴(General) ——————— 2lv

생일 —— 중풍월(中風月) 10일

취미 —— 농사. (사실 마을에는 달리 낙이 없다)

새로이 카르네 부족의 족장이 된 소녀. 열심히 일하고 열심히 먹는 매우
건강한 생활을 보내 그 결과 상완이두근이 부풀고 복근이 생기기 시작했다.
아마도 현재 카르네 마을에서는(인간들만 고려한다면) 다섯 손가락 안에
드는 완력의 소유자일 것이다. 그녀의 데이터는 8권 종료 시점의 것이며,
극중에서는 파머 1lv, 서전트 1lv만을 보유하고 있다.

운필레아
발레아레

인간종

nfirea bareare

천재 연금약사

직함 —— 약사.

주거 —— 카르네 마을 발레아레 가.

클래스 레벨 —— 위저드(Wizard) —————— 3 lv

종족 레벨 —— 알케미스트: 지니어스(Alchemist: Genius) – 4 lv

파마시스트: 지니어스(Pharmacist: Genius) — 4 lv

닥터(Doctor) —————————— 1 lv

생일 —— 중풍월(中風月) 18일

취미 —— 연금술 실험. (새로운 지식을 얻는 것)

| personal character |

놀라운 탤런트를 보유했으며, 연금술 등에 비할 데 없는 재능을 가졌을 뿐만 아니라 얼굴까지 나름 잘생긴 소년. 하늘은 두 가지 세 가지도 함께 내려줄 때가 있다는 사실을 증명하는 존재. 약사라고 하면서 실제로는 연금술사이지만, 이것은 이 세계에서 이 두 가지가 밀접한 관련이 있기 때문이므로 어느 쪽을 자청하더라도 이상하지는 않다.

고블린 군단

아인종

goblin troop

굴강한 호위집단

직함——— 엔리의 호위단.

주거——— 카르네 마을.

각 개체별 레벨
고블린 마법사(Goblin Mage)———10lv
고블린 사제(Goblin Cleric)———10lv
고블린 병사(Goblin Soldier)———8lv
고블린 지휘관(Goblin Leader)———12lv
고블린 궁수(Goblin Archer)———10lv
고블린 늑대기병 & 늑대(Goblin Rider & Wolf)———10lv

엔리가 소환한 고블린의 무리(모두 19명). 소환자에게 절대충성을 바친다.
엔리에 대한 충성심은 나자릭 멤버들이 아인즈에게 바치는 것과 거의
동등하다. 하지만 수호자들과 아인즈의 관계와는 달리 조금 더 친근한
사이. 그들은 고블린 중에서는 상당히 굴강한 육체를 가져 일반적인
고블린과는 외견부터 크게 다르다. 결코 고블린이 전반적으로 이런
외견(육체적으로 굴강함)인 것은 아니다.

각 개체명 —— [마을에 존재하는 숫자]

- Ⓐ 고블린 마법사 ————[1명]
- Ⓑ 고블린 사제 ————[1명]
- Ⓒ 고블린 병사 ————[12명]
- Ⓓ 고블린 지휘관 ————[1명]
- Ⓔ 고블린 궁수 ————[2명]
- Ⓕ 고블린 늑대기병 & 늑대–[2명]

루푸스레기나 베타

이형종

lupusregina·β

미소의 가면을 쓴 새디스트

직함 —— 나자릭 지하대분묘 전투메이드.

주거 —— 제9계층 하녀실 중 한 곳.

속성 —— 흉악 —————— [카르마 수치: −200]

종족 레벨 — 늑대인간(Werewolf) ——————— 5 lv

클래스 레벨 — 클레릭(Cleric) ——————————— 10 lv

배틀 클레릭(Battle Cleric) —————— 5 lv

워로드(Warlord) ———————— 4 lv

하이어로팬트(Hierophant) ———————— 5 lv

기타

[종족 레벨]+[클래스 레벨] —— 합계 59레벨
● 종족 레벨   클래스 레벨 ●
취득총계 5레벨   취득총계 54레벨

status

능력표

[최대치를 100으로 했을 경우의 비율]

	0	50	100
HP [히트포인트]			
MP [매직포인트]			
물리공격			
물리방어			
민첩성			
마법공격			
마법방어			
종합내성			
특수			

지고의 4l인

캐릭터 소개

터치 미

이형종

touch me

순은의 성가사

personal character

위그드라실이라는 게임에서 최강의 일원으로 이름 높던 플레이어. 원래는
그가 길드마스터와 같은 위치였으나, 어떤 사건을 계기로 그 지위에서
내려왔다. 그 뒤를 이은 것이 모몬가였다. 현실세계에서는 미인 아내와
자식을 둔 좋은 아버지. 다시 말해 승리자.

타블라 스마라그디나

이형종

tabula smaragdina

대연금술사

| personal character |

갭이 매력적인 사나이. 호러 영화를 사랑해. 고전으로 분류되는 것부터
최신 영화까지 두루 섭렵해 그 지식은 길드 멤버들을 항상. 놀라게 한다.
TRPG도 취미로 살고 있어 그의 설정광과도 같은 일면은 그런 데에서
유래한다. 신화 관련의 쓸데없는 잡학을 모몬가에게 늘어놓기도 했다.

후기

매우 바쁩니다. 그렇기에 배 언저리와 턱 밑에 살이 차오르고 있습니다. 그렇게 돼지화가 진행되는 작가 마루야마 쿠가네입니다. 이 책을 사 주셔서, 혹은 읽어주셔서 감사합니다!

이렇게 바쁜 이유는 애니메이션화 작업, 회사 업무 등등 다양한 일이 이래저래 쌓이고 쌓인 결과입니다.

현재 애니메이션 쪽은 "아인즈는 어떻게 미소를 짓나요?" "그냥!" "감독님이 알아서 해주시겠죠?" 이런 식으로 마음이 따뜻해지는 이야기와 함께 순조롭게 진행되고 있습니다.

게다가 애니메이션만이 아니라 월간 콤프 에이스에서

'오버로드' 만화(작화: 미야마 후긴 님)가 시작되었습니다. 이 책이 여러분에게 도착했을 무렵에는 2화가 실렸을 거예요. 아인즈가 이렇게 멋있었나 하는 감탄이 나오는 작품입니다. 괜찮으시다면 봐주세요!

각설하고, 이 책은 초회한정판인데요, 표지 안쪽에도 일러스트가 게재된 리버시블 커버 버전입니다.

여러 라이트노벨의 컬러 삽화에 꿀리지 않는 역작입니다. so-bin님에게 '다른 데를 희생해서라도 여기는 멋있게 그렸으면 좋겠다'고 무리한 주문을 했던 일러스트인 만큼 분명 여러분께 —— 마루야마도 그랬지만요 —— 감동을 드릴 것입니다. 역시 공포공의 일러스트보다도 이런 게 몇 배나 치유되지요.

앞으로 이런 일러스트는 두 번 다시 없을 예감이 듭니다만 꼭 원하시는 분은 이 책에 꽂힌 엽서에 자신의 욕망을 적어서 보내주세요.

왜 핑크야? 하는 의문을 느끼실지도 모르겠지만, 이것은 아인즈의 목욕 장면을 꼭 넣고 싶다는 이야기를 편집부에 타진했을 때 "그럼 핑크색 커버가 어울리겠네요." 하는 이야기가 나왔기 때문이죠. 1~7권과 함께 꽂아놓으면 매우 튀는 커버인지라, 책장에 꽂아놓으신 분은 싸나이라 불러드리겠습니다.

그러면 여기서부터는 감사의 말씀을.

작업량이 방대한 가운데 어려운 주문을 소화해주신 so-bin 님, 정말로 고맙습니다.

디자인을 맡은 코드 디자인 스튜디오, 교정 오오사코 님, 편집 F다 님, 그리고 '오버로드' 제작을 도와주신 여러분, 고맙습니다. 그리고 하니, 큰 실수를 발견해주는 것 등등 여러 모로 고마워.

그리고 무엇보다도 이 책의 애독자 여러분, 정말로 감사드립니다. 앞으로도 함께 해주시면 고맙겠습니다!

2014년 12월 마루야마 쿠가네

オーバーロード 만화화가 시작됐습니다!!
후긴 님이 알콩달콩한 나자릭을
생생하게 그려주셔서 대단!
아인즈의 표정이라든가
설정 그림을 그려주셔서
아주 재미있었습니다!!
클레만티느라든가
클레만티느라든가 기대되네요.
그리고 알베도 그만 좀 해.
소빈

Postscript by So-bin

양국의 전쟁에 아인즈가 개입

지하대분묘를 방문하고,

선혈제 지르크니프가 나자릭

하지만 제국의 지배자인

끝났던 왕국과 제국의 전쟁.

언제나 서로를 노려보며

파란이 꿈틀거리는

제9권.

Volume
Nine

으로 돌입하고─.

마침내 전면전쟁

하면서 분쟁은

오버로드 9

파군의 매직 캐스터(가칭)

OVERLORD *Kugane Maruyama* illustration by so-bin

마루야마 쿠가네 ──── 지음

김완 ──── 옮김

2015년 하반기 발매 예정

역자 후기

김 수한무 거북이와 두루미 삼천갑자 동방삭……
안녕하세요. 역자입니다.

수명이 길어진다는 모 이름처럼 스포일러가 줄줄이 튀어
나오는 역자후기이므로, 스포일러 내성이 없으신 분들은 본
문을 먼저 읽고 와주시기 바랍니다.

그런고로 오버로드 8권입니다.
왜 뜬금없이 고전 개그를 들먹이면서 시작했는지 설명하
려면 좀 길어지겠습니다만, 결론부터 말씀드리면 이번 8권
이 알콩달콩한 일상 이야기를 그리는 척해놓고 떡밥을 마구
깔아놓았기 때문입니다. 음, 역시 설명이 안 되는군요. 차

근차근 썰을 풀어보겠습니다.

일본의 오래 된 라쿠고(만담) 중에 '쥬게무'라는 것이 있습니다.

네, 아시는 분들은 이미 본문을 읽으면서 알아차리셨을 테고, 모르시는 분들도 '어라, 고블린 대장 이름이⋯⋯.'라고 생각하셨겠죠.

이 이야기는 새로 태어난 아이에게 장수할 수 있는 이름을 지어준다고 해서 이런저런 좋은 말을 붙이다 보니 엄청나게 긴 이름이 되었다는 것이 골자입니다(이것이 우리나라에서 변형되어 '김 수한무⋯⋯'가 되었습니다). 뜻은 생략하고 원어 발음만 그대로 옮기자면 '쥬게무 쥬게무 고코우노스이키레 카이쟈리스이교노 스이교마츠 운라이마츠 후우라이마츠 쿠우네루토코로니스무토코로 야부라코우지노부라코우지 파이포파이포 파이포노슈린간 슈린간노구린다이 구린다이노폼포코피노 폼포코나노 쵸큐메이노 쵸스케'.

볼드 처리한 부분을 보시면, 네, 본문에 등장한 고블린들 이름이 여기서 다 나온다는 것을 알 수 있습니다. 엔리는 분명 이 세계에 전해지는 옛날이야기에서 따와 이름을 지었다고 했는데, 그 등장인물들은 어떻게 일본의 라쿠고에서 유래된 이름을 가지고 있을까요!

과거 이 세계에 존재했던, 혹은 현재도 존재하는 '플레이어'들의 그림자가 점점 진해지면서 이런 떡밥들이 마구 투하되고 있다는 느낌입니다. 그만큼 번역하기도 조심스러워지고 말이죠……. Orz 이렇게 되니 엔리가 캤던 약초 이름 같은 것도 혹시 복선이나 암시가 아닐까, 그런 걱정이 들고 있습니다. 함정카드 피해 가는 것 같아 무섭네요. 혹시나 나중에 꼬이면……역주든 역자후기든 동원해 수습해봐야죠. 그때는 잘 부탁드립니다. 미리 사과드릴게요. (……)

아무튼 이렇게 위장이 싸해지는 번역을 하다 보니 고블린들 이름을 현지화하고자 잠깐 시도해봤던 고생은 별로 고생도 아닌 것 같습니다. 그렇다고 그냥 버리자니 좀 억울해서 (……) 이 자리에 소개하자면 아래와 같습니다.

쥬게무=수한무
고코우=거북이
카이쟈리=삼천갑자
운라이=사리사리
쿠우네루=세브리깡
파이포=담벼락
슈린간=서생원
구린다이=고양
다이노=이엔
코나아=엔바
큐메이=둑이

쵸스케=돌돌이

역시 좀 이상하죠. 게다가 '일본의' 라쿠고가 전해지고 있다는 것 자체가 거대한 복선의 한 축이 될 가능성이 매우 높다는 예감에, 현지화는 깔끔하게 포기하기로 했습니다.

어…… 쥬게무 이야기 하나로 역자후기를 거의 다 메워 버린 것 같습니다만, 결론은 앞서 말씀드렸다시피 이번 8권이 알콩달콩한 일상 이야기를 그리는 척해놓고 떡밥을 마구 깔아놓았다는 것입니다. 첫머리와 이어지면서 아름다운 수미상관을 이룬 김에 슬쩍 마무리를 짓겠습니다.

이어지는 9권은 뭔가 전쟁 이야기가 나올 것 같습니다. 여전히 웹버전을 보지 못하고 있는지라, 게다가 웹 버전과 정발 버전을 함께 탐독하는 후배 말에 따르면 전개가 상당히 다른지라 어차피 어떻게 될 지는 짐작도 안 가지만요. 독자 여러분과 같은 눈높이에서 전해드리는 번역 되겠습니다. (……)

그럼 저는 다음 작품에서 뵙겠습니다.

2015년 3월
김완

오버로드 8 두 명의 지도자

2015년 05월 22일 제1판 인쇄
2022년 09월 30일 제14쇄 발행

지음 마루야마 쿠가네 | **일러스트** so-bin

옮김 김완

발행 영상출판미디어(주)
등록번호 제 2002-000003호
주소 21315 인천광역시 부평구 부평대로 283, 부평우림라이온스밸리 A동 702호
전화 032-505-2973(代) | FAX 032-505-2982

ISBN 979-11-319-0940-9
ISBN 978-89-6730-140-8 (세트)

オーバーロード 8 二人の指導者
ⓒ2014 Kugane Maruyama
All Rights Reserved.
First published in Japan in 2014 by KADOKAWA CORPORATION ENTERBRAIN
Korean translation rights arranged with KADOKAWA CORPORATION ENTERBRAIN

구매 시 파손된 도서는 구매처에서 교환하실 수 있습니다.
기타 불편사항, 문의사항이 있으신 독자님께서는 노블엔진 홈페이지
[http://novelengine.com] 에서 Q&A 게시판을 이용해 주시기 바랍니다.

노후를 대비해 이세계에서 금화 8만 개를 모읍니다

야마노 미츠하(18세)는 사고로 가족을 모두 잃고 고아가 된 어느 날,
절벽에서 떨어져 중세 유럽 정도의 문명 레벨인 이세계에 전이된다.
그리고 우연히 원래 세계와 왕래가 가능하다는 것을 안 미츠하는
두 세계를 오가면서 살기로 결심하는데——.

모든 것은 노후의 안녕을 위해!
필요한 돈은 자그만치 금화 8만 개!
의심받으면—— 전이하면 OK?!
가끔은 실수도 하면서, 이세계에서 억척같이 돈벌이를 합니다!

FUNA 지음 / 토자이 일러스트

영상출판
미디어㈜

「흡혈희는 장밋빛 꿈을 꾼다」 사사키 이치로&마리모 콤비 부활!
새로운 나라 리비티움 황국에서 시작되는 판타지 모험담!

리비티움 황국의 돼지풀 공주
1~2

못생긴 외모와 우둔함 때문에 '돼지풀 공주'라고 불리는
리비티움 황국의 명가 오란슈 변경백의 딸 실티아나는
첫째 부인이 꾸민 음모에 의해 암살되어 【어둠의 숲】에 버려지지만,
마녀 레지나의 도움을 받고 다시 살아나면서 전생의 기억을 되찾는데──?!

기왕 버려진 김에 이름도 바꾸고, 마녀의 제자가 되면서 수행 & 다이어트!
그렇게 평화로운 일상이 계속되는가 싶었더니, 다양한 만남이 운명을 크게 바꾸고──.

「흡혈희는 장밋빛 꿈을 꾼다」 사사키 이치로&마리모 콤비 부활!
대망의 서적화, 스타트!

사사키 이치로 지음 / 마리모 일러스트

영상출판
미디어(주)

미소도 마력도 최강인 열 살 소녀가 전하는 훈훈한 마법 학원 스토리

열 살 최강 마도사 1~3

열 살 소녀 페리스는 마석 광산에서 일하는 노예.
나날이 주어지는 일은 가혹하고 몸도 빈약하지만 결코 미소를 잃지 않았다.
그러던 어느 날, 마석 광산이 정체불명의 마술사들에게 파괴되고 페리스 혼자만 살아 도망친다.
도망친 곳에서 만난 사람은 앨리시아라는 아름다운 아가씨.
페리스는 수상한 인물들에게 유괴될 위험에 처한 앨리시아를 엉겁결에 구출하고,
그 보답으로 앨리시아의 저택으로 초대된 페리스는 거기서 마법의 재능을 발견하는데…….

아마노 세이주 지음 / 후카히레 일러스트

영상출판
미디어㈜

슬라임을 잡으면서 300년, 모르는 사이에 레벨MAX가 되었습니다 1~4

원래 세계에서 과로사한 것을 반성하고 불로불사의 마녀가 되어
느긋하게 300년을 살았더니——레벨99 = 세계 최강이 되어 있었습니다.
생활비를 벌려고 틈틈이 잡았던 슬라임의 경험치가 너무 많이 쌓였나?
소문은 금방 퍼지고, 호기심에 몰려드는 모험가, 결투하자고 덤비는 드래곤,
급기야 나를 엄마라고 부르는 몬스터 딸까지 찾아오는데 말이죠——.

모험을 떠난 적도 없는데도 최강?
어? 그럼 내 빈둥빈둥 생활은 어떡하라고?
슬라임만 잡는 이색 이세계 최강&슬로 라이프, 개막!

모리타 키세츠 지음 / 베니오 일러스트

영상출판
미디어㈜